모산 마을

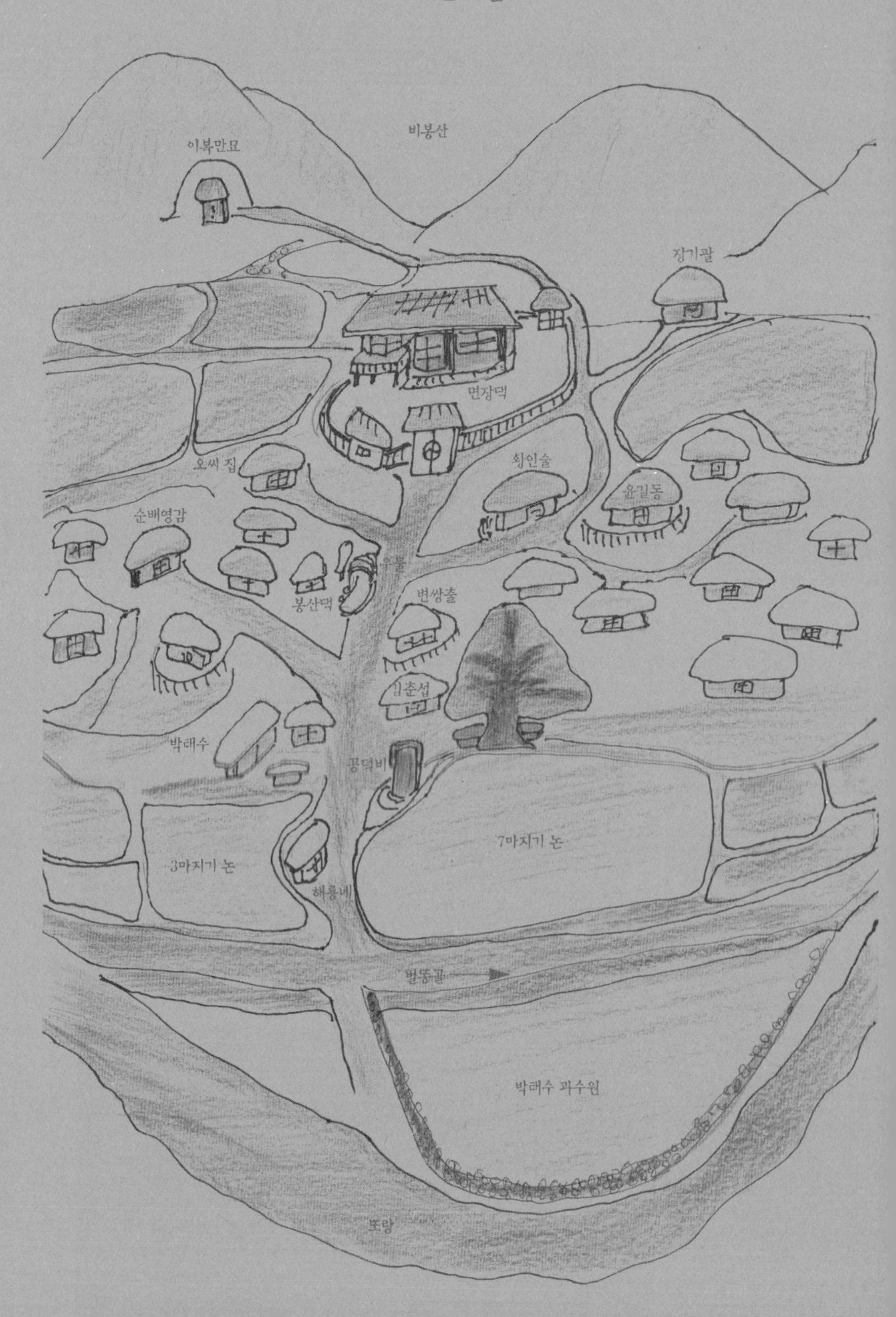

비봉산
이복만묘
장기팔
면장댁
오씨 집
황인술
윤길동
순배영감
우물
봉산댁
번쌍출
김춘섭
박태수
공덕비
7마지기 논
3마지기 논
해룡네
벌똥골
박태수 과수원
또랑

금강

9

구름을 벗어나려는 달
제3부
금강
9
한만수 대하장편소설
글누림

| 일러두기 |

1. 언어 : 충청북도 영동은 남으로는 경상북도 김천, 남서쪽으로는 전라북도 무주와 접해있다. 그래서 이 지역의 언어는 경북 사투리와 전라도 사투리가 혼용되어 있는 특징을 갖고 있다. 세월이 흐르면서 이 지역의 언어도 요즈음은 표준어에 가깝게 변화되어 가고 있지만, 리얼리즘을 살리기 위해 50~60년대는 토속적 사투리를 그대로 살렸다.
2. 시대사 : 한국 근・현대사를 사실 그대로 재현하여 주요 사건과 주요 인물을 그려냈다.
3. 물가 : 당시의 물가를 고증하여 실제적으로 적용했다.
4. 지리 : 지역과 지명은 있는 그대로 드러냈다.
5. 문화 및 풍속 : 시대적 흐름에 따라 변화하는 문화 및 풍속을 사실대로 묘사했다.

차례

제3부

구름을 벗어나려는 달

제3부

구름을 벗어나려는 달

엇갈린 해후

재오가 몰고 온 피아트승용차에 승우가 타고 있을 때
인숙은 역사 안으로 들어갔다.
기차 타는 곳으로 들어가는 개찰구는 닫혀 있었다.
개찰을 하는 승무원도 보이지 않았다.
개찰구 저편으로 보이는 레일에서 피어오르고 있는
아지랑이가 쓸쓸하게만 와 닿았다.

진규는 소설 작법 수업이 진행될 인문관 강의실로 들어갔다. 교실 안에는 1학기 들어서 소설 작법 수강을 신청한 학생들이 기다리고 있었다.

"형, 휴강?"

"그려."

진규는 국문과 후배가 속삭이는 말에 짤막하게 대답하고 교단 위로 올라갔다.

"우!"

진규의 말을 엿들은 학생들이 손바닥으로 책상을 두들기거나 박수를 치면서 좋아했다. 진규는 교단에 올라서서 백묵 토막을 찾아 들었다. 칠판에다 '휴강'이라고 큰 글씨로 쓰고 돌아서서 교탁 앞으로 갔다.

"교수님이 서울 세미나에 참석해서 오늘은 휴강. 하지만 다음 시간까지 요번 학기에 쓸 소설 줄거리를 원고지 열 장 이내로 써서 제출해야 햐. 이상."

"조교 선생님, 주제는 없나요?"

여학생 한 명이 손을 들고 일어서서 물었다.

"주제는 자유니까 맘껏 써 봐."

"단편소설 줄거리죠?"

구석에 앉아 있던 남학생이 앉은자리에서 큰 목소리로 물었다.

"당연히 단편이지. 만약 장편 줄거리를 써 오믄, 내가 책임지고 교수님께 말씀 드려서 좋은 점수 나오게 해 줄 수 있어."

진규는 손을 흔들어 보이며 돌아섰다.

"고맙습니다."

"나도 장편 써야지."

"장편은 고사하고, 일곱 장짜리 수필이라도 쓸 수 있다면 내 손에 장을 지져."

진규는 학생들이 떠드는 목소리를 뒤로 하고 교실을 나갔다. 오늘은 대학원 수업이 없는 날이다. 대전역 앞에 있는 중앙시장에서 신발 장사 하는 아버지를 돕고 있는 신찬하를 만나 점심을 먹기로 약속했었다. 조교실에 들렀다가 곧장 약속 장소로 가야겠다고 생각했다.

"나, 진규 씨 다시 봤어."

진규가 조교실에 들어서자 이주희가 빈 책상 앞에 앉아 있다가 반갑게 일어섰다.

"어? 내가 여기 있는 줄 어떻게 알고?"

“양금석 교수님 찾아뵈러 왔었거든. 진규 씨가 이번 학기부터 소설가 문태영 교수님 조교로 채용됐다는 말 듣고 혹시나 하고 와 봤거든.”

“찾아줘서 고맙구먼. 하지만 어쩐다? 나 오늘 군대 동기 만나서 즘심 먹기로 했는데.”

진규는 학사진행 일정표가 들어 있는 파일을 책꽂이에 꽂고 돌아섰다.

“괜찮아. 진규 씨 친구가 내 친구고, 진규 씨 군대 동기도 내 동기잖아. 어서 가자구.”

“그렇게 한가해?”

“진규 씨 만날 때만.”

이주희는 웃음을 참는 얼굴로 어깨를 으쓱거리며 문을 열었다.

“학교는 왜 왔는데?”

진규는 이주희를 떨쳐 낼 방법이 없다는 생각에 나란히 걸었다.

“시 쓰는 데 한계를 느끼는 것 같아. 그래서 교수님 만나서 공부를 더 하면 도움이 될지 물어보려고 왔거든.”

“공부를 더 하면 한계가 극복될 거 같아?”

“진규 씨는 교수님하고 똑같은 질문을 하네. 그럼 나도 교수님한테 대답했던 것처럼 똑같이 대답하는 수밖에 없겠네. 최소한 자극은 된다고 생각해. 아무래도 대학원은 대학교와 다르게 심화과정이니까 이론적으로 더 깊숙이 파고 들 수 있잖아.”

이주희는 인문관 밖으로 나가는 문을 열고 나갔다. 여학생 한 명이 책을 가슴에 안고 바쁘게 뛰어들어왔다.

“이론만 가지고는 시를 쓸 수 없을 거 같은데…….”

진규는 여학생이 먼저 들어올 수 있도록 기다렸다가 다시 이주희와 어깨를 나란히 하며 걸었다.

"또 교수님하고 같은 말씀을 하시네. 진규 씨는 박사 따서 교수하면 정말 잘하겠네. 그 말에도 교수님에게 했던 것처럼 똑같이 대답을 해 줄게. 물론 이론만 가지고 시를 쓸 수는 없어. 하지만 공부를 더 하다 보면 내가 과연 계속 시를 쓸 수 있는지, 아니면 그냥 어떤 재기에 불과해서 『월간문학』에 당선됐는지 검증할 수 있다고 생각하거든. 진규 씨 생각은 어때?"

"그렇다면 공부를 더 해보는 것도 나쁘지 않겄구먼."

"진규 씨는 교수가 되고 싶어서 공부를 하는 건 아니겠지?"

"뭣 땜시 그런 생각을 하능 겨?"

올해는 별다른 데모가 없어서 캠퍼스가 조용하다. 더구나 지난 71년 3월 초 학생군사교육을 반대하며 데모대를 이끌다 제적 당한 학생들이 2년 만인 지난 20일 대통령 특례 조치로 복학한 후에 캠퍼스는 평화 분위기에 젖어 있다. 4월 말부터 5월 말까지 각 대학은 축제의 계절이다. 진규는 운동장 구석에서 천막을 치고 있는 학생들을 바라보며 운동장을 가로질러서 교문 쪽으로 걸었다.

"내가 볼 때 진규 씨는 학자보다 대중의 마음을 휘어잡을 수 있는 사상가가 더 어울리거든."

이주희가 자연스럽게 진규의 손을 잡고 깍지를 꼈다. 진규는 잠시 멈칫거렸으나 그대로 두었다.

"대중의 마음을 휘어잡으려면 책상머리에서는 불가능하다는 거 모르는 모양이구먼. 내가 생각해 볼 때 딴 나라에서는 가능할지 모르지만 우리나라에서는 힘들어.”

“내가 알기로는 얼마든지 가능하다고 보는데?”

“아무리 좋은 사상집이라고 하드라도 장점이 있고, 단점이 있기 마련이잖여. 문제는 우리나라에서는 소수의 단점이 다수의 장점을 휘어잡을 수가 있다는 거지.”

“구체적으로 말한다면?”

“하나만 예를 들어 볼게. 이 세상은 모든 것이 상대성으로 이루어졌잖여. 음이 있으면 양이 있고, 하늘이 있으면 땅이 있단 말여. 내가 대중들을 휘어잡으려면 그들이 원하는 자유를 심어줘야 하잖여. 하지만 자유를 갈망하고 있는 선량한 다수의 대중들보다는 권력을 쥐고 있는 소수의 무지(無知)가 강하다는 거지…….”

“그럼 진규 씨는 어떤 사람이 되고 싶어?”

“나는 아흔아홉 마리의 양보다 길 잃은 한 마리의 양을 찾아서 따뜻한 우리로 데리고 올 수 있는 목자가 되고 싶구먼. 하지만 아직은 정확히 내가 뭘 해야 하는지 몰라. 그걸 생각하면 막 가슴이 아프단 말여.”

진규는 『스페인내전』이며 『레닌의 생애』, 『붉은 10월』 같은 책을 읽어 봐야 내 말을 쉽게 이해할 수 있을 것이라는 말은 하지 않았다.

“뭐라고 할까? 나는 진규 씨 얼굴을 바라보면 심장이 뛰어. 왜 그런 줄 알아?”

“왜?”

진규는 교문을 빠져나가서 버스정류소 앞에서 멈췄다. 손목시계는 11시 10분이다. 시간은 충분하다고 생각하며 이주희를 바라봤다. 청바지에 검은색 티셔츠 차림인 이주희는 길 건너편을 바라보며 혼자 미소 짓고 있다.

“그냥, 가슴이 뛰어. 그 이유를 아무리 생각해도 모르겠어. 그래서 진규 씨를 더 좋아하는지도 몰라.”

“나는 선배를 보면 먼 생각이 나는지 알아?”

“타락한 시인을 보는?”

“아니, 사춘기 소녀를 보는 것 가텨.”

“진규 씨는 사람 마음을 훔쳐가는 데 선수야. 내가 사춘기 소녀 같다는 말을 얼마나 좋아하는지 알아? 사춘기 소녀를 생각하면 막 꽃망울을 터트리려는 목련이 떠오르거든.”

“선배는 상상력이 풍부해서 좋겠어.”

대전역 쪽으로 가는 버스가 도착했다. 진규는 봄햇살이 이주희의 이에서 하얗게 부서지는 것을 바라보며 버스를 탔다.

중앙시장 안에 있는 순대골목은 한 평 남짓한 공간에 여자들이 앉아서 순대며, 국수, 보리밥 등을 팔고 있었다. 어느 집이나 양은대야에는 순대며 내장, 돼지머리가 수북하게 담겨 있었고, 연탄 화덕 위에는 돼지뼈를 삶는 양은솥에서 김이 빠져나왔다.

“좌우지간 이 친구는 못 말려. 열 번 만나면, 열 번 다 여기 와서 밥을 먹자는 거유. 저쪽에 전주식당이라고 있거든유. 거기는 외려 여기보다 더 싸유. 그라고 콩나물 해장국이 얼매나 맛있는 지 몰라유.”

좌판 앞에는 쪼그려 앉아야 될 정도로 높이가 작은 의자가 있다. 신찬하가 이주희에게 먼저 의자에 앉으라고 손짓하면서 말했다.

“내 말 좀 들어 봐. 니가 전주식당인가 하는 거기를 하도 자랑하길래. 오늘은 거기 가서 내가 즘심을 살라고 했단 말여. 하지만 오늘은 이 선배가 있잖여. 이 선배는 유명한 시인여. 시인은 이런 데 와서 밥을 먹어 봐야, 좋은 시가 나온다고 하더란 말여."

진규는 이주희를 가운데 두고 신찬하와 앉았다.

"참말로, 시인이셔유? 무슨 책을 썼슈?"

"시집, 당연히 냈지. 서점에 가면 이 선배가 쓴 시집이 있어. 제목 알려 줄까?"

"그려, 오늘 당장 사서 읽어 볼 팅께 어여 알려 줘."

신찬하가 순댓국을 주문하고 나서 바지 주머니에서 주소가 적혀 있는 편지봉투를 꺼냈다.

"너를 무시해서 하는 말이 아닌데, 너 고등학교 졸업하고 시를 한 편이라도 읽어 봤냐?"

"진규, 너는 시방 그걸 말이라고 하는 거여. 신발 장사가 시 읽는 거 봤남? 하지만 이 시인님의 시는 밤을 새더라도 죄다 읽어 볼 겨. 그랑께 어여 제목 좀 알려 줘."

신찬하는 시인과 같은 자리에 앉아 있는 것이 꿈만 같았다. 그 시인이 군대 동기인 진규와 가까운 사이라는 점에 흥분하여 주인에게 볼펜을 빌려서 메모 준비를 하며 말했다.

"제가 다음에 만나면 드릴게요."

이주희가 민망함을 참지 못하는 얼굴로 말했다.

"참말이쥬? 약속하는 거유. 진규야, 니가 보증 서라. 이 시인님이 직접 낸 책을 나한테 주겠다고 말여."

신찬하가 흥분을 감추지 못하고 새끼손가락을 내밀었다. 이주희는 신찬하의 순진함에 터져 나오는 웃음을 참으며 새끼손가락을 내밀었다.

"낮술 한잔 할 텨?"

순댓국이 푸짐하게 나왔다. 신찬하가 순댓국에 후춧가루를 뿌리면서 말했다.

"가볍게 소주 한잔 할까?"

"시인들은 원래 술을 좋아한다고 하던데? 이 선배도 술 좋아하는구먼."

"나 낮술 찾을 정도로 좋아하는 편은 아냐. 하지만 이런 데서 진규 씨하고 친구 분하고 한잔하는 것도 나쁘지 않다는 생각이 드네."

이주희가 웃는 얼굴로 진규의 눈을 빤히 바라보며 말했다.

"하여튼 이 선배 말에는 못 당한당께. 여기 소주 한 병 줘유."

진규는 이주희의 웃는 얼굴이 갑자기 예쁘게 와 닿았다. 이러다 내가 정말 이주희를 좋아하게 되는 것은 아닐까, 생각하며 슬쩍 시선을 돌렸다.

"이 사람, 대낮부텀 취했나? 남진이 머가 답답해서 사람을 시켜 나훈아 얼굴을 사이다 병으로 긁어? 그건 법정에서 밝혀졌잖여. 김웅철인가 하는 사람 단독 범행이라고 말여."

"술 챈 사람 눈에는 술 챈 사람뻬에 안 보인다고 하드니. 그 말이 딱 맞는 말이구먼. 김웅철인가 하는 사람이 나훈아 얼굴을 깨진 병으로 긁은 것이 언지 일여? 어제오늘 일인감?"

"작년 유월 사일 시민회관에서 공연할 때 그랬다. 이래도 내가 술 챈 겨?"

"그릏게 똑똑한 사람이믄 우리나라 최고의 가수는 나훈아라는 게 기정사실이라는 말을 내가 굳이 돈 주고 순댓국 사 멈음서 말 안 해도 되겼네.”

“나야말로 ‘백문이 불여일견’이라는 말이 왜 생겼는지 알겠네. 지난 사월에 역전 아카데미극장에서 남진 리사이틀 하는 거 봤남?”

“봤지.”

“라사이틀 볼라는 사람들 줄이 저 밑의 홍명상가 앞에까지 이어졌었잖여. 그것만 봐도 누가 가수왕인지 알겠지?”

“집에서 텔레비로 보믄 편안하게 볼 걸 가지고, 리사이틀 보러 가는 걸 보믄 안직 정신을 못차렸구먼. 작년 십이월 사 일에 시민회관에서 엠비씨 개국 십일 주년 기념 남녀 십대 가수 청백전 때 사천 명이나 입장했다가 불난 거 몰라? 그때 쉰두 명이나 불에 타 죽거나 질식해 죽었잖여.”

진규는 소주를 반주로 곁들여서 순댓국을 먹다가 옆자리에서 떠드는 남자들을 바라봤다. 30대 중반의 남자 중 한 명은 국방색 전대를 아랫배에 차고 있고, 다른 한 명인 키 큰 남자는 가슴에 엇비스듬하게 매고 있는 것으로 보아 시장에서 장사하는 남자들처럼 보였다.

“다른 사람들의 대화를 엿듣는 건 실례라는 거 알지?”

이주희도 남자들의 목소리가 커서 자신도 모르게 엿듣고 있던 중이었다. 진규가 아주 그쪽으로 고개를 돌리고 있는 것을 보고 허벅지를 슬쩍 문질렀다.

“재미있잖여.”

진규는 소리 없이 웃으며 술잔을 들었다.

“이 시인님도 노래 좋아해유?”

신찬하가 벌게진 얼굴로 이주희에게 소주를 따라 주며 좋아했다.

"저는 남진이나 나훈아 노래보다는 조용한 노래가 좋아요. 이용복의 노래 중에 조용한 것 많잖아요."

"역시 시인은 머가 달라도 다르구먼. 우린 남진이나 나훈아, 하춘하의 뽕짝 노래를 좋아하는데. 아부지도 계신데 술 채서 들어갈 수는 없는 노릇이고, 이 시인님도 계신데 오늘 한잔 더 할까유?"

신찬하가 기분 좋은 얼굴로 이주희에게 물었다.

"진규 씨는 어때?"

"찬하는 요새 돈 잘 버능개벼. 돈 잘 버는 찬하가 한잔 산다는데 못 갈 이유가 읎지."

"시방까지는 그럭저럭 되는 편이었지. 하지만 앞으로는 안 그럴 겨. 시방 재벌들이 슈퍼마켓 사업에 달려들었잖아. 미도파가 얼매나 큰 데여. 미도파에서 서울에 있는 진양아파트 지하에 이백 평짜리 슈퍼마켓을 졌잖아. 그건 시작에 불과햐. 서울 교동이라는 데는 그 세 배나 되는 육백 평짜리를 개점한다잖여. 미도파만 우리 같은 영세 상인을 뭉개 버릴라고 하는 것이 아녀. 삼양식품은 십육 억을 들여서 종로에다 지하 이층에 지상 육 층짜리 슈퍼를 짓는댜. 화신백화점도, 시방 슈퍼마켓으로 돌아서느냐 마느냐 고민하고 있다드만. 재벌들이 달려들면 일단 대량으로 상품을 구입항께 싸게 팔 거잖여. 그라고 사람들 심리가 재벌들이 파는 물건은 좋다고 생각할 거 잖여. 그람 우리 같은 장사는 하루아침에 문 닫을 수뻬에 읎구먼."

"우리나라 재벌 정책은 문제가 있어. 백 가지 말이 필요 읎이, 작년 팔월 삼일 발표한 사채동결정책 같은 것은 세계적으로 우리나라밖에 없을 거여. 정부에서 워티게 기업들의 빚을 탕감해 주는 거여. 그랑께 재벌들도 은혜를 갚느라 정치자금을 모으는 거잖여. 대한상공회의소하고 전경련하고 무역협회에서 지난달 중순부텀 정치자금을 모으기 시작해서 일차 목표인 일억 일천만 원을 모았댜. 그런데 돈을 워티게 모았는지 알아? 백 개 재벌 기업을 대상으로 수출 실적, 기업 이익 등을 감안해서 최고 육백만 원부터 최하 백만 원까지 모금을 했다는 거여. 그 돈을 정치단체한테 준다고 말여. 그기 말이나 된다고 생각햐? 정부에서 사채를 갚아준다 머한다 특혜를 중께, 재벌들이 정치자금을 모아서 주는 거잖여. 자본주의 사회에서 왜 사업가가 돈을 거둬서 정치권에 받치는 거여?"

"진규 씨, 흥분하지 말고 우리 이차 가는 거 어때? 찬하 씨도 기분이 안 좋은 거 같은데 이차는 내가 살게. 응?"

이주희는 정치니 경제니 민감한 화제에 말려들고 싶지 않았다. 그렇다고 쑥맥처럼 앉아서 소주잔만 기울이고 있기도 민망해서 진규의 팔짱을 끼면서 연인처럼 속삭였다.

"그려, 시인하고 술을 마시는데 이런 시장통보다는 맥주홀로 가는 거 어뗘?"

"좋아요."

"나는 솔직히 집에 가고 싶구먼. 낼 수업 받을라믄 준비할 것도 있고……."

진규는 자꾸만 이주희에게 끌려가는 기분이 싫었다. 그녀가 대전에서 손꼽히는 충일병원의 외동딸이래서는 아니다. 자유분방하게 살아가고 있는 그녀와 가까워질수록, 그녀를 닮아가고 있는 것 같은 느낌이 들었기 때문이다. 이주희의 얼굴을 바라보며 이해해 달라는 표정을 지었다.

"간단하게, 간단하게 한 잔만 하고 가자."

"그려, 생사를 같이하는 전우끼리 사회에서 만나 순댓국에 소주만 마시고 헤어지는 것은 너무 서운하지. 어여 가자."

신찬하가 진규의 등을 떠밀며 순댓국 통로를 벗어났다. 옷 파는 가게들이 줄지어 있는 곳을 지나서 한복 거리가 나왔다.

"진규 씨는 구식이 좋아, 신식이 좋아?"

불빛이 환한 한복 가게 안에서 20대 여자가 한복을 입고 거울 앞에서 맵시를 살펴보고 있었다. 이주희가 그녀를 바라보다가 진규의 팔을 잡아 세우며 물었다.

"구식은 머고, 신식은 머여?"

"구식 결혼식하고, 신식 결혼식."

"내 말은 어떤 것이 구식이냔 말여?"

진규가 재미있다는 얼굴로 물었다.

"요새 젊은이들은 죄다 신식을 좋아하잖여. 예식장에서 하는 결혼 말여."

신찬하도 걸음을 멈추고 한복 가게 안의 여자를 바라보며 말했다.

"내 말은 왜 집에서 하는 결혼식을 구식이라고 하냐, 이 말여? 그건 구식 결혼식이 아녀. 한국식이여. 예식장에서 하는 결혼은 서양에서 들어왔응께 서양식이라고 하는 것이고."

진규는 이주희가 고개를 숙이고 쿡 웃는 모습을 바라보지도 않고 아무 일도 없었다는 얼굴로 걸었다.

영동역 앞의 버드나무 밑 그늘에는 기차를 기다리거나, 배웅 나온 사람들이 무료한 표정으로 서 있거나 앉아 있었다. 인숙이도 가끔 역사 지붕에 있는 시계를 확인하며 그늘 밑에 서 있었다. 기차가 도착할 때마다 어제부터 여름방학이라 교복을 입거나, 사복을 입었지만 머리를 양 갈래로 딴, 혹은 학생 머리를 한 학생들이 가방이나 보따리를 들고 나왔다. 무주구천동으로 등산을 가려는지 등산복에 배낭을 어깨에 메거나, 통기타를 어깨에 메고 나오는 나들이옷 차림의 남녀 대학생들도 자주 눈에 띄었다.

"옥천읍 삼청리 소정 마을이라는 데는 새마을 가꾸기 일 차 사업을 끝내고 이 차 사업을 시작했다고 하드만."

중절모자 띠에 기차표를 꽂은 50대 남자가 벤치에 앉아서 지나가는 말처럼 중얼거렸다.

"대전 가는 기차가 몇 시에 올라나……. 새마을운동이라는 것을 우리 동리도 열심히 하고 있지만 일 차 사업은 머고 이 차 사업은 머여."

중절모자 옆의 대머리가 길게 하품을 하고 시내 쪽을 응시하며 물었다.

"아! 그 동리는 새마을운동을 열심히 한다면서 일 차 사업도 모른다는 거여? 화투장을 찢어 버리고, 청년회며, 부녀회나 개발위원회 등을 조직해서 지붕을 개량하고 질을 넓히는 것이 일 차 사업이랴."

"그람 우리 동리도 얼추 일 차 사업은 끝냈구먼. 우리 동리는 청년들이 사에이치를 조직해서 새마을운동을 열심히 하고 있구먼. 흙으로 된 담벼락을 헐고 새로 블록벽돌로 쌓은 집이 많아. 공동 빨래터도 맨들고, 마을 안길도 옛날보다 훨씬 넓혔구먼. 그라믄 이 차 사업은 뭐여?"

"마을 가꾸기가 끝났응께 공동으로 노력을 해서 공동 작업장을 맨들든지 머 해서 집집마다 소득을 높이는 것이 이 차 사업이라고 하드만. 정부의 지원을 받지 않고 자립해서 잘살아 보자는 게지."

"젠장, 언지는 정부 지원 받았남?"

"비료 값부텀 시작해서 지원받고 있는 것이 한두 가지여?"

느티나무 밑에 있던 사람들 중 일부가 역사 안으로 들어가기 시작했다. 중절모는 모자를 벗었다. 햇볕이 머리에서 반짝거릴 정도로 옆의 대머리보다 훨씬 머리가 없었다. 모자 띠에 걸쳐 있던 기차표를 빼서 입으로 물고 모자를 다시 쓰고 역사 안으로 향했다.

인숙은 대머리가 앉았던 벤치에 앉아서 역사 지붕의 시간을 확인했다. 이십 분 정도만 있으면 승우가 도착할 시간이다. 거의 반년 만에 보는 승우의 모습이 어떻게 변했는지 몹시 궁금하기도 하면서 가슴이 설렜다.

승우가 오늘 2시에 도착한다는 편지가 도착한 날은 이틀 전이다. 고등학교 2학년이 돼서는 서로가 바빠서 편지를 자주 주고받지 못했다. 며칠 전에는 오랜만에 편지가 왔다. 단순히 편지만 온 것이 아니고, 여름방학 선물이라면서 리본이 달리고 책 표지를 잠글 수 있는 자물쇠까지 달린 고급 일기장이 함께 왔다.

'추신: 너는 내가 하나도 안 보고 싶지?'

인숙은 편지 말미에 쓴 추신 내용이 생각나서 자신도 모르게 소리 없이 웃었다. 고등학생이, 그것도 서울에서 유명한 고등학교 학생이지만 마음은 여전히 영동에서 중학교 다닐 때와 다르지 않다는 생각이 들어서였다.

대합실 안에서 기타를 어깨에 멘 청년이 건들거리는 걸음으로 걸어

나왔다. 그는 자기를 향해 걸어오는 경찰을 보고 얼른 옆으로 돌아섰다.

"어이!"

두 명의 경찰 중에 몸매가 홀쭉한 경찰이 점잖게 청년을 불렀다. 청년은 못 들은 척한 얼굴로 빠르게 걸었다.

"김 순경, 저 새끼 잡아."

홀쭉한 경찰이 차갑게 웃으며 옆에 서 있는 경찰에게 지시했다.

"부르는데 왜 도망가?"

김 순경이 빠르게 뛰어가서 청바지를 입은 청년을 가로막았다.

"도망 안 갔슈. 집이 저쪽이라……."

"머리 좀 짤라야겄어."

홀쭉한 순경이 청년에게 다가가서 말했다.

"이게 워째서 장발유?"

청년이 자신의 귀를 덮은 머리카락을 잡아당기며 경찰에게 대들었다.

"가만있어 봐."

홀쭉한 경찰이 청년의 머리카락을 당겨서 귀를 덮었다. 귀 절반까지 닿는 것을 보고 김 순경에게 눈짓을 했다.

"야, 임마. 넌 신문도 안 보냐? 지난 삼월 이십일부터 장발 일제 단속을 하고 있잖여. 옆머리가 귀 윗부분을 덮거나, 뒷머리가 옷깃의 뒷부분을 덮거나, 머리가 짧아도 파마머리를 해서 남잔지 여잔지 분간이 안 가면 장발 단속대상이란 거 몰라?"

"아! 민주주의 사회에서 머리카락도 제멋대로 못 길러유?"

"경찰서 가서 경범죄로 처벌받을래? 아니면 이발소에 가서 깎을래?"

홀쭉한 경찰이 실실 웃으면서 물었다.

"대관절 왜 머리를 못 기르게 하는 거유?"

"암마, 미국의 히피들이나 머리를 기르는 거여. 너도 히피처럼 대마초나 피우고, 월남전 반대한다는 데모나 하는 놈이냐? 경찰서 가서 좀 맞아 볼래? 아니면 이발소 가서 깎을래?"

홀쭉한 순경이 빈정거리는 목소리로 물었다.

"이발소에 가서 깎을래유."

"생각 잘했다. 김 순경 짤라!"

홀쭉한 경찰이 동료에게 다시 눈짓을 보냈다. 김 순경이 싱긋이 웃으면서 바지 뒷주머니에서 가위를 꺼냈다.

"이발소에서 깎는다고 했잖아유."

"네가, 어떻게 믿어. 어차피 깎을 거니까 머리 내. 안 그러면 경찰서로 가서 경범죄 처벌받은 다음에 머리를 깎든지."

"에이, 이상하게 이쪽으로 오기 싫더니……."

청년은 하는 수 없다는 얼굴로 머리를 내밀었다. 키 작은 경찰이 엄숙한 얼굴로 청년의 머리카락 뒤를 쥐가 파먹은 것처럼 싹둑싹둑 잘랐다.

"김 순경, 내가 뭐라고 했어. 역전에 가만히 서 있기만 하면 장발 단속하고 미니스커트 단속 목표는 저절로 달성될 거라고 했지. 저기 또 한 건 나오는구먼."

청년이 재수 없다는 얼굴로 투덜거리며 사라지고 난 후였다. 버드나무 그늘 밑으로 들어온 홀쭉한 순경이 김 순경에게 대합실에서 나오는 20대 여자를 턱으로 가리켰다.

"어이, 아가씨. 잠깐 일루 와 봐."

김 순경이 그늘 밖으로 나가서 파란색 미니스커트를 입은 여자를 불렸다.

"왜요?"

파란색 미니스커트가 김 순경 앞으로 걸어가며 물었다.

"오라면 오는 거지 먼 말이 그룹게 많아."

김 순경은 재미있다는 얼굴로 허리춤에서 자를 꺼냈다.

"어머머, 난 서울에서만 단속하는 줄 알았는데?"

파란색 미니스커트가 김 순경이 꺼내든 자를 보고 놀란 얼굴로 멈췄다.

"뒤돌아 서 봐."

"딱 이 센티 모자란 이십 센티구먼."

파란색 미니스커트가 뒤로 돌아서면서 슬쩍 치마 깃을 내렸다. 김 순경이 뒤에서 무릎을 중심으로 치마 말미까지 대보고 실망한 얼굴로 허리를 폈다.

"흥."

여자는 이럴 줄 알았다는 얼굴로 콧방귀를 끼고 빠르고 김 순경 앞을 벗어났다.

기차가 도착할 시간이 됐다. 인숙은 일부러 역사 안으로 들어가지 않고 버드나무 뒤로 몸을 숨겼다.

내가 마중 안 나온 걸 알게 되믄 너무 반가워서 울지도 모르겠구먼……

인숙은 버드나무에 등을 기대고 눈앞으로 보이는 용두산을 바라봤다. 용두봉 위에 떠 있는 솜털구름이 오늘은 다른 날과 다르게 아름다웠다. 기차가 도착했는지 역사에서 사람들이 나오기 시작했다. 일부는 택시를 타기 위해 정류장으로 가고, 더 많은 사람들은 멀리는 남원, 장수, 진안, 무주행 버스 혹은 금산이나 상주행 버스를 타기 위해 버스 정류장 쪽으로 향하고 있었다. 다시 용두봉을 바라보며 터져 나오려는 웃음을 참느라 손바닥으로 입을 막고 쿡쿡거렸다.

머여, 꼭 마중 나오라고 편지를 보냈는데 마중을 안 나왔단 말여?

객사에서 나온 승우는 아무리 두리번거려도 인숙의 모습이 찾을 수가 없었다. 편지를 보낼 때마다 답장은 꼬박꼬박하면서도 정작 방학이 되어서 내려오니까 모습을 드러내지 않아서 불안하기도 하면서 다른 한편으로는 화가 나기도 했다. 아무리 바쁜 일이 있어도 마중을 나올 것이라고 믿고 있었기 때문이다.

"네가 승우여?"

"그런데유?"

"나, 승철이 친구 재오라는 사람인데 지금 승철이가 급하게 볼일이 있어서 군청에 갔거든. 너를 차에 태워서 군청으로 오라고 하더라. 같이 점심 먹고 모산 들어가자고 했으니까 어서 가자."

"조금만 기다려 주시면 안돼유?"

"왜, 누구랑 만나기로 약속했어?"

"아, 아뉴. 가유."

승우는 손목시계를 봤다. 학교 가는 날도 아니다. 방학이라서 먼저 도착해서 기다리고 있었을 것이다. 10분이 지나도록 안 오는 것을 보니까 무슨 급한 일이 있어서 오지 않는 것 같았다.

이상하네? 시방쯤 나왔을 시간인데…….

인숙은 기차에서 내린 것으로 보이는 사람들이 보이지 않을 때쯤에서야 고개를 갸웃거리며 승우가 있는 반대 방향으로 돌아서 역사를 바라봤다. 역사 안으로 들어가고 있는 사람들은 몇 명 있지만 나오는 사람은 보이지 않았다.

기차가 연착한 것은 아닌데…….

재오가 몰고 온 피아트승용차에 승우가 타고 있을 때 인숙은 역사 안으로 들어갔다. 기차 타는 곳으로 들어가는 개찰구는 닫혀 있었다. 개찰을 하는 승무원도 보이지 않았다. 개찰구 저편으로 보이는 레일에서 피어오르고 있는 아지랑이가 쓸쓸하게만 와 닿았다.

"두 시 차 도착했어유?"

인숙은 그냥 돌아서기에는 너무 아쉽고 허전해서 눈물이 날 것 같았다. 표를 파는 매표소 앞으로 가서 물었다.

"도착 시간표 보세요. 벌써 도착했슈."

인숙은 퉁명스러운 목소리로 대꾸하는 매표원을 뒤로 하고 힘없이 돌아섰다. 서울에서 기차를 타겠다는 전화는 오지 않았지만 약속을 지키지 않을 승우가 아니다. 갑자기 몸이 아프거나, 급한 일이 있어서 기차를 타지 못했을 것이라는 생각이 들면서 돌아섰다. 용두봉 위로 보이는 구름이 조금 전과 다르게 우울하게만 보였다.

혹시 서로 길이 엇갈렸는지도 모르잖아…….

인숙은 거의 반년 만의 해후를 장난으로 반기려했던 순간을 후회하면서 집이 있는 쪽으로 걸었다. 문득 걸음을 멈추고 승우가 살던 집 쪽으로 시선을 돌렸다. 그곳은 이동하 국회의원이 영동에 내려왔을 때 머물기도 하는데 지금은 영동에 내려와서 사업을 하는 승철이 살고 있다. 승우가 내려왔으면 당연히 그곳에 들렀을 것이라는 생각이 들었다.

아녀, 내가 역전에서 기다리고 있었잖여. 투명인간도 아니고 내 눈을 피해서 집으로 갔을 리는 읎잖여…….

인숙은 승우와 함께 살던 집 쪽을 한참이나 바라봤다. 머리에 닿는 햇볕이 따갑다는 것을 느낄 때서야 다시 힘없이 걸었다.

"학생, 워디 갔다가 오는 거여. 학교 담임 선생님한테 즌화 좀 해 달라는구먼, 여기 즌화번호 있어."

자취방에 도착하니까 집주인 여자가 전화번호가 적힌 쪽지를 내밀었다. 인숙은 쪽지를 받아 들었다. 전화를 걸려면 다시 밖으로 나가서 공중전화가 있는 곳까지 가야 한다.

"먼 즌환지 모르겄지만, 우리 집 즌화를 써도 괜찮여."

집주인 여자가 안방에 있는 전화기를 거실로 내어 놓으며 말했다.

"고맙구만유."

인숙은 학교에서 갑자기 전화가 올 때는 무슨 일이 생겨서 학교에 등교하라는 전화일 것이라고 생각하며 전화를 걸었다.

"인숙이 마침 집에 안 내려가고 있었구먼. 딴 일이 아니고 말여, 인숙이 모리 뭐 할 일 있어?"

"특별하게 할 일은 없는데……."

"그람, 잘됐구먼. 문교부에서 지시가 내려와서 말이야. 방학 중에 전방체험 프로그램이라는 것이 있단 말여. 남자들은 삼일씩 있으면서 군인들하고 똑같이 사격도 하고 보초도 서고 그런 식으로 하지만, 여학생들은 관광버스 타고 가서 귀경만 하고 오믄 되는 거여, 그랑께 모리 아침 여섯 시까지 학교로 와. 알겄지? 거길 갔다가 오면 대학교 갈 때도 가산점이 있으니까 꼭 가는 것이 좋아."

"지가 알기루는 우리 반에서 딴 아가 가기로 한 걸로 알고 있는데유……."

"아! 박정자가 가기루 했는데 교통사고를 당해서 병원에 입원해 있거든. 그래서 인숙이가 좀 가줘야겠어. 거길 갔다가 오면 대학교 입학시험에서 면접 볼 때 유리하다는 거는 알고 있지?"

"정자가 많이 다쳤어유?"

인숙은 면접보다 정자의 상태가 궁금했다.

"아녀, 한 일주일 입원해 있다가 퇴원한다드만. 그람 모리 학교서 보자."

담임 선생은 인숙의 대답을 기다리지 않고 전화를 끊었다. 인숙이는 승우 얼굴이 떠올라서 다시 전화를 걸어 다른 핑계를 댈까, 하는 생각이 잠깐 들었으나 이내 포기했다.

군청 마당에 심어져 있는 버드나무 줄기가 바람에 흩날리고 있었다. 도로가에 차를 세워 놓고 얼마 기다리지 않아서 양복에 노타이 차림인 승철이가 군청에서 바쁘게 걸어 나왔다.

"승우, 참말로 많이 컸네. 어디 악수나 한번 해보자."

승우는 승철이 자동차 앞으로 오기 전에 내려서 다가오기를 기다렸다. 승철이 활짝 웃는 얼굴로 손을 내밀었다.

"형은 어른 같구먼."

승우의 눈에는 오랜만에 보는 승철이 한결 어른스러워 보였다.

"야 말하는 것 좀 봐라. 너는 형 나이도 잊어 버렸어?"

"내가 왜 몰라."

"그럼 어른 앞에서 어른처럼 생겼다고 하믄 욕하는 거나 마찬가지여. 우리 승우 뭐 먹고 싶어? 이 형이 얼마든지 사 줄 모양이니까 말해 봐."

승우는 뒷자리에 탔다. 승철이 앞자리에 타서 뒤돌아 앉으며 물었다.

"난 짜장면이나 곱빼기로 먹었으믄 좋겠구먼."

"제우 짜장이여? 서울에서 짜장만 먹었구먼."

운전대를 잡고 있는 재오가 웃으며 말했다.

"승우는 공부만 하느라 우리하고 달라. 우리야 언제 공부에 신경 썼냐? 먹고 노는 데만 신경 썼지."

"형은 그래도 대학교 졸업했잖여."

"대학? 그래 대학교 졸업장은 있지. 하지만 말자 누나나 영자 누나처럼 공부를 열심히 해서 딴 졸업장은 아녀."

"누나들은 아직도 공부하고 있지?"

"학위 따기가 그렇게 쉽냐?, 더구나 누나들이 실력이 썩 좋은 편은 아니잖아."

"언제 학위를 딴다?"

"집에 가서 물어봐. 말자 누나하고 영자 누나 시방 집에 있거든. 너 빨리 보고 싶어서 안달이 났어. 전화가 벌써 몇 번이나 왔는지 몰라."

"거짓말, 집에 전화가 없잖여."

"얼마 전에 전화가 들어왔어. 원래 옛날부터 우리 집에는 전기가 들어오잖아."

"그람, 왜 나한테는 전화 안 했어?"

"엄마가 너 공부하는 데 방해된다고 여름방학에 내려와서 알게 될 때까지 알리지 말라고 하드라."

"어머도 너무했구먼. 집에 전화를 놨다는 걸 알았으면……."

승우는 인숙이가 집에 있는지 전화를 해 볼 걸, 이라는 말을 목구멍 안으로 삼키며 밖으로 시선을 돌렸다. 너무 인숙이가 보고 싶어서 가슴이 탔다.

"재오, 너는 사무실에 가 있어. 나는 승우 집에 태워다 주고 저녁 먹고 올라 올 팅게."

승철은 승우가 원하는 대로 영산각으로 갔다. 짜장면과 탕수육으로 늦은 점심을 먹은 후에 운전대를 잡았다.

승우는 인숙이가 살고 있다는 자취방에 찾아가 보고 싶었다. 서울처럼 넓은 곳도 아니다. 지리도 익숙한 영동이라서 주소만 있으면 얼마든지 찾아갈 수 있을 것 같았다. 하지만 만약 오늘 집에 있었다면 영동역에 마중 나오지 않을 리가 없다는 생각에 말없이 자동차에 올라탔다.

"차에 라디오도 있네. 이 차 형 차여?"

승우가 차 안을 살피며 물었다.

"내가 무슨 능력으로 이런 차를 사겄냐. 이 차 이름이 뭔지 알아?"

"아시아 자동차에서 나온 피아트잖여."

"차 이름은 잘 알고 있네. 이 차가 이래 봬도 코로나보다 이십사만 원이 비싼 백이십칠만 원짜리여. 아부지가 명색이 건설 회사 전문데 차가 읎으면 되겄냐, 하시면서 사 주셨어."

승철은 어깨를 으쓱거리며 능숙하게 운전했다.

"형은 결혼 언제 할 거여?"

"여자가 있어야 결혼을 하지."

승철은 승우가 묻는 말에 대답해 주다 갑자기 나도 결혼을 해 버릴까,

하는 생각이 들었다. 김수애의 얼굴이 떠올랐으나 이내 나에게는 과분한 여자라는 생각에 지워버렸다.

"나는 빨리 형이 결혼했으면 좋겠구먼."

"왜?"

"형수님한테 도련님 소리 듣고 싶응께 그라지. 그라고 내 생각인데 형은 빨리 결혼을 해야 햐."

"왜?"

"명색이 건설 회사 전무님이 만화 가게에 만화 빌리러 갈 수 읎잖여. 하지만 결혼해서 아들을 낳게 되믄 아들 시켜서 만화 빌려 오라고 할 수 있잖여."

"나 만화 좋아하는 줄 워티게 알았어?"

승철이 한 손으로 핸들을 잡고 다른 손으로 승철의 짧은 머리를 쓰다듬으며 웃었다. 하지만 이동하가 만화를 그린 스케치북을 찢어 버릴 때가 생각이 나서 마음속에서는 쓸쓸한 바람이 불었다.

"어머가 그러데. 형은 진짜 만화가처럼 만화를 그린다고 말여."

"아버지만 반대 안 했으면 만화가가 되고 싶었지."

"아버지가 왜 반대했는데?"

"만화가는 희망이 없어서 반대하셨겠지, 올해부텀 이 학년이니까 슬슬 대학 공부 시작해야겠구나."

"우리 학교는 요새는 일 학년들도 방학이고 뭐고 안 가리고 보충수업 하잖여. 이 학년들은 캄캄해야 집에 갈 수 있어."

"언제 개학하는데?"

"냘모레 글피 개학하잖여."

승우는 모레 저녁 기차로 서울에 올라갈 생각으로 오전에 나와서 인숙을 만나봐야겠다고 생각하며 말했다.

"열심히 공부해서 꼭 서울대학교에 가. 나도 꼭 서울대학교에 붙으라고 기도해 줄 팅께."

승철이 운전하는 승용차는 갈치고개를 넘어서 일직선 도로로 진입했다. 고속도로처럼 일직선으로 쭉 뻗은 도로는 텅 비어 있었다. 길 양쪽에 근위병들처럼 서 있는 미루나무의 짧은 그림자가 신작로에 희미하게 깔려 있을 뿐이다. 승철이 한 손으로 핸들을 잡고 느긋하게 운전을 하면서 승우를 바라봤다.

"고맙구먼. 열심히 공부할게."

승우는 이동하가 시간이 있을 때마다 매형인 고현수처럼 반드시 서울대학교에 가야 한다고 하던 말이 생각났다. 서울대학교를 졸업해야 성공한 인생을 산다는 생각은 들지 않는다. 하지만 인숙이 앞에 당당한 남자로 서기 위해서 서울대학교에 반드시 합격하리라고 생각하며 대답했다.

"너는 시방처럼 공부를 하면 충분히 서울대학교에 갈 수 있을 거여. 나는 서울대학교를 못 갔지만, 너라도 서울대학교에 가야 아버지가 어깨에 힘을 주시고 댕기지……."

승철은 승우의 얼굴 표정을 살폈다. 무엇을 생각하는지 입술을 꾹 다물고 창문 유리 밖으로 보이는 들판을 무심히 바라보고 있다.

"참, 나 형하고 꼭 한 번 같이 가보고 싶은 데가 있었구먼."

승철도 말없이 운전만 했다. 사마니고개를 넘어서 학산으로 들어가는 커브길을 돌 때였다. 승우가 승철을 바라보며 말했다.

"워딜?"

"형이 학산에서 학교 댕기던 집이 워티게 생겼는지 보고 싶구먼, 거기 시방 누가 살고 있능 겨?"

"누가 살긴. 그 집에 살던 춘임이 누나는 서울 집에 있고, 그 집은 면서기한테 세를 줬다고 하드라. 근데 거기는 왜 가고 싶은 거여?"

승철은 들례의 얼굴이 떠올랐다. 햇볕 좋은 날 새치름한 표정으로 마당 화단에 피어 있는 접시꽃을 바라보던 얼굴이다.

"나한테는 한 명밖에 읎는 형이잖여. 영동에서 학교 댕길 때는 몰랐는데 서울에서 혼자 학교를 다니다 봉께, 너무 외롭드라. 형 생각이 났구먼. 형도 나처럼 외롭게 학교를 다녔을 것이라는……."

"우리 승우가 다 컸네. 하지만 나는 외롭고 그런 걸 몰랐어. 항상 만화책이 있었거든."

승철은 무심코 대꾸해 놓고 나서 과연 외롭지 않았을까, 하고 반문해 보았다. 늘 만화책을 끼고 살아서 특별하게 외롭다는 생각은 들지 않았지만 친구들하고 별로 어울리지 않았던 것은 분명했다.

한번 가 볼까?

가만히 생각해 보니 학산을 떠나서 같이 학교 다니던 친구들의 얼굴도 본 적이 없었다. 특별하게 학산에 와야 할 이유도 없었지만, 어린 시절의 추억이 서려 있는 곳이라서 한두 번쯤은 와 보고 싶은 생각이 드는 것이 인지상정일 것이다. 그런데도 언제부터 일부러 학산을 외면하고 있었다는 생각이 들었다.

"형, 한번 가 보자. 응?"

삼거리에 도착할 무렵, 승우가 운전대를 잡고 있는 승철의 팔에 손을 얹고 응석을 부리듯 말했다.

"그럴까?"

승철은 들레의 얼굴이 다시 떠오르는 것을 느끼며 무주 가는 쪽으로 핸들을 틀었다. 백여 미터 천천히 서행하다 장터 쪽으로 우회전을 해서 들어갔다. 눈에 익은 장터 풍경이 한눈에 들어오는 순간 이유를 알 수 없이 가슴이 텅 비어 오는 것을 느꼈다.

"야! 이승철, 너 영동에서 사업한다는 말은 들었는데 참말로 오랜만이구먼."

승철이 장터 구석에 있는 튀밥전 앞에 차를 세우고 내렸을 때였다. 자전거를 타고 가던 20대 후반의 남자가 자전거를 세우고 반갑게 다가왔다.

"누구……."

"야, 얼굴 안 본 지 오래 됐다고 이름도 잊어 뻐리믄 워티햐. 너 학산서 국민학교 댕길 때 같은 반이었던 오봉수잖여."

오봉수가 반갑게 손을 내미는 통에 승철은 엉겁결에 악수를 했다. 오봉수가 손을 힘주어 잡으며 다시 입을 열었다.

"철준이는 자주 보지?"

"처, 철준이?"

"그려, 니덜 동리에 사는 철준이 이발소 댕기잖여."

"아, 그려 생각난다. 하지만 얼굴 안 본 지 오래됐구먼. 철준이는 워디 사냐?"

승철은 오봉수에 대한 기억은 떠오르지 않았지만 철준은 선명하게 떠올랐다. 여름방학이면 둥구나무 밑에서 같이 놀기도 하고, 또랑에서 목욕을 하며 놀던 사이였다.

"철준이 방위 제대하고 이발사로 일하고 있잖여. 나는 중학교 앞에서 문방구하고 있거든. 철준이가 그라는데 너 아버지 사업 물려받았다며. 그 말 듣고 철준이하고 한번 영동 나가기로 했었는데 잘 안 되네. 언지 한번 만나서 술 한잔 해야지. 머니 머니 해도 어릴 때 친구가 제일 친한 법이잖여."

"우리 이왕 만났으니 아주 약속을 하자. 오늘 저녁은 모산에서 잘 거니까 시간이 안 되고, 내일 저녁에 영동으로 나와. 오랜만에 만나서 한잔씩 하고 저녁에 택시 타고 내려오면 되잖아."

승철은 어릴 때 친구가 제일 친한 친구라는 말에 닫혔던 마음이 확 열리는 것을 느꼈다. 갑자기 오봉수가 잡은 손을 힘주어 잡고 흔들면서 웃는 얼굴로 말했다.

"그랴, 그람 철준이하고, 나하고, 농사짓고 있는 상태하고, 몇 명이 나갈게. 니가 한턱내는 거지?"

"전부 데리고 나와. 내가 그동안 느덜 못 찾아 본 죄로 한턱 단단히 낼 테니께."

"그려, 그럼 볼일 보고 낼 만나. 아! 니가 승우구나. 니가 벌써 이릏게 컸냐? 시방 중학생여, 고등학생여?"

오봉수가 자전거를 타려다 승우를 발견하고 돌아서며 손을 내밀었다.

"서울에서 고등학고 다니잖아. 방학이라 내려왔는데 글피부터 보충수업이라 모레 서울로 올라갈거여."

승우가 오봉수와 악수를 하고 있는 사이에 승철이 대견스러운 시선으로 승우를 바라보며 말했다.

"서울에서 학교 다니면 서울대학 들어가겠네. 공부 열심히 해라."

"안녕히 가세유."

승우는 자전거를 탄 오봉수에게 공손하게 인사를 했다.

"형, 고향에 내려옹께 참말로 좋지? 친구들도 만나고."

"그려, 우리 승우 말대로 오기를 잘했다는 생각이 드는구먼. 영동으로 전학 가고 나서 여기 친구들을 만난 것은 오늘이 처음이여. 오랜만에 봉께 참말로 기분이 좋다."

승철은 튀밥전을 지나서 보건소 앞을 지나 낯익은 골목 안으로 접어들었다. 국민학교를 다닐 때와 달리 새마을운동으로 돌담이 모두 없어진 모습이었다. 지붕도 초가지붕은 드문드문 보이고 모두 슬레이트 지붕이다. 어릴 때는 보지 못했던 가로등도 서 있었다.

"이 집여!"

승철은 양철 지붕이 있는 집 앞에서 멈췄다. 대문은 활짝 열려 있었다. 양철 지붕은 페인트칠이 벗겨지고 낡았다. 열린 대문 안으로 마당을 바라봤다. 화단이 있던 마당에는 상추며, 고추며, 푸성귀가 심어져 있다. 집에는 아무도 없는지 닫힌 거실 문 앞에 햇볕에 말리고 있는 여학생들이 신는 운동화 두 켤레가 보인다.

"집이 아름답구먼."

승우는 승철보다 한 발자국 앞으로 갔다. 고개를 내밀어 마당 안을 살폈다. 마당 구석에 화장실이 있고, 시멘트로 사각형의 물받이를 만들어 놓은 수도가 서 있었다. 여기서 승철이 학교에 다녔구나라는 생각이 들면서 모든 것들이 정겹게 와 닿았다.

"아름다워?"

승철은 혼잣말로 중얼거리며 마당 안을 살펴봤다. 아무리 봐도 아름답게 와 닿지가 않았다. 거실 앞 뜨락에 누워 있는 두 켤레의 운동화에 자신의 어린 시절 운동화가 겹쳐지는 것을 느끼는 순간 이유를 알 수 없는 눈물 한 방울이 삐져나왔다.

대전 보살

지는 솔직히 돈 필요 읎슈.
돈 때문에 구애받아 본 적도 읎고,
어떡하든 이를 악물고 돈을 벌어야겄다고
밤을 낮 삼아 일해 본 적도 읎슈.
남들 가게 문 열 때 식당 문 열고,
남들 문 닫으면, 지도 문 닫으면서 장사했을 뿐유.

민초예가 이필수를 제외하고 2층 거실에 다른 사람을 들이는 경우는 드물었다. 아래층 식당에서 일하는 순길이 엄마나 영식이 엄마가 월급을 받는 날 밤에 간단하게 술 마시는 날을 제외하고는 늘 혼자 지냈다. 하지만 오늘은 특별한 손님들이 거실을 차지하고 앉았다.

원통사의 일도와 정 보살, 그리고 칠십 대의 황지 보살이 선풍기가 한가롭게 돌아가고 있는 거실을 차지하고 있었다.

"절집보다 세간이 더 읎구먼. 스님 여기 이릏게 앉아 있응께 꼭 어떤 요사에 앉아 있는 기분이 드네유."

요즈음은 웬만큼 사는 집의 거실에는 빠짐없이 책장이 있다. 세계문학전집이며 위대한 사상가전집, 한국단편전집 등 전집류의 소설들이 꽉

차 있는 책장이다. 또 하나 빠지지 않는 것은 응접테이블과 소파다. 창문 앞에는 자게를 입힌 문갑이 있고, 문갑 위에는 텔레비전과 수석이나 난 화분 두세 개쯤 있어야 어느 정도 격식을 갖추고 있다고 볼 수 있다. 민초예의 집 거실에는 텔레비전 한 대와 장식장에 그릇 몇 개만 있을 뿐이었다. 정 보살이 방 안을 둘러보며 믿어지지 않는다는 얼굴로 일도에게 속삭였다.

"관세음보살 나무아미타불."

일도도 정 보살과 같은 생각으로 방 안을 둘러보고 있었다. 원통사에 시주를 한 돈이 적지 않다. 허물어져 가는 대웅전을 개축하고, 벽이며 기둥의 단청을 하는 데 들어간 돈만 해도 몇십만 원이 넘는다. 그 정도 돈을 보시하는 것으로 보아서, 집 안에도 구색을 갖추어 놓고 살 것이라 짐작하고 있었다. 막상 와서 산사 안에 있는 요사보다 세간이 없는 것을 보니까 민초예가 새롭게 보여서 자신도 모르게 민초예에게 합장을 해 보였다.

"혼자 사는 살림이 이만하믄 됐지. 더 머가 필요해유. 아래층에 가면 먹을 거 다 있겄다, 농 안에는 사시사철 입을 옷 다 있겄다. 겨울에는 기름 보일라라서 연탄까스 걱정 읎이 한겨울에도 문만 안 열어 놓으믄 여름이나 진배읎이 살고 있응께. 머가 또 필요하겄슈."

"연탄 보일라가 있다는 말은 들어 봤지만, 기름 보일라가 있다는 말은 츰 들어 보네. 연탄 대신 기름을 태워 방을 뎁히는 건가유?"

정 보살이 일도를 바라보며 물었다.

"도회지에 잘사는 집은 요새 연탄까스 걱정 읎는 기름 보일라를 설치한다는 말을 들었구먼."

"연탄까스 걱정이 읎는 대신 설치비며 기름 값이 비싸졌구먼."

황지 보살은 괜히 빙긋빙긋 웃기도 하고, 때로는 멍한 시선으로 사람들을 바라볼 뿐 말이 없었다. 정 보살이 황지 보살의 등을 정겹게 문지르며 말했다.

"집 짓는 업자들이 그라는데, 보일라 까는 데만 평당 이만 원씩 들었다고 하대유. 기름 값은 별로 안 들어가유. 죙일 보일라를 때는 것이 아니고, 한겨울에 여덟 시간 정도 땐다고 가정을 하믄 구백 원 정도 들어가는 거 가튜. 하지만 지는 잠 잘 때 안방만 퉁께, 작년 겨울에 봉께 하루 사오백 원치는 때는 거 가튜."

"요새 연탄 한 장에 얼매랴? 산에서 맨날 나무만 땡게 연탄 값도 모르겄구먼."

정 보살이 민초예를 바라보며 중얼거렸다.

"십구공탄이 이십삼 원씩 할 뀨."

"절에 오는 어떤 보살이 그라는데, 하루에 연탄 세 장만 때믄 방이 뜨거워서 못 잔다고 하던데, 사백 원이믄 연탄이 대체 몇 장여. 얼른 생각해도 열다섯 장은 넘잖여. 대전 보살님이 돈을 많이 벌기는 버는 모양이구먼."

"절에도 기름 보일라 넣어 줄까유? 지가 기름 값은 댈게유."

"아녀, 아녀. 절에 기름 보일라 땐다는 소문나면 우린 굶어 죽어. 산에 흔해 빠진 것이 나문데, 산에서 기름 보일러 때는 절에 어떤 보살님이 시주를 하겠어."

"시님 말씀대로라믄 속리산 법주사나 공주 동학사처름 큰 절에는 시주를 하믄 안 되겠네유."

"큰 절에는 스님들도 많이 계시고, 돈 쓸 곳이 많으니까 돈도 많이 필요하겠지. 하지만 원통사는 큰 절의 암자보다 작으니까 그냥 현상 유지만 하면 된다구. 죽을 때 돈을 싸 들고 가는 것도 아니잖아. 돈이라는 것은 필요한 사람에게는 생명수와 같고, 돈에 눈이 먼 사람에게는 주인이고, 나 같은 중한테 돈은 부처님을 모시는 데 필요한 목탁 같은 거여. 목탁이 없으면 염불을 드릴 수가 없잖아……."

일도는 정좌를 하고 앉은 자세로 염주를 천천히 굴리며 부드럽게 웃었다.

"바, 밥은 안 먹어? 배고파."

황지 보살이 안타까운 눈빛으로 정 보살을 바라봤다.

"요즘, 치매 기가 있어서…… 보살님, 아까 빵 사 먹었잖아유. 밥은 이따 즘심 때 먹어야쥬."

정 보살이 민초예의 눈치를 살피며 황지 보살의 두 손을 잡았다. 귀에 대고 천천히 또박또박 말했다.

"황지 보살님이 배가 고프싱개벼. 잠깐 지달려유. 지가 아래층에 연락해서 밥 좀 차려 오라고 할 텡께."

"아닙니다. 보살님도 봤으니까, 슬슬 일어서야지."

민초예가 일어서는 것을 본 일도도 따라서 일어났다.

"그냥 가시믄 제가 섭섭해서 안 되쥬. 아래층에는 괴기도 파는 곳이라서 스님이 가실 만한 곳은 못 돼유. 그래서 지가 시님 드실 만한 겅거니를 준비해 놨슈. 잠깐 기다리셔유."

민초예는 일도에게 합장을 해 보이고 나서 문갑 위에 있는 인터폰을 들었다. 순길이 엄마에게 지금 점심을 준비해서 가져오라고 말했다.

"시님, 황지 보살님은 제가 모실게유. 몸도 성치 않으신 분을 산에서 모시는 것보담은 여기가 편하실 거유."

민초예가 인터폰 수화기를 내려놓고 정 보살 옆에 앉으면서 일도를 바라봤다.

"보살님의 정성만 받아들이겠네. 황지 보살님은 하루가 다르게 상태가 안 좋아지고 있어. 여기서 모시면 이 층에 혼자 계셔야 하기 때문에 절이 편할 걸세. 절에서는 정 보살님이 스물네 시간 곁에 있을 수 있으니까, 황지 보살님이 가시는 그날까지 편하게 모실 수가 있지……."

"시님, 지도 장사하는 집에서 황지 보살님을 모시는 것이 여간 심든 일이 아니라는 거 잘 알고 있슈. 하지만 왠지 지가 모셔야 될 거 같은 생각이 드느만유. 그래야, 우리 기문이가 건강히…… 잘 살 것 같은 생각이 드느만유."

민초예는 창문 밖으로 시선을 돌렸다. 구름 한 점 없는 푸른 하늘에 어디선가 불쑥 강아지처럼 생긴 구름이 활짝 열려 있는 창틀문 안으로 흘러들어왔다. 그 긴 세월 동안 승철에게만 매달려 있었던 나날들이 뼈가 시리는 후회로 다가왔다.

"업이로다. 업이로다……."

일도는 민초예의 마음을 이해할 것 같았다. 눈을 감고 관세음보살을 읊조리면서 염주를 천천히 굴렸다.

"남들은 그라대유. 남정네가 읎나, 돈이 읎나, 집이 읎나, 장사가 안 되나, 철 따라 좋은 옷 해 입고, 오늘은 부산으로, 내일은 설악산으로 관광이나 댕김서 팔자 좋게 살믄 되는 거지. 먼 한숨 쉴 일이 그리 많냐구유."

"돈이 전부는 아니지……."

민초예가 이해가 간다는 얼굴로 고개를 끄덕거렸다.

"지는 솔직히 돈 필요 읎슈. 돈 때문에 구애받아 본 적도 읎고, 어떡하든 이를 악물고 돈을 벌어야겄다고 밤을 낮 삼아 일해 본 적도 읎슈. 남들 가게 문 열 때 식당 문 열고, 남들 문 닫으면, 지도 문 닫으면서 장사했을 뿐유."

"나는 장사를 안 해 봐서 잘 모르네. 하지만, 대전 보살님처럼 손님들에게 내 집 음식을 내놓는다는 식으로 장사하면 안 될 리가 없지. 아무나 그렇게 장사할 수 있는 것 또한 아니지. 대전 보살님이야말로 살아있는 사바세계의 보살일세."

일도가 염주를 굴리면서 민초예의 얼굴을 바라본다. 전체적으로 계란형의 얼굴에 하관이 발달 되어 있다. 이마가 좁고 빈약해서 초년에는 부모 운이 없어 고생이 많았겠지만, 하관이 발달 되어 있어 말년으로 갈수록 팔자가 펴지는 관상이다.

"별말씀을 다 하시느만유. 지가 감히 그런 말씀을 들을 자격이라도 있남유?"

"아닐세, 내가 볼 때 대전 보살님은 장사한다는 생각으로 음식을 만드는 것이 아니고, 내가 먹을 음식을 만든다는 생각으로 장사하고 있는 걸세."

"그 말씀은 옳아유. 지는 음식 장사하면서 재료를 애낀 적은 단 한 번도 읎슈. 하다못해 콩나물을 사도 젤 좋은 것만 사유."

"배고파……."

황지 보살이 정 보살의 손을 잡고 흔들며 울상을 지었다.

"보살님, 금방 밥 올라와유. 그랑께 쪼끔만 참아유, 예?"

민초예가 아이를 다루는 목소리로 황지 보살을 다독거렸다.

"콩나물은 다 똑같은 콩나물 아뉴? 내 눈에는 그릏게 보이든데?"

정 보살도 황지 보살의 등을 다독거리면서 민초예를 바라봤다.

"장에서 파는 콩나물이야 죄다 똑같쥬. 하지만 줄기가 굵고 딴딴하믄 맛이 읎슈. 뿌리에 털도 읎어야 해유, 딴 집에서는 대가리가 아깝다고 그냥 쓰는데, 우리 식당은 죄다 떼 내유. 그래야 션한 맛이 더 하고, 뒷맛이 깔끔해유. 쌀도 정부미를 안 쓰고 일반미를 써유. 지가 알기루는 식당에서 통일벼 안 쓰는 집은 요 근방에서 우리 식당뻬에 읎을 뀨. 우리 식당보다 몇 배나 큰 식당에도 밥은 통일벼를 쓰거든유. 그릏다고 그 식당 쥔들이 밥맛은 통일벼보다 일반미가 훨씬 좋다는 걸 모르겄슈? 하지만 한두 그릇을 파는 것도 아니고, 하루에 수백 그릇을 판다고 생각하믄 통일벼를 쓸 수뻬에 읎겠쥬."

"대전 보살님은 언지부텀 음식에 그릏게 박사가 됐슈?"

정 보살이 민초예가 하는 말을 들으면 들을수록 신기하다는 표정으로 물었다.

"음식 박사라니, 말씀만 들어도 황송하구먼유. 지가 원래 팔자는 이릏게 박복하지만 먹을 복은 안고 태어났잖아유. 원래 좋은 음식만 먹다 봉께, 입이 시키는 대로 음식을 만들어 팔 뿐이지, 남들보담 비싼 재료를 사서 써야겄다는 생각을 해 본 적은 읎슈. 콩나물만 해도, 원래 잔뿌리가 읎는 콩나물만 먹다 봉께, 그런 재료를 쓰게 된 거쥬. 손님들이라고 맛을 모르겄슈. 외려 손님들은 이 집 저 집 골라감서 음식을 먹다 봉께 더 잘 알겠쥬……. 하지만 장사가 암만 잘 되믄 머 해유. 장사가 안 돼서 일하는 아줌마 봉급 주는 날이 무서운 것보담은 백번 낫지만……. 돈 버는 재미는 모르겄슈."

"보살님, 내가 볼 때 보살님은 미래에 대한 꿈이 없는 거 같아. 꿈이 없으니까 희망이 없고, 희망이 없으니까 매사 의욕이 없게 되는 거지."

일도가 창문 밖으로 시선을 돌리고 민초예가 하는 말을 가만히 듣고 있다가 천천히 고개를 돌리고 말했다.

"저도 꿈이 있슈. 우리 기문이를 만나서, 둘이 행복하게 사는 것이 꿈이고 희망이유. 하지만 암만 꿈을 꾸고 희망을 가지고 있으믄 머 해유. 기문이가 죽었는지, 살았는지도 모르고 있는 판국에……."

노크 소리와 함께 영수 엄마하고 최 군이 쟁반에 반찬이며 밥을 들고 들어왔다. 민초예가 얼른 일어나서 교자상을 폈다.

"배, 배고파. 밥 줘, 밥."

잠자코 앉아 있던 황지 보살이 밥상 앞으로 당겨 앉았다. 영수 엄마가 반찬을 내려놓기도 전에 집어 먹으려고 손을 뻗었다.

"보살님, 스님 먼저 드시고 드셔. 안 그러면 밥 안 줘. 밥 안 주면 워티게 되지?"

정 보살이 얼른 황지 보살의 손을 잡아챘다. 지금까지와 다르게 엄한 표정으로 황지 보살을 바라봤다.

"스, 스님 어서 공양 드세요."

황지 보살이 내가 언제 밥을 보고 환장했느냐는 얼굴로 얌전하게 말했다.

"대전 보살님 봤쥬? 대전 보살님은 황지 보살님 못 다뤄유."

정 보살이 황지 보살의 손에 수저를 쥐어주며 민초예에게 말했다.

“보살님 혼자도 심드시겠네유. 나이도 많으신 분이 좽일 옆에 붙어 앉아서 보살필라믄 여간 심드는 것이 아니겄슈. 어여 많이 드셔유. 스님 오신다고 해서 괴기는 일절 놓지 말고, 나물로 된 겅거니만 준비하라고 했드니 많이 부실하네유.”

“나는 반찬이 너무 많아서 어느 것부터 먹어야 할지 모르겠구먼.”

일도는 밥상을 둘러보았다. 큰 절에서나 볼 수 있는, 부각이며, 시금치무침에, 더덕구이, 고사리나물, 애기 감자조림, 우엉조림, 송이버섯 반찬에 국은 우거지국이다. 민초예가 신경을 각별하게 썼을 것이라는 생각에 간단하게 감사의 합장을 해 보이고 나서 수저를 들었다.

“우리 스님, 괴기도 잘 드셔유. 물론 밖에서는 안 드시지만유.”

“원래 절에서 고기에 대한 금기는 없어. 부처님께서는 오히려 삼종정육(三鐘淨肉)이라고 했어. 자신을 위해서 죽이는 것을 직접 보지 않은 것은 불견(不見)이라고 하지. 남으로부터 그런 사실을 전해 듣지 않은 것을 불문(不問)이라고 하고, 자신을 위해서 살생했을 것이라는 의심을 하지 않는 것을 불의(不疑)라고 해서, 고기가 있으면 아무 생각 없이 먹으면 된다고 하셨다네.”

“워매, 그람 시방이라도 내려가서 괴기 좀 갖고 올까유?”

“아닐세. 이 반찬만 해도 밥을 몇 그릇이나 먹고도 남을 거 같다네.”

일도는 일어서는 민초예를 만류하고 맛있게 밥을 먹기 시작했다.

“보살님은 어여 식사 하셔유. 황지 보살님은 지가 보살펴 드릴 팅께.”

민초예는 젓가락으로 황지 보살이 먹을 만한 반찬을 밥이나, 수저 위에 얹어 주었다. 황지 보살이 게걸스럽게 먹느라 입술에 반찬이며 국물이 묻으면 휴지로 닦아 가면서, 마치 어린 아들에게 밥을 먹이듯 정성

들여서 먹였다.

밥상이 나간 후에 후식으로 순길이 엄마가 복숭아 깎은 것을 접시에 담아서 들어왔다.

“인사 드려. 내가 댕기고 있는 원통사의 주지시님이시구먼. 시님, 여기는 지가 츰에 콩나물해장국 장사를 시작할 때부텀 시방까지 절 도와주고 있는 순길이 어머유. 지난 사월초파일 때, 인사 한번 디렸는데, 그때는 사람들이 너무 많이 오셔서 기억이 잘 안 나실 꺼유.”

민초예의 말이 끝나자마자 순길이 엄마가 황망한 모습으로 어설프게 합장을 하고 반배를 했다.

“아닙니다. 딴 보살님도 아니고, 대전 보살님하고 오신 분을 기억 못한다면 말이나 되나. 반갑습니다. 일도라고 합니다.”

“사장님께서 노상 이 세상에서 젤 훌륭하신 시님이라고 말씀하셔유. 우리 사장님 복 많이 받게 해 주셔유.”

“보살님은 제가 불공을 드리지 않아도, 워낙 천성이 착하신 분이라 장사도 잘 되고 복도 많이 받으실 겁니다.”

순길이 엄마가 합장하고 굽실거리며 하는 말에 일도는 너털웃음을 지으며 가볍게 합장을 했다.

“순길이 어머는 별말을 다 하느만. 정거니 좀 찬합에다 싸 줘.”

민초예는 일어서서 순길이 엄마를 밖으로 내보내고 돌아서서 다시 입을 열었다.

“시님, 죄송해유. 순길이 엄마가 쓸데읎는 말을 했구만유.”

“아닙니다. 아녀, 그 보살님도 착하시네. 자기 복은 빼놓고 대뜸 대전 보살님 복 많이 받게 해 달라는 말이 쉽게 나오는 것은 아니잖아.”

복숭아를 본 황지 보살이 접시 앞으로 달려들었다. 일도가 복숭아를 황지 보살의 손에 쥐어 주며 말했다.

"맘이 착항께 시방까지 여기서 일을 하고 있쥬."

"내가 볼 때는 대전 보살이 더 착하니까, 아까 그 보살도 여기를 떠나지 않는 거 가터. 스님, 제 말이 틀렸슈?"

황지 보살이 복숭아를 씹는 둥 마는 둥 다시 접시에 손을 뻗었다. 정 보살이 복숭아 두 조각을 양손에 한 개씩 쥐어주었다.

"맞는 말일세. 밑에서 일하는 사람을 조선시대 머슴 취급하면 붙어 있겠나."

"아를 하나도 아니고, 둘씩이나 버린 여자유. 지 자식도 지대로 못 거두는 년을 착하다고 항께, 쥐구멍이라도 있으믄 들어가고 싶구먼유."

"대전 보살님, 자꾸 자책하면 건강에 안 좋아. 이 세상에서 끊을 수 없는 인연이 하나 있는데 그걸 혈연(血緣)이라고 하지. 혈연은 멀리 있어도 서로 끌어당기는 힘이 있어. 부모와 자식 간에도 같은 피를 가지고 있기 때문에 서로 끌어당기는 힘이 있어. 지금 대전 보살님만 아들 때문에 애태우는 것이 아닐세. 자식들도 대전 보살님을 그리워하고 있을 걸세."

"시, 시님, 참말로 제 자식들도 지를 애타게 찾고 있을까유?"

"허! 왜 내가 없는 말을 하겠나. 부모가 자식을 그리워하고, 자식이 부모를 그리워하는 것은 인지상정 아닌가? 나도 비록 불가에 몸담고 있기는 하지만, 가끔 아버님이 그리워질 때가 있다네."

"어머님은 안 보고 싶으시나유?"

"아! 어머님이야 안 보고 싶지."

일도가 정 보살을 바라보고 나서 입을 꾹 다물었다.

"왜유? 시님은 남자라서 어머님이 안 보고 싶남유? 지는 아부지는 안 보고 싶은데, 어머는 엄청 보고 싶어유. 물론 이 세상에 살아 계시지도 않겠지만 말유……."

민초예는 울컥 서러움이 치솟아서 자신도 모르게 황지 보살의 손을 잡았다.

"남자라서 어머님이 안 보고 싶은 것이 아닐세. 나한테 하도 악독하게 굴어서 정나미가 뚝 떨어져서 안 보고 싶다네."

"스님, 참말이세유?"

정 보살이 정색을 한 얼굴로 물었다.

"정 보살 님은 아까 내가 하는 말 못 들었습니까? 이 세상에 부모를 그리워하지 않는 자식은 없다는 말."

"그래도, 듣기에는 서운해유."

"지도 시님 마음 이해할 것 같아유……."

민초예는 '지가 그 장본인인데 왜 시님 말씀을 이해하지 못하겠어유.'라는 말을 목 안으로 삼켰다. 눈물이 날 것 같아서 얼른 복숭아 조각을 집어 들었다. 일도가 오면 주려고 일부러 중앙시장까지 갔다. 크고 색이 좋은 것만 골라서 맛까지 봤다. 그것도 부족해서 냉장고에 넣어 두었다가 순길이 엄마가 꺼내온 것이다. 그런데도 미지근한 무를 먹는 것처럼 아무 맛도 나지 않았다.

지독히 더운 날씨였다.

날씨가 너무 더워서 거리마저 한산했다. 나이 지극한 중년 남자들 중에는 부채를 들고 다니는 사람이 많았다. 여자들은 파라솔을 쓰거나, 손수건으로 이마에 내려앉은 햇볕을 가리며 그늘에서 그늘로 걸었다.

거리는 너무 더워서 가로수 잎까지 축축 늘어져 있지만 무궁화 무역 사무실 안은 성능 좋은 에어컨이 돌아가고 있어서 서늘했다. 직원들은 대부분 소매가 긴 와이셔츠를 입은 차림으로 일하고 있었다.

"허강일 의원 건은 잘 돼 가고 있나?"

고현수는 박광원에게서 올라오라는 전화를 받고 결재서류를 챙겼다. 이 층으로 올라가려는데 양승천이 말을 걸었다.

"청진동에 있는 무허가 요정 청호에 다니는 기생에게 아파트를 사 준 것이 포착됐습니다. 조만간 의원직을 포기하게 될 것 같습니다."

"오호! 대단한데, 그건 어떻게 알았나?"

"허강일 의원하고 대학 동창인 진도수 의원을 불러서 겁을 줬더니 불더군요."

"진도수 의원이라면 허강일 의원하고 중학교 때부터 붙어 다닌 친구로 알고 있는데?"

"그건 어떻게 아셨습니까?"

"나한테 진도수 파일이 있네. 지난번 일산 철강이 고철 수입허가 건 때문에 상공부에 압력을 행사한 것이 있었거든."

"국회의원 자리가 좋기는 좋은 모양입니다. 수십 년 친구도 헌신짝 버리듯 버리는 걸 보면."

"자네도 국회의원으로 출마해 보지. 그럼 내가 밀어줄게."

"차장님이 밀어주신다면 다음에 고민 좀 해 보겠습니다."

고현수는 양승천의 말을 농담으로 받아들이고 이 층으로 올라갔다.

이 층 창문에서 바라보는 거리는 음향이 없는 영화의 한 장면처럼 조용했다.

"자네도 승진할 때가 됐지."

박광원이 고현수가 내민 서류를 검토하면서 혼잣말처럼 물었다.

"일 년 더 있어야 합니다."

고현수는 승진이라는 말에 가슴이 뛰었다. 겉으로는 내색하지 않고 차분한 목소리로 말했다.

"승진이라는 것이 일 년 빠를 수도 있고, 일이 년, 아니 삼사 년 늦을 수도 있지. 세상살이라는 것이 원리원칙대로 되는 것이 아니잖나."

박광원은 서류에 결재한 뒤 파일을 고현수에게 돌려주고 일어서서 구석에 있는 냉장고 앞으로 갔다. 120원짜리 원비D 두 병을 꺼내 와서 소파에 앉았다.

"승진도 중요하지만 열심히 일하는 것이 더 중요하다고 생각하고 있습니다."

고현수는 박광원이 내미는 원비D를 받으면서 조심스럽게 소파에 앉았다.

"자네는 늘 해답을 준비하고 다니는 사람처럼 보여. 열심히 일하는 사람에게는 원리원칙이 통하겠지. 하지만 난 자네에게는 원리원칙대로 세상이 움직이는 것은 아니라는 점을 알려주고 싶네."

박광원은 원비D를 마시고 나서 와이셔츠 주머니에서 명함을 꺼냈다. 고현수에게 주려는 명함인지 확인하고 나서 내밀었다.

"태양산업 이상진?"

"내가 잘 아는 사람일세. 그 사람을 만나 보게."

"알겠습니다. 전화해서 오늘 중으로 만나 보겠습니다."

고현수는 이상진을 왜 만나야 하는지 묻지 않았다. 이상진을 만나보면, 그를 만나봐야 하는 이유를 알게 될 것이다. 이상진이 원하는 그 무엇을 해결해 주면 내년 특진 대상에 자신이 포함될 것이라고 생각했다. 박광원이 뜬금없이 승진 운운할 리는 없을 것이기 때문이다.

"요즘 강남 쪽에 땅값이 하루가 다르게 오른다고 하더군."

"논현동 쪽은 평당 사만 원에서 사만 오천 원씩 한다고 합니다."

"나도 논현동 쪽에 삼백 평을 계약했거든. 자네는 그쪽 땅 시세를 어떻게 알고 있나?"

"제가 알고 있는 사람이 작년에 도산공원 근처에 평당 삼만 이천 원씩 오백 평을 샀는데, 올해 사만 오천 원으로 올랐다며 좋아하더군요. 일 년 만에 거의 육백오십만 원을 벌었으니 입이 찢어질 만도 하겠죠."

"그 친구가 누군지 모르겠지만 앞으로 빌딩 몇 채 사겠군. 자네도 여윳돈이 있으면 강남 쪽에 땅을 사 두게. 내 정보에 의하면 앞으로 강남 쪽이 굉장히 발전하게 될 거야. 그리고 부동산에 투자하는 것만큼 안전하고 이익이 많은 투자는 없어. 자네 친구가 그 땅을 평당 삼만 이천 원에 샀다면 얼마에 샀다는 말인가?"

"천육백만 원에 샀다고 하더군요."

"천육백만 원을 은행에 정기예금으로 넣어 봤자. 얼마나 받겠어? 요즘 정기예금 이율이 얼만지 아나?"

"정기예금을 해 놓을 정도로 여유가 있지는 않습니다."

"자네는 너무 정직해서 탈이군. 요즘은 정직하게 살면 부자가 될 수 없어. 법 테두리 안에서 적당하게 현실과 타협하면서 살아야 미래가 보장된다구. 내가 알기로 정기예금 이자가 십육 프로가 넘지 않아. 천육백만 원에 연리 십육 프로면 일 년에 이백오십 만원 정도밖에 안 돼. 거기다, 세금 떼고 나면 겨우 이백만 원 정도지. 하지만 자네 친구는 가만히 앉아서 그 세 배가 넘는 육백오십 만원을 벌었잖아."

"그렇군요."

고현수는 박광원이 겉보기와 다르게 재산 증식에 꽤 많은 관심을 갖고 있다는 점에 놀랐다. 한편으로는 논현동에 땅을 계약할 정도라면 적지 않은 재산이 있을 것이라는 점에 놀랐다. 박광원의 직책이 부장이기는 하지만 논현동에 땅을 계약할 정도로 돈을 모으기는 쉽지 않을 것이라는 생각이 들었다.

"자네도, 돈이 생기면 강남에 땅을 사 두는 것이 좋아. 아무래도 재산이 많으면 직장에서 승진도 빠른 법이거든. 그렇게 알고 나가 봐."

고현수는 박광원의 말이 예사롭게 들리지 않았다. 사무실을 나와 아래층 계단을 내려가다 멈추고 문이 닫혀 있는 박광원의 사무실을 바라봤다.

아내가 부업을 하나? 그런 말은 못 들었는데…….

가만히 생각해 보니 양승천으로부터 들은 정보에 의하면 박광원은 군인 출신 국회의원인 박광호의 빽으로 정보부 요원이 됐다. 집안이 부잣집도 아니고, 처갓집이 부자도 아니다. 그런데도 정기예금 이율을 알고 있다는 것은 정기예금을 해 놓을 정도로 현금이 있다는 것이다. 게다가 논현동에 땅을 계약했다면 적지 않은 현금을 갖고 있다고 볼 수 있다.

고현수는 이상진과 통화한 후에 곧장 약속 장소인 반도호텔 커피숍으로 갔다. 이상진은 전화에서 말한 것처럼 흰색 와이셔츠에 금색 넥타이를 매고 있어서 금방 찾을 수 있었다.

"이상진 씨 입니까?"

고현수는 50대 중반으로 보이는 이상진 앞에서 작은 목소리로 물었다.

"아, 네. 제가 이상진입니다."

이상진이 황망한 얼굴로 일어나서 인사를 했다.

"저는 김 과장이라고 합니다."

"이렇게 만나 봬서 영광입니다. 조그만 회사를 운영하고 있습니다."

이상진은 황망함이 가시지 않은 표정으로 명함을 꺼내서 내밀었다.

"날씨가 많이 덥죠?"

고현수는 웃으면서도 빠르게 이상진의 위아래를 살폈다. 손가락이 길고 손톱이 다듬어져 있는 것을 보니 지금은 기계를 다루는 일을 하고 있지 않는 것이 분명했다. 하지만 손가락 끝이 뭉텅하게 닳아 있는 것을 보니 오랫동안 기계를 다루었거나 노동을 했던 적은 있는 것처럼 보였다. 입고 있는 양복은 기성복이 아니고 맞춤 양복이다. 소매 끝이 닳아 있는 것을 보니 몇 년째 입고 있다는 증거다. 넥타이는 새 것이지만 백화점에서 구입한 것이 아니고, 길거리나 시장에서 구입한 싸구려인 것으로 보인다. 요즈음 생활이 어렵다고 추측할 수 있는 부분이다.

"네, 오늘이 금년 들어서 젤 더운 거 같습니다."

커피숍 안은 미제 제너럴일렉트릭사 에어컨이 돌아가고 있어서 양복을 입고 있어도 서늘했다.

"사업은 잘되십니까?"

"배운 것이 도둑질이라고, 구로공단에 선반기 십여 대를 들여 놓고 금속 가공업체를 하고 있는데, 요즘 고철이 워낙 비싸니까 일거리가 많이 줄어들었습니다. 냉커피 좋아하십니까?"

유니폼을 입은 종업원이 다가왔다. 이상진이 고현수의 눈치를 살피면서 조심스럽게 물었다.

"전 아무것이나 좋아합니다. 사장님 좋아하시는 걸로 시키죠? 박광원 부장님은 잘 아시는 분입니까?"

고현수는 부드럽게 말하고 주변을 둘러보았다. 남자들은 모두 양복을 입었거나 와이셔츠 차림이다. 여자들도 티셔츠에 청바지 같은 것을 입은 사람은 보이지 않았다. 정장 차림으로 남자들과 동석하고 있거나, 비슷한 연배끼리 앉아서 조용하게 담소하고 있었다.

"부장님하고는 고향이 같습니다. 제 동생하고 고등학교 동창이기도 합니다."

"그럼, 대전이 고향이십니까?"

"저는 중학교를 졸업하고 바로 서울로 올라와서 기술을 배웠습니다. 고향은 대전이지만 지금은 서울 사람이나 마찬가지죠. 선반기술을 배운 곳은 문래동에 있는 철공숍니다. 군대 갔다가 와서도 계속 선반기 핸들을 잡았습니다. 고생한 걸로 치자면……"

종업원이 냉커피를 들고 왔다. 이상진은 얼음 조각이 들어 있는 커피잔을 바라보며 말꼬리를 흐렸다. 기술을 배울 만하면 월급을 못 받고 쫓겨난 것이 한두 번이 아니다. 월급을 못 받고 쫓겨나면 굶기를 밥 먹듯이 해야 한다. 연탄 살 돈이 없어서 냉방에서 자고 나면 자리끼로 대접에 떠다 놓은 물이 꽁꽁 얼 때도 있었다. 기술자들이 집에서 아내하고 싸우고 출근한 날은 화풀이 대상이 됐고, 한겨울에는 뜨거운 물이 없어서 손등이 얼어 터지고 갈라지는 것은 연례행사였다. 그래도 어떡하든 기술을 배워야 동생들을 공부시키고 집안을 일으켜 세울 수 있다는 생각에 주린 배를 움켜쥐고 피눈물을 흘려가며 기술을 배웠다.

"기술을 배운다는 것이 쉽지는 않을 거라고 생각합니다. 제 처갓집 동네에 있는 남자는 영등포 무슨 철공소에서 기술을 배우다 왼쪽 팔목을 절단당했답니다."

"기술자들을 보면 손가락 한두 개 없는 사람은 흔하고, 팔목을 잃어버리는 경우도 많습니다. 하여튼 고생 고생 끝에 지난 육십사 년 처음 구로공단이 생기던 때 싼 가격으로 땅을 불하받아서 공장을 세웠습니다. 처음에는 선반 기계 두 대를 갖다 놓고, 제가 근무하던 공장에서 데리고 있던 조수하고 두 명이 시작해서 거의 해마다 한 대씩 선반기를 늘렸습니다. 그러다 하청을 주던 재벌회사에서 갑자기 가공 단가를 삼십 프로나 낮추지 않으면 일거리를 주지 않겠다고 통보했지 뭡니까? 솔직히 이십 프로만 깎아도 현상 유지는 할 수 있습니다. 하지만 삼십 프로는 전기세 내기도 힘이 들 정도여서 도저히 감당할 수가 없었습니다. 그래서 거래를 끊었죠. 당장 기계를 놀릴 수가 없어서 재하청을 받아서 일을 몇 개월 하다 보니 사채를 좀 끌어다 썼습니다."

"그때가 언젭니까?"

고현수는 이상진을 만나야 하는 이유가 짐작이 간다는 얼굴로 차가운 커피를 한 모금 마시고 나서 물었다.

"작년 삼월입니다."

"돈은 어디서 빌렸습니까?"

고현수는 주머니에서 늘 가지고 다니는 수첩을 꺼내서 메모하기 시작했다.

"오성산업이라고 봉제 공장입니다. 봉제 공장으로 돈을 벌어서 사채놀이를 하는 공 사장한테 천만 원을 오부로 빌렸습니다. 이자가 오십만 원씩인 셈이죠. 공장이 잘 돌아가면 오십만 원 정도야 큰 부담은 아닙니다. 하지만 재하청을 받으며 근근이 버티고 있는 형편이라서……."

이상진은 냉커피를 냉수 마시듯 한꺼번에 비워 버리고 나서 다시 입을 열었다.

"하지만 단 한 번도 이자 내는 날을 하루라도 어긴 적이 없습니다. 제가 살고 있는 집을 팔고 전세로 들어앉으면서까지 이자를 갚았습니다. 그러다 작년 팔월 삼일 대통령이 사채를 동결시키고, 세무서에 신고하라고 했지 않습니까?"

"작년 팔삼 사채동결조치 때를 말하는 겁니까?"

"그렇습니다. 돈을 갚지 않겠다는 것도 아니고 정부 방침에 따라서 세무서에 신고를 했습니다. 그랬더니 세무서에서 앞으로 삼 년 동안 원금은 유예하고 이자는 일 점 삼육 프로만 주면 된다고 하더군요. 원금은 삼 년 후부터 삼 년 동안 분할 상환하면 된다고 해서 한시름 놨습니다. 이자를 한 달에 오십만 원씩 내다가 만 천삼백육십오 원씩 내니까 공짜나 마찬가지 아닙니까? 그게 너무 미안해서 이만 원으로 채워서 매달 입금했습니다."

"팔삼 사채동결조치는 기업의 자금 부담을 덜어주기 위해서 시행하는 긴급조치이기 때문에 양심의 가책을 느낄 필요는 없습니다."

고현수는 메모를 하다가 이상진을 바라봤다. 처음에는 느끼지 못했는데 꽤 양심적이라는 생각이 들었다.

"그런데 지난 칠월 하순에 왕종운이라는 사람이 회사로 찾아왔습니다. 직원들하고 점심을 먹고 사무실에 들어가니까, 그 사람이 와 있더군요. 정보기관에서 왔다며 잠깐 시간 좀 내달라고 해서 다방으로 갔습니다. 다방에서 이것저것 몇 마디 묻더니, 갑자기 화를 내면서 본서로 가서 뜨거운 맛을 봐야 제대로 불겠냐며 화를 내더군요. 저는 거짓말한 것이 한 가지도 없다며 사정했지만 통하지 않았습니다."

"정보기관이라면 신분증을 봤습니까?"

"자세히 보지는 않았지만 신분증 비슷한 것을 보여줬습니다. 운전사도 그 사람을 부를 때 왕 수사관님이라고 불렀습니다. 그런 걸 보면 진짜 수사관 같기도 합니다. 그런데 본서로 가자는 사람이 동대문에 있는 이스턴 관광호텔로 데리고 가서……."

이상진은 이스턴 관광호텔에서 왕종운에게 물고문부터 시작해서 온몸을 발가벗긴 채 무릎 꿇고 양손을 드는 기합을 받았던 것하며, 사정없이 얻어맞았던 것이 너무 억울하고 분해서 눈물이 났다.

"놈이 고문을 하던가요?"

고현수는 이유 없이 석관동에 끌려가서 갖은 고문을 당했던 때가 떠올라서 가슴이 착 가라앉는 것을 느꼈다. 그러나 겉으로는 내색하지 않았다. 담배를 꺼내서 라이터로 불을 붙이느라 약간 고개를 숙인 자세로 물었다.

"고, 고문당한 것은 두 번째로 치고, 제가 잘못한 것이 뭐가 있습니까? 자, 잘못이 있다면 공 사장한테 돈을 빌렸다는 것밖에 없습니다. 그것도 오부나 되는 이자를 꼬박꼬박 물었습니다. 대통령의 팔삼 사채동결조치가 없었다면 지금도 오십만 원씩 이자를 물었을 겁니다. 하지만 왕종운이라는 놈이 원금을 다 갚지 않으면 감옥에 보내겠다며 갖은 협박과 고문을 하는 통에 이달 십오일까지 원금 천만 원하고, 그동안 이자 밀린 거 육백만 원을 갚겠다는 각서를 써줬습니다. 만약 약속을 지키지 못하면 공장을 넘기겠다는 단서를 달았습니다."

이상진은 손님들의 시선이 집중되는 것을 느끼며 손수건으로 눈물을 닦았다. 목이 잠긴 목소리로 선생님에게 괴롭힘당한 것을 일러 주는 학생처럼 젖은 목소리로 말했다.

"알겠습니다. 더 이상 그 문제에 대해서는 고민하지 않아도 됩니다. 그리고 공 사장에게 빌린 돈도 갚지 않으셔도 됩니다. 제가 다시는 왕종운이라는 놈이 사장님을 찾는 일이 없도록 만들겠습니다."

고현수는 이상진이 더 이상 이야기하지 않아도 왕종운이 수사관을 사칭한 사채 해결사라고 판단했다. 놈은 십오일이 되면 이상진을 찾아올 것이다. 그때 수사관들을 데리고 가서 체포하면 된다.

"저, 저는 그냥 정부에서 정한 이자만 지급하게 해 주시는 걸로 만족합니다. 도, 돈은 제가 필요해서 빌린 돈이니, 언젠가 갚는 것은 당연하다고 생각합니다."

"왕종운이라는 놈에게 고문당한 것은 돈으로 환산할 수가 없습니다. 천만 원은 그 위자료라고 생각하시면 됩니다. 그렇게 아시고 오늘부터 맘 편하게 주무십시오."

"정말 감사합니다. 제 동생 말이 김 과장님을 만나면 속 시원하게 해결될 것이라고 했지만, 전 솔직히 설마했습니다. 이자만 지금처럼 내게 해도, 고문당한 것은 액땜한 것으로 치려고 했습니다. 하지만 아무래도 그런 일을 하시려면 경비가 필요 할 것 아닙니까. 그래서 약소하지만 조금 준비했습니다."

이상진이 고현수의 의사는 묻지 않고 일어서서 옆자리로 옮겨 앉았다. 고현수에게 말할 틈도 주지 않고 만 원짜리 백 장 묶음인 백만 원을 얼른 주머니에 찔러 주었다.

"아, 아닙니다."

고현수는 주머니에 있는 봉투의 두께가 묵직하다는 것을 느끼며 당황했다.

"그럼, 저는 이만 가보겠습니다. 다음에 만나면 살롱으로 모시겠습니다. 정말 감사합니다."

이상진은 고현수가 주머니에서 손을 못 빼게 막고 나서 얼른 뒤로 돌아섰다. 빠르게 카운터 앞으로 가서 오백 원짜리 한 장을 내밀었다. 거스름돈은 필요 없다는 얼굴로 손사래를 치며 서둘러 밖으로 나갔다.

제19장

1974년

어둠 속의 협상

팔봉은 형사들을 데리고 공터로 나갔다.
먼저 담배를 꺼내서 한 개비씩 내밀었다.
손이 덜덜 떨리는 것을 느끼며 담뱃불을 붙였다.
저녁에 먹은 반주가 확 깨는 것을 느끼며
마른침을 꿀꺽 삼켰다.

창문 밖에는 무릎까지 닿을 정도로 눈이 쌓여 있었다. 마당에는 차를 주차하기 위한 공간을 확보하느라 양쪽으로 밀어붙인 눈 더미가 담 높이로 쌓여 있다. 송산건설이 무궁한 발전을 기원하며 심어 놓은 오십 년생 노송 다섯 그루의 가지 몇 개는 눈의 무게를 견디지 못하며 부러졌다. 바람이 불 때마다 눈보라가 거대한 파도처럼 밀려와서 소나무를 때리면 눈덩이들이 툭툭 눈 속으로 박혔다. 바람이 멈추면 햇살이 눈밭에 은가루를 뿌려 놓은 것처럼 반짝거렸다.

"그랑께. 이 전무 생각은 직원들을 감원시키자 이거여?"

소파 상석에 앉아 있는 이동하가 담배 연기를 내뿜느라 눈살을 찌푸린 얼굴로 물었다.

"제 생각에는 어떡하든 위기를 넘겨야 된다고 봐유. 요새 이라크하고 이란의 전쟁이 다시 심해지면서 페르시아 만을 막는다고 하잖아유. 페르시아 만을 막게 되면 호르므즈 해협을 통해 수출하는 석유 가격이 현재의 배럴당 이십 달러에서 백 달러 선까지 치솟아 오를 수도 있다잖유."

승철의 말에 이동하는 그의 예측이 맞고 틀리고를 떠나서 제법이라는 생각에 겉으로는 내색하지 않았지만 마음속으로 흐뭇하게 웃었다.

"봄이 되면 일이 들어올거유. 이 바닥이 원래 겨울에는 비수기라서 날씨 풀리기만 기다리는 업종이잖유. 날씨가 풀리믄 노가다판 일꾼들도 배짱대로 현장에 나가기 때문에 공사 입찰을 받아도, 금방 일을 시작하지 못해 애를 먹을 수 있슈."

배광일은 만약 인원 감축이 이루어지게 되면 제일 먼저 자신이 감원 대상이 될 것이라고 믿었다. 회사를 그만두게 되면 당장 여기저기 깔린 노름빚이 문제다. 그 돈을 갚기 전에는 버티고 있어야 된다는 생각에 노골적으로 반대했다.

"부사장님, 저는 그렇지 않다고 생각해유."

"이 전무가 석유파동 때문에 걱정하고 있는 걸 모르는 건 아뉴. 하지만 석유파동하고 건설 경기가 먼 상관이 있다고 자라 보고 놀란 가슴 솥뚜껑 보고 놀라는 식으로 걱정을 하는지 모르겠구먼. 일 차, 이 차 석유파동 때도 우리 회사는 끄떡없이 견뎠잖여. 그라고 지금 나라에서는 새마을운동을 올해부터 더 본격적으로 해 나가기로 했잖여. 이런 호경기에 인원을 줄인다는 거는 말도 안 되는 거여."

"새마을운동 하는 데 우리 회사가 들어간단 말유?"

"동네일에 우리 회사가 들어갈 수는 읎지. 하지만 경지 정리하는 데 포클레인이나 덤프트럭을 가동시키고 있잖여. 포클레인하고 불도저가 다섯 대씩이나 뒹께, 한 달에 보름만 가동시켜도 직원들 봉급은 나오고 있잖여. 덤프트럭으로 벌어들이는 돈은 순전히 이익을 내고 있잖여."

배광일은 승철이 이동하 덕분에 전무라는 직함을 가지고 있지만, 나를 따라오려면 아직 멀었다는 표정으로 말했다.

"나도 부사장 말대로 우선은 지켜보고 싶구먼. 정부에서 경지 정리를 한다는 데 구백삼십육억 원을 투자한다잖여. 우리가 직접 현장에 나가지 않고, 중장비만 임대해도 수입이 만만치 않아. 영동에서 우리 회사만큼 중장비를 갖고 있는 회사가 읎잖여. 죄다 한두 대 갖고 일을 하고 있잖여."

이동하는 아직은 배광일이 필요할 때라고 판단하고 배광일의 말에 힘을 실어줬다.

"맞아유. 작년 십이월 칠일자 신문에 났잖아유. 여기 신문을 오려서 붙여 놓은 것이 있슈."

배광일이 기다렸다는 얼굴로 항상 들고 다니는 노트를 이동하 앞에 펼쳐 보였다. 노트에는 작년 12월 7일 자 신문에 난 기사가 붙어 있었다.

"저도 그 신문을 봤습니다. 내년 사월 말까지 투자하는 구백삼십육 억 원 중에 우리 중장비가 필요한 농용수개발부문하고, 경지정리 사업에 배정된 내용이 그 절반인 사백칠십오 억원입니다. 하지만 그 돈이 영동에만 투자되는 돈은 아니잖습니까? 더구나 영동에 포클레인하고 불도저가 몇 대인 줄 아십니까?"

"몇 대나 되는데?"

이동하는 내심 승철이가 배광일 못지않을 정도로 전문가가 되어 버렸나, 하는 생각이 들어서 놀란 얼굴로 물었다.

"영동 중장비 조합에 등록되어 있는 불도저가 백 대가 넘습니다. 포클레인도 팔십 대가 넘습니다. 전화만 하면 달려오는 옥천이나 무주까지 포함하면 각각 삼백 대가 넘습니다. 전국적으로 보면 몇 만 대가 된다는 겁니다. 게다가 석유파동 때문에 경유 가격은 작년 십이월부터 삼십삼 프로나 올랐고, 철근은 팔십팔 프로나 올랐습니다. 원자재 가격은 그렇게 올랐지만 직원 봉급이 내렸습니까? 중장비 세금이 내렸습니까?"

승철이 희미하게 웃으며 배광일을 바라봤다.

"이 전무가 알고 있는 사실은 나도 다 알고 있는 사실이고, 사장님도 알고 계시는 사실여."

배광일은 승철이 생각하고 있었던 것보다 짧은 기간 안에 많은 것을 터득했다고 생각했다. 하지만 뛰어봤자 송사리라는 생각에 대수롭지도 않다는 표정으로 넘겨 버렸다.

"부사장님도 잘 알고 계시는 사실이고, 사장님도 물론 알고 계시는 사실을 한 가지 더 말씀드리겠습니다. 지난달 십오일부터 올해 십일까지 거의 한 달 동안은 땅이 돌덩이처럼 꽁꽁 얼어붙어서 일을 못했잖습니까? 앞으로도 날이 풀리려면 삼월까지는 기다려야 하는데, 두 달이나 남았습니다. 제 생각에는 앞으로도 지난 추위 같은 한파가 한두 번은 더 올 것이라고 봅니다. 그럼 사월까지 남은 달 중에 두 달밖에 일을 할 수 없다는 계산이 나옵니다. 한 달 동안 번 돈은 직원들 월급으로 줘야 한다면, 나머지 한 달은 이익을 봐야 하는데 그렇지 못하다는 거쥬. 하지만 직원을 절반으로 줄이면, 직원이 줄어든 수만큼의 인건비는 적립할 수 있다는 겁니다.”

“좋아! 이 전무가 공부를 많이 했구먼. 하지만 회사를 키울라믄 위기를 이겨내야 하능 겨. 경기가 하락세로 돌아간다고 해서 직원을 쫄이고 경기가 좋다고 해서 직원을 늘리믄 맨날 제자리걸음을 하다 볼일 다 보능 겨. 그랑께, 직원을 쫄이는 문제는 여기서 끝내고 부사장은 그만 나가 봐.”

이동하는 승철이 생각하고 있던 것보다 회사에 빨리 적응하고 있다고 판단했다. 하지만 배광일을 내치기에는 아직 시기상조라고 생각했다. 승철의 등을 툭툭 두드려 격려를 하면서도 배광일 손을 들어주었다.

“사장님, 저녁에는 농촌지도소 소장하고 한잔하기로 했슈.”

배광일은 가슴을 펴고 자랑스럽게 말하기는 했지만 마음속으로는 한가하게 접대나 하고 있을 때가 아니라고 생각했다. 어느 날 갑자기 퇴직금 돈 백만 원 받고 알거지로 쫓겨나기 전에 한몫 단단히 챙길 연구를 하는 것이 중요했다.

“그려, 이왕 대접할 바에는 경비 걱정은 하지 말고 확실하게 대접해 줘. 스무사흘이 설이잖여. 떡값도 한 오만 원 찔러 줘.”

이동하는 만족한 표정으로 아랫배를 슬슬 문지르며 창문 밖을 바라봤다. 승철의 말대로 한파는 쉽게 물러갈 것 같지 않았다. 경지 정리를 하려면 눈이 녹아야 한다. 당장 눈이 녹으려면 열흘 이상은 걸릴 것 같았다.

“이 전무도 저녁에 시간 있지? 저녁에 나하고 같이 가자. 알았지?”

배광일은 승철이 자신을 신임하게 만드는 것이 중요하다는 생각에 막내 동생을 대하는 얼굴로 부드럽게 말했다.

"아녀, 오늘은 관리과장하고 같이 가게. 이 전무는 나하고 즈녁에 모산 들어갈 일이 있구먼."

승철이도 일어섰다. 이동하는 승철에게는 앉아 있으라는 손짓을 해 보이며 배광일을 내보냈다.

"부사장님이 수고 좀 해 주십쇼."

승철은 부사장이 나간 다음에 문을 닫고 나서 다시 소파에 앉았다.

"자, 부사장이 나갔응께, 우리끼리 야기해 보자. 왜 인원을 감원시키자고 하는 거여? 방앗간도 도정량이 반으로 쭐어서 인부들을 절반이나 짤랐다가 다시 불러 들었잖여. 그 사람들이야 잡부들잉께, 오라면 오고 가라믄 가는 사람들잉께, 다시 오라고 해도 '고맙습니다', 하고 달려왔지만 여기는 틀리잖여. 죄다 기술자들이란 말여. 설계사도 그릏고, 중장비 기사나, 경리나, 총무과 직원들도 죄다 기술이 있는 사람들이라서 한번 짤르믄 다시 불러 오기가 쉽지 않잖여."

이동하는 합동정미소 도정량이 갑자기 절반이나 줄어들었던 것을 생각하면 지금도 이가 갈렸지만 겉으로 드러내지 않고 말했다. 아무리 선거에 낙선했다고 해도 공화당을 탈당한 것도 아니고, 지역구가 영동, 옥천, 보은으로 합쳐진 까닭에 부위원장 명함을 찍어 가지고 있다. 그런데도 청주며 보은에서 오는 물량이 아무런 예고도 없이 중단되어 버렸다. 당장 그다음 날 백만 원이 든 돈 봉투를 들고 도당위원장을 찾아가서 따졌더니, 일주일 만에 다시 물량이 들어오기 시작했다.

"이런 말씀 드리면 어떻게 생각하실지 모르겠습니다. 아버지가 선거에서 잘못되고 나서 정신이 번쩍 들었습니다. 솔직히 그전에는 딴 회사도 아니고 아부지 회사니께, 하루라도 빨리 정을 붙이고 회사를 키워야겠다는 생각이 지금처럼 강하지는 않았습니다. 그렇다고 매일 허수아비처럼 왔다 갔다 한 것은 아니고, 나름대로 열심히 할라고 노력했지만 제가 생각해도 별로 달라진 것이 없드라구요. 워낙 학교 다닐 때 땡땡이만 까고 만화책만 파던 놈이라서 아무리 노력해도 한계가 있드라구요."

"그래서?"

이동하가 요놈 봐라, 하는 얼굴로 반문했다.

"저는 아버지가 선거에서 떨어질 것이라고는 손톱만큼도 생각하지 않았습니다. 선거에서 떨어지고 나니까 당장 정미소 물량이 절반으로 줄었지 않았습니까? 그 문제는 다행히 아버지가 해결하셨지만, 군청 직원들이 저를 대하는 것이 다르더군요. 그전에는 사무실에 들어가면 과장이 나와서 반겼는데, 요즈음은 계장급들이 상대해 줍니다. 그것도 저한테 대접 좀 받은 계장이……."

"그래서 세상을 살아갈라믄 빽이 중요한 거여. 그걸 인제 알았냐?"

이동하는 승철이 군청 과장들한테 홀대당했다는 말을 듣고 나니까 피가 거꾸로 솟는 것 같은 분노가 치밀어 올랐다. 승철의 말을 더 이상 듣고 있을 수가 없어서 말을 끊어 버리고 찻잔을 들었다.

이놈들, 워디 두고 보자.

작년 이맘때만 해도 군수가 경비실 앞에서 기다리고 있었다. 아직 인생이 끝난 것도 아니다. 5년 후면 다시 국회의원 선거가 있다. 하루살이들도 아니다. 과장급은 5년 후면 정년퇴직을 하거나 아직 현직에 있을 것이다. 너무 화가 나니까 인삼차가 뜨겁다는 것도 느낄 수가 없었다. 어디 두고 보자는 생각에 마음속으로 이를 갈면서 찻잔을 내려놓았다.

"아버지, 저도 자존심 상하는 일이 한두 번이 아닙니다. 하지만 정말 많이 배웠습니다. 세상이 만만한 게 아니라는 것도 배웠고, 아버지가 얼마나 훌륭하신 분인지도 많이 느꼈습니다."

"우리 승철이도 다 컸구먼. 됐다, 됐어. 그런 생각을 갖고 있으믄 아부지는 만족한다."

"이왕 말이 나온 김에 한 가지 말씀 드릴 것이 있습니다."

"직원 감원에 대한 야기냐?"

"아까 아버지가 직원을 감원하는 문제는 일단 그냥 가시자고 했지 않습니까. 그 문제는 그대로 진행을 하겠습니다. 하지만 부사장은 문제가 있다고 봅니다."

"부사장이 회사 돈이라도 가로채고 있다는 거여?"

"부사장 월급이 한 달에 얼맙니까? 제가 재오를 시켜서 조사해 봤더니, 우리나라에 일 년 총 매출액이 이억 원이 넘는 법인체가 천삼백 개라고 합니다. 그런 대기업 회장 중에 월급을 삼십만 원 이상 받는 사람이 구십일 명입니다. 십만 원 미만이 삼백사십오 명으로 이십사 프로고. 재미있는 것은 십억 원 이상 매출을 올리는 대기업 대표자 가운데 십만 원도 못 받는 사람이 열일곱 명이랍니다. 그런데 부사장 월급이 팔만 원씩 나간다는 것은 너무 많다고 생각합니다. 부사장만 없으면 젊은 직원들 네 명을 쓸 수 있다는 겁니다. 그 네 명을 영업직으로 채용하면 부사장보다 훨씬 많은 수주를 받아 올 수 있다고 생각합니다."

"그건 니가 하나만 알고 둘은 모르는 말여. 대기업 중역만 돼도 승용차에 여비서하고 운전사가 따르잖여, 골프 회원권도 있어야 하고, 로타리클럽 같은 데도 가입해야 하고, 접대비가 몇 십만 원씩잉께, 월급 하나만 갖고 따질 수는 읎어."

"배 부사장도 접대비로 한 달에 몇 십만 원씩 쓰지 않습니까?"

"그랑께, 니 말은 부사장을 짜르자 이거여?"

"아직은 제가 부족한 것이 많습니다. 하지만 올가을쯤에는 정리하는 것이 좋다고 봅니다."

"나를 믿고 하는 말여? 아니믄 니가 자신 있다 이거여?"

"재오만 있으면 얼마든지 자신 있습니다."

승철은 찻잔을 들었다. 알맞게 식은 인삼차를 한 모금만 마시고 내려놓았다. 손가락을 깍지 끼고 이동하를 바라봤다.

"아부지도 생각이 있응께 일단 그 문제는 나한테 맡겨 둬. 그라고 니가 알다시피 아부지는 정치를 해야 할 사람여. 정치하고 사업 두 가지를 같이 할 수는 읎어. 오늘 회의를 할 때 봉께 아부지가 맘 놓고 정치를 해도 되겠구먼. 하지만 우리 가족 이외 사람은 절대로 믿어서는 안 되능겨."

"재오는 믿어도 됩니다. 저 때문에 고등학교도 재수를 한 친굽니다."

"친구로서는 믿어도 되지만 사업까지 같이 하는 친구로 생각하지 말라는 거여. 가는 어디까지나 니 부하여. 바깥에서는 친구지만, 회사 안에서는 친구가 아니란 말여. 내 말 무슨 뜻인지 알겄냐?"

"알겠습니다."

승철은 지금까지 이동하에게서 이처럼 진지하게 충고를 들은 적이 없었다. 성인(成人)대 성인(成人)으로 대해주는 것 같아서 어깨가 무거웠다.

"오늘 봉께, 승철이도 많이 컸구먼. 하지만 말여, 남자가 사업을 할라믄 가정이 있어야 하는 벱여. 그래서 하는 말인데, 장가갈 생각은 읎는 거여?"

이동하는 승철이가 입을 열기를 기다리며 신문을 뒤적거렸다. 이동하는 부드러운 눈빛으로 승철을 바라봤다. 어딘지 모르게 들례의 얼굴이 겹쳐지는 것 같아서 슬그머니 테이블에 있는 신문 쪽으로 시선을 내렸다.

"안직 장가갈 생각은 없슈."

승철은 영동으로 내려오고 나서 김수애를 한 달에 한 번 정도 만났다. 김수애가 영동으로 내려올 때를 제외하고는 서울에 볼일을 보러 간 김에 김수애를 만났다. 그녀를 만나는 횟수가 늘어갈수록 조금씩 거리가 좁혀지고 있는 것을 느낄 때가 많았다. 하지만 그녀와 결혼을 해야겠다는 생각을 해 본 적은 없었다.

"장가갈 여자가 읎어서 그려?"

"예……."

승철은 김수애 얼굴이 떠올랐지만 망설이지도 않고 대답했다.

"재오가 그라는데, 대학교 후배하고 자주 만난다고 하던데? 그 여자는 결혼 상대가 아녀?"

이동하는 인터폰을 눌렀다. 사장실 문을 열고 들어온 여직원에게 인삼차를 한 잔 더 가져오라고 지시했다.

"한 달에 한 번 정도 만나는 여자 후배가 있기는 하지만 결혼해야겠다는 생각을 해 본 적은 없슈."

"그 후배 부모는 뭐 하는 사람들여?"

"장사한대유. 뭔 장사를 하는지는 정확히 모르고."

"즈녁에 모산 들어가 보믄 알겄지만, 올해 슬 쉬고 나서는 꼭 장개를 보내겄다고 하드라. 그랑께, 슬 쉬고 나서 한번 보자고 햐. 알겄지?"

"수애한테 그런 감정을 가져 본 적이 없는데유?"

"그 여자 이름이 수애여? 성은 머여?"

"본은 어딘지 모르는데, 김씹니다."

"김수애라, 이름이 이쁜 걸 봉께 얼굴도 이쁘겄구먼. 오늘이라도 즌화를 해서 우리 부모님이 한번 보잔다고 햐."

여직원이 인삼차를 들고 들어왔다. 이동하가 인삼차를 마시면서 기특하다는 얼굴로 승철을 바라봤다.

천호동에서 명일동으로 넘어가는 고개 왼쪽으로 직물공장 단지가 있다. 작게는 몇십 명 크게는 백여 명이 넘는 규모의 공장 대부분은 면사로 광목을 짜는 곳이다. 낮에 길을 지나다 보면 여기저기서 철커덕거리면서 광목을 짜는 면직기(綿織機) 돌아가는 소리가 단조롭게 들린다.

옥상에 빨갛고 파란 혹은 노란 실타래가 빨래처럼 널려 있거나, 염색한 천을 길게 늘어트려 햇볕에 말리고 있는 곳은 염색 공장이거나 타월 공장이다. 공장 앞에 트럭을 세워 놓고 밍크 담요를 싣고 있는 곳은 요즘 한창 인기를 끌고 있는 밍크천 공장이다. 밍크천을 만드는 공정은 털실을 천에 촘촘하게 박고 올을 풀어서 마치 밍크털처럼 만든다. 천이 두툼하고 털실 때문에 따뜻해서 혼수품으로 빠지지 않는 품목이기도 하지만, 웬만한 집에는 한두 장씩 가지고 있는 이불이다.

공장들은 거의가 2교대로 근무하고 있어서 밤을 새워 근무한 공원들이 잠을 자는 시간이라 거리가 쥐 죽은 듯 조용하다. 오후 점심시간에 반짝 거리를 메우는 사람들은 거의 공장에서 일하다, 점심시간을 이용해 근처 가게에 담배를 사러 나왔거나, 간식거리를 사러 나온 어린 여직

공들이다. 점심시간이 지나면 야간 근무자들은 빨래를 하거나, 모자란 잠 속에 빠져드는 까닭에 거리는 다시 조용한 오수(午睡)속으로 빠져든다.

팔봉은 한양직물에서 무시로를 열석 장을 샀다. 멍석을 말듯 뚤뚤 뭉친 무시로 속에는 비닐포장을 뜯지도 않은 면사가 열 개나 들어 있었다. 무시로를 판 돈은 공장장 차지다. 그 돈을 모아서 이십 명밖에 되지 않는 직원들에게 회식을 시켜주거나, 야간 근로자들에게 가끔 빵이나 우유를 사주는 데 사용한다. 하지만 면사를 판 돈은 아무도 모르는 돈이라서 공장장의 몫이다.

"딴 데 가면 별 반찬 있나? 여기서 같이 먹자구."

마침 점심시간을 알리는 종이 학교처럼 때르릉 울렸다. 철커덕거리며 광목을 짜던 직기들이 일제히 멈췄다. 공장 안은 순식간에 한낮의 절간 같은 정적이 감돌았다. 팔봉이 바지 주머니에 찔러준 돈의 감촉을 짜릿하게 받아들이고 있던 공장장이 말했다.

"나야, 고맙쥬."

팔봉은 집으로 가려면 몇 군데 공장을 더 들러야 한다. 리어카에 엉성하게 적재되어 있는 무시로 뭉치가 흘러내리지 않도록 타이어를 잘라 만든 밧줄로 대충 묶었다. 장갑을 빼서 뒷주머니에 넣으며 씩 웃었다.

공원들은 밥을 먹기 전에 씻으려고 수돗가에 몰려 있었다. 학교에 있는 급수대처럼 수도꼭지가 세 개씩 달려 있는 수돗가에는 밤을 새워 야간근무를 한 공원들과 주간근무를 하고 점심을 먹으러 나온 공원들이 뒤섞여서 북적거렸다. 거의가 10대 초반에서 20대 중반까지의 여자들이고, 남자들은 몇 명밖에 보이지 않는다. 여자들은 직기로 광목 짜는 일을 하고, 남자들은 직기가 고장 나면 수리를 하거나, 완성이 된 제품들을 창고로 옮기는 일 등을 한다.

"겅거니가 우리 집에 비하믄 임금님 수랏상이네유."

공원들은 식판에 밥을 타서 자기 방에 가서 먹는다. 팔봉과 공장장은 공장 총무과장이 기거하는 사택 거실에서 따로 상을 받았다. 공장장이 어딘가 가서 소주 한 병을 들고 왔다. 팔봉은 먼저 소주 한 잔을 달게 마시고 젓가락을 들었다. 주방장이 누군지 모르지만 봄나물에 두부를 듬성듬성 썰어 넣은 청국장, 기름기가 줄줄 흐르는 콩자반에 깨를 솔솔 뿌렸다. 고등어자반은 누구 생일상처럼 실고추를 뿌렸고, 김장 김치로 보이는 김치는 먹음직스럽게 반듯하게 썰었다. 집에서 먹는 반찬보다 훨씬 좋다는 생각에 꿀꺽 소리가 나도록 침을 삼켰다.

"밤을 꼬박 새워서 일하는 것이 쉽지 않잖아. 우리 사장님이 딴 거는 몰라도 직원들 밥 먹는 거 만큼은 신경을 많이 쓰고 있구먼."

공장장 박 씨는 어린 공원의 한 달 월급에 해당하는 몇천 원이 생겼겠다, 반주도 한잔했겠다. 기분이 좋았다. 밥을 듬뿍 퍼서 먹으며 자랑스럽게 말했다.

"요새 석유파동으로 경기가 안 좋다는데 이 공장은 잘 돌아가능개뷰."

"잘 돌아가기는, 원사 값이 워낙 많이 올라서 요즘은 살얼음 위를 걷는 기분이여. 공장이 여기 말고 송파에도 있잖아. 그 공장은 야간 근무자들을 죄다 짤랐어. 주간 근무자도 봉급이 많이 나가는 숙련공들은 빼고, 이제 겨우 직기를 볼 줄 아는 신참들만 깔아 놨다구. 오늘 고등어가 참 맛있네. 아줌마, 여기 고등어 좀 더 줘."

박 씨가 거실 부엌 쪽을 바라보며 큰 소리로 말했다.

"막말로 공장 문을 닫아도 사장은 먹고사는 데 지장 읎을 뀨. 내가 알기루는 이 공장 사장이 알부자라고 하던데?"

"여기하고 송파에서 번 돈으로 죄다 땅을 사 놨잖아. 요즘 땅값이 하루가 다르게 오르는 판국이라, 공장 문 닫아도 먹고사는 데는 지장 없지."

"공장장님도 한 푼이라도 더 모아서 저금해 놔야 겄구먼. 공장 문 닫는다고 어서 와유, 하고 문 열어 주는 공장은 읎을 거 아뉴?"

팔봉이 박 씨의 빈 잔에 소주를 따라 주면서 은근한 목소리로 말했다.

"모레 원사가 들어오거든. 그때는 서른 개쯤 빼도 될 거야."

"서른 개씩이나?"

팔봉이 자신도 모르게 주변을 살피고 나서 속삭였다.

"변 사장 말따라 나도 좀 챙겨놔야 몇 개월 놀아도 걱정 없잖아. 안 그려?"

"난 배운 건 읎지만 유비무환이라는 말은 알아유."

"나도 그 말은 알고 있지. 준비가 되어 있으면 걱정이 없다. 미리 준비를 해 놓으면 우환이 없다는 말 아닌가?"

박 씨도 팔봉이 못지않게 목소리를 줄이고 은근하게 말하며 잘게 웃었다.

"아이구, 이거 우리가 고등어를 다 먹으면 직원들이 먹을 게 읎는 거 이 아닌가?"

기숙사 아줌마가 고등어 접시를 들고 왔다. 팔봉이 벌떡 일어나서 접시를 받으면서 너스레를 떨었다.

"괜찮아유. 고등어 없어도 반찬은 많아유."

기숙사 아줌마는 팔봉에게 세숫비누며, 설탕을 가끔 받는 처지라서 합죽 웃으며 물러갔다.

"변 사장은 돈 좀 벌어 놨지?"

박 씨가 고등어를 젓가락으로 찢으며 물었다.

"돈을 벌긴유. 자식 공부 갈키고, 먹고살다 보믄 빠듯해유. 워디 복권이라도 맞지 않는 한, 맨날 하루 벌어 하루 먹고살기쥬 머."

"에이, 누가 그라는데 변 사장이 올해는 집을 살 거라고 하던데?"

"누구한테 들은 말인지는 모르지만, 집을 산다는 소문이 돈다믄 나쁠 거는 읎쥬. 그런 소문이 돌면 서울이 아무리 야박하다 하지만, 급할 때 돈 몇천 원은 우습게 빌릴 수 있겠네유."

팔봉은 젓가락을 내려놓고 술잔을 들었다. 술을 마시면서 박 씨가 한 동네 사는 것도 아니고, 그런 소문을 누구한테 들었지, 라며 기억을 더듬어 봤다.

"누구한테 듣긴, 변 사장하고 천호동 시장 초입에 있는 포장마차에서 한잔할 때 들은 말이지."

"에이, 내가 취해서 허풍을 떨었구먼, 술에 취하믄 무슨 말을 못해유. 하늘이 동전만 하게 뵈이는데……."

팔봉은 앞으로는 아무리 취해도 말을 조심해야겠다고 생각하면서도 농담으로 돌려 버리며 술잔을 내려놓았다.

"내 참, 변 사장 돈 많이 벌었다면 축하해 줄 일인데 우리 사이에 숨기긴……."

박 씨가 웃음을 감추며 말했다.

"승질났슈?

"아까도 말했지만 변 사장 돈 많이 벌었으면 축하해 줄 일이지. 그것이 숨길 일인가?"

"돈을 영 못 벌었다는 말은 아뉴. 그날은 먼가 기분 좋은 일이 있어서 허풍을 떨었을 거라 이거유."

팔봉은 돈 벌었다는 소문이 나서 좋을 게 없었다. 술을 사도 한잔 더 사야하고, 면사를 살 때 한 푼이라도 더 주면 더 줬지 깎을 수도 없다는 생각에 이것도 저것도 아닌 애매한 대답을 했다.

"됐어. 돈을 많이 벌었든지, 적게 벌었든지 밑졌다는 말을 듣는 것보다 낫잖아. 안 그래? 그래도 나중에 천호동에서 만나면 한잔 사라구. 우리 지난번에 마시던 포장마차 아줌마, 그런 데서 장사할 사람처럼은 안 보이지 않아?"

박 씨는 이내 표정을 피고 화제를 돌렸다.

"공장장님도 그렇게 봤슈? 내가 뵈기에도 어디 학교 선생님 같은 걸 하면 딱 맞아 뵈이는 사람이, 포장마차에서 홍합 팔고 닭다리 파는 모습을 봉께, 안 되어 뵈이더라구유."

팔봉은 박 씨 얼굴이 피는 것을 보고 안심했다는 얼굴로 맞장구를 쳤다.

점심을 먹은 공원들은 방으로 들어가지 않고, 마당이나 담벼락 앞에 편하게 양반다리를 하고 앉았거나, 거리로 나가서 따듯한 햇볕 밑에서 해바라기를 하며 휴식을 취했다. 팔봉은 공원들이 일할 때와 다르게 활기를 띠고 있는 공장 마당에 세워 놓은 리어카 앞으로 걸어갔다.

"이제 어디로 갈 건가?"

박 씨가 담뱃불을 붙이고 나서 물었다.

"요 밑에 있는 동일직물로 갈 거유."

"거기도 원사 뒷거래를 하는가?"

박 씨가 환한 햇볕 안으로 뽀얀 담배 연기를 길게 내뿜으며 물었다.

"에이, 지가 무슨 도둑놈유? 여기저기 죄다 거래하게. 공장장님은 워낙 믿을 수 있는 분잉께 하는 거지. 아무데서나 원사를 안 사유."

"나도 변 사장 믿어. 믿는 사람들끼리 잘해 보자구."

박 씨는 잘게 웃으며 팔봉의 등을 툭툭 쳤다.

"그람 모리 들릴께유."

팔봉은 박 씨에게 손을 흔들어 보이며 밖으로 나갔다.

박 씨는 곧장 공장장실로 들어갔다. 바깥과 다르게 공장장실 안은 햇볕이 창문 안으로 파고드는 책상 앞만 따뜻하고 다른 곳은 서늘했다.

"최 형사? 나 박종만일세. 오늘 저녁에 치면 딱 좋을 걸세. 이따 아홉 시쯤에 천호동에서 만나세."

박 씨는 등에 와 닿는 햇볕이 따뜻하다는 것을 느끼며 오늘 형사 역할을 맡기로 한 최형만에게 전화를 했다.

동일직물 담 앞에는 파란 잎새 사이에 노란 꽃잎이 말라붙어 있는 개나리 가지가 축축 늘어져 있었다. 황토색 페인트가 드문드문 벗겨지고 녹이 슨 철대문은 굳게 닫혀 있다. 담 안에 서 있는 감나무는 잎새가 붙어 있지 않지만 푸른 기운을 머금고 있었다.

팔봉은 동일직물 앞에서 리어카를 세웠다. 마치 자기 집에 들어가는 것처럼 대문 안으로 들어갔다. 대문을 활짝 열었다. 리어카를 마당 안에 들여 놓고 공장 옆에 붙어 있는 창고 앞으로 갔다. 문이 없이 지붕만 있는 창고 안에는 면사를 싸가지고 왔던 무시로며, 천 조각, 실뭉치, 푸대

종이 등이 뒤섞여 수북하게 쌓여 있었다.

"한 장이요, 두 장이요, 석 장이요."

햇볕은 좋았다. 점심 때 반주도 한잔했겠다. 원사로 얻은 돈도 만 원 정도 되겠다. 이 정도면 오늘 일당은 톡톡히 번 셈이다. 팔봉은 무시로 중에 온전한 것만 골라서 숫자를 헤아렸다. 뚜껑으로 이용했던 반쪽 짜리는 숫자에서 제외했다. 나중에 집에 가서 새끼로 두 장을 이으면 온전한 한 장이 되는 것이기 때문에 공짜나 마찬가지다.

쓰레기 더미 안에 예상했던 것처럼 비닐포장을 풀지 않은 원사 열다섯 개가 숨겨져 있었다. 도둑질을 하는 사람처럼 주변을 두리번거리고 나서 얼른 무시로로 감싸 리어카에 숨겼다.

팔봉은 콧노래를 부르며 공장 안으로 들어갔다. 공장장은 기계실에서 기사와 함께 고장이 난 직기 부품을 수리하고 있었다.

"날도 좋은데 바깥에서 고치지……."

팔봉은 고개를 꾸벅 숙여 보이고 공장장 옆에 쪼그려 앉았다.

기사는 실린더처럼 생긴 쇠막대에 달려 있는 베어링에 윤활유를 치고 손가락으로 빙빙 돌리고 있었다.

"간단한 거여."

공장장은 기름때가 시커멓게 묻은 면장갑을 벗으며 일어섰다.

"원 기사님, 담에 술 한잔 해유."

팔봉은 안면이 있는 기사에게 웃어 보이고 나서 일어섰다. 공장장을 따라서 밖으로 나갔다.

"한 스무 장 돼나?"

"스물두 장유. 그건 열다섯 개고……."

팔봉이 능숙하게 돈을 헤아려서 공장장의 손에 쥐어 주었다.

"요새 원사 값이 많이 올랐다던데?"

공장장은 돈을 헤아려 보지도 않고 절반으로 나누어서 각각 다른 주머니에 넣었다.

"원사 값이 많이 올라서 그런지, 동대문 시장 놈들도 재고가 많다며 안 사러 와유. 그렇다고 나까지 경기 풀릴 때까지 기다릴 수는 읎잖유."

"하긴 요새 경기가 워낙 안 좋으니까, 우리도 창고에 재고가 꽉 찼어. 사장님은 경기가 풀릴 때까지 공장 문을 닫자고 하지만, 변압기 스위치를 내리는 것은 쉽지만 올리는 것은 어렵잖아. 숙련공들을 빠른 시일 내에 뽑는 것도 어렵고, 일단 공장 문을 닫게 되면 외상 수금이 안 되잖아. 좌우지간 동대문하고 여기하고 가까운 거리도 아닌데, 공장 문을 닫았다 하면, 동대문 도매상 놈들이 귀신같이 알아차리고 수금을 미루는 데 선수라고."

"아무리 경기가 안 좋다고 하지만, 공장장님한테 술 한잔 사 드릴 여유가 없겠슈? 오늘 일 끝내고 시내 내려와서 전화해유. 워디 아가씨 있는 살롱에서 접대는 못해도, 돼지갈비는 배부르게 낼 모양잉께."

"오늘은 큰집 제사로 신당동 가 봐야 되고, 내일 한번 나가지"

"그려유. 그람 낼은 즈녁 안 먹고 즌화 오도록 기다릴께유."

팔봉은 요즘 같으면 집이 아니라 아파트도 사겠다는 생각에 기분 좋게 손을 흔들며 리어카 손잡이를 잡았다.

거리는 조용했다. 가끔 광목을 가득 실은 삼륜차나 용달차가 뽀얀 먼지를 날리며 비포장도로를 지나갈 뿐이었다. 어디 병원에라도 다녀오는지 노랗게 부황기가 뜬 얼굴로 힘없이 걸어가는 여자가 지나갔다.

팔봉은 해가 질 무렵에 무시로 야적지에 도착했다. 무시로는 일단 뭉치 그대로 천막으로 덮어 두었다. 면사만 따로 마대에 담아서 집으로 들고 갔다. 독채처럼 사용하고 있는 집이라서 방이 세 칸이다. 희순의 방에는 모아 놓은 면사가 마대에 담겨 쌀 가마니처럼 쌓여 있었다. 용달로 한 차가 될 때마다 팔아야 목돈이 되기 때문에 열심히 모으고 있는 중이다.

"오늘은 몇 개나 샀슈."

저녁을 하고 있던 박장옥이 세숫대야에 물을 받아서 부엌 앞에 내놓으며 물었다.

"한 쉰 개 되는 거 가텨. 모리쯤에 동대문 김 사장한테 즌화해서 실어 가라고 해야지."

팔봉은 재킷을 벗어서 안방 앞 쪽마루에 던졌다. 요즈음은 독자적으로 시장을 개척해서 직접 김 사장하고 거래를 하기 때문에 수입이 두 배로 늘었다.

"모리 돈 받으믄 희수 학원비 줘야 해유."

"학원비가 얼맨데?"

팔봉은 희수 재수학원비만 생각하면 짜증이 났다. 학원비가 대학등록금보다는 작지만, 대학에 합격했었으면 고스란히 저축해야 할 돈을 낭비한다는 생각이 쉽게 버려지지 않았다. 대충 얼굴을 씻고 머리카락은 손바닥에 물을 묻혀서 먼지만 털어내며 물었다.

"학원비 만 오천 원에, 차비하고, 즘심 사 먹을 돈 해서 이만 원만 달라고 하데유."

"즘심은 벤또 싸가지고 가믄 안 되나?"

희순이가 타월을 건네줬다. 팔봉이 타월을 받아서 얼굴을 닦으며 물었다. 희수가 공부를 하기 싫다면 잘 아는 직물공장 경리나 총무로 취직시킬 수가 있다. 그러나 어떤 일이 있어도 대학에 가겠다고 고집을 피우는 데다, 아내까지 한통속이 되어 공부하고 싶어도 못한 희순이를 생각해서라도 대학에 보내야 한다고 우기는 통에 재수학원에 보냈다. 그랬더니 학원비만 내야 하는 것이 아니라, 교통비에 점심 값에, 가끔 특강비며, 무슨 무슨 잡비를 포함하면 대학생 못지않게 돈을 쓴다.

"내동, 잘 주면서 오늘은 왜 심통이랴?"

박정옥은 더 이상 할 말 없다는 목소리로 말하고 부엌으로 들어갔다.

희수는 아홉 시 뉴스를 할 때까지도 귀가하지 않았다. 팔봉은 공장을 순회하면서 마신 술에다, 저녁을 먹은 반주에 얼큰하게 취기가 올랐다. 뉴스가 끝나기 전에 자려고 옷을 입은 채로 아랫목에 누워서 희순이에게 베개를 달라고 하는데 누군가 방문을 두들겼다.

"변팔봉 씨?"

밤인데도 검은색 선글라스를 쓴 남자가 방문을 연 팔봉을 노려봤다.

"그, 그런데유."

팔봉은 알 수 없는 불안감이 그물처럼 덮쳐 오는 것을 느끼며 주춤 뒷걸음쳤다.

"나 기관에서 나온 최 형산데, 당신 요즘 안 좋은 일 하고 다닌다며?"

"아, 안 좋은 일이라뉴? 저, 저는 이날 입때까지 법 없이도 살아온 사람유."

"이 사람 점잖게 끝내려고 했더니 안 되겠군. 이 형사, 이쪽 방하고, 저쪽 방 좀 뒤져봐."

"아, 안 돼유."

박정옥이 상황을 눈치채고 맨발로 마당에 뛰어나와서 이 형사의 앞을 가로막았다.

"변팔봉 씨가 직물 공장에서 면사 빼 오고 있는 거 다 알고 왔어. 어서 비키지 않으면 당신도 장물 습득죄로 깜방 갈 수 있어."

이 형사가 목소리는 크지 않지만 날카롭게 말했다.

"어, 엄마."

방 안에서 바들바들 떨고 있던 희순은 박정옥까지 구속된다는 말에 깜짝 놀라서 마당으로 뛰어내렸다. 이 형사의 앞을 가로막고 있는 박정옥을 껴안고 옆으로 비켜섰다.

"자, 잠깐만유. 잠깐만 나하고 야기 좀 해유."

뒤늦게 상황을 알아차린 팔봉은 이 형사가 희순의 방문을 열면 큰일 난다고 판단했다. 이 형사의 손을 잡으며 앞을 가로 막았다. 박정옥과 희순에게는 어서 방으로 들어가라고 눈짓을 하고 최 형사 앞으로 갔다.

"형사님들, 잠깐 밖으로 나가 봐유."

"뭔데?"

"좌우지간 밖에 나가서 솔직히 털어 놓을게유."

"그래?"

최 형사가 싸늘하게 웃으며 이 형사에게 눈짓을 보냈다.

"솔직히, 톡 까놓고 말씀 디리겠슈."

팔봉은 형사들을 데리고 공터로 나갔다. 먼저 담배를 꺼내서 한 개비씩 내밀었다. 손이 덜덜 떨리는 것을 느끼며 담뱃불을 붙였다. 저녁에 먹는 반주가 확 깨는 것을 느끼며 마른침을 꿀꺽 삼켰다.

"정보에 의하면 몇백만 원어치 면사를 빼냈다고 하던데. 그것도 한 군데가 아니고 열 몇 군데서 말야."

최 형사가 차갑게 웃으며 이 형사를 바라봤다.

"며, 몇백만 원어치라뉴? 몇만 원어치도 안 돼유."

팔봉은 버틸 때까지 버텨 봐야 된다고 생각하며 팔짝 뛰었다.

"몇만 원어치밖에 안 되는지, 몇백만 원어치가 되는지는 수갑 차고 끌려가 보면 알게 되겠지."

최 형사가 허리춤에 차고 있던 수갑을 꺼내며 코웃음을 쳤다.

"자, 잘못했슈. 하지만 참말로 몇백만 원어치는 안 돼유. 원래 그런 데서 나온 물건이라 제값을 받고는 못 팔잖유."

"이 자식, 이거 충청도 시골에서 올라온 놈이라 좀 봐줄려고 했더니 안 되겠군. 감방에 들어가서 몇 년 썩어 봐야 정신이 제대로 박히겠어. 이 형사 본서에 전화해서 빨리 차 좀 보내 달라고 해."

"최 형사님, 인간이 불쌍하잖습니까. 보아 하니 도둑질이나 하고 그런 사람으로는 안 보이네요. 감방에 가면 호적에 빨간 줄이 그어지는 거 아닙니까? 그럼 자식도 공무원이 될 수가 없고, 딸내미도 시집 못 갑니다. 어떤 골 빈 집안에서 감옥에 갔다 나온 전과자 딸을 며느리로 받아들이겠습니까? 그러니 불쌍한 인간 한 번 살려 주는 셈 치고 한 번만 봐 주죠."

"예, 맞아유. 불쌍한 사람 한 번 살려 주는 셈 치고 제발 한 번만 용서해 줘유."

팔봉은 이 형사의 말에 구세주를 만난 기분으로 울음 섞인 목소리로 사정했다.

"이 형사가 책임질 수 있어?"

최 형사가 날카롭게 물었다.

"잠깐 나 좀 봅시다."

이 형사는 팔봉의 손을 잡고 최 형사로부터 이십여 미터 걸어갔다. 블록공장 울타리로 쳐놓은 철조망 앞에서 걸음을 멈추고 길게 한숨을 내쉬었다.

"다, 담배 한 대 피워도 될까유?"

"담배 없습니까?"

이 형사가 부드럽게 물었다.

"아, 아뉴. 담배 있어유."

팔봉이 덜덜 떨리는 손으로 담뱃불을 붙이고 길게 담배 연기를 내뿜었다.

"저도 변팔봉 씨처럼 고향이 충청도 산골입니다. 그래서 하는 말인데, 이 사건은 제보자가 있어서 윗선까지 보고가 된 사건입니다. 우리야 봐주고 싶지만 윗선에서 감옥에 집어넣으라고 하면 할 수 없습니다."

"그, 그람 워틱하믄 된데유?"

"방법이 전혀 없는 것은 아닙니다. 윗선에 돈을 좀 바치면 되긴 되는데, 워낙 많은 돈이 들어서……."

"어, 얼매나 있어야 하는데유?"

팔봉은 여름이 오기 전에 집을 사서 이사할 계획이다. 요즘 천호동 단독 주택은 대지 30평짜리가 3백만 원 안팎이다. 전세금 120만 원이 있어서 2백만 원을 준비해 뒀다. 그 돈이라도 내 주는 수밖에 없다고 생각하며 물었다.

"한 삼백만 원은 있어야 합니다. 만약 그 돈이 없으면 우리도 봐 줄 수 없습니다. 만약 수갑을 차고 끌려가게 되면 바로 유치장에 수감될 것입니다. 내 생각에는 최하 삼 년 이상은 감옥에서 보낼 생각을 해야 합니다. 아까도 말했지만 삼 년 감옥에서 보내는 게 문제가 아니고, 자식들 신세 망치면 인생 끝나는 겁니다. 돈 벌어서 자식들 시집 장가는 못 보낼망정 인생을 망쳐서야 되겠습니까?"

이 형사는 담배꽁초를 바닥에 버렸다. 구둣발로 짓이기면서 은근히 협박을 했다.

"사, 삼백만 원이라는 거금이 어디 있습니까? 그 돈이 있으면 지가 그런 짓을 하겠슈?"

"당신, 같은 고향 사람이라서 좀 봐주려고 했더니 안 되겠군. 그럼 맨입으로 봐 줄 거라 생각했나?"

이 형사가 지금까지와 다르게 싸늘하게 쏘아붙였다.

"아, 아뉴. 배, 백만 원 정도라믄 낼, 날 은행 문 열면……."

"야, 이 새꺄! 내가 지금 빚진 돈 받으러 온 줄 아냐? 이거, 겉으로는 순진한 척하면서 순 말종이네. 관둬 임마, 너 같은 놈은 햇볕 한 줌 들어오지 않는 차가운 감옥에서 좀 썩어 봐야, 정신이 들겠지."

"혀, 형사님. 제발 한번만 용서해 주세유. 전세금을 빼는 한이 있드래도 이백만 원을 채워 줄게유. 제발 용서해 주세요."

팔봉은 감옥에 가는 한이 있더라도 지긋지긋한 월세로 돌아갈 수는 없다는 생각에 어둠 속에서 무릎을 꿇고 앉으며 사정했다.

"이봐요. 변팔봉 씨?"

이 형사는 한양직물의 박종삼이 예상했던 금액보다 오십만 원이나 더 벌었다는 생각에 회심의 미소를 지었다. 팔봉의 손을 잡아 일으키며 갑자기 목소리를 낮춰 불렀다.

"예, 마, 말씀하세유."

팔봉이 울먹이는 목소리로 대답했다.

"돈은 아직 젊으니까 얼마든지 벌 수 있는 거 아닙니까? 하지만 호적에 한번 빨간 줄이 그어지면, 몇천만 원을 써도 지울 수가 없어요. 내 말 무슨 뜻인지 알겠소?"

"그, 그라믄유. 지, 지당하신 말씀이쥬."

팔봉은 보는 사람만 없다면 땅바닥에 철퍼덕 주저앉아서 목이 쉬도록 통곡하고 싶었다. 서울에 올라온 지 이십여 년 만에 내 앞으로 등기가 된 집 한 채 갖는가 싶더니 물거품이 되어 버린 걸 생각하면 밤을 새워 통곡해도 시원찮을 것이다. 하지만 자식들 생각하면 이 형사 말대로 그까짓 돈쯤이야 다시 벌면 된다고 생각하는 수밖에 없었다.

서울 구경

대관절 기차가 땅속으로 어떻게 다니는지 귀경도 한번 해 볼 겸,
시훈이가 오늘 서울 나들이를 추진했다.
공치사라도 고맙다는 말은 못할망정,
대의원인 시훈이를 강에서 흔히 볼 수 있는 모래마주며,
빠가사리에 비유하니까 벌컥 화가 나서 뒤로 물러서면서 변쌍출을 노려봤다.

하늘은 안개 때문에 보이지 않았다. 둥구나무거리에서 바라보는 들판도 또랑 쪽으로 절반은 안개에 허리를 묻고 낮게 엎드려 있었다. 바람이 불면 둥구나무 가지들이 설렁설렁 몸을 비틀며 새벽이슬을 뿌렸다.

너럭바위에는 새벽잠이 없는 순배 영감 혼자 앉아서 두 손으로 지팡이를 짚고 마른입을 쩝쩝 다시며 동네를 바라보고 있었다. 담배를 한 대 피워 볼까 하고 두루마기 주머니에 손을 집어넣었다가 이내 뺐다. 오늘 서울에 지하철 타러 간다고 컴컴한 첫새벽에 일어났다. 냉수를 한 대접 마시고 나서 담배를 피웠다. 저고리를 입고 솜이 안 들어간 홑바지를 입은 다음에 대님을 매고 나도 방문 밖은 푸른 새벽이 바람에 서성거리고 있었다. 그래서 다시 담배 한 대를 피우며 날이 깨길 기다렸다가 나온

참이었다.

안개 저편에서 누군가 쿨럭, 쿨럭 기침을 하며 가까이 다가오고 있는 소리가 들려왔다. 기침 소리로 봐서 변쌍출이다. 마른침을 삼키고 나서 습관처럼 손바닥으로 입술을 닦았다. 나이가 들어서 그런지, 양쪽 어금니가 모두 빠져서 그런지 자신도 모르게 침이 입술가로 배어나올 때가 있었다. 그때마다 손바닥으로 침을 닦다 보니, 언제부터인지 입술에 침이 배어나오지 않아도 닦는 습관이 생겼다.

"아침은 드셨슈?"

변쌍출도 바지저고리에 중절모를 쓰고 재색 두루마기를 입었다. 지팡이를 짚지 않고 구부정한 허리에 뒷짐을 지고 고개만 바짝 치켜 든 자세로 걸어와서 물었다.

"아침은 뻐스 안에서 김밥을 주기로 안 했남?"

"그래도 먼가 요기를 하고 나오셔야지, 빈 속에 뻐스 탔다가 차멀미라도 하믄 서울까지 가겄슈?"

"그러는 자네는 요기라도 했남?"

"기냥 나오기가 심심해서 눌은밥 한술 뜨고 왔슈. 그나저나 이 동리서 성공한 사람은 시훈이 하나뻬에 읎는 거 가튜. 어지 기팔이 말을 들어봉께, 관광버스 대절료가 작년 겨울에만 해도 만 원에서 만 오천 원씩 했대유. 하지만 시방은 삼만 원에서 오만 원까지 한대유. 우리가 아무리 촌에 산다고 하지만, 눈만 뜨믄 보는 사람한테 읎는 말이나 하겄슈?"

"기팔이 말로는 통일주체국민회의 대의원 선건가 할 때 돈을 솔찮게 썼다고 하드만. 못 써도 천만 원은 썼다고 하대유."

"나도 태수 애비한테 그 말을 들은 거 가텨. 우리 같은 사람은 대의원이 먼 자린지도 모르겄지만, 그 돈이 있으믄 누가 돈 대주면서 등어리를 떠밀어도 안 나가겠네. 편히 앉아서 하루는 괴기반찬, 하루는 삼계탕 끓여 먹겄네. 그것도 귀찮으믄 워디 읍내 같은 데 집 한 칸 사서 편히 살면서, 먹고 싶은 거나 맘껏 사 먹고, 귀경하고 싶은 데나 맘껏 귀경함서 살겄네."

순배 영감은 변쌍출이 내미는 담배를 받았다. 담배를 입에 무는 순간 역겨운 냄새가 났다. 그래도 불을 붙이고 한 모금 피우니까 역겨움이 사라졌다.

"기팔이도 츰에는 그릏게 생각했다능 겨. 저하고 상의를 했으믄 어뜬 일이 있어도 말렸다는 거여. 하지만 경훈이 말을 들어 봉께, 이해가 된다고 하데유."

"저해가 아니고 이해?"

안개가 물러난 골목 안에서 개 한 마리가 슬슬 걸어 나온다. 골목을 바라보고 있던 순배 영감이 장기팔의 집이 있는 곳을 바라보며 빈정거렸다.

"국회의원 선거 한 번 치르는 데 못 들어가도 오천만 원 이상은 들어간대유. 그 많은 돈을 들여서 국회의원이 될라고 기를 쓰는 것도 다 이유가 있대유. 당선만 되믄 그 몇 배를 빼낼 수 있대유."

박평래가 두루마기에 중절모를 쓴 차림으로 담배 연기를 날리며 다가왔다. 변쌍출 옆에 앉으려다 일어서서 면장 댁을 바라보며 담배를 피웠다.

"오천만 원의 두 배만 해도 일억 원이라는 돈인데, 그 많은 돈을 워디서 빼낸다?"

"가만히 있어도 사업하는 사람들이 보따리로 싸다 준대유. 허가 안 나는 걸 허가 나게 해 달라고 갖다 주고, 무슨 무슨 특혜를 달라고 갖다준대유. 경훈이 같은 경우는 국회의원 보좌관이 구청에 전화 한 통만 항께, 시유지를 그냥 줍다시피 헐값에 샀다잖유."

"워녕 그런 수가 있응께 돈 아까운 지 모르고 선거에 나서는구먼."

"사업하는 사람들이 국회의원에게 갖다 주는 돈을 누가 물어내는지 알아유?"

순배 영감이 고개를 끄덕이는 것을 본 박평래가 뒤로 돌아서며 물었다.

"물어내긴 누가 물어냐? 사업하는 사람 지 돈을 갖다 주는데?"

순배 영감이 변쌍출을 바라보며 말을 하고 나서 박평래에게 시선을 돌렸다.

"사업하는 사람이 미쳤슈, 지 돈을 주게?"

"그럼 누구 돈을 준다능 겨?"

변쌍출이 이해할 수 없다는 얼굴로 물었다.

"우리 진규가 그라는데 국민들의 갯주머니 돈을 뜯어서 주는 거나 마찬가지래유. 무슨 말이냐면, 군청이나 기관에서 만 원이믄 충분히 할 수 있는 공산데, 건설업자가 국회의원한테 돈을 오십만 원 갖다 주고 빽을 써서 이백만 원으로 올려서 공사를 한대유. 군청에서는 국회의원이 그 업자한테 공사 맥겨라, 항께 울며 겨자 먹기로 공사를 맥길 거잖유, 그람 업자는 꽁짜로 오십만 원 먹고, 공사해서 이문 남기고 항께, 못 먹어도 칠팔십만 원은 먹는 거쥬."

"워째서 그기 갯주머니 돈을 뜯어 주는 거여? 군청이나 기관 돈 내주는 거이지?"

"나이도 나보담 젊은 사람이 머리가 왜 그릏게 안 돌아가? 아! 태수 애비 말대로 군청이나 기관이 돈을 물어 준다잖여. 그람 그 돈은 워디서 나오능 겨. 우리가 세금을 안 내면 나라가 워티게 움직인댜? 죄다 이런 저런 세금으로 나라가 움직이는 거잖여."

순배 영감이 답답하다는 얼굴로 변쌍출을 바라보며 말했다.

"참말로 진규는 똑소리가 나. 그려, 태수 애비 말 들어 봉께, 먼 말인지 이해가 되는구먼. 그람 통일주체국민회의 대의원도 국회의원하고 같은 급수라는 말인가?"

변쌍출이 이제야 무슨 말인지 알아들었다는 말로 고개를 끄덕거렸다.

"저기 기팔이 내려오잖여. 기팔이한테 직접 물어봐."

박평래가 괜히 헛기침을 하다가 안개 속에서 걸어 나오는 장기팔에게 손짓했다.

"일찍들 나오셨구먼."

장기팔은 오늘 서울로 가는 관광차며, 차 안에서 먹을 음식이며 점심값을 시훈이가 모두 부담한다는 것은 곧 자기가 부담하는 것과 같다고 생각했다. 모산 동네가 생기고 객지 나들이를 하는데 관광버스를 대절해 준 사람은 이동하를 빼고는 없다. 그것도 이동하는 선거 때 표를 달라는 조건으로 대절한 것이고, 시훈이처럼 고향 어른들을 위한 선심은 처음이다. 자신도 모르게 어깨에 힘이 들어가는 것을 느끼며 무겁게 말했다.

"아여, 팔봉이 애비가 그라는데, 통일, 그 먼가 하는 대의원하고, 국회의원하고 끗발이 같냐고 물어보는데, 자네 생각은 워뗘?"

"내가 언지 끗발이라고 했남? 급수라고 했지."

"끗수나 급수나 같은 말이잖여."

박평래가 변쌍출이 묻는 말을 한 귀로 흘려보내고 장기팔에게 시선을 돌렸다.

"그, 거기, 먼 말유. 구, 국회의원도 선거로 뽑고, 그 머셔, 통일주체국민의회 대의원도 선거로 뽑잖유, 하지만 대의원은 국회의원도 뽑고, 서울 장충체육관에 모여서 대통령도 뽑잖유. 그람 알쪼 아뉴?"

장기팔은 박평래가 묻는 말에 뭐라고 대답해야 할지 생각나지 않았다. 벽장에서 꿀 꺼내먹다가 들킨 사람처럼 우물쭈물하다가 두루뭉술하게 대답했다.

"그람, 기팔이 말은 대의원이 높다는 말인가?"

"내 귀에도 그룹게 들리는데?"

박평래가 묻는 말에 변쌍출이 애매하다는 표정으로 순배 영감을 바라봤다.

"기팔이한테 서운하게 들릴지 모르겄지만, 내 생각은 안 그렇다고 봐. 국회의원은 요 앞전에는 영동군에서 한 명을 뽑았잖여. 요번에는 영동, 옥천, 보은을 합해서 두 명을 뽑았고 말여. 하지만 그 통일, 먼가 하는 대의원은 각 면에 한 명씩 뽑고, 읍내에서 두 명씩 해서 영동군에서만 열두 명을 뽑잖여. 그만큼 희소가치가 들 하다는 거이지."

"형님 말씀을 듣고 봉께, 대의원이 급수가 훨씬 약하구먼. 학산 장날마다 양산강에서 괴기를 잡은 어부들이 그물로 잡은 지푸라기에 꿰서 팔러 오잖유. 흔한 모래마주나 뿌거리며 빠가사리 같은 괴기는 싸고, 쏘가리나 잉어 같은 거는 귀항께 비싸게 파는 이치하고 같구먼."

변쌍출이 그러면 그렇지 하는 얼굴로 턱을 바짝 올려 세우고 안개가 걷힌 허공에 푸른 담배 연기를 길게 뿜었다.

"그람, 머여. 우리 시훈이가 모래마주나 빠가사리 하고 같단 말유?"

수절과부가 홀애비한테 치마 걷어 올려 주고 뺨을 맞아도 유분수다. 어제 서울에 땅속으로 다니는 지하철이라는 기차가 개통했다고 한다. 대관절 기차가 땅속으로 어떻게 다니는지 귀경도 한번 해 볼 겸, 시훈이가 오늘 서울 나들이를 추진했다. 공치사라도 고맙다는 말은 못할망정, 대의원인 시훈이를 강에서 흔히 볼 수 있는 모래마주며, 지지리도 못생긴 빠가사리에 비유하니까 벌컥 화가 나서 뒤로 물러서면서 변쌍출을 노려봤다.

"아침부터 먼 일유?"

윤길동과 황인술이 약속이나 한 것처럼 겨울양복에 넥타이를 맨 차림으로 다가왔다. 황인술이 인사를 꾸벅 하는 둥 마는 둥 장기팔에게 물었다.

"아, 글쎄. 아, 암것도 아녀."

장기팔은 말을 해 봤자 누워서 침뱉는 꼴이 될 것이라는 생각에 황인술에게 하소연을 하려다 이내 입을 다물며 돌아섰다.

"그나저나, 오늘 서울 가야 되는지 말아야 되는지 모르겠네유."

윤길동이 순배 영감 앞으로 가서 말했다.

"아! 서울을 가믄 가고, 안 가믄 안 가는 거이지, 가야 되는지, 안 가야 되는지는 먼 말여?"

변쌍출은 오늘 서울에 가면 팔봉이 내외를 만날 작정이었다. 팔봉이가 요즘 생활이 좀 어렵다고는 하지만 고향 사람들이 모처럼 서울 갔는데 빈손으로 달랑달랑 나타날 리는 없다. 최소한 소주 한 짝은 들고 올 것이다. 모산에서 소주 한 짝이 아니라 서너 짝을 사도 그뿐이다. 하지만 서울 관광하는데 일부러 찾아와서 소주 한 짝을 냈다면, 서울 말이 나올 때마다 팔봉이에게 두고두고 감사를 해야 할 것이라는 생각에 벌떡 일어나서 삿대질을 했다.

"지금 서울뿐만 아니라 전국이 초상집유. 육영수 여사님이 어제 일곱 시에 돌아가셨다잖유. 중앙청 앞에 있는 오일육 광장에 빈소를 차려 놨는데……."

"자, 잠깐! 길동이, 육영수 여사님이라믄 그 머셔, 시방 대통령 부인을 말하는 건감? 어지, 국립극장인가에서 벌어진 광복절 기념식 때 총을 맞았다는 그분을 말하는 거여?"

순배 영감도 변쌍출처럼 벌떡 일어서서 놀란 얼굴로 하는 말에, 변쌍출은 너럭바위에 슬그머니 주저앉으려다 다시 일어섰다.

"그건 워티게 알았슈?"

"어지, 태수 애비가 라디오에서 들었담서 우리 집에 와서 말해주길래 알았지, 참말로 그분이 돌아가셨단 말여? 나이도 아직 젊으실 건데?"

"당년 사십구 세라고 하대유."

"참말로 육영수 여사님이 돌아가셨단 말여?"

"그렇당께유. 시방 어제저녁 일곱 시부텀 정규 방송을 안 해유. 국립극장에서 열 시 이십삼 분에 머리에 총을 맞고, 서울대학교 병원에서 다섯 시간 사십 분 동안이나 수술을 했는데 끝끝내 살아나지 못하고 영면하셨다는 뉘우스밖에 안 나와유. 문세광이라는 재일교포가 총으로 쐈다고 하대유."

"어지는 일본 사람이라고 하드니? 나이도 새파랗게 젊은 스물세 살백에 안 처먹은 놈이라고 했잖여."

순배 영감이 생각만 해도 이가 갈린다는 얼굴로 박평래에게 물었다.

"츰에는 일본 사람인 줄 알았대유. 하지만 조사를 해 봉께, 일본에 멀쩡히 살아 있는 요시이 유끼꼬라는 사람의 이름으로 우리나라에 들어왔다잖유."

"어허! 워티게 그랄 수가 있나?"

"요시이 유끼꼬라는 남자의 마누라하고 문세광 그놈하고 국민핵교 동창이래유. 은행에 돈 좀 빌릴라고 하는데, 남편의 호적등본 좀 발급해 달라고 공갈을 쳐서, 그 호적등본으로 일본정부가 발행하는 여권과 비자를 발급받아서 들어왔데유."

"어허! 아무리 재일교포라고 하지만, 대한민국 사람 아녀. 워티게 딴 나라 사람도 아니고 한국 사람이, 자기 나라의 대통령한테 총질을 했을까? 대관절 이 일을 워쩐댜?"

순배 영감은 죽은 자식, 형제의 얼굴이 불현듯 떠올랐다. 자식들이 빨갱이들에게 세뇌당하지 않았다면, 동네 사람들을 선동해서 이복만 부부를 무참하게 대창으로 찔러 죽이지 않았을 것이다. 그들을 죽이지 않았다면 지금쯤 아들딸 낳고 명절이면 온 가족이 오순도순 다정하게 시간을 보냈을 것이라고 생각하니까 눈물이 났다.

순배 영감이 눈물을 글썽이며 너럭바위에 힘없이 주저앉았다.

"형님하고 아는 사이유?"

박평래는 순배 영감의 눈물을 처음 봤다. 자식, 형제가 푸른 달밤에 이병호 앞에서 바람 앞의 촛불 신세가 됐을 때도 눈물을 보이지 않았다.

그런 이병호가 죽었을 때도 눈물을 흘리지 않던 순배 영감이 대통령의 부인이 죽었다는 것에 눈물 흘리는 모습을 보니 너무 이상하게 보여서 물었다.

"이 사람아! 대통령의 부인이믄, 조선으로 치자믄 이 나라 왕비여. 왕비믄 누군가? 백성들의 어머니잖여. 어머니가 돌아가셨는데 자네는 눈물도 안 나오능가? 그라고 딴 데 사람도 아니고, 바로 이웃이나 마찬가지인 옥천 분이잖여."

순배 영감은 글썽이던 눈물을 손등으로 닦아 내고 젖은 목소리로 중얼거렸다.

"형님 말씀을 들어 봉께, 이기 그냥 보통 큰일이 아니구먼, 그려. 저 위에 사는 옥천댁이 워티게 된 것도 아니고, 나라의 안주인이 돌아가셨으니……."

"이 사람은 대통령 부인이 돌아가셨당께 정신이 워티게 된 거 아녀?"

변쌍출의 말이 끝나기도 전에 박평래가 기가 막힌다는 얼굴로 노려봤다.

"내가 머 틀린 말한 겨?"

"왜 해필이믄 벱이 읎어도 살 수 있는 그 작은 마님이 워티게 됐으믄 좋겠다는 거여? 쌔고 쌘 사람들 중에?"

"이 사람두 참, 아! 시방 그기 문제여. 나라의 국모님이 돌아가신 판국에, 암것도 아닌 걸 갖고 말꼬리를 잡고 있구먼."

"암것도 아니라니? 자네 눈에는 작은마님이 암것도 아닌 걸로 뵈는 거여?"

"잠깐만유. 저기 택시가 들어오는데, 내가 볼 때는 시훈이가 타고 들어오는 거 같은데……."

황인술이 흥분해서 어쩔 줄 모르는 박평래의 손을 잡으며 방천길을 향해 손짓했다. 푸른색 코로나 택시가 동네 안으로 들어오고 있었다.

"시훈이가 맞을 겨. 이 시간에 택시 타고 이 동리 들어올 사람이라믄 우리 시훈이벢에 읎지."

장기팔이 마중이라도 나갈 것처럼 너럭바위 곁을 떠나며 말했다.

"그람, 관광빼스는 워디 오는 거여? 택시로 우리만 서울로 모신다는 말은 못 들어 봤는데?"

박평래가 내가 언제 변쌍출에게 핏대를 세웠냐는 얼굴로 중얼거렸다.

"내가 머랬어. 이 동리 택시 타고 들어올 사람은 우리 시훈이벢에 읎다고 했잖여. 근데, 관광버스를 및 시까지 오기로 한 거여?"

택시가 둥구나무거리에서 멈췄다. 시훈이가 차에서 내리자마자 너럭바위 쪽을 바라보며 허리 숙여 인사했다. 장기팔이 둑방길 쪽을 바라보고 있다가 물었다.

"관광빼스는 오늘 못 와유. 어젯밤 뉘우스 들어 보셨는지 모르겄지만, 시방 서울에서는 한가하게 관광이나 댕길 분위기가 아녀유. 서울 시내 전체가 초상집 분위기인데 팔자 좋게 관광을 갈 수는 읎잖유. 그래서 원래는 관광빼스를 타고 들어오기로 했는데 역부러 택시를 타고 왔슈. 그 대신 국민장이 끝나고 언지 시간을 봐서 꼭 서울 귀경을 시켜 드리고, 지하철을 태워 줄께유."

시훈은 예전에 쌀장사만 할 때처럼 재킷에 작업복 바지 차림이 아니다. 넥타이는 매지 않았지만 정장을 입고 있어서, 무슨 관청에 다니는 공무원처럼 보였다. 말도 어른들 앞에서 쌀장사를 할 때처럼 공손하게 하지 않았다. 사람들 앞에 턱 버티고 서서 당당하게 말했다.

"워녕 그려. 지가 아까 머라고 했슈? 서울은 초상집 분위기라고 했잖유."

"그람, 언지쯤 서울 귀경을 시켜 줄란가? 우리 팔봉이하고 오늘 서울에서 만나기로 했는데 워틱한댜?"

"즌화번호를 주시믄 지가 영동 나가서 팔봉이 형님께 즌화를 할 팅께 그런 걱정은 안 하셔도 돼유. 그라고, 서울 귀경은 이달 안에 추진해 볼께유. 담 달부텀은 농사일로 바쁠 팅께, 말 나온 김에 이달 안에 가는 걸로 날을 잡아 볼께유. 그라고 이건 얼매 되지 않지만, 오늘 기분도 그렇고 항께 이따 해룡네 집에서 한잔씩 하세유."

시훈은 순배 영감이며 그 누가 반문하지 않아도 될 만큼 똑소리 나게 말하고 주머니에서 봉투를 꺼냈다. 황인술에게 내밀며 겸손하게 웃었다.

"야가, 시방 워딜 간다능 겨?"

박태수네 집에서 상규네가 황망하게 뛰어나왔다. 집에서 입는 옷차림이 아니고 상규가 결혼 할 때 입었던 한복 차림도 아니다. 검정치마에 저고리를 입고 얇은 여름 스웨터를 걸친 차림에 흰 고무신을 신었다. 그 뒤에 청산댁이 놀란 얼굴로 따라 나왔다.

"무, 무신 일여?"

박평래가 긴장한 얼굴로 상규네에게 다가갔다.

"아버님, 저 서울 좀 댕겨와야겄슈."

"서울? 오늘 서울 안 간댜. 그것 땜시 시방 시훈이가 와 있잖여."

택시가 들어오는 소리를 들은 철용네며 해룡네가 슬금슬금 걸어 왔다. 골목 안에서도 외출복을 입은 사람들이 걸어오고 있었다. 박평래가 그들을 흘끔 바라보고 나서 상규네에게 조용하게 말했다.

"그기 아뉴. 야가 택시 들어온 걸 보고 하는 말이, '오늘 관광을 못 강께 시훈이가 택시를 타고 들어오능개비다. 그람 나 혼자라도 서울 문상을 가야겄다.'라고 하잖유. 그래서, '니가 먼데 대통령 안사람이 돌아가셨는데 문상을 가냐?'라고 물응께, '나라의 안주인이 돌아가셨는데, 국민들이 문상을 안 가믄 누가 가야해유?'라고 묻잖유. 그랑게 내가 머라고 대답하겄슈?"

청산댁이 기도 안 막힌다는 표정으로 박평래에게 손짓 발짓 섞어 가며 말했다.

"느 어머가 하는 말이 참말이냐?"

순배 영감이며, 변쌍출에 장기팔이며 동네 사람들이 슬금슬금 모여들었다. 박평래가 난감한 표정으로 물었다.

"오늘 올라갔다가 문상만 드리고, 밤차로 내려올 꺼유."

"느 어머 말대로 니가 왜 문상을 가는 거여. 학산 면장이 되거나, 하다못해 상규라믄 몰라도?"

"아버님, 부모 읎는 자식이 워디있슈. 또 부모가 있어야 자식이 있는 벱이잖유. 또, 나라가 읎는 백성이 워디 있겄슈, 지가 어릴 때 친정아버님은 고종 임금님이 승하하셨을 때 경성에 문상을 댕겨 오신 것도 부족해서, 백 일 동안이나 음주를 절제하시고, 몸가짐을 조심하시고, 새벽마다 경성이 있는 쪽을 향해 문안인사를 디렸슈. 그 자식된 도리로 워티게 지가 하늘이 무너지는 것 같은 소식을 듣고 밭에 앉아서 일을 할 수 있겄슈?"

상규네가 울음 섞인 목소리로 하는 말에 동네 사람들은 모두 숙연한 얼굴로 고개를 끄덕거렸다.

"그려, 그람 갔다 와야지. 아여, 시훈아, 너 읍내 원지 나가는 거여?"

박평래는 그러면 그렇지, 상규네가 잠시 정신이 나가서 문상을 가겠냐 하는 생각이 들었다. 청산댁이 혹 떼러 왔다 혹 하나 더 얻은 표정을 짓든 말든 한술 더 떠서 시훈이를 불렀다.

"지도 오늘 서울 올라가야 해유. 영동군 대의원들이 죄다 기차를 타고 서울로 문상 가기로 했슈."

"그람, 잘됐구먼. 어여 가자."

상규네가 잘됐다는 얼굴로 시훈에게 말했다.

"너는, 여기까지 와서 느 어머도 안 보고 그냥 올라갈 텨?"

장기팔이 홍시 따먹으려고 감나무에 올라갔다가 떨어진 기분으로 물었다.

"어머는 담에 뵈러 올께유. 오늘은 바빠서 얼른 영동으로 나가 봐야 돼유. 지가 대의원회 총무를 맡고 있어서 기차표도 끊어야 하고, 할 일이 많아유."

"니, 니가, 대의원회 총무를 맡고 있단 말여?"

장기팔이 듣던 중 반가운 말이라는 얼굴로 물었다.

"그렇게 됐슈."

시훈은 대의원들 중에 나이가 가장 어려서 총무를 맡을 수밖에 없다는 말은 하지 않고 택시 앞자리에 올라탔다.

"아버님, 그람 댕겨 올께유."

상규네가 동네 사람들을 의식하지 않고 말했다.

"그려, 집 걱정은 말고 조심해 댕겨 오니라."

박평래는 청산댁의 얼굴이 맨입으로 청양고추를 먹은 사람처럼 붉으락푸르락거리고 있어도 바라보지도 않았다. 어디 학산 장에 장 보러 가는 며느리 배웅하는 얼굴로 고개를 끄덕거렸다.

"이왕, 모인 김에 공지사항 한 가지 말씀을 디려야겄슈. 딴 것이 아니고, 요새 면사무소에서 우리 동리가 새마을운동이 젤 안 됐다고 갈 때마다 머라고 하는 통에 죽겄슈. 그중에서 우리 동리는 지붕 개량을 한 집이 춘셉이네하고, 태수네랑 길동이하며 몇 집 안 돼유. 올 안에는 최소한도로 정 생활이 어려운 집 및 집을 빼고는 죄다 초가지붕을 벗겨 내고 슬레이트를 얹어야 한대유."

"요새 슬레이트 한 장이 대관절 얼매랴?"

서울 관광을 간다는 생각에 엊저녁부터 선잠을 자고 나온 동네 사람들은 하나같이 떨떠름한 얼굴로 딴전만 피우고 있었다. 오 씨가 관심 있는 얼굴로 물었다.

"작년 여름에 슬레이트가 많이 올랐슈. 여기 서 있는 구장이 알아 봉께 천칠백오십 원이라고 하대유."

"그람, 최소한 스무 장은 있어야 지붕을 바꾼다는 야긴데. 각목도 사야 하고 못도 사야 하고, 기술자도 부러야 하믄 최소한 오만 원은 있어야 된다는 말이네."

"딴 데 보지 말고 여기 서 있는 구장 좀 바라봐유. 내가 얼굴도 그릏게 못생긴 얼굴도 아니고, 서울 관광할 생각으로 나와서 헛심만 키고 있는 동리사람들한테 못 할 말을 하고 있는 것도 아닝께 제발 여기 좀 봐유."

황인술이 보기에 오 씨 이외는 모두 딴생각만 하고 있는 것처럼 보였다. 손뼉을 딱딱 쳐서 시선을 집중시킨 다음에 다시 입을 열었다.

"면에서 가호당 만 오천 원씩 지원해 준대유. 오 씨 같은 경우는 삼만 오천 원만 있으믄 당장 올가실부텀은 이엉해 올릴 때, 봉산댁 불러서 일당 주고 밥하고 반찬하라는 말을 안 해도 된다는 야기가 된다, 이거유. 하지만 올개가 지난 담에는 일전짜리 하나 지원 읎응께, 제발 여기 서 있는 구장 체면 좀 살려 주는 셈 치고, 지붕 개량 좀 해유. 시방, 지붕 개량만 문제가 아뉴. 골목길도 시멘트로 포장해야 하고, 팔봉이네 집이며, 길동이 집이며 싸리나무 울타리도 죄도 뽑아 버리고 블록으로 빤뜻빤뜻하게 쌓아야 해요. 또, 시방까지는 공동우물 물을 먹었는데, 간이 상수도를 맨들고 집집마다 수도를 연결해서, 귀때기가 떨어져 나갈 것츠름 추운 날 샴에 물 길러 가는 일은 읎애야 해유."

"딴 거는 몰라도 집집마다 수도가 가야 한다는 말은 좋구먼. 그건 언지쯤 그릏게 되는 거유?"

동네에서 제일 높은 곳에 사는 날망집이 듣던 중 반가운 말이라는 얼굴로 물었다.

"다 순서가 있슈. 학산 장에 가서 보믄 갓 쓰고 두루마기에 바지 차림에 자전거 타고 장에 오시는 중늙은이들이 있는데, 참말로 보기가 안 좋아유. 새마을 사업도, 우신 지붕을 개량하고, 싸리나무 울타리를 없애고, 골목 포장을 한 담에 간이 상수도를 설치하게 될 거유. 그담에는 둥구나무거리 어디쯤에 공중변소도 져야 하고, 좌우지간 새마을 사업이라는 것이 말 그대로 흔 마을을 새 마을로 맨드는 것쯤만 알고 있으믄 워디 가서 우세당하는 일은 읎을 뀨. 그릏게들 알고 지붕 개량 하실 분은 여기 서 있는 구장 앞으로 신청해유. 그람 지가 면사무소에 가서 신청해 줄 팅께유……."

황인술의 말에 여기저기서 '새마을이 좋기는 좋구먼'이라고 중얼거리는 사람들이 있는가 하면, '그 돈은 워디서 충당한댜? 면사무소에서 주는긴가?'라고 반문을 제기하는 이들도 있었다.

"구장, 연설이 끝났으믄 해룡네에 가서 해장이라도 한잔해야 하는 거 아녀?"

장기팔이 황인술처럼 너럭바위에 올라가서 모두 들으라는 얼굴로 말했다.

"나 같은 이는 아침도 안 먹었는데?"

순배 영감이 마른침을 삼키며 중얼거렸다.

"아따, 여기서 아침 먹고 나온 사람들 및 명이나 되겄슈, 해장한다고 해서 아침밥이 안 들어가는 것은 아닝께, 어여 가유."

장기팔이 마치 자신이 술을 사는 것처럼 너럭바위에서 내려가 순배 영감의 등을 떠밀었다.

"아줌마들은 집에 가셔서 어제 먹고 남은 찬밥이라도 비벼 드시고, 남자분들은 해룡네로 가서 쉰 김치에 탁배기 한 잔씩 해유. 오늘 날이 더워서 어채피 오전에는 집에서 빈둥거림서 시간 보낼 거잖유."

황인술은 장기팔이 앞장서서 설치는 모습이 몹시 못마땅했다. 하지만 시훈이 돈 봉투를 준 이상 뭐라고 제지할 수가 없었다. 비위가 상하기는 했지만 그의 말을 거들어 줄 수밖에 없었다.

호랑이 꼬리

아까, 내가 즌화하는 내용을 얼매나 자시하게 들었는지는 모르겄슈.
하지만 내가 즌화 한 통이믄 오백만 원이 아니라,
칠천오백만 원 죄다 신용대출로 은을 수 있슈.
그런데도 내가 쓰지도 않은 돈을 현금으로 갚을라고 하는 것은 순전히,
지점장 편의를 봐서 그라는 거유.

대전 유성에 있는 만년장 호텔이다.

창문 밖에는 바람이 불 때마다 가로수의 낙엽들이 우수수 떨어져 휘날리고 있는데 객실 안은 따뜻했다. 남자는 여자보다 옷을 빨리 입는다. 송미향보다 먼저 옷을 입은 이동하는 차 탁자 앞에 있는 의자를 끌고 창문 앞으로 갔다.

"언지까지 이릏게 도둑질하는 놈츠름 만나야 되는 거여?"

"그럼 어떡해유? 영동에서는 보는 눈이 많은데……."

침대에 걸터앉은 송미향이 브래지어 호크를 잠그면서 이동하를 바라본다. 이동하는 의자에 앉아서 창문 밖을 바라보며 맥주를 마시고 있다.

"요새 석유파동 땜시 건설 경기도 안 좋잖여. 한 시간 놀자고 한나절

을 다 보내고 있응께 하는 말 아녀."

"좋은 수가 있어요."

이동하가 그동안 겪어 온 여자들은 섹스 후 옷을 입을 때 아랫도리부터 가리고 위를 가린다. 송미향은 특이하게 브래지어에 란제리까지 입은 후에야 바닥에 떨어진 팬티를 주웠다.

"좋은 수라니?"

이동하가 맥주를 마시다 말고 송미향을 바라봤다. 뒤집어진 팬티를 바르게 잡고 있는 송미향의 가랑이 사이가 훤하게 보인다. 갑자기 아랫도리가 벌떡 일어서는 것을 느끼며 물었다.

"사무실에 침실을 맨들어 놓고 침대를 갖다 놓는 거예요. 사람들한테는 의원님이 대근하면 잠깐씩 주무시는 곳이라고 말하면 되잖아요. 그리고 사무실 문을 잠그고 하면 사람들이 어떻게 알겠어요?"

송미향은 이동하의 시선이 자신의 은밀한 부분에 멈춰 있는 것을 알고 일부러 천천히 팬티를 입기 시작했다.

"생각하는 거하고는, 영동에 집이 읎으면 그 말이 통하겄지. 내가 현직 국회의원도 아니고, 엎드리면 코 닿을 거리에 집이 있는데 그 말이 통하겄어? 설령 통한다고 해도 나를 헐뜯는 반대파 놈들이 뭐라고 찧고 떠들겄어? 국회의원도 아닌 놈이 게을러 터져서 사무실에서 먹고 잔다고 말여. 더 심한 놈들은 집에서 출퇴근 할 기력도 읎으니께, 사무실에서 지낸다고 헛소문을 낼지도 모르지."

"그럼 더 좋은 방법이 있어요?"

"송 양이 서울에서 살면 어뗘? 내가 집 한 채를 구해 줄 모양잉께 서울에서 살아 봐. 그람 얼매든지 내가 지낼 수가 있잖여."

"어머! 정말이에요? 제가 서울 사람이 되는 거예요?"

"서울 산다고 죄다 서울 사람이 되는 거이 아녀. 서울 사람처럼 지가 할 일은 저 혼자 똑 뿌러지게 하고, 절대로 남한테 폐 안 끼치고, 말도 우리처럼 '이랬슈, 저랬슈' 안 하고, 송 양은 원래 사투리를 안 씅게, 말 고칠 필요는 읎겠구먼. 우린 사투리가 인에 백여서 암만 말을 고칠라고 해도 잘 안 되는데……."

"저는 국민학교 오 학년 때까지 서울에서 살았거든요. 그래서 어릴 때부터 서울말 썼어요."

송미향은 이동하의 시선이 옮겨지는 것을 보면서 팬티를 끝까지 올리고 바지를 들었다.

"그람 잘됐구먼. 담 선거에는 내가 백 프로 당선 될 자신이 있구먼. 그때 서울에 집 한 채 구해 줄 모양잉께. 거기 가서 살믄 되겄네."

"고마워요. 저 정말 서울 사람처럼 행동할게요. 냉장고도 사 주실거죠? 서울은 더워도 시원하게 앉아 있을 때가 없으니까 냉장고가 꼭 필요하다고 하던데……."

송미향은 재킷을 걸치다 말고 이동하 앞으로 뛰어갔다. 이동하의 무릎에 걸터앉아서 목을 껴안으며 키스를 했다.

"내가 국회의원이 되믄 냉장고가 대수여? 에어컨에 살림살이도 다 맞춰 줄 모양잉께. 서울로 갈 생각하고 있어."

이동하는 송미향의 입술을 거절할 수가 없었다. 오히려 그녀보다 더 발정 난 수캐처럼 헐떡거리다가 말했다.

"서울 오면 꼭 저하고만 같이 있는 거예요. 약속."

송미향이 이동하의 무릎에서 일어나면서 새끼손가락을 내밀었다.

"이까짓 약속이 머가 중요햐. 그동안 그룹게 오랫동안 봐 왔으면서 날 몰라?"

"알았어요. 새끼손가락으로 약속은 안 했지만, 약속한 걸로 쳐줄게요."

"선거에 당선이 되믄 여기보담 서울에서 더 많은 시간을 보낼 겨."

"그건 저도 알고 있어요. 잠깐만!"

옷을 다 입고 거울 앞에서 립스틱을 바르고 있던 송미향이 갑자기 웃음을 지우고 이동하를 바라봤다.

"뭔 말을 하고 싶은 거여?"

"설마, 저를 서울로 보내버리고 안 보시려는 건 아니죠?"

"무슨 말을 그룹게 하는 거여? 외려 송 비서 혼자 서울에 있으믄 바람날께비 내가 걱정하고 있는 판인데……."

"죄, 죄송해요. 저를 그렇게 생각하시고 있는 줄은 정말 몰랐어요."

송미향은 이동하의 말에 감격했다. 다시 달려가서 목을 껴안고 키스를 퍼부었다.

"나 먼첨 가 볼 팅께 츤츤히 놀다가 저녁차 타고 내려와."

이동하는 늘 그랬던 것처럼 오천 원짜리 한 장을 송미향 품에 찔러주고 먼저 문을 나갔다. 호텔 로비에 내려가서 근처 주차장에서 기다리고 있는 자동차 앞으로 가서 운전사 최광수를 불렀다.

"즘심은 먹었남?"

이동하가 뒷자리에 올라타며 물었다.

"예, 짜장면 한 그릇 먹었슈. 워디로 갈까유?"

"난 좀 잘 팅께 건설 회사로 가지."

이동하는 의자에 비스듬히 누우며 눈을 감았다. 송미향과 땀을 흘리며 온 힘을 쏟았더니 몹시 피곤했다. 언제 모산에 내려가면 옥천댁에게 보약 좀 해 달라고 해야 겠다고 생각하는 사이에 잠이 몰려왔다.

유성에서 영동까지 거리는 한 시간 남짓이다. 대전 방향 고속도로 톨게이트로 나가서 쭉 뻗은 고속도로를 달려서 옥천으로 들어섰다. 옥천에서 국도를 타고 삼십 분 정도 달려서 회사에 도착했다.

"죄다 워디 갔어."

바깥 날씨는 영하의 온도지만 사무실 안에는 한겨울에도 영상 이십오도를 웃돌 만큼 난로를 피운다. 올해 들어서 석유 값이 올라서 큰 회사에서는 석유난로를 만들지 않았다. 작년 재고가 대폭 올라서 후지카 석유난로 같은 경우는 사만 칠천 원까지 한다. 석유 값이 올라도 얼굴이 벌겋도록 난롯불을 태우는 것이 예사다. 석유난로는 시뻘겋게 타오르고 있는데도 여직원 두 명만 있는 사무실 안 분위기가 왠지 썰렁했다.

"저, 총무과장님은 누굴 찾으러 나가셨고, 관리과장님하고 전무님은 어음 땜시 농협에 가셨슈."

여직원 중에 고참 여직원인 차정숙이 떨리는 목소리로 대답했다.

"어음은 무슨 어음여? 오늘 어음 결제 들어올 거 있다는 보고는 못 받았는데."

"부사장님이……."

차정숙이 더 이상 말을 잇지 못하고 얼굴을 가리고 흐느껴 울었다. 차정숙이 흐느끼기 시작하자 다른 여직원은 얼굴을 가리고 화장실 쪽으로 뛰어갔다.

"부사장이 워쨌는데?"

이동하가 상황이 심상치 않다는 것을 느끼고 날카롭게 물었다.

"어, 어음을 치, 칠천만 원이나……."

"어음을 워쨌다고?"

"어음 칠천몇백만 원을 사채시장에 와리깡을 해 먹고 도망쳤대유."

"와리깡이라면 어음 할인을 했단 말여? 얼매나?"

이동하는 어음은커녕 대출이 필요 없을 만큼 양호하게 회사를 경영해 왔다. 어음 할인할 일이 없을 것이라는 생각에 놀란 얼굴로 물었다.

"자세한 금액은 모르고, 오늘 만기 날짜로 돌아온 금액이 칠천만 원이 넘는 거는 확실해유."

"허! 이놈이 감히 내 뒤통수를 쳐!"

이동하는 여직원을 붙잡고 시시콜콜하게 물어볼 여유가 없었다. 주거래 은행은 충북은행 영동지점이다. 충북은행에 가 보면 자세한 사정을 알 수 있을 것이라는 생각에 밖으로 뛰쳐나갔다.

"어여 가 보자구."

사무실에서 충북은행까지 차를 타고 갈 필요도 없었다. 하지만 뚱뚱한 몸으로 황망하게 달려가는 모습을 다른 사람들이 봐서 좋을 것이 없다는 생각에 운전사 최광수를 재촉했다.

내 실수여. 정치며 선거를 하느라 암만 바빠도, 가족이 아닌 놈을 믿는 것이 아닌데. 내 스스로 믿은 철칙을 깨트린 것 치고는 대가가 엄청나구먼.

칠천만 원은 결코 적은 돈이 아니다. 하지만 오늘 중으로 어음을 막지 못하면 이유야 어떻든 부도가 난다. 부도가 나도 재기하면 그만이다. 그동안 번 돈을 가족들의 명의로 농협지부며 충북은행에 분산시켜서 예치

해 놓은 돈이 일억 원이 넘는다. 모두 선거 자금을 염두에 두고 모으는 돈들이다. 그 돈으로 부도를 막을 수는 있지만, 국회의원 선거도 아니고 배광일 같은 놈에게 빼앗긴다는 것은 상상할 수도 없었다.

죄를 받는 걸까?

문득 고병호가 생각났다. 고병호는 대전에서 관광호텔을 짓다가 은행에서 대출 연장을 해주지 않아서 부도가 났다. 그 이면에는 자유당 충북도당 의원장인 최형근의 입김이 컸다. 충분히 대출 연장이 가능한데도, 어음 만기일까지 대출 연장을 미루었다가 대출해 줄 수 없다고 통보했다. 고병호도 자살을 결심할 때는 그 이면에 자신을 파산시키려는 음모가 있었다는 걸 알고 있었을지도 모른다. 건설 회사가 부도난 것보다는 그 억울함을 견뎌내지 못해서 자살했는지도 모른다는 생각이 들었다.

아녀, 국회의원까지 해 먹은 놈이 제우 그만한 연줄 하나 읎어서 부도를 맞고 자살한다는 것은 최형근이 문제가 아니고, 심성이 약해서 일거여.

지금까지 고병호의 자살 건에 대해서 죄책감을 느껴 본 적은 단 한순간도 없었다. 오히려 연민의 정을 느꼈을 뿐이다. 그래서 고현수를 기꺼이 사위로 받아들였다. 지금까지 잘 견뎌 왔으면서 배광일 사건이 터지니까 양심이 찔리는 게 너무 꺼림칙했지만 되돌릴 수 없는 일이라고 생각했다.

합동정미소는 주거래 은행이 농협 영동지부지만, 송산종합건설은 처음부터 충북 제일의 건설 회사로 발전시키겠다는 포부로 충북은행을 주거래은행으로 지정했다. 그래서 영동 토박이인 직원들로부터 시작해서 간부 직원들은 부임해 오자마자 회사로 직접 인사를 오거나, 가끔 술자리를 하고 있어서 잘 알고 있었다.

"시방 지점장님 사무실에 계셔유."

창구 안쪽에 앉아 있던 장 대리가 얼른 창구 밖으로 나와서 이동하를 안내했다.

"의원님, 이쪽으로 앉으세요."

이동하는 거침없이 지점장실로 들어갔다. 지점장이 얼른 일어나서 자기 자리를 양보했다. 승철와 재오도 곤혹스러운 얼굴로 일어섰다.

"대관절 워티게 된 일이유?"

이동하는 망설이지 않고 지점장이 앉았던 상석에 앉았다.

"배광일 그놈이 대전에 있는 사채업자하고, 상호신용금고 같은 곳에서 어음을 칠천오백만 원이나 돌렸습니다."

지점장은 대답하기 곤란하다는 표정으로 승철을 바라봤다. 승철이 손을 슥슥 비비며 긴장한 얼굴로 말했다.

"경리과장은 워디 갔어?"

"배광일하고 같이 도망갔습니다."

"둘이서 짰단 말여? 경찰에 신고는 했고?"

이동하는 너는 그동안 허수아비로 있었냐는 말을 지점장 앞에서 할 수가 없었다. 마음속으로는 한심하다는 표정을 지으면서도 담담하게 물었다.

"경황이 없어서……."

승철이 고개를 숙이며 중얼거렸다.

"잘했구먼. 어채피 맘먹고 도망간 놈을 하루이틀에 잡겄냐? 이런 일은 조용히 끝낼 수도 있응께, 너무 걱정하지 마라. 그람, 우리가 워티게 해야 되는 거유?"

이동하는 승철이 놀랄 정도로 손등을 툭툭 쳐주고 나서 지점장에게 물었다.

"일단 사안이 사안인 만큼, 어음 결제 시간은 두 시까지지만, 영업시간이 끝나는 여섯 시까지 결제를 연장해 놓기는 했습니다. 하지만 너무 큰 금액이라 지금 살얼음을 걷는 기분입니다."

문이 열리면서 여행원이 커피를 들고 왔다. 지점장이 이동하의 앞에 커피 잔을 내려놓으라고 지시하며 말했다.

"어음을 좀 볼 수 있남유?"

"여기 있습니다."

지점장이 응접탁자 위에 있는 노란색 표지로 된 파일을 펼쳤다.

"여기, 상호신용금고에서 할인받은 삼천만 원은 연장할 수 있는 거 아녀유?"

"그게, 말입니다……. 일단 어음교환소를 통해서 교환이 된 어음은 결제해 주지 않으면 부도처리가 됩니다."

지점장이 민망한 얼굴로 조심스럽게 말했다.

"그람, 여기서 대출을 해 주믄 되는 거 아뉴? 우리 회사는 시방까지 신용이 좋았잖유. 담보 능력도 충분하고……."

이동하는 자신도 모르게 손목시계를 확인했다. 여섯시라면 두 시간 정도 시간이 남아 있다. 그 시간 안에 어음을 결제하지 못하면 부도가 날 수밖에 없다는 생각에 입술이 탔지만 점잖게 말했다.

"저, 죄송하지만 담보는 어떤 걸로?"

"우리 회사 건물도 있고……."

이동하는 막상 말을 꺼내고 보니까 돈 모으는 재미에 빠져서, 그럴 듯한 건물을 한 채도 사 놓지 못했다는 걸 알았다. 그럴 수밖에 없는 것은 모산에 있는 백여 지기 땅이 있어서 땅에 대한 욕심을 가지지 않아서였다.

"그 건물은 감정을 해 봐야 정확한 금액이 나오겠지만, 여기는 서울이나 대전 같은 도시가 아니라서……."

지점장은 차마 송산종합건설 건물은 감정가가 백만 원도 나오지 않을 것이라는 말은 할 수 없어서 완곡하게 말했다.

"논은 안 되남유?"

"의원님의 논이 한 백 마지기 정도 된다는 소문은 들었습니다. 제가 직접 현장을 답사해보지 않아서 정확하게 말씀을 드리지 못하겠습니다만……."

"지점장님 잠깐만유. 아버지하고 한 십 분간만 대화할 것이 있어서 그러니까 잠깐 자리 좀 비켜 주실 수 있겠습니까?"

"그러죠. 하지만 빨리 결론을 내야 합니다. 저도 안타까워 죽겠으니까요."

지점장이 일어서면서 재오에게 눈짓을 보냈다. 재오는 기다렸다는 얼굴로 지점장을 따라서 밖으로 나갔다.

"아부지, 모산 땅을 담보로 부도를 면하는 것보담은 부도를 내는 것이 낫지 않아요? 그 땅에 대해서 할아버지가 얼마나 애착을 갖고 계셨는지 잘 알고 계시잖아요."

"니 말도 일리는 있구먼. 하지만 너는 하나만 알고 둘은 모르는 거여. 만약 내가 부도가 났다는 소문이 나 봐라. 담 선거에서 어떤 놈이 부도

난 후보한테 표를 주겄냐? 하지만 이번 위기를 잘 넘기믄 담 선거에는 자신이 있다. 너는 잘 모르겄지만, 만약 내가 현재 국회의원 자리에 있어 봐라. 내가 직접 여기로 달려와서 지점장빽에 안 되는 놈 앞에서 허리를 숙이겄냐? 빽이 읎응께, 비위가 상하지만 일로 와서 사정하는 거 아니냐?"

이동하는 승철의 새로운 면을 보는 것 같아서 기특하기는 했다. 하지만 부도가 난 건설 회사를 재기시키는 것보다는, 현상유지를 하면서 국회의원 선거에 매진하는 쪽이 실리적이라고 판단하며 담배를 입에 물었다.

"아버지, 제 생각은 안 그렇습니다. 일단 부도가 난 회사는 버리고, 다른 사업을 시작해서 그 사업이 성공하면, 오히려 유권자들이 아버지를 더 훌륭하게 볼 수도 있습니다. 위기를 극복한 분이라고 말입니다."

"좋은 생각이구먼. 하지만 지금 회사가 급성장한 것은 내가 국회의원 자리에 있기 때문이여. 당장 넌도 은행에 오믄 지점장이 내다보지도 않다고 했잖여. 시방 니 눈에는 지점장이 내 눈앞에서는 굽실거리는 것처럼 뵈지만, 우리 회사가 부도 나믄 지 실적이 깎일깨비 안절부절할 뿐여."

"아버지가 잘못해서 회사가 부도나는 것도 아니잖아요."

승철은 권력에 집착하고 있는 이동하를 이해할 수가 없었다. 건설 회사가 아니더라도, 모산에 있는 땅과 합동정미소만 있어도 평생 먹고사는 데는 지장이 없었다.

"너는 우리 회사가 부도나면 내 책음은 면한다고 생각하냐? 천만의 말씀여. 이유야 어떻든 송산종합건설 회사 명의로 발행이 된 어음은, 대표이사인 내가 결제할 책음이 있는 거여. 그 책음을 다하지 못하믄 부정수표관리법으로 내가 감옥을 갈 수 있단 말여."

"어째서 아부지가 감옥에 가요? 회사 공금을 횡령한 그 배광일 새끼하고, 간신 같은 이춘섭 놈을 잡아서 횡령한 금액도 찾아내야 하고, 감옥에 보내야지."

"그래서 너는 안직 멀었다는 거여……."

이동하는 문이 노크도 없이 열리는 소리에 신경질적으로 고개를 들었다. 총무과장 김기남이 새파랗게 질린 얼굴로 들어왔다.

"배, 배광일 그놈 집에 가 봉께, 빈 집에 빚쟁이들만 우글거리고 있고, 이춘섭 그놈 집에는 마누라가 수건을 싸매고 안방 차지하고 있슈. 지 생각에는 배광일은 야반도주한 것 같고, 이춘섭 그놈은 혼자 도망친 것이 틀림읎슈."

김기남이 추위 속을 달려왔는지 홍시처럼 새빨개진 얼굴로 말했다.

"이 전무하고 총무과장은 잠깐 나가 있어. 내가 어디 중요하게 즌화할 때가 있응께."

이동하는 은행에 근무하거나, 대기업에 근무하다가 회사 돈을 횡령해서 투자이민을 가는 경우가 많다는 말이 생각났다. 긴장한 얼굴로 승철과 관리과장을 내몰고 전화기를 들었다.

"무궁화 무역입니다."

송화기 저편에서 고현수의 건조한 목소리가 흘러나왔다.

"마침, 사무실에 있었구먼. 난데 말여. 내가 부르는 이름 좀 적어 봐."

이동하는 배광일과 김기남의 인적 사항과 회사 돈을 칠천오백만 원이나 횡령한 사실을 말해주었다. 곧장 공항에 알아봐서 출국 여부를 알려 달라고 말한 후에, 충북은행 영동지점 지점장실로 전화해 달라는 말을 하고 전화를 끊었다.

젠장, 승철이 놈을 대학 졸업하는 즉시 회사에 앉혔으믄 이런 일이 안 터졌을지도 모르잖여. 하지만, 그때는 뿔난 망아지처럼 행동하고 있엉응께, 당최 믿을 수가 있어야지……. 하여튼 승철이 저놈이 문제여. 전무라는 놈이 경리과장하고 부사장이 속닥속닥해서 어음 와리깡하고 있는 것을 왜 몰랐어? 결제만 똑똑히 했어도 이런 사고는 막을 수 있을 거잖여. 아녀, 저놈은 그래도 열심히 일을 할라고 노력했잖여. 젠장, 왜 이런 일이 내 앞에서 생기는지 모르겄구먼. 어디 용한 데 가서 굿이라도 한번 해 봐야 하나? 우리 동리 항숙이가 용하다는데 거길 가 볼까?

이동하가 체면상 우락부락 화를 낼 수도 없고 고민, 고민 하고 있는데 지점장이 노크도 안하고 들어왔다.

"의원님, 전무님한테 모산 땅의 위치를 알아서 대충 감정가를 확인해 봤습니다. 저희들한테 이 지역의 표준감정가격표가 나와 있어서 어느 정도 정확합니다. 그쪽은 외진 곳이라 공지시가가 평당 이백 원밖에 안 나옵니다. 한 마지가 이백 평이니까, 한 마지기 감정가가, 이이는 사해서, 사만 원입니다. 백 마지기 총 감정가가 송구스럽습니다만 사백만……"

"아니, 내가 직접 땅을 마지기당 이십만 원씩 팔았는데, 그것밖에 안 되는 거유?"

"송구스럽습니다만 농촌 논은 원래 정부 시책 때문에 싸게 책정됩니다. 지가가 비싸면 세금도 많이 낼 수밖에 없기 때문입니다."

"그람, 천상 현금으로 결제할 수벢에 읎다는 거유?"

"합동정미소는 주거래 은행이 농협이죠?"

지점장은 차마 합동정미소의 정미소 건물과 창고는 감정가가 높을 수 있다는 말은 할 수가 없어서 이동하의 눈치를 살폈다.

"합동정미소?"

이동하가 혼잣말로 중얼거리고 있는데 전화기가 울렸다.

"네, 충북은행 영동지점 지점장 구장복입니다……. 어느 분요? 아! 이동하 의원님요."

지점장이 얼른 수화기를 이동하 앞으로 내밀었다.

"장인어른 접니다. 공항 쪽에 저희 직원이 나가 있어서 확인해 봤더니, 배광일은커녕 배씨 성을 가진 그 어떤 사람도 출국하지 않았답니다. 그래서 일단 배광일을 출국정지를 시켜 놨습니다. 그리고 치안 본부에 연락해서 당장 지명수배를 올리라고 했으니 조만간 좋은 소식이 올 겁니다."

"신문사 같은 데는 말이 안 들어가게 하지 그랬나?"

"당연하죠. 장인어른 출마하시는 데 지장이 있을 것 같아서 비밀리에 수배하라고 조치를 취했습니다."

"수고했구먼. 언지 서울 올라 가믄 한잔하자구."

"너무 걱정하지 마십쇼. 설마 그 큰돈을 다 쓰기야 했겠습니까?"

"난도 그릏게 생각하고 있지만, 안직은 모르잖여."

"그럼, 담에 전화 드리겠습니다."

이동하는 그나마 불행 중 다행이라는 표정으로 수화기를 내려놓았다.

"도망친 놈들을 잡았답니까?"

지점장이 긴장한 얼굴로 물었다.

"우리나라를 빠져나가지 않은 것은 확실하데유. 내가 여기 정기예금 해 놓은 돈이 이천만 원짜리 하나하고, 집사람 이름으로 천만 원짜리 하나가 있쥬?"

"송구스럽습니다만, 이천만 원짜리는 담보대출을 받아서 잔액이 없습니다."

"아니, 내 인감도장도 읎는데, 워티게 담보대출을 받는단 말유?"

"그 문제는 정확하게 다시 한번 확인해 보겠습니다. 현재 인감증명서하고 인감도장은 예금증서에 찍혀 있는 인감하고 일치가 됩니다만……."

"좋아유. 이왕 똥 밟은 것, 똥밭에 엎어졌다 쳐유. 그람 집사람 이름으로 되어 있는 천만 원을 해약해 줘유. 농협에 애들 앞으로 된 육천만 원이 있슈. 그람 칠천만 원이 되는 거고, 나머지 오백만 원은 신용대출이 가능하쥬?"

"그놈들이 우리나라에 있다면 잡는 것은 식은 죽 먹기겠습니다. 아까 전화하실 때 본의 아니게 엿들어 보니까 상당히 높은 곳에 전화를 하시는 것 같았습니다. 솔직히 영동경찰서에 신고해 봤자, 어느 천 년에 그놈들을 찾아내겠습니까? 높은 곳에서 전화 한마디면 전국 경찰에 비상이 걸려서 만사를 제쳐놓고 찾아내는 것이 요즘 세상사 아니겠습니까."

지점장은 우량중소기업체로 지정받은 송산종합건설이 부도나면 고가점수에 영향을 받을 수 있다는 것을 알고 있었다. 게다가 경쟁업체인 농협의 예금고가 육천만 원이 줄어들면 그만큼 지점의 예금고가 늘어난다고 볼 수 있다. 일거양득은 좋지만 담보 여력이 있는데도 보증대출 해 주는 것은 바보나 하는 짓이라는 생각에 본론에 대답은 안 하고 너스레를 떨었다.

"멀 잘 모르시는 모양인데, 그놈을 잡는 것은 영동경찰서 소관이 아니고 내 소관유. 여기 앉아 있는 이동하가, 비록 현직 의원은 아니지만 내 생살 같은 돈을 일억 원 가찹께 떼먹고 도망간 놈을 가만 둘 사람은 아뉴. 그랑께, 오백만 원은 신용대출로 깝시다."

"의원님을 존경합니다. 만약 이번 달에 선거가 있다믄, 우리 충북은행 영동지점 직원들은 백 프로 의원님께 표를 던질 겁니다. 그 점은 제가 자신할 수 있습니다. 하지만 지난 사월에 박영복이라는 희대의 사기꾼이 여섯 개 시중 은행을 상대로 칠십사억 원이라는 돈을 사기 대출받았지 않았습니까? 그 사건 때문에 요즈음은 삼백만 원이 넘는 대출은 무조건 본점에서 허가를 받아야 하고, 그날그날 보고를 해야 합니다."

"허! 지점장님 참말로 세상 물정을 모르시느만. 아까, 내가 즌화하는 내용을 얼매나 자시하게 들었는지는 모르겄슈. 하지만 내가 즌화 한 통이믄 오백만 원이 아니라, 칠천오백만 원 죄다 신용대출로 은을 수 있슈. 그런데도 내가 쓰지도 않은 돈을 현금으로 갚을라고 하는 것은 순전히, 지점장 편의를 봐서 그라는 거유. 막말로 은행장실에서 송산종합건설에 일단 칠천오백만 원을 대출해 주라는 지시가 떨어지믄 뭐라고 할 꺼? 담보력이 부족해서 사표를 내는 한이 있드래도 절대로 못 내주겠다고 할 꺼?"

이동하 상식으로는 뜻하지 않은 횡령 사건에 휘말린 주거래 업체가 부도나는 것을 구제하기 위하여 오백만 원 정도의 금액은 대출해 줘야 한다는 쪽이다. 은근슬쩍 대답을 피해가는 지점장이 괘씸했다. 박영복 사건이라면 신문이나 방송이 대대적으로 떠들어서 웬만한 사람들은 다 알고 있는 사실이다. 그 사건과 맞물려서 야당의 어느 국회의원은 74억

원이라는 금액을 일 초에 일 원씩 헤아리면 234년이 걸리는 막대한 돈이라고 해서 신문의 가십면을 장식했고, 국회의원들의 질문을 받은 경제부 장관은 그 정도 금액은 정책적 차원의 문제라고 가볍게 넘겨 버려서 화제가 됐고, 어느 청소부는 음식점 주인이 수고했다며 백 원을 팁으로 준 것 때문에 해고당한 것도 대서특필이 됐었다. 하지만 아무리 법이 엄격해도 권력 앞에서는 휴지조각에 불과하다는 생각에 점점 얼굴빛이 변하는 지점장을 노려봤다.

"거, 거기가 어딥니까?"

지점장이 토끼를 잡으려다 호랑이 꼬리를 밟은 기분으로 물었다.

"내가 시방 전화 통화를 하게 해 주믄 확실하게 알겄구먼. 그 대신 그 뒷일은 내가 책음 못 져유. 그짝에서 이동하 전 의원님의 말을 못 믿어서 즌화했을 것이라고 생각할지도 모르니께."

"하지만 제가 해 드리고 싶어도 박영복 사건 때문에 지점장 전결 한도가 삼백에서 오백만 원이었다가 일률적으로 백만 원으로 줄어들어서, 오백만 원 신용대출은 제 능력 밖입니다."

지점장은 버틸 수 있을 때까지 버텨야 된다는 생각에 입안에 침이 마르는 것을 느끼면서도 핑계를 댔다.

"내 생각에는, 지점장이 내 능력을 의심하는 거 같구먼. 이 정도의 은행을 책임지고 있는 사람이 제우 돈 오백만 원 신용대출을 해 줄 능력이 읎다믄, 츰부터 거래 은행을 잘못 정한거구먼."

이동하는 아무리 지점장 전결 한도가 백만 원으로 줄어들었다고 해도 얼마든지 융통성을 발휘할 수 있을 것이라는 생각게 고삐를 계속 조였다.

"전혀, 방법이 없는 것은 아닙니다. 직원들 다섯 명 앞으로 백만 원씩 대출을 해 주면 됩니다. 물론 오늘은 바쁘니까, 서류는 내일까지 완비해 주시면 됩니다."

"지점장님은 역시 능력이 있으신 분이구먼. 내가 주거래 은행을 확실하게 선택했다는 확신을 주시는 분이시구먼."

이동하는 일찍부터 이병호에게 약자는 철저하게 짓밟아야 다음부터 고개를 똑바로 못 쳐든다는 것을 배웠다. 고개를 조아리고 있는 지점장을 바라보지도 않고 일어서서 지점장실을 나갔다.

아름다운 음모

그려, 그 생각 기가 맥히겄다.
옛말에도 자식 이기는 부모 읎다고 했잖여.
당장 눈앞에 보이믄 승질을 못 이겨서 길길이 날뛰겄지만,
먼저 다짐을 받고 나오믄 워틱하겄냐.
또, 정민이처럼 돌백이 손자도 눈앞에 있응께…….

미장원은 여자들의 바깥나들이가 뜸한 겨울에는 비수기다. 결혼식이나 회갑잔치, 졸업식 참석 등 특별한 행사가 없는 한 파마나 고데를 하는 손님들이 없기 때문이다. 그나마 명동이나 신촌 대학가에 있는 미장원은 불경기를 덜 타지만 봉천동처럼 동네 미장원은 하루 열 명 손님 받기도 어려울 때가 많다. 그나마 매상을 올려주고 있는 손님들은 장발에 걸려서 머리카락을 쥐가 파먹은 꼴로 들어오는 청년들이다.

"에이, 재수가 없으려니까 깍쇠한테 걸려서."

"깍쇠가 누구예요?"

"누군 누구요. 가위 들고 돌아다니는 경찰들이지. 일 년 동안 정성 들여서 기른 머리카락이 이게 뭡니까?"

"표시 안 나게 잘 다듬어 줄게요."

머리를 기르는 청년들은 가지각색이다. 일을 하느라 이발소 갈 시간이 없어서 기를 수밖에 없는 청년들이 있는가 하면, 멋을 내기 위하여, 기성세대들에 대한 반항심으로 기르는 청년들도 있고, 예술 쪽으로 관심이 있는 청년들이나 통기타를 좋아하는 청년들은 거의 머리를 길렀다. 경찰에 걸리면 이발소 대신 미용실을 찾는 것은 그나마, 피해를 최소화시킬 수 있기 때문이다.

오늘 오후에도 학산미장원은 여자 손님은 없었고 장발 단속에 걸린 이십대 청년 두 명이 머리를 손질하고 갔다. 손님이 안 온다고 해서 일찍 문을 닫을 수는 없다. 내일 무슨 행사가 있어서 저녁을 일찍 먹는 손님이 올 수도 있다. 그러나 오늘은 땅거미가 내려앉을 무렵 유리창을 커튼으로 가렸다.

"사장님도 대단해요. 같은 서울에 살면서 어떻게 미국이나 어디로 이민을 간 것처럼 얼굴을 안 보였데요?"

바깥에는 숨을 쉬기 힘들 정도로 찬바람이 불고 있지만 미장원 안에는 연탄난로를 피우고 있어서 훈훈했다. 오숙자는 전기 콘센트에 꽂혀 있던 드라이기 코드를 빼면서 거울 안으로 경훈을 바라봤다. 경훈은 손님들이 대기하는 소파에 비스듬히 누워서 텔레비전을 보고 있다. 텔레비전 화면은 땅굴을 내보내고 있다.

"주한유엔군 사령부는 이틀 전인 지난 십오일 밤 비무장지대의 군사분계선에서 남쪽으로 약 일 킬로미터 지점에서 북괴가 구축한 높이 일 점 이 미터, 너비 약 구십 센티의 콘크리트 터널을 발견했다고 발표했습니다. 유엔군 사령부 대변인 우드사이드 대령은 이례적으로 어젯밤 열

한 시 십오 분 성명을 발표, 북괴 측이 불법적인 터널 축조와 십오일 상오 경기도 고랑포동 북방 팔 킬로미터 지점에서 있었던 유엔군 사령부 소속 민정경찰분대에 대한 총격은 엄연한 휴전협정 위반이라고 비난했습니다. 유엔군 사령부 조사 결과 이 터널에는 이백이십 볼트의 전선과 육십 와트짜리 전등이 가설되어 있으며 파낸 흙을 나를 수 있도록 협궤에 레일이 깔려 있었고 차량도 있었다고 밝혔습니다."

오숙자는 거울 앞을 정리하다 말고 의자에 앉아서 텔레비전을 응시하기 시작했다.

"두더지 같은 놈들이구먼, 워티게 땅굴을 팔 생각을 했지?"

겨울 들어 불경기를 타긴 고물상도 사정이 같다. 길이 미끄러워 고물장수들의 활동 반경이 줄어드는 데다 낮이 짧아서 영업시간도 짧다. 더구나 오늘은 금순과 철용이 이사 오는 날이다. 경훈은 날이 환할 때부터 미장원에 와서 기다리고 있는 중이었다. 오숙자가 묻는 말을 무시해 버리고, 북괴가 땅굴을 팠다는 뉴스에 비스듬히 누워 있다가 혼잣말로 중얼거리며 자세를 바로 잡았다.

텔레비전 화면이 땅굴 내부를 비추면서 아나운서의 말이 계속됐다.

"지난 십오일 상오 일곱 시 삼십오 분쯤 비무장지대 남방을 순찰 중이던 아홉 명의 한국군으로 구성이 된 유엔군 사령부 민정경찰분대는 지하에서 솟아나고 있는 증기를 발견했습니다. 이곳을 파 본 결과 지하 약 사십육 센티 지점에서 터널을 발견했다고 밝혔습니다. 터널을 계속 파고 들어가던 상오 여덟 시 오 분경 북괴 측은 군사분계선 북쪽에서 우리쪽으로 약 삼 분 동안 삼백여 발의 자동화기 사격을 가했으나, 민경대도 같이 응사하였으며 피해자는 없다고 밝혔습니다. 한편 터널은 북

서쪽에서 남동쪽으로 향하고 있으나 양쪽 끝은 아직 발굴되지 않았다고 밝혔습니다. 또한 유엔군 사령부 대변인은 그릇에 담긴 음식과, 수레 속의 흙으로 미루어 보아 북괴는 최근까지 터널 구축사업을 진행해 온 것으로 보인다고 말했으며, 사태가 너무 심각하여 이날 밤에 발표를 하게 된 것이라고 합니다."

아나운서의 말에 이어서 각계각층의 인사들이 북측의 땅굴 구축을 규탄하는 발언을 쏟아냈다. 대부분 땅굴을 파는 데 2년 이상 걸렸다면 남북한이 7·4 공동성명을 하는 와중에도 땅굴을 판 것이 아니냐고 하는 분노에 찬 목소리가 이어졌다.

"진짜 나쁜 놈들이네요."

뉴스 화면이 바뀌자 오숙자는 다시 거울 앞에 있는 빗이며, 가위, 고데기 등을 가지런하게 정리하기 시작했다.

"즘심 먹으면서 강릉식당에서 뉴스 들었잖여. 북쪽하고 남쪽까지 합치면 땅굴 길이가 삼천오백 미터나 된다능 겨. 사천 미터믄 십 리니께 얼추 십 리 길이나 팠다는 말이잖여. 아무리 기술이 좋아도 하루에 사 점 오 미터뱎에 못 판댜. 하루에 사 점 오 미터씩 삼천오백 미터를 팔라믄 꼬박 팔백 일이 걸린댜. 아까, 무슨 교수가 말한 것츠름 남북한칠사 공동 성명을 하는 동안에도 땅굴을 팠다는 말이 그래서 나옹 겨. 땅굴에 북한군을 팔천사백 명이나 숨길 수 있다니께, 대단한 거지 머."

경훈은 일어서서 텔레비전 채널을 돌렸다. MBC에서 <토요일 토요일 밤>이 방영되고 있었다. MBC 시청홀에서 방영되고 있는 것이 아니다. 시청 앞 지하철역에서 김추자가 <무인도>를 부르고 있다. 평소 좋아하는 가수여서 채널을 고정시켜 놓고 의자에 앉았다.

"하여튼, 빨갱이 말은 믿을 말이 없다고 하더니. 딱 맞는 말이네요."

"좌우지간 그놈들이 감쪽같이 팔백일 동안이나 파 오던 땅굴을 발견한 것은 천만다행여. 만약, 그 땅굴이 서울까지 연결이 됐어봐. 서울이 무너지는 것은 하루아침여. 군인들이 죄다 삼팔선만 쳐다보고 있는데, 뒤통수에서 북한군들이 삼팔선으로 가는 길을 죄다 차단한다고 생각해봐. 서울이 무너지는 것은 하루아침이고, 삼팔선을 지키고 있는 군인들도 꼼짝없이 포위를 당한 꼴이 되잖여……."

김추자의 <무인도>가 끝나고 패티김이 나왔다. 패티김은 지난 7월 30일 일본 동경 제국극장에서 열린 제 3차 동경국제음악제 콘테스트에서 3위에 입상해 30만 엔의 상금을 탄 <사랑이여 안녕>을 부르기 시작했다. 경훈은 패티김의 노래는 별로 좋아하지 않지만 일어서서 채널 돌리기가 귀찮아서 그냥 들었다.

"참, 한식 씨가 좋아한다는 포장마차 여자 있잖아요."

오숙자가 깜박 잊고 있었다는 얼굴로 경훈을 바라보며 입을 열었다.

"꺽다리 애인이 먼 문제가 있는 거여?"

경훈이 텔레비전을 바라보던 시선을 거두고 물었다.

"그 여자, 애가 있대요. 세 살짜리 여자애가 있대요."

"그걸 인제 알았어?"

경훈은 싱겁게 웃으며 다시 텔레비전을 바라봤다.

"어머, 그럼 벌써 알고 있었어요? 근데 총각이 어떻게 애 딸린 여자하고……."

오숙자는 손님에게 포장마차 여자가 애가 있다는 말을 들었을 때보다 더 놀랐다.

"꺽다리는 첨부터 알고 있었댜. 봉숙 씨 남자가 군대 가서 죽었다고 하드만. 그래서 먹고살라고 포장마차를 시작한 거랴. 키 큰 놈이 순하다고, 꺽다리가 원래 맘이 약하잖여. 츰에는 동정심에서 도와줬는데, 난중에는 그기 사랑으로 변했다능 겨."

"어머머, 세상에……."

경훈이 아무렇지도 않게 하는 말을 오숙자는 도무지 이해할 수가 없어서 벌린 입을 다물지 못했다.

철용이 택시에서 내리는 순간 밤바람이 채찍을 품에 숨기고 있었던 것처럼 얼굴을 차갑게 후려갈겼다. 철용은 얼른 뒷자리로 가서 문을 열어 주었다. 금순이 행여 감기에 걸릴세라 포대기로 폭 싼 아이를 안고 내렸다. 그 옆에 남은 가방을 외팔로 끌어당겨서 들고 뒤로 돌아섰다.

"여기는 변한 것이 하나도 읎구먼."

금순은 봉천동을 떠나기 전에는 숙녀들처럼 긴 머리에 웨이브를 넣은 스타일이었다. 지금은 파마한 머리에 아줌마들이 즐겨 입는 스웨터에 긴 치마를 입어서 누가 보더라도 거리에서 쉽게 볼 수 있는 아기엄마 모습니다.

"나는 고향에 온 기분이 들어서 외려 좋구먼."

철용은 잔기침을 하며 학산미장원을 바라봤다. 학산미장원 창문에는 커튼이 쳐져 있어서 손님이 있는지, 그 안에서 어떤 일이 벌어지고 있는지 알 수가 없었다.

"나는 겁나……."

금순이 학산미장원을 바라보며 말꼬리를 흐렸다.

"머가 겁나는데?"

"잠깐 댕기러 온 것도 아니고, 아주 이사를 왔응께 아부지를 봐야 할 거잖여."

"내 말대로 하믄 겁날 거 하나도 읎어. 이렇게 이쁜 손자를 봤응께 외려 좋아하실지도 몰라. 미장원에는 누가 있는가, 불이 켜져 있네?"

"시방 아무도 읎을 겨."

금순이 철용이 옆에 바짝 붙어 서서 긴장한 목소리로 속삭였다.

"당연하지. 근데, 왜 이릏게 가슴이 떨리는지 모르겄구먼. 죄를 지은 것도 아닌데……."

"으메, 정민이 아부지도 그려? 나는 뭐 훔치다가 들킨 사람츠름 다리가 후둘후둘 떨려서 죽겄구먼."

"떠, 떨거 읎어. 마, 막말로 미장원 안에 장인어른이나 아부지가 기달리고 계신 것도 아니잖여."

"그라는 정민이 아부지는 왜 떠는데?"

"내가 언지 떨었다고 그랴? 어여 가."

철용이는 비록 금순이보다 나이가 어리지만 엄연한 가장이라는 생각에 아랫배에 힘을 주고 걸었다.

"왔구먼!"

철용이 한 손으로 들고 온 가방을 미장원 문 앞에 내려놓았다. 노크도 안 하고 천천히 미장원 문을 열었다. 불빛이 찬바람 속으로 쏟아져서 구두를 적시는가 했더니 경훈의 반가운 목소리가 튀어나왔다.

"형수님도 계셨구먼."

철용은 친형제를 만난 기분으로 경훈을 굳게 포옹했다. 옆에서 겸연

쩍은 표정을 짓고 있는 오숙자가 민망스럽지 않게 두 손을 잡고 반갑게 흔들었다.

"인제, 제수씨라고 불러야 하능가?"

금순이 아이를 안고 미장원으로 부끄럽게 들어갔다. 경훈이 얼른 출입문을 닫으면서 반갑게 물었다.

"동생이나, 제수씨나 그게 그거지. 아녀, 제수씨 소리가 더 듣기 좋구먼."

"언니, 고생 많았지?"

오숙자는 금순의 손을 양손으로 잡고 손등을 문지르며 반가움을 주체하지 못해서 팔짝팔짝 뛰었다.

"언니? 내가 숙자씨한테 형님이라고 불러야 되는 거 아녀?"

금순이 웃음을 머금은 얼굴로 경훈을 바라봤다.

"아녀, 둘이는 동서지간이잖여. 그랑께, 우리 마누라한테 형님이라고 불러야지?"

"형님?"

금순이 쑥스럽다는 얼굴로 반문했다.

"그려, 내가 형님이지. 하지만 미장원에서는 사장님이라고 불러 줄게. 얼른 애기 얼굴 좀 보고 싶응께 방으로 들어 가."

오숙자가 금순의 등을 껴안고 방으로 들어가는 문을 열었다.

"니덜 온다고 해서 방 다 치워놨구먼. 나는 밑에 아들이 살고 있는 집으로 이사를 했구먼."

"집 살 돈, 시훈이 형한테 밀어 넣고 복구를 못했구먼."

철용은 경훈과 계속 연락을 주고받거나, 가끔 만나서 경훈의 사정을 잘 알고 있었다.

"형이 순해서 그 돈 빼낼 수 있을지 몰라. 선거 때 쓴 돈을 빼내려면 얼굴에 철판 깔고 몇 건 터트려야 하는데……."

"난도 형이 선거하러 내려간다고 나한테 즌화했을 때 그랬잖여. 경훈이 형이라믄 몰라도, 시훈이 형은 순해 터져서 남한테 낯 뜨거운 야기 못하는 승질이잖여."

철용이 경훈의 뒤를 따라 들어가면서 말했다. 방으로 들어가니까 먼저 보낸 이삿짐들이 그대로 쌓여 있었다.

"우리 애기 볼 터?"

금순이 아이를 폭 싸고 있는 포대기를 들추었다.

"워쩌믄, 꼭 철용이 너를 닮은 아를 구했냐?"

경훈이 보면 볼수록 신통하다는 얼굴로 아이를 바라보며 말했다.

"집사람이 낳았응께, 나를 닮는 거는 당연한 거 아녀?"

철용이 망설이지도 않고 자랑스럽게 말했다.

"그람, 고아원에서 입양한 아가 아니란 말여?"

경훈이 작은 목소리로 철용에게 물었다.

"이상하시네, 왜 고아원에서 입양을 해요? 저는, 처음에 봤을 때부터 언니가 낳은 어린애처럼 보였는데, 당신은 그렇게 안 봤어요?"

금순의 사정을 알지 못하고 있는 경훈의 아내 오숙자가 금순에게서 아이를 받아서 안으며 말했다.

"그렇구먼. 애기 이름은 머여?"

경훈이 시치미를 뚝 떼고 아이를 바라보며 물었다.

"우리 족보 돌림자가 내 아들은 끝의 자가 민 자 아녀, 백성 민 자. 그래서 이름 짓는 데 가서 오천 원을 주고 졌구먼. 정민이라고 졌어. 형이 듣기에는 이름이 어뗘? 김정민! 씩씩한 남자 이름처럼 들리지?"

정민이는 낯을 가리지 않고 오숙자의 품에 안겨서도 방긋방긋 웃으면서 주먹 쥔 손을 연신 흔들었다. 금순은 정민이를 바라보느라 말을 할 겨를이 없었다. 철용이 정민이의 손을 가볍게 쥐고 흔들어 주며 말했다.

"이름 좋구먼, 정민아! 이모여! 숙자 이모. 까꿍까꿍."

오숙자가 정민의 볼을 손가락으로 톡톡 치며 이름을 불렀다.

"오늘 같은 날 축하주 한잔해야 하는 거 아녀?"

경훈이 철용에게 눈짓을 하며 일어섰다.

"내가 준비할 팅께, 앉아 있어."

"아녀, 정민이 어머는 정민이 옆에 붙어 앉아 있어야지. 나하고 형하고 준비해 올 팅께 여자분들은 가만히 앉아 계셔."

철용이 너스레를 떨면서 일어섰다.

철용이보다 먼저 미장원으로 나간 경훈이 미장원의 불을 밝혔다. 오늘은 미장원을 일찍 닫아서 미장원 안은 싸늘했다. 유리문은 밖에서 안이 보이지 않도록 커튼을 쳐 놓았다. 경훈이 손님들이 앉는 소파에 앉으며 잠자코 담배를 입에 물었다.

"형, 형이 무슨 말을 할지 잘 알고 있구먼. 각오는 되어 있응께 걱정하지 마. 어채피 한 번은 겪고 넘어가야 할 일이잖여."

철용이 담배를 입에 물고 경훈이 앞으로 갔다. 말없이 경훈이 입에 물고 있는 담배를 빼서 자기 담배에 불을 붙인 후에 담담하게 말했다.

"그런 각오도 없이 봉천동에 왔겄냐? 모산에는 언지 알릴 거여? 내년은 구정이 늦어서 양력으로 이월 십일일이여, 앞으로 두 달 이상은 남았구먼."

"암만해도, 설을 쇠기 전에 발표하는 것이 낫겠지?"

철용은 미용의자에 앉았다. 경훈을 향해 등을 돌리지 않고, 거울 안으로 보이는 경훈을 바라보며 물었다.

"그걸 말이라고 햐? 구정 쇠러 내려가서 발표했다가는 구장님 승질이나, 느덜 아부지 승질에 뭔 일이 일어나도 일어날 겨."

"내 생각도 그려. 한동리서 남사스러워 워티게 사냐고 길길이 날뛰실 것이 분명햐. 그래서 두 분을 서울로 모시믄 워떨까 하는 생각이 들었구먼."

"두 분을 서울로 모신다니?"

미장원 안에는 재떨이가 없었다. 경훈이 담뱃재를 떨기 위해 쓰레기통 앞으로 가며 반문했다.

"구장님하고, 아부지를 같은 날 서울로 올라오시라고 전보를 치능 겨. 그럼 일단 올라오실 거잖여. 그때 형이 먼저 두 분께, '여차여차해서 상황이 이릏게 됐다. 그랑께, 워틱해야겄냐. 만약 두 분이 허락을 안 하시믄, 허락을 받을 때까지 숨어서 살겄다고 하드라'라고 먼저 충격을 완화시키라는 거지."

철용이도 담뱃재를 털려면 쓰레기통 앞으로 가는 수밖에 없었다. 의자에서 일어나 경훈이 옆으로 가며 금순이와 구상해 두었던 작전을 밝혔다.

"그려, 그 생각 기가 맥히겄다. 옛말에도 자식 이기는 부모 읎다고 했잖여. 당장 눈앞에 보이믄 승질을 못 이겨서 길길이 날뛰겄지만, 먼저 다짐을 받고 나오믄 워틱하겄냐. 또, 정민이처럼 돌배기 손자도 눈앞에 있응께…….”

“내 말이 바로 그 말이랑께. 그릏게 되믄 두 분이 기차를 타고 내려감서 모산에 가서는 워티게 알려야겄다, 라고 작전을 짤 거잖여.”

“됐구먼. 내가 생각해도 그 작전은 훌릉햐. 그럼 워디 슈퍼에 가서 술 좀 사 오자. 안주는 통닭이나 족발만 있으믄 되잖여.”

“오랜만에 형하고 오붓하게 술 한잔하게 생겼구먼.”

철용은 갈고리가 달린 의수로 자신의 배를 툭툭 치고 나서 문을 열었다. 살을 에는 듯한 찬바람이 훅 불어와 얼굴을 덮쳤다.

한 해를 보내는 망년회 날이다.

무궁화 무역 직원들은 업무를 오전에 마치고 점심시간에 간단한 주류와 함께 망년회를 하기로 했다. 장소는 회사 근처에 있는 한식집이다. 겨울인데도 실비가 흩날리고 있었다. 직원들은 손바닥으로 비를 가리거나, 우산을 쓰고, 혹은 신문지 같은 것으로 머리를 가리고 망년회 장소로 이동했다.

직원들은 직업의 특성상 자신들이 망년회를 하는 동안 일반 손님들은 일체 받지 못하게 했다. 오십여 명이 충분히 앉을 수 있는 대청마루에 길다란 교자상이 두 줄로 늘어섰고, 신선로를 중심으로, 찜갈비, 너비아니, 게장, 찜굴비, 파전 등이 상을 가득 메웠다. 술은 한식에 어울리는 전통주다.

“내가 볼 때 올 한 해는 자네가 가장 열심히 일을 한 거 같아. 올해 과장으로 진급한 것 이상으로 일을 해 줘서. 내가 고맙네. 그런 뜻으로 한잔하지.”

박광원은 일부로 고현수를 옆자리에 앉혔다. 마룻바닥이지만, 양쪽에 석유난로가 타고 있어서 실내는 훈훈했다. 그런 데다 따뜻하게 데운 정종을 연거푸 몇 잔 마셨더니 얼굴이 후끈거렸다.

"부장님이 적극적으로 밀어준 덕분입니다. 내년에도 부장님의 뜻에 벗어나지 않도록 열심히 노력하겠습니다."

고현수도 몇 잔의 술에 얼굴이 알맞게 익어 있었다. 박광원이 술잔을 내미는 순간 얼른 두 손으로 자기 앞에 있는 술잔을 들어서 조심스럽게 내밀었다.

"자네 앞이라서 하는 말이 아니고, 자네가 양승천하고 다른 점은 바로 그 겸손일세. 내가 알고 있는 자네는 절대로 자신을 자랑하는 법이 없지. 오직 실력으로 말을 하고 있는 점이 내 맘에 딱 들어."

"아닙니다. 저는 아직 그분을 따라가려면 멀었습니다. 제가 볼 때 이 바닥 일은 오직 경험이 말해주더군요. 이런 말씀 드리기 뭐하지만, 제 아무리 석사, 박사라 하더라도 이 바닥에서 연륜이 있는 분 앞에서는 군대의 이등병이나 같다고 봅니다."

"그 점은 잘 봤네. 아무래도 사람을 다루는 업무가 많다 보니, 심리학을 전공하지 않는 이상 경험을 무시할 수가 없지."

"내년 한 해도 잘 부탁드립니다. 부장님 댁에도 한 해 내내 좋은 일만 일어나기를 빌겠습니다."

고현수는 박광원의 잔에 정중하게 술을 따라 주었다.

"자네도 내년에는 일찍 일찍 집에 들어가게. 내가 업무적으로 배려를 좀 해 줄 모양이니까."

"그 점에 대해서는 걱정 안 하셔도 됩니다. 아내에게 충분히 양해를 구해놨습니다. 가정도 중요하지만 국가를 위해 충성하는 일이 더 중요하다고 말입니다."

"자네 뜻이 정 그러하다면 하는 수 없지만 나중에 후회하게 될 걸세."

박광원은 고개를 끄덕거리며 고현수의 등을 툭툭 쳐 줬다.

망년회는 두 시가 넘기 전에 끝이 났다. 밖에는 비가 그쳤고 진눈깨비가 내리고 있었다. 고현수는 직원들하고 진눈깨비 속을 걸어서 큰길까지 같이 걸어 나갔다. 거리는 시커멓게 쌓인 진눈깨비가 진흙처럼 엉겨 있어서 질퍽거렸다. 차도를 다니는 차량들도 진눈깨비 속에서 거북이걸음을 하고 있었다.

"새해 복 많이 받으시구요."

"새해에 봅시다."

직원들은 진눈깨비 속에서 한 해를 보내는 인사를 하고 택시를 타거나, 버스 정류소, 혹은 지하철역으로 뿔뿔이 흩어졌다.

고현수가 케이크를 사 들고 집에 도착한 시간은 오후 3시가 되지 않았다. 하지만 금방이라도 눈을 뿌려댈 것처럼 하늘이 납작하게 엎드리고 있어서 오후 다섯, 여섯 시나 되는 것처럼 시야가 어두웠다.

"왜? 모처럼 너무 일찍 와서 이상해?"

고현수가 그답지 않게 활짝 웃으며 말했으나 문을 열어 준 애자는 말없이 뒤로 돌아섰다.

"집에 뭔 일이 있는 거야?"

애자 옆에 서 있던 성찬이도 쪼르르 달려서 애자 옆으로 갔다. 고현수가 케이크를 소파에 올려놓으며 거실을 두리번거렸다. 이상한 점은 보이지 않았다. 다시 애자를 바라보며 소파에 앉았다.

"이게 뭐예요?"

애자는 말없이 안방으로 들어갔다. 통장 한 개를 들고 나와서 고현수 앞에 내밀었다.

"이 통장에 입금되어 있는 돈이 무슨 돈이에요?"

고현수는 당혹스러운 표정으로 통장을 받았다. 작년 여름에 오성산업 공 사장을, 이상진을 납치했던 이스턴관광호텔로 납치했다. 그가 왕종운을 시켜서 이상진을 고문한 것처럼 형사들을 시켜서 고문했다. 이상진에게 받기로 한 사채 원금과 이자를 무효화시킨 것 외에 위자료 조로 이천만 원을 현금으로 받아 낸 후에 풀어줬다. 그 돈을 고스란히 박광원에게 갖다 바쳤더니 오백만 원을 도로 내줬다. 통장에는 이상진에게 거마비로 받는 백만 원을 시작으로, 박광원에게 받은 오백만 원과 이런저런 경로로 받은 천오백오십만 원이 입금되어 있었다. 그 돈으로는 박광원의 충고대로 강남의 땅을 살 예정이었다.

"설명 좀 해주시겠어요? 어떻게 그렇게 많은 돈이 당신 이름으로 저금되어 있는지?"

"설명해 달라면 설명 못 해줄 것도 없지. 이건 활동비야. 회사에서 받은 활동비를 넣어 둔 것이라고."

고현수는 내일이라도 일부러 시간을 내서 강남의 논현동이나, 서초동 쪽을 알아본 뒤 땅을 사야겠다고 생각하며 퉁명스럽게 대꾸했다.

"활동비라면 당연히 활동을 하는 데 사용되어야 하잖아요. 하지만 입금만 되고 빼 쓴 흔적은 없잖아요?"

"아직 프로젝트가 진행되지 않았기 때문이라고. 위에서는 예산에 따라서 계속 활동비를 지급한 것이고. 근데 내가 왜 이걸 설명해야 하지?"

고현수는 갑자기 애자가 상관할 필요가 없다는 생각이 들면서 화가 났다. 하지만 성찬이가 말똥말똥한 시선으로 바라보고 있어서 화를 참으며 낮은 목소리로 물었다.

"죄송해요. 저는 아버지처럼, 그런 돈인 줄 알았어요."

애자는 고현수가 화를 내자 그가 낯설게 보였다. 중앙정보부에 다니는 것도 춘임이 아니면 알지 못했다. 천오백만 원이 넘는 거액을 통장에 입금해 놓고도, 설명할 필요가 없다고 쏘아 붙이니까 더 이상 할 말이 없어서 팔짱을 끼며 돌아섰다.

"장인어른 같은 돈이라니?"

"아버지가 국회의원이셨을 때 보면 가끔 사업하시는 분들이 돈 보따리나 비싼 양주 같은 것을 들고 오는 분들이 있거든요."

"당신 눈에는 내가 국회의원처럼 보여?"

고현수가 더 이상 참을 수 없다는 얼굴로 애자를 노려봤다.

"죄송해요. 제가 앞질러 생각했어요. 다시는 당신 통장을 엿보지 않을게요."

애자는 고현수와 자신의 사이에 쓸쓸한 바람이 부는 것을 느끼면서도 부드러운 목소리로 말했다.

"분명히 말하겠지만, 나는 성찬이 아빠야. 성찬이 앞에서 부끄러운 짓을 하지는 않을 거야. 내 말 무슨 뜻인지 잘 알겠지?"

고현수는 제자를 다루는 선생 같은 표정으로 말을 하다가 전화벨이 울리는 소리에 일어섰다.

"목포경찰서 강 형사가 배광일을 잡아서 서울로 데리고 왔습니다. 제가 지금 놈을 차에 태워서 이스턴관광호텔로 가고 있는 중입니다. 지금 시간이 되십니까? 삼십 분 후에 도착할 수 있습니다."

전화를 건 사람은 배광일을 수배해 달라고 고현수가 부탁한 중부경찰서의 조영규 형사였다. 고현수는 애자에게 회사 일로 급하게 나가봐야 한다며 옷을 챙겼다. 출근할 때와 다르게 재킷에 모자가 달린 돗파를 입었다.

"오늘 같은 날도 나가야 해요?"

애자가 어이가 없다는 표정으로 물었다.

"늦지는 않을 거야."

고현수는 애자와 티격태격할 필요가 없다는 생각에 더 이상 말을 하지 않고 밖으로 나갔다. 밖에는 앞이 보이지 않을 정도로 함박눈이 펑펑 내리고 있었다.

동대문에 있는 이스턴관광호텔에 도착한 것은 예상했던 시간보다 두 시간이나 늦은 후였다. 호텔 로비는 연말을 관광호텔에서 보내려는 젊은 아베크족이나 가족들로 붐볐다. 고현수는 곧장 프런트로 가서 조영규의 가명인 이상길로 예약되어 있는 방을 찾았다.

"늦었군요."

객실 안에는 조영규와 파트너인 정해용 둘이 앉아서 느긋하게 맥주를 마시고 있었다. 조영규가 문을 열어 주었다.

"입을 열었습니까?"

고현수는 재킷을 벗어 옷걸이에 걸었다. 정해용이 맥주를 따른 잔을 내밀었다. 그것을 받아 마시면서 물었다.

"좀 보시겠습니까? 발가벗겨서 목욕탕 안에 묶어 두었습니다."

"입을 열었다면 굳이 볼 필요는 없습니다."

고현수는 침대에 걸터앉으며 닫혀 있는 목욕탕 문을 바라봤다. 석관동에서 고문을 받던 때가 떠올랐으나 이내 지워 버리고 맥주를 마셨다. 이열치열이라더니 추운 날씨에 마시는 차가운 맥주 맛도 괜찮았다.

"과장님 짐작대로 이민을 갈 계획이었답니다. 캐나다 쪽에 손을 써서 초청장이 이미 와 있답니다. 삼 개월 전부터 준비를 했다니까 충분히 가능한 일이죠."

기술 이민의 경우 4년 이상 경력이 있어야 하지만 초청 이민은 비교적 쉽다. 이민 대상국에서 이미 영주권을 얻은 사람의 가족이나 시민권 소지자의 배우자와 직계가족 및 형제자매의 배우자나 아들딸까지도 해당된다. 하지만 브로커에게 돈만 주면 관련 서류를 위조해서 누구나 이민을 갈 수가 있다. 고현수는 조영규의 말에 코웃음을 치며 목욕탕 문을 살짝 열어 보았다. 문틈으로 보이는 배광일은 손목이 뒤로 묶인 채 피투성이가 되어 걸레처럼 바닥에 널브러져 있었다. 얼마나 고문을 당했는지 누워 있는 바닥에 피가 흥건했다.

"출국 금지시켰다는 건 어떻게 알았답니까?"

고현수는 마치 자신의 모습을 보는 것 같아서 슬쩍 문을 닫고 돌아섰다. 담배를 입에 물고 소파에 앉으며 물었다.

"가족들과 함께 김포공항까지 갔었답니다. 브로커가 티켓팅을 하는 과정에서 출국 금지당했다는 사실을 알았답니다. 얼마나 놀랐는지 공항 택시를 타고 강화까지 도망을 쳤었답니다. 한 잔 더 하시겠습니까?"

조용규보다 직급이 낮은 정해용은 잠자코 말만 듣고 있었다. 조용규가 맥주 안주로 땅콩을 먹으면서 말했다.

"가족들은 지금 어디 있습니까?"

"목포항 근처에 있는 여관에 있습니다. 목포 경찰서 강 형사 말로는 저놈이 일본으로 밀항을 하려고 브로커를 찾고 있었답니다."

조용규가 어깨를 으쓱거리고 나서 대답했다.

"돈은 얼마나 가지고 있답니까?"

정해용이 고현수의 빈 잔에 다시 맥주를 채웠다. 고현수가 짐짓 관심이 없다는 표정으로 물었다.

"강 형사가 여관에서 가지고 나온 돈은 한 푼도 건들지 않고 그대로 갖고 나왔답니다. 확인해 보니까 달러로 십육만 불이고, 한국 돈으로 백오십만 원이 들어 있습니다."

정해용이 가죽으로 만든 가방의 지퍼를 열어 보였다.

"요즘 환율이 어떻게 되지요?"

고현수가 가방을 받아서 활짝 벌렸다. 은박지로 싼 여러 개의 돈뭉치와 한국 돈이 뒤섞여 있었다.

"요즘 사백팔십 원 정도 합니다. 계산해 보니까, 우리 돈으로 칠천육백팔십만 원입니다."

"저놈이 가지고 간 돈은 어음을 할인한 돈 칠천오백하고, 정기예금을 담보로 한 이천만 원을 더 해서 구천오백만 원입니다. 나머지 돈은 어디로 갔답니까?"

고현수가 가방의 지퍼를 닫으며 조용규에게 물었다.

"경리과장을 하던 이춘섭에게 천오백만 원을 주고, 나머지는 이자하고 이민 가는 경비로 썼답니다. 그 말은 거짓이 아닌 것 같습니다. 거짓말하지 말라고 계속 짜 봤지만 다른 말은 안 나오더군요."

조용규는 어깨를 으쓱거리고 나서 목욕탕 문을 활짝 열었다. 배광일이 정신이 드는지 꿈틀거리는 모습을 잠시 바라보다가 문을 닫고 돌아섰다.

"요즘 환율은 얼마나 합니까?"

고현수는 조용규에게 물어보면서 가방에 들어 있는 돈을 환산해 보았다. 칠천육백팔십만 원에 백오십만 원을 더하면 백칠십만 원이 부족한 팔천만 원이다. 백칠십만 원을 제외하고 천오백만 원이 사라졌다는 결론이 나왔다.

"아까 신문을 보니까 환율이 사백팔십 원 정도입니다. 웃기는 것은 저놈이 명동에서 달러를 구입했을 때는 원 달러당 사백 원이었다는 점입니다. 저놈은 달러를 되팔면서 가만히 앉아 천삼백육십만 원을 번 겁니다. 웃기지 않습니까? 회사 돈을 횡령해서 천삼백육십만 원을 벌었다는 것이?"

"가만!"

조용규가 웃으며 하는 말에 고현수는 조용규의 입을 막으며 침대에서 일어섰다. 창문 앞으로 가서 밖을 내다봤다. 밖이 캄캄해서 눈이 얼마나 내리는지 알 수가 없었다. 창문에 닿는 눈송이가 녹아내리는 것으로 보아서 계속 내리고 있는 것 같았다. 길 건너의 동대문 고속버스 터미널에서 오고가는 고속버스의 불빛이며 터미널 불빛이 희미하게 보인다.

배광일이 암달러상에게 달러를 구입했을 당시 환율은 일 달러당 사백 원씩이다. 십육만 불이라면 육천사백만 원을 지불했다는 결론이 나온다.

"왜 그러십니까?"

조용규가 고현수가 서 있는 창가로 와서 긴장한 얼굴로 물었다.

"나 좀 봅시다."

고현수는 테이블 앞으로 갔다. 테이블 위에 있는 메모지를 끌어 당겨 놓고 볼펜을 들었다. 배광일이 횡령한 구천오백만 원을 기준으로, 이정섭에게 준 돈, 천오백만 원을 뺐다. 나머지 팔천만 원에서 달러를 구입하는데 사용한 육천사백만 원을 뺐다. 달러 구입비에 현금으로 가지고 있는 돈 백오십만 원을 더했다. 육천오백오십만 원이 된다. 팔천만 원에서 육천오백오십만 원을 공제한 천사백오십만 원에 동그라미를 친 메모지를 조용규 앞으로 내밀었다.

"이게 뭡니까?"

"배광일이 달러를 구입했을 때는 일 달러당 사백 원이었습니다. 저놈이 말한 대로 이민 경비를 썼다고 해도 백오십만 원 이상 쓰지는 않았을 겁니다. 천삼백만 원은 따로 감춰뒀다는 겁니다."

고현수는 할 말 다했다는 얼굴로 테이블 위에 있던 맥주병을 끌어당겼다. 술병이 비어 있었다.

"정 형사, 내가 뭐라고 했어? 저런 놈은 사정 봐 줄 것 없이 저승사자를 보고 와야 국민학교 다닐 때 학교 앞 문구점에서 지우개 훔친 것까지 털어 낼 수 있다니까."

고현수의 말이 끝나자마자 조용규가 팔소매를 걷어붙이며 화를 냈다.

"나가서 한잔하고, 한 시간 후에 오겠습니다."

고현수는 정해용이 가죽 점퍼를 벗고, 티셔츠까지 벗어부치는 모습을 바라보다 차가운 표정으로 돌아섰다.

겨울연가

승우가 인숙이 내민 손을 잡아당기며 끌어안았다.
등신, 그릏게 참을성이 읎어서 서울대학교는 워티게 갈 겨.
인숙은 얼떨결에 승우의 품에 안겼다가 떨어지면서 울음 섞인 목소리로 말했다.
이걸로 열심히 공부해서 너도 꼭 서울대학교에 합격햐.
승우가 선물 포장지로 싼 작은 상자를 건넸다.

눈이 내리고 있었다. 내리는 눈은 쌀가루처럼 차곡차곡 고스란히 쌓여 영동여고 교정에서 내려다보이는 읍내는 온통 하얀 눈 세상으로 변해 버렸다.

인숙은 여고에서 마지막 겨울방학이자, 보름 안으로 다가온 대학시험 때문에 학교에 갔다. 네 시간 동안 보충수업을 하고 나서 종례시간이다.

"에, 알고 있는 학생들도 있겄지만, 오늘 예비고사 발표가 났다. 늦어도 다음 주 화요일쯤이면 자기 점수가 얼마나 되는지 정확하게 알 수가 있을 겨. 공부를 열심히 한 학생은 눈 빠지게 그날이 기다려지겄지만, 게으름을 피운 학생들은 인생 최악의 날이 될 거여."

담임 선생은 학생들의 얼굴을 쭈욱 살펴보고 나서 인숙이 앞에서 시선을 멈추고 다시 입을 열었다.

"올해 전국 수석은 삼백십 점을 맞은 서울의 경기여고 학생이 차지했다. 차석은 경복고등학교 학생이 딱 일 점 부족한 점수로 차지했다. 그리고 삼백점 이상은 모두 마흔 두 명이 나왔는데, 신기하게도 서울에서 스물한 명, 지방에서 스물한 명이 나왔응께 딱 절반씩 나왔구먼."

"몇 명이나 떨어졌슈?"

구석자리에서 누군가 큰 소리로 묻는 말에 잔뜩 긴장하고 있던 교실 분위기가 깨지며 까르르 웃음이 터졌다.

"너는, 몇 명이 붙은 것이 중요한 게 아니고, 떨어진 게 중요하냐?"

"떨어진 학생들이 많으면 들 챙피하잖유."

"그러게, 평소 열심히 공부를 하지. 예비고사 발표할 때가 되면 후회할 거면서 왜 공부를 안 했냐? 에, 가만있어 보자. 총 이십오만 삼천육백칠십칠 명이 예비고사를 봐서, 오십일 프로가 합격했고, 사십구 프로가 떨어졌구먼. 됐냐?"

담임 선생이 가지고 온 신문을 보며 말했다.

"워티게 떨어진 학생들이 더 짝은 겨? 원래 많아야 되는 거 아녀?"

누군가 불만이라는 얼굴로 하는 말에 다시 웃음보가 터졌다.

"에, 선생님 생각에 서울에 있는 대학에 가려면 최소한도로 이백삼십 점은 넘어야 된다고 본다. 박인숙, 너는 몇 점이나 예상하고 있는 겨?"

"셤 끝나고 풀어 봉께, 이백오십 점쯤……."

인숙이 얼굴을 붉히며 대답하자마자 교실에서 박수가 터져 나왔다.

"이백오십 점이믄 서울대학교에 갈 수 있겠구먼. 박인숙 생각은 어떠?"

"서울에 연고가 읎어서 충남대학교에 갈까 생각 중이여유. 대전에 충남대학교 대학원에 댕기는 오빠가 살고 있거든유."

인숙은 상규네에게 만약 예비고사 점수가 잘 나오면 향숙의 집에서 학교에 다니겠다는 말을 했었다.

"시방 인숙이가 하는 말 들었지? 여러분 중에서 모르는 사람이 있을깨비 이 선생님이 말해 주는데 말여. 인숙이 오빠는 검정고시로 고등학교 졸업장을 따서 충남대학교에 합격한 수재여. 그 동생인 박인숙도 충남대학교에 당당하게 합격하길 빌며, 모두 박수!"

담임 선생의 말에 다시 박수 소리가 터졌다. 인숙은 얼굴이 빨갛게 물드는 것을 느끼며 너무 부끄러워서 고개를 숙였다.

인숙은 계단을 내려가서 곧장 집으로 향했다. 승우가 영동역에 도착할 시간은 5시 10분이다. 집에 도착해서 방문을 열어 보니까 찬 기운이 확 풍겨 나온다. 방바닥에 손바닥을 대 본다. 아침에 인자가 연탄불을 가는 걸 봤는데 냉방이다.

연탄이 불량품인가?

연탄보일러 위에 얹어 있는 양은솥도 차갑다. 양은솥을 내려놓고 연탄불을 살펴보니까 반쯤 타다만 흔적이 있다. 손이 시려워서 호호 불면서 연탄집게를 찾아 들었다.

"아줌마, 연탄불 좀 빌려 줘유. 학교 갔다 와서 봉께, 탄불이 꺼졌네유?"

"그랴."

인숙이 안채 앞에 가서 주인을 불렀다. 주인 여자는 친구들하고 화투를 치고 있는지 밖으로 내다보지도 않고 승낙했다. 주인집 정지로 들어

가서 연탄보일러 아궁이 뚜껑을 열었다. 연탄 냄새가 코를 확 찌른다. 코를 움켜쥐며 얼른 고개를 돌렸다가 연탄을 보니까 연탄구멍에서 불꽃이 붉은 혀를 내밀고 춤을 추고 있다. 두 장의 탄 중에 위에 있는 탄을 꺼내서 집에서 가져온 새 연탄을 넣은 다음에 뚜껑을 닫았다.

방 안이 바깥보다 더 추웠다. 교복 위에 모자가 달린 재킷을 껴입고 대학시험 공부나 해야겠다는 생각으로 책상 앞에 앉는데 인자가 들어왔다.

"또 탄불 꺼졌구먼."

"요새 연탄 불량품이 많다고 하던데 연탄을 딴 데서 사야 하는 거 아녀?"

"읍내는 합동연탄뻬에 읎잖여. 쪼맨한 공장에서 불량품을 만들어 판다고, 연탄공장을 전부 합쳐서 합동연탄에서만 연탄을 맨든단 말여."

"그람, 왜 탄불이 꺼졌지?"

"내가 구멍을 잘못 맞춰놔서 그럴 겨. 연탄공장이 여러 개 있었을 때는 짝은 공장에서 흙을 섞어 연탄을 만들어서 꺼지는 수가 많았지만, 요새 연탄불 꺼지는 일이 드물었잖여. 너, 오늘 승우 온다고 하지 않았냐?"

인자는 냉기가 감도는 아랫목에 담요를 깔고 앉아서 잔뜩 움츠리고 물었다.

"했구먼."

"몇 시에 도착하는데?"

"다섯 시 십 분 차랴."

인숙은 학교에서 입는 체육복 바지에 목이 긴 폴라셔츠 차림으로 갈아입고 책상 앞에 앉았다.

"이따, 승우를 만난다면서 글자가 머리에 들어 와?"

"언니, 즘심은?"

"농협에서 먹고 왔잖여. 너는?"

"생각 읎구먼."

"승우한테 이쁘게 보일라고 굶은 거여?"

"그람, 언니가 라면이라도 좀 끓여 주든지……"

인숙은 막상 국어 책을 펼쳤지만 글자가 눈에 들어오지 않았다. 잠시 눈을 감았다가 뜨고 심호흡을 가다듬었다. 여전히 글자가 흐릿하게 보이면서 승우의 얼굴이 책장에 그려졌다.

3학년이 돼서 여름방학 때 잠깐 보고 편지만 주고받았다. 2학기 들어서 한창 공부를 열심히 하고 있어야 할 때 토요일에 영동으로 내려오겠다는 편지가 왔었다. 곧바로 결단심이 없는 남자는 싫으니까 만나지 말자는 편지를 속달로 보냈다. 그랬더니 삐졌는지 답장이 오지 않았다. 너무 야속한 편지를 보냈나 하는 후회가 밀려와서 다시 편지를 보낼까, 고민하다가 결국 더 이상 편지를 쓰지 않았다.

"농협에 가서 누나한테 물어봉께, 집이 여기라고 갈쳐 주드라."

"내 편지 못 봤남? 우리 대학생이 돼서 만나기로 했잖여."

예비고사를 한 달 앞둔 10월 중순경이다. 토요일에 승우가 아무런 예고도 없이 집으로 찾아왔다. 예기치 못한 반가움에 왈칵 눈물이 쏟아질 것 같았다. 승우를 바라보고 있으면 눈물을 보이고 말 것 같아서 홱 돌아서며 싸늘하게 쏘아붙였다.

"나, 영동 집에도, 모산 어머한테도 전화 안 했어. 밤차로 다시 서울 올라갈 겨. 그냥 얼굴만 보고……"

승우는 잠시 동안 아무 말도 하지 않았다. 밑으로 바라보니까 운동화를 신은 발로 땅을 슥슥 문지르고 있는 것을 보니 고개를 숙이고 있는 것처럼 느껴졌다. 눈물이 흐를 것 같아서 하늘을 바라봤다. 승우가 풀이 잔뜩 죽은 목소리로 말을 했다.

"내 사진 있잖여. 내가 보고 싶으면 사진을 보면 되잖여."

"사진이 말하는 거 봤어?"

"왜 말 못햐. 내가 갖고 있는 사진은 말만 잘하는데……."

"뭐라고 말하는데?"

"인숙아 우리 공부 열심히 해서 꼭 좋은 대학에 가자, 라고 말여……."

"참말이여?"

"그람, 참말이지. 내가 은제 너한테 그짓말하는 거 봤어?"

"참말이믄 손 좀 내밀어 봐."

"왜?"

"내밀어 보랑께."

인숙은 자신도 모르게 승우를 향해 돌아섰다. 승우의 얼굴에 눈물이 번져 있는 것을 보는 순간 더 이상 참을 수가 없었다.

"너 울고 있었구먼."

승우가 인숙이 내민 손을 잡아당기며 끌어안았다.

"등신, 그룧게 참을성이 읎어서 서울대학교는 워티게 갈 겨."

인숙은 얼떨결에 승우의 품에 안겼다가 떨어지면서 눈물에 젖은 목소리로 말했다.

"이걸로 열심히 공부해서 너도 꼭 서울대학교에 합격햐."

승우가 선물 포장지로 싼 작은 상자를 건넸다.

"이기 먼데?"

인숙은 서울대학교에 합격할 자신이 없었다. 설령 합격을 하더라도 서울에 연고가 없어서 다니기 힘들다는 쪽으로 무게를 두고 있었지만 내색은 하지 않았다.

"풀어 봐."

상자 안에는 빨간색의 샤프 펜이 들어 있었다. 묵직하게 와 닿는 감촉에 승우의 숨결이 그대로 전해지는 것 같았다.

"얼굴 봤응께, 난 간다."

"역까지 데려다 줄게. 같이 나가자."

인숙은 승우를 마당에 세워 놓고 방으로 들어갔다. 변변한 외출복이 눈에 띄지 않아서 교복을 입고 다시 나갔다.

영동역까지는 서로 떨어져서 걷느라 별다른 말을 못했다. 걷다가 가끔 얼굴을 들어 보면 승우가 하얀 이를 내보이며 싱그럽게 웃어 보였다. 그럼 얼른 고개를 숙이고 땅바닥만 보면서 걸었다. 괜히 가슴이 뛰기도 하면서, 승우가 영동에 집이 없는 것도 아니고 내일 갔으면 좋겠다는 생각이 자꾸 들었다.

"부탁이 하나 있구먼……."

승우가 영동역 광장 앞에서 걸음을 멈추고 인숙을 향해 섰다.

"먼 부탁?"

"아녀, 암것도 아녀……."

승우는 인숙이 네 마음을 확인했으니까 앞으로는 더 이상 만나지 말자는 식의 편지를 보내지 말라는 말을 하고 싶었다. 하지만 인숙의 표정이 너무 순수해 보여서 말할 수가 없었다.

"네가 볼 때 승우 너는 나한테 꼭 하고 싶은 말이 있구먼. 하지만 시방 말하고 싶지 않으믄 안 해도 괜찮아. 앞으로도 말할 기회는 많응께."

인숙은 승우의 손을 잡고 웃는 얼굴로 말했다.

"참말이지?"

승우는 인숙이 자신의 마음을 읽고 있는 것 같아서 너무 고마웠다. 인숙이 잡은 손이 으스러지도록 힘을 주며 빠르게 물었다.

"아파! 내가 은제 그짓말하는 거 봤어?"

"미안!"

승우는 얼굴을 붉히며 인숙의 손을 빠르게 문질러 줬다.

"어여 가. 차 시간 늦겄다."

인숙은 승우가 잡은 손을 슬그머니 빼고 대합실을 향하여 걸었다.

대합실에 들어간 둘은 떨어져서 사방을 두리번거렸다. 많은 사람들 사이에 학생복을 입은 학생들이 드문드문 눈에 띄었다. 인숙이 승우를 바라봤다. 표정 없는 얼굴로 서 있던 승우가 시선이 마주치는 순간 환하게 웃었다. 피! 입술을 삐죽거리며 얼른 시선을 돌렸다. 기차 시간표를 보는 척하다가 승우를 바라봤다. 승우도 다른 쪽을 바라보고 있었다. 두 손을 가볍게 잡고 승우의 옆모습을 지켜봤다. 승우가 슬그머니 시선을 돌렸다. 시선이 마주치는 순간 입술을 삐죽거리며 웃는 얼굴로 고개를 돌렸다.

"엉뚱한 생각하지 말고 공부 열심히 햐."

대합실의 개찰구가 열렸다. 인숙이 먼저 승우를 바라봤다. 승우가 억지로 미소를 짓는 얼굴로 인숙 앞으로 다가왔다. 인숙은 눈자위가 시큰

해지는 것 같아서 말을 하고 나서 고개를 돌렸다.

"공부 열심히 햐. 내 생각은 쪼끔만 하고."

승우는 인숙이 이별을 슬퍼하고 있다는 생각이 드는 순간 입술을 깨물었다. 정복을 입은 역무원이 펀치를 들고 나와서 열차표를 확인했다는 표시로, 표 가장자리를 펀치로 뚫어주기 시작했다. 입안에 가득 고이는 뜨거운 침을 삼키며 무거운 목소리로 말했다.

"너도 서울대학교에 합격햐. 우리 둘이 서울대학교 강의실에서 같이 공부하는 것이 내 꿈잉께."

"열심히 할게."

인숙은 승우의 마음이 흔들리지 않게 하기 위해서는 웃으며 대답할 수밖에 없었다.

"편지할게.

승우는 발걸음이 떨어지지 않았다. 김천 쪽에서 기차 오는 소리가 날 때서야 개찰을 하고 뒷걸음으로 뛰어갔다.

"너, 참말로 독한 아구먼."

인숙은 인자가 등 뒤에서 하는 말에 승우와의 추억에서 벗어나 고개를 돌렸다. 언제 끓였는지 개다리소반에 노란색 양은냄비에 끓인 라면이 얹혀 있었다.

"시방 먼 말을 하고 싶은 겨?"

인숙은 책상 앞에 앉아 있어 봤자 공부도 안 되고 라면이나 먹어야겠다고 생각했다.

"오늘 승우가 온다는데도 글자가 머리에 들어와? 나 같으믄 그 시간에 얼굴 다듬고 있겄다. 하긴 너는 화장을 안 항께 얼굴 다듬을 필요는 읎겠지만, 그래도 책 볼 생각은 안 하겄다.

"언니는 참말로 이상한 말만 하고 있구먼. 승우가 내려오는 거하고, 내가 셤 공부하는 거하고 먼 상관이 있능 겨?"

인숙은 라면을 보기 전에는 식욕을 느끼지 않았다. 막상 라면 앞에 앉으니까 군침이 돌았다.

"너, 승우 좋아하잖여."

"우린 그냥 친구여. 언니하고 군청에 댕기는 정만호 씨처럼 애인 사이가 아니란 말여."

"어머머! 야 좀 봐. 만호 씨가 왜 내 애인여?"

"애인잉께, 장갑도 사주고 목도리도 사 주고 그라능 거 아녀?"

"그, 그건 만호 씨가 나를 좋아하니께 사 준 거지. 애인은 아녀."

"그람 길거리 지나가던 아무 남자가 장갑 사 주고 목도리 사 주면 받겄네?"

"내, 내가 그지여. 아무 남자가 사 주는 장갑이랑 목도리를 받게?"

"그것 봐. 언니도 만호 씨 좋아항께, 받은 거잖여."

"야는, 어머가 알믄 당장 집으로 들어오라고 엄명이 떨어질 말을 아무 생각도 읎이 하고 있구먼. 그라고, 만호 씨가 머여. 만호 씨가?"

"그람 형부라고 부를까?"

"혀, 형부? 야 좀 봐. 망측하게 못하는 말이 읎네. 제우 뽀뽀 한번 했을 뿐인데……. 어머머, 나 좀 봐. 내가 시방 인숙이 앞에서 먼 말을 하고 있는 거여. 하여튼 너 말 조심햐. 알았지?"

인자는 제풀에 속내를 드러내 놓고 빨개진 얼굴로 인숙을 흘겨봤다.

"언니도 승우하고 나하고 이상하게 보지 마. 아까도 말했지만 우린 그냥 친구란 말여. 친구."

"남자하고 여자 사이에 친구가 어딨냐?"

"왜 읎어. 우리 반 아들 중에 남자친구 가진 아들이 을매나 많은데."

"그건 니가 모르고 하는 말여. 남자하고 여자는 절대로 친구가 될 수 읎구먼. 남녀칠세부동석이라는 말도 그래서 생겨난 말여."

"그건 옛날 말이구먼."

"야, 좀 봐. 내가 옛날 사람이란 말여?"

"사람이 꼭 옛날에 살아야 옛날 사람인가? 요새 살아도 사고방식이 옛날식이믄 옛날 사람이지……."

인숙은 말과 다르게 어쩌면 인자의 말이 맞을지도 모른다고 생각했다. 여자 친구를 승우처럼 보고 싶어한 적은 없었다. 승우는 남자인데도 가끔 보고 싶을 때가 있다. 친구가 아니고 남자와 여자 사이라서 그런 생각이 드는 걸까, 반문해보다가 이내 고개를 흔들었다. 오랫동안 한집에 산 까닭에 정이 들어서 보고 싶은 것이라고 생각했다.

"너 혼자 잘난 척하지 말고, 가끔 언니 말도 들어. 언니가 암것도 모르고 무조건 여자하고 남자는 친구가 안 된다고 생각하는 줄 아는 것이 아닝께."

인자는 군청에 다니고 있는 정만호의 얼굴이 떠올랐다. 어떻게 하다 정만호하고 첫 키스를 했는지는 정확하게 떠오르지 않는다. 만나서 저녁을 먹고 커피숍에서 커피를 마셨다. 집까지 데려다 준다기에 아무 생각 없이 자취방 앞까지 왔다가 대문 앞에서 느닷없이 키스를 당했다. 하지만 묘하게도 기분이 나쁘지 않았다. 남자하고 자주 만나다 보면 그런 일도 생기면서, 점점 가까워지다가 나중에는 여관도 가게 되고, 결국 결혼을 하게 될지도 모른다는 생각이 들었다.

"언니는 남녀공학을 댕겼으면서 안 그랬단 말여?"

인숙은 라면을 국물 한 방울 남기지 않고 다 먹었다. 젓가락을 내려놓으며 이해할 수 없다는 표정을 지었다.

"학교에서는 같은 반에서 공부를 했응께 친구처럼 지냈지만, 딴 맘을 먹고 만나지는 않았구먼. 그랬다가는 단박에 소문이 났겄지. 누구하고 누구하고 연애한다고 말여."

"나하고 승우는 안 그려. 우린 같은 집에서 살았잖여. 아침마다 같은 밥상에서 밥을 먹고, 저녁에도 같이 밥 먹음서 공부했잖여. 어릴 때는 맨날 그 집에 가서 놀았고……."

"설거지 내가 할게."

인숙은 개다리소반을 들고 정지로 들어갔다. 연탄보일러 위에 얹혀 있는 양은솥에서는 어느 새 물이 설설 끓고 있었다. 바가지로 찬물을 퍼서 양은솥에 붓고, 그만큼의 물을 퍼서 설거지 그릇에 담았다.

인숙은 승우가 도착할 즈음에서 영동역으로 나갔다. 역 광장에는 발목이 빠질 정도로 눈이 쌓여 있었고, 수백 개의 발자국들이 찍혀 있었다.

"박인숙!"

대합실 안에는 난롯불이 있어서 훈훈했다. 인숙은 비어 있는 벤치를 찾아 두리번거렸다. 누군가 부르는 소리에 고개를 돌렸다. 영어 선생이 무릎을 덮은 긴 모직 코트 차림으로 서 있었다.

"선생님……."

"어딜 갈라고?"

"어디 가는 것이 아니고, 누구 좀 마중 나왔슈."

인숙은 장갑을 벗어서 말아 쥐며 부끄럽게 웃었다.

"누구? 남학생여?"

"아, 아녀유."

"대학 시험이 보름도 안 남응께, 놀러 댕기지 말고 셤 공부나 열심히 햐."

"예, 선생님은 워디 가셔유?"

"나는 집이 원래 대전이잖여. 퇴근하는 길여."

"몇 시 기차유?"

"다섯 시 차여."

"그렇구만유……."

"차 올 때가 됐구먼. 난 가 볼 팅께, 공부 열심히 햐."

개찰구에 역무원이 펀치를 들고 나타났다. 영어 선생은 인숙의 등을 다독거려주고 개표구로 나갔다.

기차는 눈 때문에 정시보다 삼십 분이나 연착했다. 연착한다는 안내 방송이 없어서 몇몇이 개표구로 가서 몇 번이나 확인을 했다. 인숙은 기차가 도착하기 전에는 덤덤한 기분으로 물끄러미 눈에 쌓여 있는 철도를 바라보고 있었다. 막상 기차가 도착하니까 괜히 가슴이 뛰면서 승우를 만나면 무슨 말부터 해야 할까 하는 고민이 들기 시작했다.

내가 왜 이라능 겨. 그냥 아무 말이나 하면 되는 걸 갖고…….

인숙은 개찰구 근처로 갔다. 역사 안을 서성거리면서 승우에게 할 멋지고, 기억에 남을 말을 생각해 봤지만 적당한 말이 떠오르지 않았다.

철도 건널목을 건너오기 시작하는 승객들이 보이기 시작할 때서야 괜한 고민을 했다는 생각이 들어서 싱겁게 웃었다.

승우는 검은색 바탕에 체크무늬가 있는 재킷에 목도리를 하고 털실로 짠 모자를 쓴 차림으로 다가왔다. 인숙은 개찰구 출입문 옆에 서 있다가 승우와 시선이 마주치는 순간 손을 살짝 들어 보였다.

"이원 지나서 심천에서 삼십 분 이상이나 멈춰 섰었어. 많이 기다렸지?"

승우는 지난 10월에 잠깐 봤는데도 일 년 만에 보는 것처럼 인숙이 너무 반가워 손을 내밀었다.

"심천에서 먼 일이댜?"

인숙이 승우의 손을 잡는 둥 마는 둥 쥐었다가 놓으며 물었다.

"몰라, 새마을 열차 먼저 보낸다는 방송이 나오긴 하드만."

"그랬었구먼……."

인숙은 무작정 대합실을 나갔다. 캄캄한 하늘 밑으로 보이는 역 광장의 눈이 하얗게 빛을 발하고 있다. 막상 대합실을 나오긴 했지만 어디로 가야 할지 생각이 나지 않아서 승우를 바라봤다.

"저녁 안 먹었지?"

"응."

"짜장면 먹을까?"

"응."

인숙은 비로소 가야 할 곳이 생각났다는 얼굴로 걸음을 옮겼다.

"예비고사 잘 봤어?"

"지난번에 편지에 보냈잖여. 이백오십 점쯤 맞을 거 같다고 말여."

인숙은 행여 같은 반 급우들이나 선생들을 만날지 모른다는 생각에 가능한 승우하고 떨어져서 걸었다.

"맞아, 그쯤 맞을 거 같다고 했었지. 나는 이백육십 점 이상은 나올 거 가텨."

승우는 인숙이하고 어깨를 맞대고 걷고 싶었다. 인숙이는 떨어져 걸으려고 하니까 자연스럽게 차도 쪽으로 붙어서 걸었다.

"서울대학에 갈 수 있겼어?"

"본고사만 잘 보면 서울대학은 충분히 갈 수 있을 거 가텨. 하지만 법대는 심들고……."

승우가 보기에 인숙이 추워 보였다. 목도리를 벗어서 아무 말 없이 인숙의 목에 감아 주었다.

"괘, 괜찮은데……."

인숙은 얼른 주변을 돌아다 봤다. 다행히 자기를 바라보는 행인들이 없다는 걸 알고 다시 걸었다.

"나 안 보고 싶었어? 난, 인숙이가 엄청 보고 싶었는데……."

승우는 역에서 가까운 중국음식점으로 들어갔다. 저녁 먹을 시간인데 눈이 오는 날이라 그런지 홀에 손님들이 없었다. 연탄난로에는 보리차가 끓고 있었다. 난로 옆자리에 앉았다. 종업원이 연탄난로 위에 있는 주전자에 든 보리차를 따라줬다. 승우가 양손으로 찻잔을 감싸고 조심스럽게 물었다.

"왜 안 보고 싶겼어? 보고 싶었지."

"얼마큼?"

"공부 안 될 때만 보고 싶었어. 역부러 말한다면 너 땜시 공부가 안 될 때가 많았단 말여. 너만 아니면 예비고사 점수가 더 많이 나왔을지도 모르지."

인숙은 승우의 얼굴을 바라봤다. 여름방학 때 봤을 때보다 좀 수척해 보였다. 시험공부 때문에 스트레스를 받았을 것이라는 생각이 들었다.

"참말로, 내 생각하느라 공부를 못했단 말여?"

"그래서, 밉구먼."

"사실 나도 니가 많이 보고 싶었어. 서울대학에 가려면 딴생각 읎이 공부를 해야 하는 데도 자꾸 니가 생각나드라."

"내 생각을 그릏게 많이 하느라, 나보다 성적이 더 좋아졌구먼."

인숙은 뜨거운 보리차를 후후 불어 마시면서 계속 승우를 응시했다.

"인숙아, 너도 서울대학교에 섬 볼 거지?"

승우가 찻잔을 놓고 손을 뻗었다.

"난, 충남대학교에 가기로 했구먼. 오빠가 그 학교 대학원에 댕기잖여. 오빠하고 같이 지내면서 학교 다닐 생각여."

인숙은 승우가 손을 잡을 수 없도록 테이블 밑으로 내렸다.

"그건 약속이 틀리잖여."

"서울대학교에 가려면 두 가지 방법뻬에 읎어. 한 해 재수해서 예비고사 점수를 더 올리거나, 서울에 있는 다른 대학에 입학하는 길뻬에 읎어. 하지만 딴 학교는 등록금이 서울대학교보다 두 배나 비싸잖여. 우리 집 형편에……."

짜장면이 나왔다. 인숙이 짜장면은 바라보지도 않고 말했다.

"우리 집에서 나하고 같이 학교에 댕기면 되잖아. 빈 방이 세 개나 있구먼. 아부지도 요새는 국회 들어가실 일이 없으싱께 자주 들리시지 않구먼.”

승우가 나무젓가락을 들었다. 반으로 잘라서 인숙이에게 내밀었다.

“승우야, 우린 어린애들이 아녀. 대학교에 가믄 우린 어른들이여. 언지까지나 같이 붙어 댕길 수는 읎어. 내 말 무슨 말인지 이해하겄지?”

“어른들은 남자하고 여자가 같이 있으면 안 되는 거여? 나는 외려 그 반대로 생각하는데?”

“같이 있으면 안 된다는 법은 없지만, 언제까지 승우 신세를 지고 있을 수가 없단 말여.”

“서울 집에 빈 방이 있어. 그 방을 딴 사람도 아니고 어릴 때부터 같이 자란 너한테 사용하라고 하는데, 그기 신세란 말여?”

승우가 서운하다는 목소리로 물었다.

“어릴 때는 신세가 아녔는지 모르지만, 우린 고등학교 삼 학년여. 다 컸단 말여. 그랑께 시방 생각하믄 신세가 될 수도 있다는 거지.”

“너는 어쩌면 너 편한 대로만 생각한다?”

“승우야, 우린 친구여. 누가 머래도 우린 친구여. 그릏게만 알고 어여 짜장면 먹자. 짜장면 다 불어터지겄어.”

인숙은 승우가 친구의 경계선을 넘어서 뛰어올 것 같은 생각이 들었다. 짜장면을 비비다 말고 승우의 눈을 똑바로 바라보고 말했다.

“누가 친구 아니라고 했냐?”

승우는 인숙이 야무지게 하는 말에 더 이상 할 말이 없었다. 양손에 젓가락을 한 짝씩 들고 짜장면을 비비면서 인숙이를 흘겨봤다.

제20장

1975년

사돈지간

별일도 다 있구먼.
먼데?
김춘섭이 아랫목에 손바닥을 대고 뜨거운지 확인하며 반문했다.
글씨, 구장님이 떡 안 빼냐고 묻잖유, 그이가 언지 그런 말하는 사람유?
그이라니, 사돈 양반한테…….

김춘섭은 아침 일찍 서울 갈 채비를 서둘렀다. 집을 떠나면 더 추운 법이라는 생각에 속내의를 입고 양말을 겹으로 두 켤레나 신었다. 목도리를 하고 모자가 달린 검은색 재킷을 걸치니까 방 안이라서 후끈후끈했다.

"정 급한 일이믄, 의원님 댁으로 즌화를 해유. 그람 내가 바로 올라갈 모양이니께."

철용네는 어제 늦게 우편배달부가 갖다 준 '부친 급 상경 요망'이라는 전보가 아무래도 불안했다. 고물상에서 한 손으로 고물을 가리다가 다쳤는지. 빙판에서 미끄러져 병원에 입원을 했는지, 서울에는 차가 사람보다 많다는데 교통사고를 당했는지, 지난밤에 한숨도 잠을 이루지 못

하고 온갖 불길한 생각 속을 헤엄쳐 다녔더니 아침 밥맛도 없었다. 입안이 깔깔해서 말하고 나니까 침을 삼키기도 힘이 들었다.

"식전부터 왜 재수 읎는 말만 골라서 햐."

김춘섭은 철용네 못지않게 불안하면서도 짜증 섞인 목소리로 노려봤다. 이럴 때 오토바이라도 한 대 있으면 영동까지 쉽게 갈 수 있을 것이다. 마음은 서울에 가 있는데 십 리 길을 찬바람 속에서 걸어갈 것을 생각하니까 화가 났다.

"암만해도 안 되겄슈. 나도 따라 올라가야지. 당신이 서울 가 있는 동안, 먼 일이 벌어지고 있는지 밥도 못 먹고 애를 태우고 있는 것보담 내 눈으로 직접 보는 거이 낫지."

철용네는 갑자기 내가 지금 이러고 있을 때가 아니라는 생각이 들었다. 철용이를 장가보내려고 상견례를 하러 가는 것도 아니다. 아무 옷이나 두툼하게 입고 가면 된다는 생각에 월남바지를 벗었다.

"그람, 나는 집에 있을 모양잉께 당신이 올라가."

"이이 좀 봐. 아! 시방 철용이가 워티게 됐는지도 모르는데 집에 앉아서 술타령이나 하고 있을 셈유?"

"나 혼자 올라갈 팅께, 당신은 집에 있어. 무슨 일이 있으믄 의원님 댁으로 즌화를 하고, 아무 일도 읎으믄 즌화를 안 할 팅께."

김춘섭은 철용네가 따라붙을지도 모른다는 생각에 밖으로 나갔다. 바람이 여간 매운 것이 아니다. 숨이 막힐 정도로 바람이 매워서 자신도 모르게 고개를 바람 부는 반대 방향으로 돌렸다. 털털거리는 엔진소리와 함께 황인술의 경운기가 내려오는 소리가 났다.

"같이 가유."

"헛소리 쥐끼지 말고 집구석에 처박혀 있어."

김춘섭은 철용네의 말을 무시해 버리고 둥구나무거리로 나갔다. 황인술은 영동이나 어디 먼 곳으로 외출하는 차림이다.

"구장님 워디 가시는 거유?"

"서울 가."

황인술이 보기에 김춘섭은 영동이나 대전쯤 가는 차림이다. 경운기 브레이크를 잡아서 세우며 하얀 입김을 토해냈다.

"서울? 난도 서울 가는데?"

김춘섭은 둥구나무거리를 바라봤다. 철용네가 안타까운 얼굴로 서 있는 모습을 잠깐 바라보다 황인술의 귀에 대고 말했다.

"철용이한테 가는 거여?"

"구장님은 금순이한테 가는 거유?"

김춘섭은 황인술이 경운기에 타라는 말도 안했는데 적재함으로 올라갔다. 적재함 손잡이를 잡고 허리를 숙여서 황인술의 귀에 대고 물었다.

"아! 어지 전보가 왔잖여. 빨리 올라오라고 말여."

황인술은 경운기 브레이크를 풀고 기아 변속을 했다.

"집 나갔다던 금순이가 서울에 있슈?"

"미장원으로 왔댜. 내 생각에는 미장원에 뭔 문제가 생긴 거 가터. 그랑께 급하게 상경하라고 전보를 쳤지."

"어려! 우리 철용이도 전보를 보냈는데?"

"머라고?"

황인술이 해룡네집 앞에서 경운기 속도를 늦추며 물었다.

"아! 글씨. 철용이가 서울에서 먼 일이 생겼는지 부친 급 상경 요망,

이라는 전보를 보냈잖유. 그래서 올라가는 길유?"

"그, 금순이도 그, 그런 저, 전보를 보냈는데?"

방천길을 올라가는 길은 포장이 돼서 미끄러웠다. 황인술은 경운기 바퀴가 시멘트 포장도로에 낀 살얼음에 헛바퀴를 돌자 지그재그 식으로 올라가느라 잠깐 잠깐씩 말을 끊었다.

"먼 사단이 나도 단단히 났구먼. 근데, 경훈이는 전보를 안 보낸 모양이쥬? 경훈이도 전보를 보냈다믄 날망집에서 야단이 났을 거인데."

"이따, 애기햐. 바람이 너무 차서 말하기도 심이 들구먼."

황인술은 말과 다르게 사고가 나도 큰 사고가 났을 것이라는 생각에 이런저런 말을 하고 싶지 않았다. 어차피 서울까지 동행하려면 다섯 시간 이상 시간이 남아 있다. 그때 이야기 해도 충분하다는 생각에 입을 다물었다.

참말로 이상햐…….

철용이하고 금순이 똑같은 날 서울로 급히 상경하라는 전보를 친 게 이상했다. 같은 내용으로 전보를 쓴 것도 그렇고, 행방을 감추었던 금순이 나타나자마자 전보를 친 것도 이상했다. 철용이 금순이하고 한집에 살면서 무슨 일을 저질렀는지도 모른다는 생각이 드는 순간 가슴이 철렁 내려앉았다.

아녀, 금순이가 머 부족한 것이 있다고 철용이처럼 팔 한 짝 읎는, 그것도 저보다 나이가 어린 아하고…… 아녀. 남자하고 여자 관계는 일곱 살만 넘으믄 하느님뻬에 모른다고 했잖여…….

경운기가 그릿고개 올라서는 미끄럼틀을 타는 것처럼 쏜살같이 내려갔다. 황인술은 집에서 나올 때만 해도 갑자기 행방을 감추었던 금순이

나타나서 미장원 소유권 문제 때문에 급히 올라오라는 쪽으로만 상상을 했었다. 그러나 철용이도 같은 내용으로 전보를 보냈다는 말을 듣고 나니까 혼란스럽기만 했다.

김춘섭은 그릿고개를 내려간 경운기가 박계리 앞을 지나쳐서 멀리 학산이 보일 때까지 적재함에 쭈그려 앉아 있었어도, 철용네가 생각하고 있는 것처럼 철용이 무슨 사고를 당했을 것이라는 방향으로만 생각하느라 시간 가는 줄 몰랐다.

황인술과 김춘섭은 학산에서 직행 버스를 타고 영동 정류장에 내렸다. 영동역까지 걸어가는 동안 누가 먼저라고 할 것 없이 입을 다물었다. 나란히 어깨를 마주하고 부지런히 걷기만 했다.

"내가 표를 두 장 끊을 팅께, 나중에 나한테 차비를 줘. 한 사람이 끊어야 나란히 앉아 갈 거 아녀?"

서울로 가는 기차는 9시 새마을호가 있었다. 황인술과 김춘섭은 10시에 출발하는 통일호를 타느냐, 차비가 비싸더라도 새마을호를 타느냐 잠깐 고민하다가 지금 돈 몇백 원이 중요하느냐는 생각에 새마을호를 끊었다.

"워디 가서 쇠주나 한잔 할까?"

부산서 출발한 새마을호는 삼십 분 후에 영동역에 도착한다. 황인술이 김춘섭이 내미는 차비를 받으며 물었다.

"난도, 가슴이 답답해서 맨정신으로 서울까지 못 가겄슈."

김춘섭은 기차표를 잃어버리지 않게 안주머니에 간직하고 대합실을 나갔다.

"머 짚이는 거 읎어?"

둘은 역 앞 길 건너에 있는 선술집으로 들어갔다. 소주 한 병을 시켜서 나란히 맥주 컵에 가득 따랐다. 황인술이 소주를 단숨에 들이키고 나서 주인이 콩나물국을 내놓기도 전에 깍두기를 먹었다.

"암만해도 크게 다친 거 가튜. 안 그라믄 이룹게 급하게 올라오라는 전보를 칠 이유가 읎잖유."

주인이 콩나물국에다 고춧가루를 한 수저 고명처럼 얹어서 내놓았다. 김춘섭이 소주를 마시기 전에 콩나물국에 고춧가루를 풀면서 말했다.

"우리 금순이도 다쳤을까?"

"글씨, 그 점이 참말루 이상해유. 철용이는 좌우지간 워디서 다쳤는지 모르겄지만 다쳤다고 쳐유. 금순이는 여태까지 소식이 없었잖유. 느닷읎이 빨리 서울로 올라오라는 전보를 보냈다는 것이, 얼른 이해가 안 되네유."

김춘섭은 맥주 컵에 담긴 소주를 절반만 마셨다. 찬 술이 들어가니까 속이 찌르르 울렸다. 잔뜩 인상을 쓰고 콩나물국을 그릇째 들어서 국물로 속을 달랜 다음에야 콩나물을 수저로 떴다.

"술 더 할 텨?"

"기분도 그룹고 한데 한 병 사 가지고 기차간에서 마실까유?"

"그만햐. 서울에 먼 일이 일어났는지도 모르는데 술 챈 얼굴로 가들을 만날 수는 읎잖여."

황인술은 술을 더 마시게 되면 취할 때까지 마시게 될 것 같았다. 주머니에서 백 원짜리 한 장과 오십 원짜리 한 장을 꺼내 내밀었다.

"이백 원씩유."

"먼 놈의 소주를 이백 원씩 받는댜?"

김춘섭이 콩나물국을 먹으면서 투덜거렸다.

"요새 소주가 안 나와서 금 값유. 슈퍼에서도 백삼십 원씩 받는데, 우린 땅 파먹고 장사하는 거 아니잖유."

"이럴 줄 알았으믄 탁배기나 한잔하는 건데……."

황인술은 오십 원짜리를 도로 주머니에 집어넣었다. 백 원짜리 한 장을 더 내밀고 돌아섰다.

"이런 말을 하믄 워티게 생각할지 모르겄지만 말여……."

꽁꽁 얼어붙은 거리를 오가는 행인들은 별로 보이지 않았다. 잔뜩 찡그린 얼굴로 역 대합실 안으로 들어가거나, 허연 입김을 토해내며 대합실에서 나오는 사람들은 많았다. 황인술이 바람 부는 반대 방향으로 서서 담뱃불을 붙이며 말꼬리를 흐렸다.

"먼 말을 할라고?"

"아녀, 암것도 아녀. 어여 들어가자구."

황인술은 자신의 불길한 생각을 털어 놨다가는 현실로 굳어 버릴지도 모른다는 생각에 입을 다물고 대합실을 향해 걸었다.

"먼 말을 할라믄 하지. 운만 떼다 만댜."

김춘섭은 싱겁다는 얼굴로 입맛을 다시며 대합실 안으로 들어갔다. 귀를 때리는 칼바람이 난무하는 바깥과 다르게 연탄난로를 때는 대합실 안은 훈훈했다. 연탄난로 주변에는 중절모를 쓴 노인이나, 스웨터를 입은 노파 몇몇이 빙 둘러 서 있다.

새마을호의 내부는 예전의 비둘기호인 통일호와 비교할 수 없을 정도로 깨끗했다. 통일호 바닥이 시골 장터에 있는 선술집이라면, 새마을호는 신발을 벗고 타야 되지 않을까, 하는 생각이 들 만큼 안방처럼 깨끗했다. 손님들도 통일호처럼 왁자지껄 떠들지 않았다. 약속이나 한 것처럼 조용조용 대화했고, 담배를 피우는 승객도 없었다.

"잠이나 자야겄구먼."

창문 쪽에 앉은 황인술은 심사가 너무 복잡해서 이런저런 말을 하고 싶지가 않았다. 단숨에 마셔 버린 취기가 얼굴로 확확 올라오는 것을 느끼며 눈을 감았다.

"통일호에 비하믄 대궐이구먼. 대궐이여."

김춘섭은 옆자리 의자를 바라봤다. 의자를 뒤로 편하게 눕히고 잠을 자고 있다. 고개를 숙여서 여기저기 더듬다 보니까 레버가 손에 닿는다. 그것을 뒤로 젖히니까 의자 등받이가 뒤로 확 넘어간다. 깜짝 놀라서 일어섰다가 등받이를 흔들어 보고 난 후에 바로 앉아서 눈을 감았다.

딸내미가 집에 왔당께. 아무 생각 없는 모양이지.

황인술은 이내 잠이 들었는지 가볍게 코를 골다가 고개를 창문 쪽으로 돌렸다. 김춘섭은 황인술을 부러운 표정으로 바라보다가 앞으로 시선을 돌렸다. 앞자리에는 머리가 희끗희끗한 노인이 중절모를 쓰고 앉아 있다. 옆자리에는 동년배로 보이는 남자가 빵모자를 쓰고 조용조용한 목소리로 말을 하고 있다.

"대통령이 특별 담화를 했다잖여. 유신 헌법이 정 못 미더우면 다시 국민투표를 해 보자고 말여."

"좌우지간 우리나라는 배운 것들 땜시 문제여. 오죽했으면 조선시대 때 대원군이 전국에 있는 서원들을 불태웠겄어. 임금님이 먼가 정책을 펼칠라고 하믄, 유생들이 죄다 경복궁에 몰려와서 '통촉하옵소서, 통촉하옵소서!' 반대를 했쌍게, 서원을 철폐한 거잖여. 근데, 국민투표를 하믄 뭐 한댜. 어채피 투표해 봤자 찬성표가 많이 나올 건데. 시방 북한 빨갱이들은 남한을 쳐 없앨라고, 땅굴을 판다, 무장공비를 떼로 내보낸다, 숨 쉴 틈을 주지 않는데 무슨 놈의 투표여. 유신 반대하는 놈들은 죄다 삼팔선으로 보내서 뜨거운 맛 좀 뵈여 줘야 햐."

"사람 참 답답하기는. 아! 대통령은 다시 국민들한테 심판받을 필요가 있응께, 새로 선거를 하자고 하는 거이고. 유신을 반대하는 사람들은 반대할 명분이 있응께 반대 데모를 하는 거잖여. 우리는 굿이나 보고 떡이나 먹으면 되는 거여."

중절모의 말에 빵모자는 별 관심이 없다는 얼굴로 창문 밖으로 시선을 돌렸다. 김춘섭도 유신헌법 따위는 아무런 관심이 없었다. 오직 철용이 얼마나 다쳤는지가 궁금해서 창밖을 스쳐가는 풍경도 그저 흐릿하게 보일 뿐이었다.

새마을호는 통일호처럼 역마다 정차해서 하염없이 멈춰 서 있지 않았다. 영동에서 출발해 대전에서 쉬고 곧장 천안까지 달려서 평택에서 몇 명의 미군들을 태우고 수원에 도착했다. 잠시 쉬었다가 영등포역에 이어 서울역에 도착했다.

"돈이 좋기는 좋구먼. 통일호를 탔으믄 안직 천안도 못 왔을 거인데 벌써 서울역이네 그려."

김춘섭은 막연히 창문 밖을 바라보면서 온갖 걱정을 하는 사이에 서울역에 도착한 것을 알고 황인술을 깨웠다. 황인술은 마른입을 쩝쩝 다시며 일어섰다.

"아저씨!"

"니가, 여길 웬일이여?

김춘섭은 개찰구를 먼저 나갔다. 황인술이 나오기를 기다리며 서 있다가 갑자기 나타난 경훈을 보고 깜짝 놀랐다. 경훈이 서울역에서 기다리고 있을 정도면 철용이 다쳐도 보통 다친 것이 아니라는 생각에 다리가 후들거릴 지경이었다.

"웬일이긴유, 마중 나왔유."

"금순이 소식은 들었냐?"

황인술도 경훈이 마중 나와 있는 것이 금순이와 무관하지 않을 것이라는 생각에 거두절미하고 물었다.

"집에는 별일 읎쥬?"

"별일이 왜 읎어. 춘셉이하고 나하고 빨리 서울에 올라오라는 전보를 받고, 열 일을 제쳐두고 올라오는 판인데. 금순이한테 먼 일 있냐?"

"철용이가, 많이 다친 겨?"

개찰구에서 수많은 사람들이 연이어 나왔다. 김춘섭과 황인술은 사람들한테 밀려나가지 않으려고 이리저리 피하며 경훈에게 연이어 물었다.

"일단, 저쪽으로 가유."

경훈이 황인술의 등을 밀며 개찰구 앞을 떠났다.

"사람 복창 터져 죽겄구먼. 철용이가 을매나 다친 겨?"

김춘섭은 입안의 침이 모두 말라 버렸다. 마른침을 삼키는데 목구멍이 따가울 정도였다. 경훈의 앞을 가로막고 안타깝게 물었다.

"멀쩡히 잘 있는 철용이가 왜 다쳐유?"

"참말여? 진짜지?"

"아이구, 참말이라니께유."

김춘섭은 경훈의 말에 맥이 탁 풀려서 걸을 수가 없었다. 비틀거리다가 의자에 털썩 주저앉았다.

"금순이 소식은 알지?"

경훈이 김춘섭 옆에 멈췄다. 황인술이 이번에는 내 차례라는 얼굴로 단정적으로 물었다.

"금순이도 잘 있슈."

"시방 워딨어?"

황인술이 버르장머리를 뜯어 고치겠다는 표정으로 물었다.

"말하면 복잡해유. 그랑께, 워디 다방 같은 데 가서 차 한잔하시쥬. 아니지, 즘심 전이니께, 요 앞이 어디 가서 즘심부터 먹어야겄네."

"즘심이 머여. 금순이 워디 있어. 금순이 있는 데부터 가야지. 어여 앞장서."

"사정이 있슈. 사정이 있응께 워디 조용한 식당에 가서 야기 좀 해유."

"애비가 딸 만난다는데 먼 사정여. 어여 앞장서게."

황인술은 한시가 급했다. 빚 받으러 온 사람처럼 경훈을 다그쳤다.

"어여 나가유."

경훈이 황인술의 말에 대꾸를 하지 않고 김춘섭의 팔을 잡아 일으켰다.

"그려, 니가 괜찮다고 항께 맘은 놓이지만, 내 눈으로 직접 봐야 안심을 하겄다."

김춘섭은 마냥 넋을 놓고 앉아 있을 때가 아니라는 생각에 일어섰다.

"금순이한테 대관절 먼 사정이 있는 거여?"

황인술이 바쁘게 경훈의 옆으로 따라붙으며 물었다.

"일단 즘심부텀 드셔유. 즘심 드실 때 말씀 드릴께유."

"사람 환장하겄구먼. 머 안 좋은 일이 있길래. 얼른 말을 못 하는 거여. 아여, 춘섭이, 자네가 한번 물어보게. 경훈이가 사람 복창 터져 죽는 꼴을 볼라고 아주 작심을 하고 나온 거 같네."

황인술이 자신의 가슴을 치면서 김춘섭을 붙잡아 세웠다.

"구장님, 먼 말을 그릏게 험하게 해유? 아까 들어 봉께 금순이 잘 있다잖유. 일단 경훈이 말대로 즘심부터 먹으면서 들어 봐유."

김춘섭은 철용이 다치지 않았다는 말을 듣고 나니까 급한 것이 없었다. 무엇 때문에 급하게 상경하라는 전보를 쳤는지는 경훈이 점심 먹으면서 알려 줄 것이라는 생각에 식당을 찾아 두리번거렸다.

서울역 근처에 있는 식당은 조용한 곳이 없었다. 어느 식당이든지 학산 장날 파장 때 선술집처럼 사람들이 많았다. 남영동 쪽으로 한참을 걸어가서야 중국요리를 파는 식당으로 들어갔다.

"여기 소주 한 병하고, 안주로 머 괜찮은 거 좀 갖고 와유."

경훈이 방으로 들어가자마자 뒤따라온 열너덧 살 먹어 보이는 종업원에게 주문부터 했다.

"대낮부텀 먼 술여?"

"영동서 한 잔씩 하시지 않았슈?"

경훈이 옆자리의 김춘섭에게서 술 냄새를 맡는 흉내를 내며 물었다.

"하도 답답해서. 둘이 딱 소주 한 병 깠구먼."

황인술은 목이 탔다. 오차 물을 단숨에 들이키고 나서 담배를 입에 물었다.

"여기, 술부텀 줘유."

경훈은 맑은 정신에 말을 하려니까 민망하기도 하고 미안하기도 했다. 방문을 열어 큰 소리로 말하고 나서 자세를 바로 잡았다.

"먼, 대단한 야기를 할라고 술부텀 찾는 겨?"

황인술이 상 앞으로 바짝 붙어 앉으며 긴장한 표정으로 물었다.

"서울 소주 맛 좀 보셔유."

종업원이 소주와 단무지며 양파가 든 접시를 들고 들어왔다. 경훈이 황인술이 묻는 말에 대답하지 않고 술을 따랐다.

"너도 한잔햐."

김춘섭이 경훈에게 술을 받고 나서 술병을 들며 말했다.

"그래, 요새 사는 것이 어뗘?"

황인술은 생각 같아서는 금순이 왜 전보를 쳤는지부터 묻고 싶었다. 하지만 김춘섭 앞이라서 점잖게 물었다.

"요새 지가 사는 봉천동 쪽하고, 신림동 쪽은 방세가 올라서 동리가 들썩거려유."

"원래 해가 바뀌면 방세가 오르는 거 아닌가?"

"그릏긴 하지만, 서울대학교가 관악산으로 이사를 왔잖유."

"서울대학교면 우리나라에서 젤 큰 학곤데, 관악산을 얼매나 깔아뭉개서 이사를 오능 겨?"

김춘섭도 철용이 다치지 않았다는 말에 일단 마음이 놓이기는 했지만 전보를 친 이유가 궁금해서 술맛도 모를 지경이었다. 하지만 황인술을 제쳐 놓고 물어볼 수가 없어서 생각나는 대로 물었다.

"산을 깔아뭉갠 것이 아니고, 원래 남서울관악 골프장이 있는 자리로 이사를 온대유, 그 골프장이 백만 평 가찹게 된다고 하데유."

"서울대학교가 죄다 관악산으로 온 겨?"

황인술은 서울대학교가 관악산으로 가든, 제주도로 가든지 흑산도로 가든지 상관이 없었다. 김춘섭의 눈치를 살피면서, 저놈은 철용이가 다치지 않았다고 하니까 급한 것이 없어졌나, 라고 마음속으로 투덜거리며 물었다.

"아뉴. 삼월 일일자로 문리대하고 법대는 관악산으로 댕겨야 한다고 하대유. 그랑께 하숙비가 전에만 해도 이만 원 안쪽이었는데, 시방은 독방은 삼만 원을 줘야 한대유. 둘이 사는 방도 이만 원에서 이만 오천 원까지 받는다고 하대유. 그래도 하숙방이 읎어서 자취할라고 하는 학생들도 많대유. 자취할라고 해도 웬만한 방 한 칸 전세가 십오만 원에서 삼십만 원유. 월세는 삼만 원 보증금에 월 오천 원씩 잉께, 요새는 방 몇 칸 있는 집만 있어도 먹고 산다니께유."

"허! 전세가 우리 동리 집 한 채보다 비싸구먼. 우리 동리 집 한 채에 삼십만 원짜리가 있남?"

황인술이 놀랐다는 얼굴로 김춘섭을 바라봤다.

"상규하고, 태수 아부지, 어머가 사는 집은 짓는 데 오십만 원 넘게 들었슈."

"아, 그 집은 새 집인데다, 대지도 넓잖여……. 근데 금순이는 봉천동에 시방 살고 있는 겨?"

황인술이 참다못해 은근슬쩍 본론을 끄집어냈다.

"이런 말을 해야 하는 저도 괴롭구만유……."

경훈이 드디어 입을 열 것이라는 생각에 김춘섭과 황인술은 단숨에 잔을 비웠다. 황인술은 김춘섭의 잔에 술을 채울 생각도 못했다. 김춘섭이 황인술의 잔을 채우면서 경훈을 바라봤다.

"철용이 안 다쳤다고 안 했남?"

김춘섭이 황인술에게 술을 받으면서 혀로 입술을 핥았다.

"놀래지 마유. 철용이하고 금순이하고 살림을 합쳤슈."

경훈은 옆으로 돌아앉아서 술잔을 단숨에 비웠다. 자세를 바로잡자마자 황인술과 김춘섭을 잠시 바라보고 있다가 단숨에 말했다.

"하, 합치다니 멀?"

황인술이 김춘섭을 바라보며 반문했다.

"살림을 합쳤다믄?"

김춘섭도 황인술을 바라봤다.

"둘이 같이 살고 있다고 하대유."

"가, 같이 산다니? 시방 우리 금순이가 철용이하고 같이 살고 있단 말여?"

황인술은 막연한 불안으로 자리 잡고 있던 예감이 현실로 둔갑하는 순간 헛웃음이 나왔다.

"처, 철용이가 은제부텀 금순이하고 살림을 차렸다?"

김춘섭은 철용이 금순이하고 살림을 차렸다면 밑질 것이 없다고 판단했다. 그렇지 않아도 팔 하나 없는 철용이를 어떻게 장가 보내느냐 고민하고 있던 중에 그런대로 잘됐다는 생각이 들었지만 내색을 할 수가 없었다. 얼른 술잔을 비우고 황인술의 눈치를 살피며 물었다.

"한 일 년 넘었슈."

"내 이년을!"

황인술이 자신도 모르게 벌떡 일어서서 주먹을 쥐고 부르르 떨었다.

"고정하셔유. 시방 마냥 승질만 내고 있을 때가 아뉴."

"딸년이라는 것이, 즈 애비도 모르게 머스마 놈하고 붙어살고 있다는데 승질을 내지 않으믄, 집 나간 개가 새끼를 배서 들어오는 걸 보고 승질을 낼까?"

"그릏지 않아도 아를 낳슈. 머스마를 낳슈. 지도 봤는데 참하게 생겼슈……."

경훈은 황인술을 바라보지 않고 얼른 술을 따라서 비워버렸다. 단무지를 와작와작 씹어 꿀꺽 삼키고 나서 황인술의 눈치를 살폈다.

"아, 아를 낳았다니?"

"아! 젊은 남자하고 여자가 한 방에서 잠을 자믄 아가 생기는 거는 당연한 거잖유."

경훈은 황인술에게 끌려가지 않으려면 강하게 나가야 한다고 생각했다. 술병이 비었다는 것을 알고 방문을 열어 주문하고 나서 황인술을 바라봤다.

"그, 금순이 그, 그년이 아를 났단 말여?"

"철용이가 그라는데 지 아들 뺌은 돌림자가 민 자래유. 그래서 이름을 정민이라고 졌다고 하대유. 지멋대로 진 것도 아니고, 이름 짓는 데 가서 오천 원 주고 정식으로 졌대유."

김춘섭은 결혼을 쉽게 못 할 줄 알았던 철용이 금순이하고 살림을 차렸다는 소식에 이어서, 손자까지 봤다는 말을 듣고 나니까 웃음이 터져 나오려고 했다. 그러나 황인술의 얼굴이 사색이 되어 있는데 웃을 수는 없었다. 어디 밖에 나가 아무도 없는 데로 가서 배가 아프도록 웃고 싶지만 상황이 상황인 만큼 발가락만 꼼지락거리며 종업원이 내미는 술병을 받았다. 자신의 빈 잔부터 채우고 경훈의 잔에 채웠다. 황인술의 잔도 비었다는 것을 알고 따라주려고 고개를 돌렸다가 슬그머니 병을 내려놓았다.

"정식으로 결혼도 안 한 것들이, 자식 이름은 정식으로 졌단 말이지……"

황인술은 김춘섭을 바라봤다. 놈은 밑질 것이 하나도 없다. 불구 자식을 미용사 자격증이 있는 금순에게 장가보냈으니 마음속으로는 쾌지나 칭칭나네 노래를 부르고 있을지도 모를 일이다. 너무 분하고 원통해서 서 있을 기력이 없었다. 벽에 기대어 스르르 주저앉으며 힘없는 목소리로 중얼거렸다.

"저도 츰에 즈덜 둘이 살겄다고 하길래, 죄를 짓는 것도 아닝께 일단 모산부터 알리고 정식으로 혼인해라. 만약 집에서 반대하믄 생각을 돌려 먹어라, 그릏게 타일렀슈. 아 그랬드니……."

안주가 들어왔다. 경훈도 처음 보는 그것은 큰 접시에 담겨 있는 난자완스였다. 누구 하나 젓가락을 들고 난자완스를 먹으려고 하지 않았다. 종업원이 앞 접시를 각자 앞에 놓는 동안 경훈은 입을 다물었다.

"그랬드니?"

황인술이 오랜만에 제대로 된 말을 듣는다는 얼굴로 재촉했다.

"이것 좀 잡사 봐유. 저도 츰 보는 음식인데 맛은 있게 생겼네유."

"아, 시방 이기 대수여? 그랬드니 그년이 뭐라고 한 겨?"

"어느 날 아침에 봉께 철용이하고 담봇짐을 싸서 야반도주를 했지 머유. 내 말은 듣기 싫다 이거쥬."

"그람, 경훈이 너, 내가 작년에 서울에 왔을 때 철용이가 강원도 워디로 고물 사러 갔다는 말이 그짓말이었다, 이거여?"

황인술이 보는 놈마다 한통속이라는 표정으로 쏘아붙였다.

"솔직히 말씀 디려서, 그건 지가 잘못했어유. 하지만 워턱해유. 그 마당에서 둘이 서루 떨어져서는 죽고 못 살아서 도망을 갔다고 하믄, 아저씨가 가만히 계셨겄슈? 병이 나도 큰 병이 나셨을 거유. 그래서 부득불……"

"철용이가 작년 설이며 추석에 못 내려온 것도 금순이하고 같이 사느라 못 내려온 거여?"

김춘섭이 접시에다 고기 완자를 담으며 한가롭게 물었다.

"죄송해유. 철용이가 하두 사정을 하길래, 그냥 돈만 갖다 드리면서 그짓말을 했슈."

"그람, 시방까지 둘이서 도망가서 살림하고 있었단 말여? 우린 그런 줄도 모르고, 니가 말한 대로 강원도로 고물 사러 간 줄만 알고 있었구먼. 구장님 이것 좀 들어 봐유. 그런대로 맛이 괜찮구먼."

김춘섭이 젓가락으로 고기 완자를 집어서 슬그머니 황인술의 접시에 놓았다.

"술이나 한잔 따라봐."

황인술은 지금 불난 집에 부채질하냐며 난자완스 접시를 확 엎어 버리고 싶었다. 하지만 이왕 엎질러진 물이다. 금순이 아이까지 낳은 마당에서 둘 사이를 갈라놓을 수도 없는 노릇이다. 이것이 어릴 때부터 즈어미를 닮아서 물에 물 탄 듯, 술에 물 탄 듯 맹숭맹숭 살더니 기어이 평생 씻지 못할 대형사고를 터트렸다고 생각하니까 속이 부글부글 끓어 올랐다.

"이런 말씀 드리기는 머하지만, 만약 아저씨가 허락을 안 해줘도 금순이는 애기를 위해서라도 철용이하고 같이 산대유. 그랑께 워틱해유? 일이 이렇게 되기까지는 지 잘못도 있지만, 순전히 지덜끼리 좋아서 못 보믄 죽고 못 산다는데 밀어줄 수뱕에 읎잖유."

경훈이 황인술의 잔에 술을 따라주면서 차분하게 말했다.

"구장님, 저도 톡 깨놓고 말해서 머라고 할 말은 읎슈. 하지만 워틱하겄슈. 즈덜끼리라믄 여하튼 힘닿는 데까지 설득해서 구장님이 생각하는 대로 해본다고 하지만, 둘 사이에 아들이 있다잖유. 둘이 헤어지믄 그 아가 뭔 죄가 있슈? 그랑께 맘을 넓게 가지고 다시 한번 생각해 봐유."

김춘섭은 오늘따라 술에 설탕을 탄 것처럼 달았다. 이런 기분이라면 밤새도록 술을 마셔도 취하지 않을 것 같았다. 난자완스를 맛있게 먹으면서 부드럽게 말했다.

"자식 이기는 부모 읎다는 말이 있다고 하드니, 그 말이 나 같은 놈한테 쓰는 말이구먼."

황인술은 너무 분하고 억울해서 어디 독방 같은 데 들어가 목이 쉬도록 울고 싶었다. 그럴 수가 없는 상황이라서 눈을 부릅뜨고 천장을 바라보면서 술잔을 비웠다.

음력설은 이틀이나 남았다.

설날 차례에 지낼 전을 부치고, 나물을 삶는 것은 작은설에 해도 된다. 집집마다 설에 사용할 가래떡을 빼기 위하여 하루 전에 물에 불린 쌀을 들고 둥구나무거리로 모여 들었다.

동네에서 유일한 운송수단인 경운기가 둥구나무거리에 대기하고 있었다. 아낙네들은 떡쌀을 담은 양은대야나, 고무함지박을 경운기에 실어 놓고 황인술이 나타나기를 기다렸다.

"세월 참 좋아졌어. 경운기가 아니믄 남자들이 지게에 지고 가거나, 우리가 머리에 이고 갈 떡쌀이잖여."

"그걸 말이라고 햐. 가래떡 빼 오믄 하루가 가잖여."

"향숙이네는 진작부텀 오토바이가 있응께, 가래떡 빼 오는 거이 놀고 먹기잖여."

"그란데, 오늘 금순이하고 철용이가 내려온다고 하지 않았어?"

"왜, 아녀. 둘이만 오는 것이 아니고. 애기도 같이 데리고 온다잖여."

"참말로 남녀 관계는 하느님벢에 모른다고 하드니, 워티게 들이 만났댜?"

"아, 금순이 미장원에서 철용이가 살았다잖여."

"그람 금순이가 먼저 꼬리를 쳤단 말여?"

"그걸 우리가 워티게 알아? 하느님벢에 모르잖여."

"근데 구장님은 머 하시느라 안직 안 나오신댜."

아낙네 몇 명이 둥구나무 밑에서 속닥거리고 있는 시간에 황인술은 방 안에서 막걸리를 마시고 있었다.

"딱 한 잔만 마시고 간다고 하드니, 벌써 시 잔째유."

광일네가 술상 앞에 앉아서 애가 탄다는 표정으로 말했다.

"승질나믄 한 잔 더 할 텨."

황인술이 빈 잔을 내려놓으며 광일네를 노려봤다.

"엄머머! 한강에서 싸다귀 맞고 종로에서 분풀이 한다고 하드니, 꼭 그짝이구먼."

광일네는 차마 금순이가 철용이하고 붙어사는 것이 내 탓이냐는 말은 못하고 기가 막힌다는 얼굴로 고개를 돌렸다.

"이 썅! 술 더 갖고 와!"

황인술은 지난 일월에 서울에 가서 금순을 만나고 왔다. 철용이하고 숨어 사느라 마음고생이 심해서 야위었을 것이라고 생각한 금순의 얼굴은 살이 통통 붙어서 제법 애엄마 티를 내고 있었다. 아들을 안고 눈물을 뚝뚝 떨어뜨리며 용서를 비는 통에 자식 이기는 장사 없다는 말처럼, 속은 새카맣게 타들어가는 것 같았지만 이렇게 된 이상 워틱하겠냐고 위로만 하고 내려왔다. 설 전전날 미리 내려가서 양쪽 집안에 정식으로 인사한다는 편지를 받았을 때도 무덤덤하게 받아들였다. 그러던 것이 막상 금순이가 내려온다는 날이 닥쳐오니까 새벽부터 잠이 오지 않아서 홧술을 마시고 있는 중이다. 옆에서 위로는 못할망정 염장만 지르고 있는 광일네가 미워서 술상을 엎고 싶은 심정으로 부르르 떨었다.

"딴 볼일로 가는 것도 아니잖유. 동리 사람들 가래떡 빼러 가는 길이잖유. 행여, 사고라도 나믄 집집마다 지사도 못 지내유. 그랑께 제발 날 살리는 셈 치고, 오늘은 그만 마셔유. 그 대신 가래떡 빼 갖고 오믄, 내가 암말도 안 하고 술이 곤드레만드레가 되도록 갖다 바칠께유."

광일네도 지금 기분이 삼일 굶고 모래를 씹은 것처럼 입안이 썼다. 생각 같아서는 설날 차례는 안 지낼 수도 없으니까 대충 흉내만 내고 싶었다. 그러나 동네에서 보는 눈이 있다. 딸년이 팔 하나 없는 철용이한테 시집을 가니까, 저 집은 차례도 안 지내고 앓아누웠다는 소문이 돌 것 같아서 광일이 아내에게 이런저런 준비를 시키고 있는 중이다. 황인술마저 염장을 지르고 있으니까 아주 돌아 버릴 것 같았지만, 내가 참아야 된다는 생각에 죽여줍쇼 하는 얼굴로 말했다.

"딱 한 잔만 더 하고 갈 텨. 그랑께, 어여 갖고 와."

"참말로 딱 한 잔만 더 하는 거유? 약속할 수 있슈?"

"깽끼손가락이라도 걸까?"

"알았슈. 주전자에 갖고 올 것도 읎이, 잔에다 딱 한 잔만 따라 올게유."

광일네는 자식이라면 등짝이라도 패지, 남편이라고 버티고 앉아서 땡깡을 부리고 있는 황인술을 이러지도 못하고 저러지도 못한다는 얼굴로 바라보며 일어섰다.

황인술은 광일네가 밖으로 나가는 것을 보고 따라서 일어섰다. 광일네가 별일도 다 있다는 얼굴로 바라보든 말든 실장갑을 끼고 밖으로 나갔다. 바람은 냉기를 품고 있었지만 못 견딜 정도는 아니었다. 하지만 아침을 먹지 않고 막걸리만 석 잔을 마셨더니, 뭔가 모르게 속이 텅 비어 버린 것처럼, 마음도 쓸쓸했다.

"대표로 두세 명만 타. 온 동리 사람 다 갈 필요 있겄어?"

둥구나무 밑에 있는 경운기 근처에는 아낙네 십여 명이 웅성거리고 있었다. 황인술이 적재함에 가득 실린 떡쌀 바구니며 함지박들을 바라보며 말했다.

"누가 간댜?"

"내가 볼 때, 봉산댁하고 떼보 어머하고 둘이서 가믄 되겄네. 딴 사람들은 가래떡 뺄 돈을 떼보 어머한테 줘."

황인술의 말에 아낙네들이 잘됐다는 얼굴로 몸빼 주머니며, 스웨터 주머니에 넣고 온 돈을 꺼냈다.

"그 집에는 떡 안 빼는 거여?"

황인술은 무심코 김춘섭 집 쪽으로 시선을 돌렸다. 철용이 금순이하고 살림한다는 말을 듣고 내려오자마자 지은 단칸방이 한눈에 들어온다. 블록으로 벽을 쌓고 아궁이만 넣은 슬레이트 지붕을 한 집이 사랑채처럼 보인다. 오늘 철용이가 온다는 말에 군불을 넣었는지 굴뚝에서 연기가 피어오르고 있다. 철용네가 그 방에서 무언가를 들고 나오는 모습이 보였다.

"사돈이라고 떡 걱정까지 해 주시느만."

봉산댁이 피식 웃으며 하는 말에 황인술은 머쓱한 얼굴로 괜히 턱을 문질렀다.

"우리는 어지, 철재가 리어카에 실고 가서 빼 왔슈."

철용네는 황인술이 그답지 않게 묻는 말에 괜히 부끄러워서 웃음을 깨물며 대답했다. 황인술이 이내 고개를 돌리고 헛기침을 하며 경운기에 올라탔다. 적재함에 봉산댁과 떼보 엄마가 올라타는 것을 잠깐 지켜보다 철용이 부부가 자게 될 방문을 열었다.

"별일도 다 있구먼."

"먼데?"

김춘섭이 아랫목에 손바닥을 대고 뜨거운지 확인하며 반문했다.

"글씨, 구장님이 떡 안 빼냐고 묻잖유, 그이가 언지 그런 말 하는 사람유?"

"그이라니, 사돈 양반한테……."

김춘섭은 방바닥이 설설 끓을 정도로 뜨거운 것이 마음에 들었다. 언뜻 창문과 벽 틈에서 바람이 들어오는 것처럼 느껴져서 벌떡 일어섰다.

창틀과 벽 사이의 틈은 보이지 않았다. 벽지까지 발라서 바람이 들어올 틈이 없었다. 그런데도 바람이 들어오는 것처럼 느껴지는 것은 유리가 차가워서이다.

"이런, 여기 카텐을 쳐야하는데 깜박했구먼."

"왜유?"

"유리가 차가웅께 찬바람이 묻어 나잖여. 손자가 감기 걸릴지도 모르는데 워틱한댜?"

"참말이구먼. 내가 왜 그 생각을 못 했을까."

철용네는 손자가 감기에 걸릴지도 모른다는 말에 히힛 웃음이 나왔다. 얼른 방으로 들어가서 유리를 손가락으로 문질렀다. 습기가 묻어나는 것을 보고 놀란 얼굴로 김춘섭을 바라봤다.

"망치하고 못 좀 갖고 와. 창문 앞에다 임시방편으로 안 입는 옷을 걸어 두면 되겄구먼."

"옳지, 그라믄 되겄네. 역시 철용이 아부지밲에 읎당께."

철용네는 흥얼흥얼 노래를 부르는 목소리로 말하며 밖으로 나갔다.

"훨씬 낫구먼."

김춘섭은 창문 위에 못 두 개를 박았다. 거기에다 자신의 여름 남방을 걸었다. 방 안이 한결 아늑한 느낌이 들었다. 대단한 일이라도 한 것처럼 손의 먼지를 툭툭 털어내며 방바닥에 앉았다.

철용이 부부가 택시를 타고 둥구나무거리에 도착했을 때는 겨울의 짧은 해가 또랑 건너 앞산을 기웃거리고 있을 때였다. 택시가 동네로 들어오는 소리를 가장 먼저 들은 사람은 해룡네였다. 며느리하고 저녁에 먹을 콩나물을 다듬고 있다가 택시가 집 앞을 지나가는 소리에 밖으로 뛰어나갔다.

"워매, 자가 진짜 금순이여?"

해룡네가 택시에서 내리는 금순이를 바라보며 놀란 얼굴로 옆의 상규네에게 속삭였다.

"내 눈에는 금순이로 뵈이는데?"

상규네는 금순이가 염려하고 있던 것보다는 화색이 좋다는 생각에 미소를 지으며 고개를 끄덕거렸다.

"아이구, 우리 손주 왔구먼."

철용네가 온 동네 사람들이 다 들으라는 목소리로 반기며 뛰어나왔다.

"철용네는 좋겠구먼. 아들 장가도 보내고 손자도 보고……."

상규네가 부러운 목소리로 중얼거렸다.

"금순이가 한동안 소식이 읎더니 안 좋은 데서 있었나벼. 안 그라믄 철용이 같은 아한테 머가 좋다고……."

"해룡네 나 그 말 안 들은 거로 할 팅께, 입 다물어."

상규네는 해룡네를 짧게 노려보고 나서 금순이 옆으로 갔다.

"그, 그동안 안녕하셨어유? 저 금순이유."

금순이 포대기에 싸인 정민이를 안고 상규네를 바라보며 얼굴을 붉혔다.

"그려, 서울에서 성공했다는 말 들었구먼. 내려오느라고 애썼다. 느 시어머가 언지부텀 목을 매고 기달렸는데……."

"아이구, 아가! 내려오느라고 참말로 애먹었다. 애기 인내라. 내가 안고 갈 팅께."

상규네의 말이 끝나자마자 가깝게 다가 온 철용네가 방방 뛸 것처럼 반가워하며 금순에게서 정민이를 받았다.

"얼굴 좀 봐."

"안 되아, 감기 걸려. 난중에 뵈여 줄 모양잉께. 그때 봐."

철용네는 자신도 얼굴을 보지 않은 손자의 얼굴을 해룡네와 같이 보고 싶지 않았다. 곁으로 다가서는 해룡네를 뿌리치고 종종걸음으로 걸었다.

"츠, 손자 읎는 사람은 서러워서 살겄나?"

"해룡네가 이해햐. 얼매나 좋으믄 저라겄어."

상규네는 진규도 오늘쯤 내려올 것이라는 생각에 방천길을 한 번 바라보고 나서 집으로 향했다.

"우리 손자 왔어유. 며느리도 왔고……."

철용네는 고무신을 벗는 둥 마는 둥 마당으로 벗어 버리고 방으로 뛰어들어갔다. 아랫목에 앉아서 조심스럽게 정민이를 내려놓았다. 행여, 잠들어 있는 정민이 깨어날까봐 살짝 포대기를 들췄다. 달덩이처럼 하얀 얼굴의 정민이 잠자고 있는 모습이 드러나는 순간 방 안이 환해지는 것 같았다.

"아부지 절 받으세유."

철용과 금순이 윗목에 나란히 섰다. 금순은 부끄러워서 고개를 들지 못하고 철용이 말했다.

"절은 무슨 절, 다 아는 사이에."

김춘섭이 새삼스럽다는 표정으로 돌아앉았다.

"아녀유, 시댁에 첨 왔응께 절 받으셔야지. 어머도 같이 앉아유."

"그려, 우리 며느리가 하는 절을 받아야지. 나는 느 시아부지가 서울 댕겨 와서 느덜이 살림을 합쳤다는 야기를 듣고 당장 서울에 올라갈라고 했잖여. 내가 서울을 혼자서도 가 본 사람이어서 얼매든지 갈 수 있는 몸이라서……."

"일 절로 끝내고 어여 절이나 받아. 시방쯤 사돈네도 딸내미가 왔다는 걸 알고 있을 거잖여. 어여 친정에 가서 인사부텀 드려. 구장님이 눈이 빠지게 기다리고 계실 팅께."

"구장님이 머여. 사둔어른한테. 그래라. 할 야기가 미칠 밤을 새워도 부족하겄지만. 인사부텀 디리는 것이 도링께. 어여 올라가 봐. 친정집에 들고 갈 것 좀 사 왔냐?"

"어허! 야들이 절을 한다고 하잖여. 당신이 계속 쥐끼고 있응께 야들이 절도 못하고 저롷게 서 있잖여. 어서 절하고 올라가 봐라."

김춘섭이 철용네를 점잖게 나무라고 나서 자세를 바로잡았다.

"고맙구먼. 참말로 고마워. 너무 고마워서 눈물이 다 나네."

철용이와 금순이 얌전하게 절을 하고 일어났다가 앉았다. 철용네가 얼른 금순의 손을 잡고 손등을 연신 쓰다듬으며 감격의 눈물을 흘렸다.

"자세한 야기는 이따 밤에 하기로 하고, 어여 처갓집에 인사부텀 드리고 와라."

김춘섭은 철용이 한 손으로 방바닥을 짚고 절하는 모습을 보지 않으려고 일부러 천장을 바라보고 있다가 감회가 서린 표정으로 말했다.

광일네는 해룡네로부터 철용이와 금순이가 왔다는 말을 전해 듣고 난 이후로 일이 손에 잡히지 않았다. 방에서 광일이 아들 장수가 빨간색 소방차를 들고 방을 빙빙 돌다가 지쳐서 잠이 들었다. 순영이 혼자 차례상에 올린 전을 부쳤다. 내일 쉽게 차례상에 올릴 수 있도록 콩나물도 씻어 놓고 탕국에 넣을 무를 밭에 있는 저장소에서 빼내 오고, 두부를 만들 셈으로 부뚜막 넓은 곳에 걸터앉아서 맷돌로 콩을 갈고 있었다.

오늘 같은 날은 일찍 일찍 들어올 일이지…….

오전에 양산으로 가래떡을 하러 간 황인술은 밤이 늦어서 올 것 같았다. 가래떡을 하루 이틀 먼저 해 놓는다고 해서 쉬거나 물러 터지지 않는다. 하루이틀 먼저 갔으면 떡 방앗간도 덜 붐빌 것이어서 일찍 끝낼 수 있을 것이다. 삼일 전부터 동네에 공지를 해서 가래떡을 빼 오라고 노래를 불러도, 기어이 오늘 아침에서야. 그것도 가기 싫어서 막걸리를 석 잔이나 걸친 후에야 집을 나선 황인술이 원망스럽기만 했다.

뭣에 뒤집어 쓰인 것이 틀림읎어. 그룷지 않으믄 철용이 같은 거한테 맘을 뺏길 리는 읎어. 지가 머가 부족한 것이 있다고, 부모 형제 눈을 쇡이고 덜썩 아들부터 낳은 거여…….

광일네는 괜히 잠을 자고 있는 장수의 얼굴을 쓰다듬어 주고 정지로 나갔다.

"심들지?"

"괜찮아유. 추운데 방에서 계시지……."

"괜찮구먼. 물은 왜 끓이는 거여?"

가마솥 안에 있는 물이 설설 끓으면서 증기기관차처럼 김이 폭폭 솟고 있다. 광일네는 아궁이 앞에 퍼질러 앉았다.

"끓여 놓으믄 쓸 데가 있잖유."

"하긴 뜨신 물은 읎어서 못 쓰지."

광일네는 자신도 모르게 끙! 소리를 내며 일어섰다. 가마솥 뚜껑을 옆으로 밀어 버리고 찬물을 서너 바가지 퍼서 담았다. 뜨거운 물을 딱히 어디다 써야겠다는 생각은 들지 않는다. 하지만 물을 끓여 두면 어디다 사용을 해도 끓여 놓은 가치는 할 것이라고 생각하며 다시 뚜껑을 덮었다.

"정지서 머 하능 겨?"

"느, 누나 온다고 해서 기다리고 있잖여."

광일네는 광성이가 정지 안으로 들어오면서 하는 말에 아궁이 앞에서 옆으로 옮겨 앉았다.

"물은 머 할라고 끓이는 거여?"

"광배는 머햐?"

광일네는 광성이가 묻는 말에 할 말이 없어서 화제를 돌렸다.

"광배, 방에서 라디오 듣고 있잖여."

"왜 나옹 겨?"

"오줌 누고 오다 봉께, 어머가 부석 앞에서 하염읎이 앉아 있는 모습이 보이잖여."

"내가 은제 하염읎이 앉아 있었다구……. 느 형수 혼자 두부 맨드느라 애먹는다. 맷돌 좀 돌려줘라."

"형수님 심들면, 교대해유."

"아뉴. 괜찮응께 어머님하고 말씀이나 나누세유."

순영은 웃으면서 수저로 물에 불린 콩을 맷돌 구멍에 집어넣었다.

광일네는 아궁이 앞에 흩어진 솔잎을 손바닥으로 쓸어서 아궁이 안으로 던졌다. 솔잎에 불이 붙으면서 파다닥 불꽃이 일어나는 것을 물끄러미 바라봤다.

"내가 앞으로는 철용이 그 새끼한테 매형이라고 불러야 되는 거여?"

광성이 광일네 옆에 쪼그려 앉으며 이를 갈았다.

"누나 남편한테 그 새끼라니, 암만 친구지만 매형은 매형이라고 부르는 거여."

"난 솔직히 그 새끼, 팔이 그룹게 됐을 때 엄청 불쌍하게 생각하고 있었구먼. 그런 새끼가 이룹게 누나를 꼬셔서 뒤통수를 칠 줄 알았남?"

"느 아부지 말 들어 봉께, 철용이가 금순이한테 붙은 거이 아니고, 금순이가 먼저 꼬리를 쳤다고 그러드라. 금순이가 먼저 꼬리를 치니께, 철용이는 고맙습니다, 하고 붙었겄지……."

광일네는 며느리 앞이라서 원망을 하려면 등신처름 순해 빠진 느 누나를 원망햐, 라는 말은 하지 못했다. 광성이 모르게 한숨을 내쉬며 부지깽이를 찾아 들었다. 숯불이 좋으니까 화로에 담으면 좋을 것이다. 화로에 담으려면 숯이 굵고 고르게 탄 것을 골라내야 한다.

"참말로 아부지가 그랬단 말여?"

"내 말이 믿어지지 않으면 금순이 이따 올 팅게 직접 물어봐."

광일네는 부지깽이로 화로에 담을 숯을 고르기 시작했다. 연기가 맵지 않은데도 눈물이 났다. 따지고 보면 금순이한테 해 준 것도 없었다. 열여섯 나이에 전당포 사장집에 식모로 가서, 갖은 고생 끝에 미용실을 차릴 정도로 성공했다. 제가 좋아하는 남자라면 째보, 곰보는 고맙고 눈먼 신랑이라도 감지덕지해야 할 것이다. 그런데도 금지옥엽 기른 딸을 사지가 부족한 철용이한테 시집보낸 것 같은 생각을 지울 수가 없어서 자꾸 눈물이 났다.

"하긴, 철용이 갸는 어릴 때부터 나쁜 맘을 쓰는 아는 아녀. 갸만 그른 것이 아니고, 이발소 댕기는 철준이도 을매나 착햐. 나 같으믄 그 어린 나이에 이발소에서 머리 깜겨 주는 일은 죽어도 못할 겨. 그런데도 철준이는 불평 한마디 안 하고 이발소에 댕긴 끝에 이발사 자격증까지 땄잖여."

광성이는 처음부터 철용을 욕하고 싶은 생각은 없었다. 광일네가 너무 상심하고 있는 것 같아서 위로 삼아 말했다가, 광일네의 진심을 알아차리고 슬그머니 말을 돌렸다.

"중학교 서무실에 댕기는 영숙이도 얼매나 착햐. 고딩핵교까지 나온 아가 서무실에서 잔심부름 해 줌서 기성회비 받는 일을 하고 있다잖여."

"어머, 누나 오네."

광성이는 아궁이 불이 너무 뜨거워서 뒤로 물러나 앉으려다 누군가 대문을 미는 소리에 시선을 돌렸다. 새마을운동으로 싸리나무 울타리를 없애고 블록으로 벽을 쌓았다. 대문은 파란색 페인트를 칠한 철문이다. 철문에 매달려 있는 쪽문이 밀리면서 금순이 들어오는 모습이 보였다. 깜짝 놀라 일어서며 광일네의 어깨를 흔들었다.

5월의 향기

우리 아부지 어머는 이 시간에 무엇을 하고 계실까?
하나뻬에 읎는 딸내미 무당으로 내보내고,
상심한 끝에 눈물로 시간을 보내고 계시는 거는 아닌지,
밥맛을 잃어서 둔너 계시는 거는 아닌지.
시도 때도 읎이 생각나는구먼.

5월 들어서 풍랑 속에 휘말려 들었던 대학가는 고려대학교 휴교 조치가 있고 나서, 꼭 한 달째가 되는 7일이 되자 서서히 파도가 가라앉으면서 잔잔한 수평선으로 변해가기 시작했다. 그동안 교문을 닫고 휴강했던 23개 대학 가운데 5개 대학이 전면 개강을 했다. 12개 대학이 부분 개강을 했고, 나머지 대학들도 하루라도 빨리 개강하려고 여론 조성에 힘을 다하고 있었다.

학원이 정상화되어 가고 있는 것은 지난 4월 30일 월남 패망 등 크메르 사태가 학생들에게 자성을 촉구하는 명분을 주고 있기 때문이다. 크메르 사태는 미국이 베트남에서 퇴각한 이후, 지난 4월 17일, 캄보디아의 급진적인 좌익 무장단체인 크메르 루즈는 론놀 정부로부터 정권을

탈취한 것을 시작으로, 소두 프놈펜을 비롯한 대도시 소개령에 따라 수십만 명에 이르는 도시인들을 시골에 만들어진 협동 농장에서 강제 노역에 동원했다.

충남대학교는 휴교하지 않았지만 면학분위기는 5월의 충만한 햇살과 무관하게 어둡게 침체되어 있었다. 그나마 활기를 띠고 있는 것은 십여 일 앞으로 다가온 전국 국립대학교 체육대회 준비로 종합운동장이며, 여기 저기 현수막이 날리고 있다는 점이었다.

진규는 지도교수인 문태영이 담당하는 대학생들 수업이 끝난 후에 석사 논문을 쓸 생각으로 연구실 문을 나섰다.

"오늘 나하고 같이 좀 갈 때가 있어."

이주희가 책이 들어 있는 숄더백을 어깨에 메며 다가와서 속삭였다.

"도서관에 같이 가자고?"

이주희는 석사 1학기에 등록했다. 진규가 무슨 뜻인지 알겠다는 표정으로 물었다.

"논문 때문에 도서관에 가는 것이라면 가을까지 쓰면 되잖아."

"논문도 써야 하지만, 교수님이 다음 주 수업에 필요하신 책 좀 찾아달라고 부탁하신 것이 있단 말여."

"교수님은 다음 주에 휴강하시잖아. 오늘 중요한 분하고 저녁 같이 먹기로 했거든. 그러려면 지금 나가야 해."

이주희는 다른 학생들이 보든 말든 진규의 팔짱을 끼고 복도를 걸었다.

"중요한 분? 시인이야? 아니면 작가?"

"가 보면 금방 알 수 있는 분이지. 설명이 필요 없으니까."

진규는 건물 밖으로 나가서 자연스럽게 이주희의 팔짱으로부터 벗어났다.

"선배님, 파이팅 안 하십니까?"

"선배님, 기대가 됩니다."

인문관 밖에서 진규의 몇몇 후배들이 자극적인 인사를 했다. 진규는 빠르게 웃는 얼굴로 답례를 하며 걸었다.

"후배들은 아직도 진규 씨가 나서길 원하고 있어. 하지만 난 반대야."

"요즘 상황에?"

진규는 정문을 향해 걸으면서 주위를 돌아다 봤다. 나뭇가지에 손톱만한 연초록 잎사귀가 돋아나고 있다. 꽃이 진 벚꽃이며 개나리의 잎새는 무성하다. 그러나 어딘지 모르게 황무지를 걷고 있는 것 같은 기분을 버릴 수가 없었다. 왜 그런 기분이 드는지 이유를 알 수가 없는 것이 더 답답했다.

"데모로 세상을 바꿀 수는 없다고 봐. 하지만 펜은 세상을 바꿀 수가 있다고 봐."

"내가 알기루는 역사상 펜으로 세상을 바꾼 적은 읎구먼. 죄다 피로 세상을 바꿨어. 지난 사월 십일일에 서울대 농대 교정에서 할복 자살을 한 서울대학교 사학년 김상진 씨도 그걸 알고 있었을 겨. 명색이 서울대 학생인데 공부를 못했겄어. 그런 학생이 '이것이 영원한 사회 정의를 구현하는 길이라면 이 보잘것읎는 생명 버리기에 아까움이 읎으며……. 민주주의는 지식의 산물이 아니라 투쟁의 결과다. 자신의 행동에 지나치게 흥분하지 말고 냉철한 이성으로 행동을 하라!'고 외치며 등산용 칼로 배를 그었겄어……."

진규는 김상진이 경기도립병원에서 서울대병원으로 이송 중에 숨졌다는 비보를 신문에서 읽고 자책감에 며칠 밤을 뜬눈으로 세웠다는 말은 할 수가 없어서 말꼬리를 흐렸다.

"진규 씨 설마?"

이주희가 놀란 얼굴로 멈춰서 진규를 바라봤다.

"왜? 난도 할복 자살을 할 거 가텨? 내가 김상진 씨만큼 나라의 미래를 생각하는 순국 열정이 있었다믄 벌써 신문에 이름 석 자가 났을 겨."

진규가 쓸쓸하게 웃으며 말했다.

"진규 씨는 더 크게 생각하고 있겠지. 난 그렇게 믿어."

"나는 김상진 씨를 따라갈라믄 안직 멀었어. 김상진 씨가 유서에 머라고 했는 줄 알아?"

"획득해야 할 자유에도 한계가 있지만, 제한해야 할 자유에도 한계가 있는 것입니다. 왜 학생들의 진심에 귀를 기울이려고 하지 않고, 왜 그들의 순수한 애국심을 외면만 하시는 겁니까?"

이주희가 다시 걷기 시작하면서 마치 릴케의 시를 암송하는 것 같은 목소리로 말했다.

"선배도 신문 읽었어?"

진규가 뜻밖이라는 얼굴로 물었다.

"나는 원래 정치 같은 것하고는 거리가 멀잖아. 하지만 진규 씨 때문에 읽었어."

"나 때문에 읽었다니?"

"몰라, 가판대에 꽂혀 있는 신문에 헤드라인 기사를 보는 순간 진규 씨 얼굴이 떠올랐어. 그래서 신문을 사서 읽었어."

"군대를 갔다 온 스물여섯 살의 피 끓는 젊음을 이 나라의 민주주의를 위해 제물로 받쳤다는 점에는 충격을 받지 않았구먼."

"나는 진규 씨를 잘 알아. 진규 씨가 놀 바닥은 거리가 아냐. 더 높은 곳에 있다고 봐."

"글쎄, 나도 나를 모르는데, 선배는 나를 알고 있구먼. 빼스 타고 가도 되는 거리여? 중요한 그분을 만나려면 말여."

진규는 요즘 혼란스러웠다. 서울에 있는 대학생들은 유신 철폐를 외치는 데모로 4월을 보냈다. 학생들의 데모 구호는 처음에는 주로 구속학생 석방 문제가 핵심을 이루었다. 점차 구호 내용이 변질이 되어 '언론탄압 중지'에서 '학원자율성 보장', '학칙개정' 등으로 확장되어 갔다, 급기야는 '민주회복' 내지는 '유신헌법 철폐'로 번져 나갔다. 고려대학교와 서울대학교에서는 '독재정치를 중단하고 고문정치의 원흉을 처단하라'는 주장과 '북괴는 신성한 학원을 야욕 달성을 위한 도구로 악용하지 말라'는 구호도 나왔다.

학생들의 데모가 반체제 운동으로 번져나가자 정부는 4월 8일 긴급조치 7호를 발동하고, 고려대학교에 휴교령를 내리는 등 강경한 자세로 시위에 브레이크를 걸었다. 긴급조치 7호는 고려대학교의 휴교조치에 따라, 교정에서의 일체 집회와 시위를 금지하고 국방부장관이 필요하다고 인정할 때는 병력을 사용하여 질서를 유지할 수 있는 사항이다.

긴급조치 7호 위반자는 영장 없이 체포, 구금, 압수, 수색할 수 있도록 규정하고 있다. 조치를 위반한 자는 3년 이상 10년 이하의 징역에 처하고, 이 경우 10년 이하의 자격정지를 병과할 수 있다. 이 조치를 위반한 자의 재판은 일반법원에서 관할하도록 하고 4월 8일 17시부터 시행되고 있다.

고속버스를 타면 불과 두 시간 안에 도착할 수 있는 서울과 다르게 대전은 너무 조용했다. 그렇다고 혼자 머리띠를 졸라매고 거리를 뛰어나갈 수도 없는 노릇이다. 이주희의 대화에 휘말렸다가는 자기 자신에 대하여 분노할 것 같아서 말을 돌렸다.

"아무래도 택시를 타고 가는 것이 빠르겠지."

이주희가 진규의 얼굴을 손가락으로 콕 찌르고 나서 도로가에서 멈췄다.

진규는 택시 안에서 아무 말도 하지 않고 정면만 바라봤다. 옆자리의 이주희가 말없이 손을 잡았다. 손을 빼려 하지 않고 가만히 있었다. 마주 잡아 주지도 않고 잡힌 채로 앞만 바라봤다. 언제부터인지 이주희의 손이 조금씩 뜨거워진다는 느낌이 들기 시작했다. 자신도 모르는 사이에 고개를 옆으로 돌렸다.

"이제야 내 마음이 통했나 보내."

이주희가 웃으며 손을 힘주어 잡았다.

"무슨?"

"나는 택시에 타자마자 계속 진규 씨 얼굴을 바라보고 있었거든. 하지만 진규 씨는 내 얼굴을 이제야 바라봤잖아."

"싱겁구먼."

진규는 민망해서 손을 빼려 했다. 하지만 이주희가 잡은 손을 놓아주지 않아서 그냥 그대로 있었다.

이주희가 택시를 세운 곳은 정원(庭園)이라는 아담한 한식집이었다. 진규는 말없이 이주희를 따라서 식당 안으로 들어갔다.

"이주희 앞으로 예약이 되어 있을 거예요."

식당은 밖에서 보았을 때보다 규모가 컸다. 홀은 없고 모두 방으로 되어 있었다. 로비에 있는 카운터 앞으로 가서 이주희가 속삭였다.

"저를 따라오세요."

한복을 입은 카운터가 일어서서 앞장섰다.

"이 방입니다."

카운터가 걸음을 멈춘 곳은 쪽마루에 난 화분 두 개가 있는 방 앞이다. 쪽마루 밑에는 여성 것으로 보이는 굽이 낮은 검은색 구두 한 켤레가 있었다.

"약속할 것이 하나 있어."

이주희가 진규의 손을 잡고 속삭였다.

"뭔데?"

진규가 방 안에 기다리고 있는 상대가 적어도 중년 이상의 여성일 것이라고 생각하며 덩달아 속삭였다.

"방에 들어가서 절대로 화를 내지 않기."

이주희가 가늘고 긴 새끼손가락을 내밀었다.

"그려."

진규는 이주희가 원하는 대로 새끼손가락을 걸어주고 운동화를 벗었다.

진규 옆에 서 있던 카운터가 얼른 쪽마루로 올라가서 방문을 열어 주었다. 방 안에는 50대 중반으로 보이는 양장 차림의 여자가 앉아 있다가 미소를 띤 얼굴로 일어났다.

"자, 제가 소개를 하겠습니다. 이쪽은 제가 며칠 전부터 말씀을 드린 박진규 씨 석사 사 학기 수업 마치고 지금은 석사 논문 쓰고 있음. 앞으로 박사 학위를 따면 교수로 나가실 가능성이 아주 농후하신 분. 그리고 이 분은 김정임 여사로 제 어머니이십니다."

이주희가 방으로 들어간 후에 카운터가 뒷걸음쳐서 문을 닫아 주고 나갔다. 이주희가 박진규 옆에 서서 조금은 어색한 목소리로 소개를 했다.

"아, 아녀유. 시방은 그냥 공부만 하고 있슈."

진규가 놀란 얼굴로 손을 내저었다.

"반가워요. 주희한테 말 많이 들었어요. 저는 주희 엄마예요."

김정임은 얼굴 가득 웃음을 담고 손을 내밀었다.

"아! 예, 저, 저는 박진규라고 해유."

진규는 이주희의 어머니를 만날 줄은 꿈에서도 상상하지 못했다. 얼떨결에 손을 내밀었다.

"앉아요."

"예……."

진규는 이주희가 왜 갑자기 문 앞에서 새끼손가락을 내밀었는지 이유를 뒤늦게 알고 머슥한 얼굴로 뒤통수를 문지르며 앉았다.

"에! 왜 내가 두 분을 미팅시키고 있는지에 대해서는 굳이 설명이 필요 없겠죠?"

조용한 노크 소리와 함께 한복을 입은 종업원이 따뜻한 홍차 석 잔을 들고 왔다. 그녀가 나간 다음에 이주희가 어깨를 으쓱거렸다.

"당황하고 있는 걸 보니까, 주희한테 뒤통수 맞은 것 같네요. 저 애가 가끔 사람들을 당혹스럽게 만들 때가 있답니다. 내가 대신 사과를 드리지. 부모님이 농사를 짓고 계신다고?"

"네, 어머님이 농사를 짓고 있슈. 면사무소에 댕기는 형님 내우분하고 할아버지하고 할머님이 도와주고 계셔유. 아부지는 정미소에 근무하고 계시고……."

진규는 이왕 소개할 바에 나중에 딴소리가 나오지 않게 있는 그대로 소개하는 것이 좋다는 생각에 망설이지 않고 대답했다.

"가족들이 많아서 좋겠군요. 저희는 주희 아버지 고향이 이북에 있는 평양이라서 친가 쪽은 주희가 유일한 혈육이에요. 일사후퇴 때 단신으로 월남하셨어요."

"이 선배 아버님이 유명한 의사 선생님이라고 들었습니다. 그리고 병원도 순전히 아버님 혼자 힘으로……."

"진규 씨 엄마가 하고 싶은 말을 내가 보충 설명해 줄게. 나는 병원하고 아무런 상관이 없어. 나는 국문학을 전공했고, 시인일 뿐이지 전공의 수순을 밟고 있는 인턴도 아니고, 병원 직원도 아니라는 거지."

이주희가 거리낌 없이 진규의 손을 잡으며 말을 막았다.

"맞아요. 원래 주희 아버지는 주희가 의사가 되길 원하셨어요. 아니, 나도 주희가 병원을 물려받길 원했지만……."

"말씀 도중에 죄송하지만, 저는 지금까지 제가 아파서 병원에 가 본 적은 한 번도 없슈, 병문안 이외에는 병원에 가 본 적도 없슈……."

진규는 이주희와 결혼하겠다는 구체적인 생각을 해 본 적이 없었다. 그래도 자신의 의사를 분명히 밝히는 것이 좋다는 생각에 찻잔을 두 손으로 잡으면서 웃었다.

"알고 있어요. 진규 씨……. 내가 이름을 불러도 되는지 모르겠네요."

김정임은 진규의 솔직한 성격이 마음에 들었다. 그러나 이주희처럼 병원에 욕심이 없다. 그 점에는 점수를 줄 수가 없어서 마음 편하게 대하는 것이 좋겠다고 생각했다.

"진규 씨, 우리 엄마도 국문과 출신이라구. 그 점은 나하고 통한다고 내가 보장할 수가 있어. 엄마가 진규 씨라고 불러도 돼지?"

"당연하쥬. 외려 그릏게 말씀하시니께 지가 몸 둘 바를 모르겄구만유."

"좋아요. 이따 음식 먹을 때 딴생각 안 하고 음식만 맛있게 먹으려면 지금 결정을 내리는 것이 좋겠네요. 진규 씨는 우리 주희를 어떻게 생각해요? 예를 들어서 결혼 상대자로?"

김정임은 진규가 시원시원하게 대답해 주니까 마음이 편했다. 홍차를 한 모금 마시고 나서 진규의 반응을 기다렸다.

"지가 이 선배를 결혼 상대자로 생각하느냐는 말씀보다 중요한 것은, 저는 안직 결혼할 준비가 되어 있지 않다는 점유. 솔직히 대학원 진학을 한 것도, 앞으로의 진로가 아직 확실하게 결정이 되어 있지 않기 때문이라고 봐유. 좀 더 공부를 하다 보면 제가 앞으로 무엇을 해야 할지 알게 될 것이라는 생각 때문에 대학원에 진학했슈."

"그래도 우리 주희보다 낫네요. 주희는 진규 씨가 대학원에 진학했기 때문에 대학원에 간 걸로 알고 있거든요."

김정임은 진규의 말에 자신도 모르게 이주희를 바라봤다. 이주희는 놀라는 표정을 짓지 않았다. 오히려 진규의 말을 재미있게 받아들이고 있는 표정이었다.

"저는 이 선배가 더 좋은 시를 쓰기 위하여 대학원에 진학한 것으로 알고 있슈."

"아무튼, 우리 주희가 올해 안에 면사포를 쓰고 결혼식장에 나타날 이유가 없다는 점은 확실하게 알겠네. 자, 주희야. 이제 뭣 좀 먹을까?"

김정임은 이주희가 일방적으로 진규를 좋아하고 있다고 믿었다. 적어도 아직은 의사 사위를 얻을 수 있는 기회가 남았다는 생각에 기분 좋게 웃으며 말했다.

이주희와 헤어진 진규는 곧장 대전역 앞에 있는 중앙시장으로 갔다. 이주희와는 물론이고, 아직은 결혼해야겠다는 생각을 해 본 적이 없었다. 하지만 원치 않게 이주희의 어머니를 만나고 나니까 기분이 묘했다.

"워쩐 일여? 미래의 박사님이 직접 즌화를 다 하고?"

진규가 공중전화로 전화를 한 지 십 분도 안 돼서 신찬하가 시장 안쪽에서 반갑게 웃는 얼굴로 나타났다.

"워디 가서 술이나 한잔 할까?"

"먼 일이 있어?"

"그냥……."

"콩나물해장국 맛있게 하는 집 있는데 그리 갈까? 즈녁은 먹은 겨?"

신찬하는 진규가 무언가 할 말이 있어서 일부러 왔을 것이라는 생각에 전주식당 쪽으로 걸음을 옮겼다.

"한참 클 때잖여. 한식집에서 뭣 좀 먹었는데 해장국 한 그릇 더 들어갈 여분은 있겄지."

"누구는 팔자가 좋아서 즈녁을 두 번씩이나 먹을라고 하고, 나 같은 놈은 장사가 안 돼서, 오랜만에 만난 군대동기한테 백 원짜리 해장국이나 사 줄라고 하고. 이거 세상 공평하지 않은 거 아녀?"
"나한테 돈 좀 있구먼. 딴 거 먹고 싶은 겨?"
"아녀. 그냥 해 본 말여. 우리가 가는 데가 전주식당이라는 데여. 거기 가믄 기가 맥히게 맛있게 끓여주는 콩나물해장국이 백 원씩여. 요새 짜장면 한 그릇도 백오십 원씩 받잖여. 백 원이믄 공짜나 마찬가지여."
신찬하는 자랑스럽게 말하며 전주식당 안으로 들어섰다. 저녁을 먹을 시간이라 빈자리가 쉽게 보이지 않을 정도로 손님이 꽉 찼다.
"여기, 두 그릇에 소주 한 병."
빈자리에 앉자마자 종업원이 달려왔다. 신찬하가 주문을 하고 나서 벽에 걸려 있는 가격표를 손가락으로 가리킨다.
"딴 메뉴가 없구먼. 백 원짜리 콩나물 해장국 한 가지뿐에 읎는데도 손님들이 많구먼……."
진규는 신찬하가 손가락으로 가리키는 곳을 바라봤다. 콩나물 해장국 100원, 특 130원이라는 가격표에 소주 한 병 200원, 막걸리 한 되 150원이 메뉴판의 전부였다. 그런데도 손님들이 모두 맛있게 해장국을 먹고 있었다.
"이 집주인이 보은 사람인데 엄청 부자랴. 여기로 오기 전에는 목척시장 안에서 탁자 몇 개 놓고 장사를 했다능 겨. 거기서 돈을 벌어서 여기 건물을 짓고 이사를 온 겨. 여기 말고도 대전 시내에 땅하고 집이 수월찮다고 하드만."
주문을 하고 몇 분이 지나지 않았는데 종업원이 콩나물해장국과 소주를 들고 왔다. 신찬하가 소주뚜껑을 따며 속삭였다.
"보은 사람이 하는 음식점이믄 보은집이라고 하지? 왜 전주식당이라고 했을까?"

"고향은 보은인데, 전라도 목포에서 살다가 올라왔다는 소문이 있구먼. 남자가 있는데 유리컵을 이로 자근자근 씹어 뱉는 깡패라서 시장 남자들이 얼씬도 못햐. 저기, 저 카운터에 앉아 있는 여자가 이 집 사장여. 어떠? 이쁘지?"

진규는 신찬하가 속삭이는 말에 카운터 쪽으로 시선을 돌렸다. 40대 초반, 아니면 중반으로 보이는 여자가 표정 없는 얼굴로 손님에게 거스름돈을 내밀고 있다. 다른 식당 주인들과 다르게 한복을 입고 있어서 그런지 얼른 보기에도 식당 같은 데서 일을 했던 여자로는 보이지 않았다.

"자, 한잔 했으믄 이 형님이 갑자기 보고 싶은 이유가 먼지 야기해 줄 수 있지."

"오늘 별일이 다 있었구먼."

진규는 이주희의 어머니를 만난 일을 그 누구에게 털어 놓을 상대가 없었다. 대학원생들에게 털어 놓았다가는 원치 않는 소문이 학교에 파다하게 퍼질 것이다. 집에 있는 향숙이에게는 차마 털어 놓을 수가 없고, 그냥 흘려보내기에는 기분이 묘해서 소리 없이 웃으며 운을 뗐다.

"먼 일인디?"

"지난번에 만나서 순대 같이 먹었던 시인 생각나?"

"그려, 나한테 시집 준다고 했는데 대관절 언지 준댜?"

"주소 적어 줬남?"

"그라고 봉께 주소를 안 적어 줬구먼. 오늘은 내가 주소 적어 줄 팅게 꼭 좀 전해줘라. 근데 그 시인이 왜?"

신찬하가 술잔을 달게 비우고 나서 물었다.

"오늘 학교에서 수업 끝나고 교실에서 나오는데 말여. 내 참!"
"그 시인이 자기 어머라도 만나자고 하데?"
"니가 그걸 워티게 알았댜?"
"척 보믄 삼척이지. 내가 볼 때도 그 시인이 너를 엄청 좋아하고 있드만. 참말로, 오늘 그 시인 어머님한테 인사 드린 겨? 그 시인님 아버지가 충일병원 원장이라며?"
신찬하가 도저히 믿어지지 않는다는 얼굴로 연신 질문을 했다.
"수업 끝나고 교실에서 나오는데 갑자기 워디 좀 가자고 하길래. 암 생각 읎이 따라 나섰드니……."
진규는 지금 생각해 보니까 김정임을 만난 시간들이 너무 어이가 없었던 것 같기도 해서 맥없이 웃었다.
"야! 박진규가 충일병원의 사위가 되믄, 그 머여. 언진가는 충일병원이 박진규 것이 된다는 야기 아녀?"
"앞질러 가지마. 난 안직 결혼할 생각 읎다고 했거든."
"참말여? 호박이 넝쿨째 굴러들어온 것을 발로 냅다 차 버렸단 말여? 아니지, 이 신찬하가 알고 있는 여자들은 말여. 자석의 음극과 양극과 같은 것이라서 밀어내면 밀어 낼수록 더 달라붙을라고 하는 것이 여자들의 승질이란 말일시……."
"여자만 그런 걸까?"
진규는 신찬하가 따라 주는 술을 받으면서 향숙의 얼굴을 떠올렸다. 향숙을 한 여자로 사랑했었다. 하지만 그녀와 결혼하겠다는 생각을 가져 본 적은 없었다. 향숙이 자체가 그 어떤 남자와 결혼을 하지 않겠다고 선언해 놓았기 때문이다. 그런데도 만약 내가 결혼을 하게 되면 이주희처럼 개방적인 성격보다는, 향숙이 같은 심성을 가진 여자와 결혼하겠다는 생각이 들어서 조용히 반문했다.

"내가 무슨 연애연구소 소장도 아니고 그 말에는 대답할 수가 없구먼. 하지만 내가 볼 때는 확실히, 너는 버티고, 이 시인은 쫓아 댕기고 그런 사이였던 것만은 사실여. 너 충일병원 사위 되믄 나도 원무과 같은 데 취직 좀 시켜줘라. 솔직히 군대 가기 전에만 해도 아부지한테 신발 장사 이어받을라고 했는데, 요새는 영 희망이 안 보인다. 물가가 하루가 다르게 오르다 봉께, 손님들도 하루가 다르게 줄어들고 있구먼."

"신문을 봉께 경제가 풀린다고 하드라. 경제가 풀리면 장사도 잘될 거 잖여. 내가 볼 때 너는 장사를 해서 먹고살 팔자여. 그랑께 난 생각하지 말고 아부지한테 장사하는 거나 열심히 배워. 그라믄 난중에 먹고사는 거 지장 읎을 모양잉께."

진규는 생각에도 없던 이주희의 어머니를 만난 것에서 비롯되는 묘한 기분을 풀려고 일부러 신찬하를 찾았다. 그러나 묘한 기분이 풀어지기는커녕 가슴만 더 답답해지는 것 같아서 맥없이 웃으며 술잔을 들었다.

밤이 깊어지면서 보문산 쪽에서 불어오는 바람에 섞여 있는 아카시아 향기가 점점 짙어졌다. 밤하늘에는 구름 한 점 없어서 향숙은 마당 한가운데 서서 하늘을 바라보니까 하늘 가운데 서 있는 것 같은 기분이 들었다. 손을 번쩍 들어서 훠이 저으면 별들이 바람 부는 날 아카시아 꽃처럼 꽃비가 되어 떨어져 내릴 것 같은 기분이 들기도 했다.

"보살님, 마당 가운데서 머 하세유, 진규 오빠 기달리세유?"

영순이는 자기 방에서 향숙이 변소에 가는지 대청의 문을 열리고 닫히는 소리를 들었다. 어찌 된 일인지 들어올 시간이 되도 거실문이 열리지 않았다. 무슨 일이 생겼나, 걱정스러운 마음에 대충 봄 재킷을 걸치고 살금살금 거실로 나와 봤다. 향숙이 잠옷으로 입는 자릿적삼에 치마를 입은 차림으로 하늘을 바라보고 있다.

"일루 나와 봐. 별이 워째믄 저룽게도 많을까?"

"보살님두 참, 진규 오빠 기다린다는 말이 그룽게도 어색해유?"

영순은 말과 다르게 마당으로 내려섰다. 향숙의 옆으로 가서 하늘을 바라본다, 향숙의 말대로 하늘에는 별들이 참 많다. 코끝을 스쳐가는 바람에 아카시아 향기가 듬뿍 실려 있어서 자신도 모르게 눈을 지그시 감고 향기에 취해본다.

"근데, 진규가 오늘은 늦구먼."

"이룽게 늦게 오시니께, 즈녁이야 드셨겄지만 통금 시간이 다 되어 강께 배가 출출하겄슈. 감자라도 좀 쪄 놀까유?"

"그려, 그것이 좋겄다. 난도 영순이가 감자 야기를 항께, 갑자기 감자가 먹고 싶구먼……."

향숙의 말이 끝나자마자 대문 밖에서 누군가 열쇠 구멍을 찾아서 부스럭거리는 소리가 났다.

"진규 오빠도 양반은 못 되시는구먼."

영순이 헹! 웃으면서 대문 앞으로 뛰어 갔다.

"마당에서 먼 일들이다?"

진규가 마당으로 들어서면서 물었다.

"보시믄 몰라유? 오빠가 안 들어오싱께, 보살님이 잠을 못 자고 마당에서 기달리고 계시잖유."

영순이 정지로 뛰어들어가면서 농담 섞인 목소리로 말했다.

"벤소 나왔다가 별이 하두 밝아서 영순이랑 둘이 별 귀경 했구먼. 오늘은 늦었네."

"그라고 봉께, 누나 말대로 참말로 별이 많구먼. 모산은 날씨 좋은 날은 맨날 별이 좋았는데……."

진규도 방에 들어갈 생각을 잊어버리고 향숙이 옆에 서서 하늘을 바라봤다. 문득 생각해 보니까 대전에 와서 처음으로 밤하늘의 별을 보는 것 같았다. 모산 하늘의 별처럼 선명하지는 않지만 무수하게 많은 별들이 총총하게 박혀 있다.

"어릴 때 마당에 멍석 깔아 놓고 모깃불 옆에서 강냉이 먹고 그랬잖여. 감자도 까먹고……. 하늘의 별을 보면서 잠이 들면……. 희한하게 아침에 일어나믄 내 방이잖여. 난 암만 생각해 봐도 자다가 일어나서 방에 들어온 기억이 없는데 말여……."

향숙은 대전으로 온 이후 고향의 부모님이 생각날 때마다 일부러 딴 생각을 해서 외면해 왔다. 하지만 오늘은 아카시아 향기 때문인지, 무수하게 많이 떠 있는 밤하늘의 별 때문인지 모르지만 눈물이 왈칵 치솟을 정도로 모산의 집이 생각났다.

"아부지하고 엄마가 정 보고 싶으믄 한 번씩 내려가서 하룻밤씩 자고 올라와. 누나가 모산 땅에서 무슨 큰 죄를 짓고 떠난 사람도 아니고, 아저씨하고 아줌마가 누나를 다시는 안 본다고 쫓아낸 것도 아니잖여."

진규는 향숙의 목소리에 슬픔이 묻어 있는 것을 느꼈다. 향숙의 손을 잡고 가볍게 쥐면서 부드럽게 말했다.

"내가 아무리 신한테 시집을 갔지만 인간의 탈을 쓰고 있는데 아부지

하고 어머가 보고 싶지 않으믄 사람이라고 할 수 있어? 오늘처럼 별이 밝거나, 달이 밝은 밤, 소리 없이 비가 내리는 날, 눈이 오거나 바람 소리만 크게 들려도 우리 아부지 어머는 이 시간에 무엇을 하고 계실까, 하나뿐에 읎는 딸내미 무당으로 내보내고, 상심한 끝에 눈물로 시간을 보내고 계시는 거는 아닌지, 밥맛을 잃어서 둔너 계시는 거는 아닌지, 시도 때도 읎이 생각나는구먼. 하지만 슬프다고 가고, 즐겁다고 가고, 아프다고 집에 가서 응석받이가 되믄 난중에는 아부지 어머가 더 심이 들께비 못 가능 겨. 그릏지 않아도, 상규도 장가가고, 철용이도 장가가고, 광성이도 내년에는 장가간다고 하는데, 시집도 못 갈 딸년이 머 잘난 것이 있다고 집안을 들락거리믄, 아부지 어머 애간장이 타다 못해 죄다 녹아 버려서 제명에 못 사실거여……."

향숙은 그 어떤 일이 있어도 눈물을 보여서는 안 된다고 생각했다. 마음속으로는 통곡을 하는 한이 있더라도 우는 모습을 다른 사람에게 보여주어서는 안 된다고 생각하면서도 목소리가 젖어가는 것을 뒤늦게 느끼고 입을 다물었다.

"누나 울고 있는 겨?"

하얀 별빛을 받아 얼굴이 더 희게 보이는, 자릿적삼 차림에 치마를 입고 서 있는 향숙의 모습은 선녀가 따로 없었다. 그녀의 목소리에 취해있던 진규는 목소리에 조금씩 눈물이 배어가는 것을 느끼며 나직이 물었다.

"울긴……. 내가 집에 못 가서 울 나인가? 어여 들어가자. 영순이가 너 배고플께비 감자 쌂아 준다고 했구먼. 오늘은 먼 일이 있었어? 많이 늦었네? 도서관에서 이 시간까지 공부하다 온 겨?"

항숙은 진규에게 슬픔을 감추려고 열일곱 소녀처럼 연신 질문을 퍼부어대며 대청으로 올라섰다.

"누나 울고 있느냐는 말 안 물어볼 팅게, 한 가지씩 물어봐. 친구 만나서 한잔 했구먼. 됐어?"

"워떤 친구?"

항숙이 자기 방으로 들어가서 앉으며 물었다.

"중앙시장에서 신발 장사하는 친구 있구먼. 군대 동기여. 그 친구하고 전주식당이라는 콩나물해장국집에 갔구먼. 콩나물국 한 그릇에 백 원씩인데 엄청 맛있어. 딴 데서 즈녁을 먹고 갔는데, 콩나물해장국이 얼매나 맛있든지, 국물 한 숟가락 남기지 않고 죄다 먹었구먼. 누나도 언지 한번 데리고 갈게. 누나도 먹어 보믄 자꾸 가고 싶을 거여."

술을 많이 마셔서 그런가? 진규는 자릿적삼 차림의 항숙을 처음 보는 것이 아니다. 오늘은 항숙이 아닌 여자로 보여서 이상하게 자꾸 갈증이 났다.

"신발 장사 하는 친구의 가게도 가보고 싶구먼. 내 고무신하고 영순이도 운동화 한 켤레 사 주게."

"사실 오늘 어떤 분을 만났구먼."

진규는 항숙의 얼굴을 마주 바라볼 수가 없었다. 고개를 숙이고 손톱을 만지작거리며 말했다.

"누굴?"

"누나도 알 겨. 우리 과 일 년 선배 중에 이주희라는 여자가 있거든."

"충일병원 원장님의 딸이라고 하는 시인 말여? 작년 언진가 시집을 냈다면서 니가 한 권 들고 왔잖여."

"그려, 오늘 그 선배 어머니를 만났거든. 근데 내가 만날라고 해서 만난 것은 절대 아녀. 그냥, 수업 끝나고 나오는데 이 선배가 같이 어디 좀 가서 누굴 좀 만나자고 하길래, 그래서 따라갔단 말여. 만약, 이 선배가 자기 어머니 소개시켜 준다고 했으믄 내가 먼 수를 내드래도 거절을 했을 겨. 참말이랑께?"

진규가 갑자기 고개를 들고 손을 내저으며 나는 결백하다는 표정으로 말했다.

"근데, 왜 그룷게 갑자기 목소리가 커지는 겨? 그짓말하다가 들킨 사람처름 말여?"

항숙은 진규가 왜 그러는지 이유를 알 것 같았다. 가슴이 아파서 일부러 재미있다는 표정으로 물었다.

"누나는 내가 이 선배 어머니를 왜 만났다고 생각햐? 내가 병원에 취직할라고 면접 봤다고 생각하능 겨?"

"난 그런 생각 안 드는구먼. 니 말대로 면접 보는 것이 아니라믄, 여자가 자기 엄마를 남자한테 소개시켜 주는 이유는 하나뿐에 읎다고 생각햐."

"하지만 난 안직 결혼할 생각을 해 본 적도 읎다고 말씀드렸구먼. 내가 장차 뭣을 해야 할지 안직까지 생각나지 않아서 대학원을 댕기고 있는 놈이, 먼 결혼을 생각하느냐고 말여."

진규는 강 건너 불구경 하는 목소리로 묻는 항숙이 야속했지만 내색은 하지 않았다.

"대학원 댕김서는 결혼하믄 안 되는 거여?"

"그런 법이 어딨어? 우리 과에 결혼하고 자식이 두 명인 원생도 있는

데?”

“그람, 언지 이주희 그 아가씨를 내가 한번 만나 봐도 될까?”

“왜?”

“진규를 따르는 아가씨라믄 내가 굳이 보지 않아도 되겠지만 말여. 같은 여자 입장에서 보믄, 남자가 알지 못하는 부분도 알 수 있거든. 그래서 한번 보고 싶구먼.”

“누나 말은, 그랑께 그 머여. 나를 이 선배에게 장가 보내고 싶다, 이 말이구먼.”

“상규도 장가를 갔응께, 우리 진규도 장가를 가야지. 그래야 인자도 좋은 신랑감이 있으믄……”

“갑자기 술이 체는구먼. 난 그만 내 방에 가서 잘 텨. 누나도 잘 자.”

진규는 말과 다르게 술이 확 깨는 것 같았다. 향숙의 말이 옳다는 것을 알면서도 너무 서운하게 들려서 앉아 있을 수가 없었다.

“이 누나는 진규가 왜 그라는지 잘 알고 있구먼. 그릏다고 누나가 진규를 사랑하지 않는 거는 아녀. 진규가 나를 생각하고 있는 것 이상으로, 나도 진규를 사랑햐. 하지만 우린 오누이로 사랑할 수벢에 읎잖여. 그랑께, 어여 앉아. 영순이가 감자 쪄 갖고 오믄 먹고 가서 자야지.”

향숙이 진규를 따라 일어나서 눈가에 눈물을 매달고 간곡하게 말했다.

“누나, 내가 오늘 술을 너무 많이 마신 거 같구먼. 그래도 한잔 더 하고 싶네. 누나하고.”

진규는 못 이기는 척 향숙이 권하는 대로 방바닥에 앉았다.

“술이야 신당에 가믄 진규가 원하는 대로 있지. 양주, 포도주, 정종,

소주, 막걸리 죄다 있응께 말만 햐. 나도 우리 진규하고 오랜만에 술 한 잔 해 보자."

"우리 오늘 포도주 갖고 기분 좀 내 볼까?"

"감자 안주에다?"

"감자 안주믄 어뗘, 누나하고 같이 마시는데."

진규는 잠깐이나마 향숙의 순수한 사랑에 먹물을 떨어트린 것 같아서 너무 미안했다. 향숙이 가슴 아파할 것이라는 생각에 일부러 너스레를 떨었다.

백일홍의 전설

만약 내가 백 일 후에 오지 않거나,
배의 돛에 빨간 깃발이 꽂혀 있으면 내가 죽은 것이니까 도망을 가.
만약 하얀색 기가 보이면 내가 구렁이를 처치한 것이니까,
내가 구렁이를 처치한 것이니까,
마중을 나와 줘.

"자유다!"

누군가 갑자기 산 정상에 올라가서 고함을 지르며 두 손을 번쩍 드는 것처럼 교단 위로 올라가서 외쳤다. 이어서 책이 묵직하게 들어 있는 가방을 번쩍 들어올려서 쾅! 소리가 나도록 책상을 내려쳤다. 그것을 신호로 쥐 죽은 듯 침묵하고 있던 모든 학생이 의자에서 벌떡 일어나 야호! 해방이다! 신난다 방학이다! 라고 지르는 소리에 강의실은 우당탕거리는 소음에 잠겨 들었다. 이어서 학생들이 가방을 들고 우르르 강의실 밖으로 뛰어나갔다.

인숙이도 책을 가슴에 껴안고 강의실 밖으로 나갔다. 여기저기 강의실에서 쏟아져 나온 학생들로 복도는 순식간에 파장의 시장통처럼 학생

들이 가득 찼다.

"기분이 어때?"

"선배는 어떠유?"

인숙은 계단을 막 내려가려다 누군가 등을 톡 치는 감촉에 걸음을 멈췄다. 국문과 선배인 강훈구가 웃으며 서 있었다.

"난 내일부터 농촌봉사활동 가기로 해서 그런지 방학 기분이 안 나네."

"츠, 선배 인제 보니 기억력이 빵점이구먼."

"무슨 말여?"

"선배가 저한테 농촌봉사활동 같이 가자고 안 했남유?"

"아! 맞다. 인숙이도 같이 가는 거지. 미안!"

강훈구는 민망한 얼굴로 어깨를 으쓱거리며 계단을 내려가기 시작했다.

"내일 아홉 시까지 학교로 나오면 되는 거쥬?"

"학교 운동장에 나오면 관광버스가 기다리고 있을 거야. 우리 국문과는 구 번 차거든. 그 앞에서 내가 기다리고 있을 겨. 그런데 정말 후회 안 하는 거지? 내가 처음에도 말했지만 대학생이 농촌봉사활동 하러 간다고 해서 대충 일하다가 힘이 들면 그늘 밑에서 쉴 수 있는 그런 활동이 아냐. 낮에는 농부들보다 더 열심히 일을 하고, 밤에는 농민들이 왜 어렵게 살 수밖에 없는지 공부하게 될 거야."

"자신 있슈. 우리 집도 농사를 짓잖유."

"맞아, 사과 과수원을 크게 한다고 했지. 그렇게 잘사는 집안 막내딸이 과연 해낼 수 있을까? 이거 은근히 걱정이 되는데?"

"우리 집도 옛날에는 엄청 가난하게 살았슈. 그라고 내가 어릴 때부텀 맘속으로 엄청 궁금하게 생각하고 있었던 것이 있거든유. 왜 잘사는 집은 일을 안 하고 맨날 쌀밥에 괴깃국만 먹어도 자꾸 잘살게 되는 거고, 못사는 집안은 꼭두새벽에 일어나서 샛별이 뜰 때까지 허리가 휘도록 일을 해도 잘살게 되기는커녕 더 못살게 되는 걸까. 그 점이 엄청 궁금했슈."

"그런 점이라면 멀리 갈 것도 없이 오빠한테 물어보면 알 수 있잖아."

강훈구는 걸음을 멈추고 인숙을 바라봤다. 시골에서 올라온 학생치고는 얼굴이 도시 여자들처럼 해맑다. 그 오빠에 그 동생이라고 인숙이도 사회 문제에 민감하게 반응할 것이라는 생각이 들었다.

"오빠한테 왜 안 물어봤겠슈? 오빠한테 물어봉께, 그런 문제는 니가 난중에 커서 직접 눈으로 보고 몸으로 경험을 해 봐야 알 수 있는 문제라고 하대유."

인숙은 책을 가슴으로 안고 강훈구의 얼굴에서 시선을 옮기지 않고 미소를 띤 목소리로 대답했다.

"박진규 선배님다운 대답이구먼. 그래 그 말이 맞아. 봉사활동 나가 보면 네가 원하는 걸 얻게 될지도 모르지."

강훈구는 다시 출입문을 향해 천천히 걷기 시작했다.

"아! 방학이니까 참말로 좋네유."

인숙은 강의실 밖으로 나가서 길게 심호흡을 했다. 7월의 푸른 대기가 가슴 깊이 스며드는 것 같아서 상쾌했다.

"참, 머 하나만 물어봐도 되쥬?"

인숙이 몇 걸음 걷다가 걸음을 멈추고 강훈구를 바라봤다.

"뭐든지?"

"우리 오빠가 뭐라고 했는지 알아유? 오빠가 그라는데 대학교는 먹고 대학이라고 했거든유. 신입생 환영회니, 축제니, 데모니 해서 공부하는 날보다 쉬는 날이 더 많다고 했어유. 그래서 등록금이 한두 푼도 아닌데, 암만 국립대학이지만 등록금이 아깝겄구먼, 이라고 말항께, 오빠가 뭐라고 했는지 알아유?"

"대학생들에게 공부도 중요하다. 하지만 적어도 대학생이라믄 나라의 장래를 걱정할 줄 아는 애국심을 가져야 한다. 뭐, 그런 말을 하셨겠지."

강훈구는 자연스럽게 길가 소나무 숲 안으로 들어가서 바위에 걸터앉았다. 가만히 앉아 있는데도 바람이 시원했다.

"워티게 알아유?"

인숙은 강훈구 옆에 앉지 않았다. 그의 앞에 서서 앉아 있는 강훈구를 내려다보며, 바람에 헝클어진 머리카락을 귀 뒤로 끌어올렸다.

"아는 사람은 다 알고 있구먼. 박진규 선배님의 어록은, 또 이런 말도 있지. 말이 앞장서는 위선자보다는 말이 읎어도 행동하는 양심자가 되자."

"그 말은 못 들었거든유. 누가 위선자고, 누가 행동하는 양심자래유?"

"행동하는 양심은 지난 삼일절 날 명동성당에서 민주구국선언문을 발표한 문익환 목사며, 함세웅 신부, 김대중 같은 사람들이지. 그 사람들은 선언문을 발표하믄 긴급조치 9호 위반혐의로 구속될 것을 뻔히 알면서도 당당하게 나섰잖여. 말만 앞장서는 위선자는 우리 같은 대학생들이랴. 겉으로는 나라를 위하는 척 거리로 뛰쳐나가서 데모를 하지만, 정작 권력 앞에서는 순한 양이 되지."

"작년에는 유신헌법 철폐, 긴급조치 철회 데모를 하느라 이백 명이나 구속됐잖아유. 그 학생들은 행동하는 양심이었나유?"

"박진규 선배님이 하는 말은 무조건 데모만 한다고 능사는 아니라는 거지. 남들이 데모를 항께, 나도 해야겄다는 군중심리에 빠지는 식이 아니고 내가 왜 데모를 해야 하는지 뚜렷한 가치관을 가지고 데모를 해야 한다는 거여."

"선배도 진규 오빠와 같은 생각을 하고 있는 거유?"

"노력은 하고 있지."

강훈구는 옆에 있는 풀잎 속잎을 뽑아서 질겅질겅 씹으며 인숙을 올려다봤다. 신입생은 아직 대학생 때가 묻지 않아서 풋풋한 아름다움이 있다. 그중에도 인숙은 사투리 때문인지 몰라도 산골 소녀처럼 아름답다.

"지는 안직 머가 먼지 암것도 모르겄어유. 하지만 솔직히 오빠 말을 듣고 쪼끔이라도 기대를 하지 않은 거는 아녀유. 고등학교 일 학년 때부텀 대학교 들어올라고 맨날 공부만 했잖아유. 그래도 심이 안 들었던 것은 대학교만 들어가믄, 고고장도 가고, 캠핑도 가고 신나게 놀 줄 알았쥬."

"작년 겨울방학 종강식 때만 해도 오늘처럼 싱겁게 헤어지지는 않았구먼. 대낮부터 술집에 가서 통금 전까지 마셨어. 고고장에도 가고, 신나게 놀았는데 오늘은 학기 내내 공부하느라 죄다 진이 빠졌는지 싱겁구먼."

"맞아유. 결강은 단 한 번도 읎었슈, 문학개론 김 교수님은 수업 시작 오 분 전에 들어오셔서, 딱 정각에 수업을 끝내셨잖유. 오 분 일찍 들어

오셨으믄, 오 분 일찍 끝내야 정상인데 말여유."

"신입생이 그릏게 힘이 들었으믄 우리는 어땠겄어? 이번 학기에는 강의실에만 앉아 있을랑께, 좀이 쑤셔서 나도 참말로 힘들었구먼."

강훈구는 일어나서 엉덩이를 털며 걸었다.

"그래도, 저는 공부하는 것이 좋아유."

인숙은 강훈구를 따라서 걸으며 웃었다.

"나도 너처럼 신입생 때는 공부가 좋았구먼. 하지만 시간이 지나믄 너도 느끼는 것이 있을 겨."

강훈구는 인숙이도 머지않아 박진규처럼 학교에서 유명인이 될지도 모른다는 생각에 잘게 웃으며 바라봤다.

"왜 그런 눈으로 날 바라 본데유? 내 얼굴에 머 묻었슈?"

"아녀, 이뻐서 바라봤구먼."

"지가 이쁜 건 사실유. 하지만 암만 이뻐도 바라보지 마셔유. 난 이미 임자가 있는 몸잉께."

인숙은 강훈구의 말을 농담으로 받아쳐 놓고서도 승우의 얼굴이 번쩍 떠오르는 순간 얼굴이 빨갛게 물들었다.

"뭐여? 벌써 어떤 놈이 인숙이를 찍었단 말여?"

"내, 내가 나무유. 나를 찍게?"

"그람, 얼굴이 왜 갑자기 홍시처럼 빨개진댜, 내가 볼 때는 애인이 있는 거 같은데?"

"내, 내가 언제 얼굴이 빨개졌슈?"

인숙은 자신도 모르게 얼굴을 가리며 고개를 옆으로 돌렸다. 어디선가 배롱나무 향기가 짙게 풍겼다. 눈을 뜨고 바라보니까 도서관 건물 앞

화단에 철쭉의 색깔을 닮은 배롱나무 꽃이 흐드러지게 피어 있었다.

"저 꽃이 먼 꽃인 줄 알아유?"

"도서관 앞에 핀 꽃 말하는 거여?"

"예."

"백일홍이잖여. 배롱나무라고도 하잖여. 왜?"

"아뉴, 꽃이 너무 이뻐서 물어봤슈."

인숙은 말과 다르게 배롱나무를 잘 알고 있었다.

"저 꽃이 백일 동안 핀다고 해서 백일홍이잖혀."

"백일홍이 백일 동안 핀다는 말은 많이 들어봤슈."

인숙은 고개를 끄덕이고 나서 말없이 걸었다. 승우도 방학을 했으니 집으로 내려올 것이다. 대학생으로 변한 승우의 모습이 보고 싶었지만, 농촌봉사활동을 빼먹을 수는 없다고 생각했다.

"그람, 내일 봐유"

학교 앞 버스 정류소에 도착하니까 인숙이 타고 가야 할 버스가 먼저 도착했다. 버스에 뛰어 올라탔다. 버스 안내양에게 대학생용 회수권을 얼른 내밀고 빈자리에 앉았다. 창문 밖으로 시선을 돌렸다. 강훈구가 활짝 웃는 얼굴로 손을 흔들어 준다. 같이 손을 흔들어 주려고 손을 슬그머니 들려다 승우 얼굴이 떠올라서 그냥 내렸다. 시선을 돌리고 버스 앞을 바라보고 있는데 도서관 앞에서 본 백일홍의 전설이 생각났다.

동해바닷가의 한 마을에는 특이한 풍습이 있었다. 해마다 처녀를 제물로 삼아서 제사를 올리지 않으면, 고기를 잡으러 나간 어부들이 돌아오지 않는 등의 재앙이 생겼다. 이것 때문에 딸을 데리고 있는 부모들은 걱정이 끊이지 않았다.

제물로 바쳐진 처녀를 잡아가는 것은 귀신도 사람도 아닌 백 년 묵은 구렁이었다. 마을에는 몽실이라는 처녀와 바우라는 총각이 어릴 때부터 같이 자라며 서로를 아끼고 사랑했다. 나이가 들면서 하나라도 떨어져 살 수 없을 정도로 사랑이 깊어졌다.

양쪽 집안에서도 둘의 사랑을 인정하여 혼인하기로 약속했는데, 불행하게도 제물로 몽실이가 뽑혔다. 둘은 밤에 만나서 부둥켜 안고 울기도 하고 도망갈 궁리도 해 보았지만, 마을을 위해서는 그럴 수가 없었다.

생각다 못한 바우는 자기가 그 구렁이를 죽여 버리고 몽실이와 행복하게 살아야겠다고 마음먹고는 길을 떠나기로 했다.

"만약 내가 백 일 후에 오지 않거나, 배의 돛에 빨간 깃발이 꽂혀 있으면 내가 죽은 것이니까 도망가. 만약 하얀색 기가 보이면 내가 구렁이를 처치한 것이니까, 내가 구렁이를 처치한 것이니까, 마중을 나와 줘."

바우는 떠나기 전날 밤 몽실이를 만나서 굳게 약속하고 다음날 길을 떠났다.

그 후 100일이 다 되는 날까지 몽실이는 바닷가에 나가서, 바우가 떠난 방향을 바라보며 바우가 돌아오기를 기다렸다. 매일매일 기도를 하다가 100일째 되는 날 드디어 멀리서 뱃전이 보이기 시작했다.

몽실이는 반가움에 벌떡 일어나 달려가다가 포구로 들어서는 배를 보는 순간 쓰러져 죽고 말았다. 뱃전에 꽂혀 있는 깃발은 붉은색으로 물들어 있었다.

이윽고 배는 당도하였고 배에서 내린 바우가 몽실이를 찾았으나 이미 몽실이는 죽은 후였다. 몽실이를 끌어안고 울부짖던 바우는 뱃전을 바라보았다. 그곳에는 흰 깃발이 빨간 피로 물든 채 꽂혀 있었다.

그 사실을 알게 된 마을 사람들과 바우는 몽실이를 양지 바른 곳에 고이 장사 지냈다. 무덤 앞에는 붉은 꽃이 예쁘게 피어났다. 다른 꽃과 다르게 그 꽃은 딱 백 일 동안 피었다. 그때부터 사람들은 그 꽃을 백일홍이라고 불렀다.

인숙은 버스가 다음 정거장에 도착했을 때 내려야 할 곳이 아니라는 것을 알면서도 벌떡 일어섰다. 버스 안내양이 문을 닫으려다 인숙을 보고 멈췄다. 인숙은 이상하게 입안의 침이 바짝 마르는 것을 느끼며 힘없이 주저앉았다.

아녀, 그냥 우연이여. 우연이겄지…….

강훈구가 애인이 있는 것 같다는 말에 고개를 돌리는 순간 도서관 앞에 흐드러지게 피어 있는 배롱나무가 보였었다. 그것에 그치지 않고 오늘 같은 날 백일홍의 전설이 생각난 것이 너무 꺼림칙하기만 했다. 바우를 사랑하는 몽실이처럼 승우가 없으면 못 살 정도로 사랑하는 것은 아니다. 하지만 나이가 들수록 승우가 친구 이상의 감정으로 다가올 때를 종종 느끼고 있었다.

진규는 땅거미를 밟으며 캔 맥주를 사가지고 향숙의 집으로 들어갔다.

"웬 맥주래유?"

저녁 준비를 하고 있던 영순이 맥주를 받으며 반가운 목소리로 물었다.

"오늘 우리 막내 첫 종강식이잖여. 축하해 줄라고 사 왔구먼."

"그런 생각이 있었으믄 나한테 야기할 일이지. 학생이 먼 돈이 있다고."

향숙이 인숙이와 거실에서 앉아 있다가 일어서면서 영순이 내미는 맥주를 받았다.

"명색이 대학원생 아녀. 내가 암만 가난하드라도 막내 종강식 파티해 줄 돈은 있구먼."

진규는 책가방을 자기 방에 가져다 두고 다시 거실로 나갔다.

"나는 종강식을 엄청 기달렸는데 머가 이릏게 싱거워. 다들 집에 먼 꿀단지를 숨겨 놨는지 집에 가기 바쁘데."

"내가 대학 댕길 때는 안 그랬구먼. 잔디밭이 온통 술판이었어. 돈이 읎으니까 술집에 가지 못하는 친구들이 술을 사다가 학교 운동장에서 마셨거든. 올해는 내가 보드래도, 너무 한가하드라. 하지만 술이나 마시고 흥청망청 보내는 종강식도 추억이지만, 오늘처럼 조용히 보내는 것도 좋지 머."

진규는 영순이 밥상을 들고 오는 것을 보고 일어섰다. 밥상을 받아서 거실 가운데에 내려놨다. 향숙이 방으로 들어가서 선풍기를 꺼내 와서 모두가 바람을 맞을 수 있도록 회전에 맞췄다.

"밥 먹기 전에 한잔할까?"

"아녀유. 보살님이 오늘 인숙이 종강하는 날잉께, 괴기라도 꿔 먹자고 해서 돼지괴기 좀 끊어 왔거든유. 그걸로 술안주 하믄 되잖아유."

진규의 말이 떨어지자마자 영순이 히힝 웃으면서 정지 쪽으로 갔다.

"여기서 누나가 어른잉께, 한마디 하지."

영순이가 밥상 앞에 앉았다. 얌전하게 두 손을 앞으로 모으고 진규가 입을 열기를 기다렸다. 진규가 항숙을 바라보며 말했다.

"내가 멀 알아야 말을 하지. 진규가 축하하는 말 좀 해줘. 대학에 들어가서 공부하느라 애썼잖여. 학교 선배로서 한마디 해 줘."

"내가 먼저 말해놓고 엎드려 절 받기구먼. 인숙아, 시방 기분이 어뗘?"

진규가 캔맥주 한 개씩을 나누어 주고 물었다.

"고등학교 때가 훨씬 좋았던 거 가텨. 그때는 방학 때 보충수업을 하기는 했어도, 방학이라는 기분은 들었었거든. 하지만 오늘처럼 종강하는 날 가족과 함께 이릏게 오붓하게 보내는 것도 좋잖여. 안 그려?"

"난, 암것도 모른당께 그러네. 츰 방학을 맞는데, 워떤 것이 좋은 건지. 내가 워티게 알아?"

인숙이 쑥스럽다는 얼굴로 말했다.

"에이, 그런 말 말고, 먼가 축하가 될 만한 그런 말 읎슈? 지는 이 세상에서 진규 오빠가 젤 똑똑하고 잘난 사람으로 알고 있는데, 동생 앞이래서 부끄러워서 그러시남?"

"그동안 공부하느라 수고 많았고, 한 학기 댕겨 봉께, 학교생활을 어떻게 해야 하는지 잘 알겄지? 공부하느라 수고 많았어. 이 학기 때는 열심히 공부해서 장학금 받아야 하는 거여. 그라라고 이 맥주 사 온 거니께. 자, 건배!"

"아참, 인숙아 너 술 마셔 봤어?"

향숙이 깜박 잊고 있었다는 얼굴로 물었다.

"언니두 참, 언니가 볼 때 나는 맨날 고등학생으로 보이쥬? 난도 대학생유. 신입생 환영회 때 소주도 마셔봤슈."

인숙이 어깨를 으쓱거리며 맥주잔을 들어 보였다.

"참말로 소주 마셔 봤어? 난 막걸리하고 맥주뿐에 안 마셔 봤는데, 나보담 낫구먼."

영순이 부럽다는 얼굴로 인숙을 바라보며 말했다.

"웃기는 야기 하나 해 줄까?"

진규는 영순의 표정을 보고 나서 항숙이도 중학교를 졸업하지 않았다는 것을 깨달았다. 자칫, 항숙이와 영순이 자격지심을 느낄 수도 있다는 생각에 웃는 얼굴로 말하고 침을 삼켰다.

"건배부텀 하고 하믄 안 돼? 나 팔 아프단 말야."

항숙이 엄살스럽게 말했다.

"그려, 건배부터 햐. 오빠."

인숙의 캔맥주를 앞으로 내밀어 건배를 외쳤다.

"참, 내 정신 좀 봐. 인숙아, 오늘 너한테 전화 왔었구먼."

진규가 맥주를 마시느라 잠시 말을 끊은 사이에 항숙이 인숙에게 시선을 돌렸다.

"누가 집으로 즌화를 했다? 나, 누구한테 언니네 집 즌화번호 알려준 적이 읎는데?"

"서울에 사는 승우라고 하드라."

"승우라믄 니 친구 아녀?"

항숙의 말에 진규가 물었다.

"어매매, 승우는 남자 이름인데. 워티게 남자하고 여자하고 친구가 된다? 대학생들은 친구가 될 수 있는 건가?"

영순이 이해할 수 없다는 얼굴로 항숙을 인숙을 바라봤다.

"언니, 그기 아녀. 승우는 모산 사는 안데, 어렸을 때부텀 그 집에서 같이 공부를 했거든. 중학교 졸업할 때까지 말여. 근데 승우가 머랴? 여간 급한 일이 아니고는 여기로 즌화 하지 말라고 했는데?"

"오늘부텀 서울대학교도 방학이랴. 그래서 오늘 내려올라고 했는데 누나가 자기 집에 와서 하룻밤 자고 가라고 해서. 날 영동으로 내려갈 팅께 만나자고 하드라. 얼굴은 못 봤지만, 목소리를 들어 봉께 엄청 착해 보이드라."

"보살님이 착하다믄 무조건 착한 거유."

향숙의 말이 끝나자마자 영순이 자랑스럽게 말했다.

"나, 내일 홍성으로 농촌봉사활동 가는데……."

인숙이 곤혹스러운 표정으로 진규를 바라봤다.

"내일 만나기로 미리 약속이 돼 있던 거여?"

진규가 빈 캔을 방바닥에 내려놓으며 물었다.

"날짜는 언지라고 안 정하고 그냥 방학하고 만나기로 했구먼."

"그람, 농촌봉사활동 갔다 와서 만나믄 되겄구먼. 친구니께 그 정도는 이해해 주겄지 머."

진규는 대수롭지 않다는 표정으로 말하며 인숙을 바라봤다. 인숙은 알겠다는 표정으로 고개를 끄덕였지만 속마음은 절망으로 얼룩져 있는 것처럼 보였다.

뜨거운 새벽

그려. 암만 한동리 사는 이무러운 사이에다,
같이 정치하는 사이라고 하지만 고마운 건 고마운 것이고,
서운한 건 서운한 것이지.
그라고, 이건 오늘 수고한 대가라고 생각하지 말고,
내가 특별히 장 의원한테 주는 수고비라고 생각하고 받아 둬.

태평관의 밤은 깊어 갈수록 끈적끈적한 여운을 풀어내고 있었다. 골목은 이미 어둠에 휩싸인 지 오래 됐고, 마당을 오가는 발자국 소리도 줄어든 지 오래다. 마당에서 변소로 가는 길에 서 있는 기둥에 매달린 갓전등의 불빛도 언제부터 춤을 추기 시작한 안개에 제 기능을 잃어가고 있었다.

태평관 안채 깊숙이 있는 방에는 초저녁의 후끈후끈한 열기가 무기력하게 주저앉아서 오가는 목소리들도 축축 늘어지기 시작했다.

“그랑께, 그 머여. 장 의원은 내 말대로만 하믄 그까짓 쌀장사는 때려치워도 된다, 이 말일씨.”

이동하가 와이셔츠의 단추를 모두 풀어 제치고 올챙이처럼 튀어나온

배를 슬슬 문지르며 중얼거렸다.

"아이구, 의원님. 저 장시훈, 옛날의 장시훈이 아뉴. 의원님의 명령이라믄, 당장 이 자리에서 칼을 입에 물고 칵 죽어 버릴 수도 있슈. 진짜로 한번 죽어 볼까유? 야, 칼 좀 갖고 와라. 내가 이 자리에서 의원님 앞이서 죽어 줄 모양잉께."

이동하 못지않게 취한 시훈이 팔을 내저으며 호기를 부렸다.

"안 돼요, 대의원님이 돌아가시면 저는 어떻게 살라구요, 칼 대신 이걸 잡수시면 안 되시나요?"

시훈의 파트너인 혜정이 얼른 저고리를 들춰 올리고 젖통을 내밀며 장시훈의 목을 끌어안았다.

"어이구, 혜정아, 니 낭군 숨 맥혀 죽겄다."

"그럼, 우리 옆방으로 가요."

혜정이 시훈의 팔짱을 끼고 일어서며 말했다.

"의, 의원님은……."

시훈이 못 이기는 척 따라 일어서면서도 이동하를 바라봤다.

"나는 괜찮여. 괜찮응께 어여 가서 재미 좀 봐."

이동하는 팔을 내저으며 앉은 자리에서 길게 누웠다.

"내, 옷, 옷을 갖고 가야지."

시훈이 옷걸이가 있는 쪽으로 방향을 틀었다.

"제가 이따 가지고 갈 테니까 어서 가요."

"아녀, 내 옷을 갖고 가야지. 내 옷 안에 돈이 을매나 들어 있는지 니가 알아? 어여 내 옷 갖고 와."

시훈이 걸음을 멈추고 앞뒤로 흔들리면서 취한 눈으로 혜정을 노려봤다.

"아이구, 알았어요. 알았다구요."

혜정이 얼른 시훈의 양복 윗도리를 가지고 와서 다시 시훈을 부축했다.

"지, 집에 가야 하는데……."

"한숨 주무세요, 한숨 주무시고 나서 집에 가시면 되잖아요."

혜정은 이동하로부터 어떠한 일이 있더라도 시훈을 오늘 보내지 말라는 엄명을 받았다. 비틀거리는 시훈을 부축해서 옆방으로 들어갔다.

"지, 집에 가야 하는데, 마누라가 기다린단 말여……."

시훈은 비틀거리며 벽에 기댔다. 혜정이 와이셔츠의 단추를 풀고 있다는 것을 알면서도 그대로 내버려 두었다.

얼마나 시간이 지났는지, 지금 시간이 몇 시인지도 예측할 수가 없었다. 목이 타는 것 같은 갈증에 머리가 너무 아파서 눈을 떴다. 시야는 캄캄했다. 다시 눈을 감고 마른입을 다셨다. 혀로 입술을 핥으니까 꺼칠꺼칠하다.

가만있어 봐. 몇 시에 집에 들어온 겨?

이동하하고 태평관에 간 기억이 선명하게 떠올랐다. 어느 정도 술을 마시고 있으니까 허리가 나긋나긋한 기생 두 명이 들어왔다. 처음에는 하늘 같은 이동하 앞이라는 생각에 파트너의 손목도 잡지 않았다.

"장 의원, 오늘은 우리 둘이 나이를 떠나서 질펀하게 즐겨 보는 거여. 알겄지?"

"아이구, 그럴 수가 있남유? 아부지 같은 분 앞이서……."

"허어! 우린 한 배를 탄 정치인여. 그라고 시방 나는 낙선의원이고, 시훈이는 대의원님여. 그람 또쬔개쬔 아녀. 오늘 밤은 돈 걱정하지 말고 밤새도록 마셔 보자고. 남자 대 남자로 말여."

이동하가 먼저 파트너의 저고리를 들추고 젖통을 입으로 물었던 기억이 아스라하게 살아났다. 그 뒤로는 시나브로 여자의 저고리 속으로 손이 무시로 들어가기 시작한 것 같았다. 언제 태평관을 나와서 집으로 왔는지는 기억나지 않고 깜깜했다.

이럴 때를 필름이 끊어졌다고 하능개비구먼.

모산에 살 때 어른들을 따라서 가설극장이라는 데를 가 본 적이 있었다. 집에서 일찌감치 저녁을 먹고 가설극장이 있는 학산이나 양산으로 출발한다. 멀리 면 소재지의 불빛이 보일 즘에는 확성기를 통해 노래가 들려오기 시작한다. 그러면 괜히 가슴이 설레고 발걸음이 빨라진다.

"문화와 예술을 사랑하시는 학산 면민에게 안내 말씀 드리겠습니다. 여기는 학산 면민의 문화의 전당 학산 가설극장입니다. 오늘 여러분을 모시고 상영할 영화는 손일포 감독의 <공포의 밤>! 너무 무서워서 여자 혼자서는 볼 수가 없는 <공포의 밤>이 여러분을 기다리고 있사오니, 대인은 십오 원, 소인은 십 원을 내고 빨리빨리 입장하여 주시기 바랍니다."

극장을 끌고 다니는 청년들의 유창한 해설이 점점 커지면 가설극장에 가까워지고 있다는 증거다. 장터에는 스크린보다 높은 사각형의 장막이 처져 있고, 돈을 내고 입장하면 땅바닥에 앉아서 영화를 보기 시작한다.

"에이! 또 끊어졌다!"

"필름 끊어졌네!"

"야, 영사 기사, 돈 물려 줘."

서울의 개봉관에서 지방극장으로, 지방극장에서 소읍까지 필름이 돌아다니다 보면 필름이 낡기 마련이다. 영화를 시작하기 전 밝은 낮에 영사기사가 다시 필름을 돌려 보며 낡거나, 타버린 부분은 잘라내고 다시 이어 붙였지만 영화를 상영하는 도중 최소한 서너 번은 필름이 끊어진다. 그럴 때마다 관중들이 야유를 보낸다. 필름이 끊어지고 나면 그 뒤에 다시 필름이 이어지기까지는 아무것도 없다. 즉 먹통이 되는 것이다. 그때부터 필름이 끊어진다는 말이 생겨났다.

"아여! 물 좀 떠 와."

시훈은 목이 타는 것 같은 갈증에 잠을 이룰 수가 없었다. 시원한 물을 한 대접 마시면 갈증이 깨끗하게 사라질 것 같아서 옆에 누워 자는 아내의 어깨를 흔들었다.

머여!

손끝으로 와 닿은 아내의 살결이 낯설다는 느낌이 드는 순간 잠이 번쩍 달아나 버렸다. 여자는 여잔데, 분명 아내의 감촉이 아니라는 생각에 슬그머니 손을 뻗었다. 어깨가 너무 매끄러웠다. 손을 뻗어 보니 뭉클한 젖가슴이 손끝에 와 닿는다.

여기가 대관절 어디여?

시훈은 어젯밤 같이 술을 마시던 기생의 얼굴이 떠올랐다. 영동에서 보기 드믄 미인에다 나이가 스물한 살이라고 했다. 그 여잔가? 하는 생각이 드는 순간 벌떡 일어나 앉았다.

"일어나셨어요?"

시훈이 일어나 앉는 인기척에 혜정이 옆으로 손을 뻗으며 허벅지를 끌어당겼다.

오매!

혜정의 나긋나긋하고 뜨거운 손길이 허벅지를 끌어당기는가 싶더니 벌떡 일어서서 새벽을 알리고 있는 물건을 거침없이 휘어잡았다. 순간, 가슴을 쓰다듬어 보았다. 이어서 여자의 팔뚝을 더듬어 올라가 보았다. 자신과 여자가 알몸이라는 것을 확연하게 인식하는 순간 두려움과, 낯설음이 동시에 장막처럼 내려앉아 온몸을 덮어 버리는 것을 느끼며 어둠 속에서 이불 속으로 기어 들어갔다.

"새벽에 안 해주면 팁 안 주신다고 하드니……. 팁도 안 주시고 그냥 가시려는 거죠?"

혜정은 시훈의 물건이 단단하게 서 있다는 것을 느끼는 순간 아직 잠이 덜 깨었는데도 투철한 직업정신을 발휘해서 상류로 기어 올라가는 연어처럼 자연스럽게 시훈의 배 위로 올라갔다.

이, 이기 아녀!

시훈은 아내의 얼굴이 번뜻 떠오르는 것을 느꼈다. 마음속으로 절규하며 몸을 비틀려고 했다. 그보다 빠르게 혜정의 따뜻하게 데워진 살이 절규를 매끄럽게 삼켜 버렸다.

"오줌 마렵죠?"

시훈은 아내와 확연하게 다른, 그리고 너무 능숙하고 기교 찬란한 혜정의 리드로 불과 몇 분 만에 어둠이 말갛게 녹아 버렸다. 분명 창문 밖은 캄캄한 새벽인데, 혜정의 뜨거운 숨소리에 녹아내린 어둠으로 그녀의 얼굴이 보였고, 벌거벗는 몸이 보였고, 어느 구석에선가 가져온 요강이 보였다. 요강이 깨져라 오줌을 눈 후에 털썩 담요에 누웠다. 시훈이 그렇게 되기를 기다렸다는 듯이 전등불이 번쩍 들어왔다. 깜짝 놀라 이불 속으로 몸을 숨기고 있는데, 방문이 열렸다가 닫히는가 싶더니, 혜정이 이불을 들춰내고 하얀 대접에 담겨 있는 꿀물을 내밀었다.

"우린 새벽에 목욕을 가야 하거든요."

시훈이 꿀물 한 대접을 달게 마시고 난 후였다. 혜정이 벽에 걸려 있던 시훈의 양복 윗도리를 눈앞으로 내밀었다.

"뭘?"

"새벽에 한 번 해 주면 팁을 주신다고 했잖아요."

"얼마나 줄까?"

"천 원?"

"시방 그걸 말이라고 하는 거여?"

시훈은 천 원이라는 말에, 쌀을 한 가마니나 팔아야 생기는 돈이라는 생각이 확 들어서 화를 냈다.

"그럼, 머리값만 주세요. 삼백 원."

혜정은 이미 이동하에게 팁을 받은 터여서 욕심을 부리고 싶지 않았다.

"신부 화장을 하는 것도 아니고, 먼 머리값이 삼백 원씩 한다냐……."

시훈은 혜정이 많이 깎아 줘야 이백 원 정도 깎아줄 줄 알았다. 절반을 뚝 자르는 것도 부족해서 이백 원을 더 깎아주니까 공짜나 마찬가지라는 생각이 들어서 양복 안주머니에 손을 집어넣었다. 묵직한 봉투가 손끝에 닿는 순간, 어제 이동하에게 봉투를 받은 후에 변소를 핑계로, 똥 냄새 속에 쭈그려 앉아 금액을 확인해 보았던 것이 떠올랐다. 만 원짜리로 오십 장이다. 그 돈은 건들지 않고 바지 뒷주머니에서 평소 가지고 다니는 장사 돈 중에서 백 원짜리 석 장을 얼른 내밀었다.

"해장하셔야죠?"

혜정이 맥주 컵 가득 담긴 소주에 계란 노른자를 넣고 참기름 서너 방울에 소금으로 간을 한 술잔을 내밀었다.

"먼 새벽부터 술여?"

"의원님이 이걸 꼭 드시고 가시라고 하셨어요."

"아참, 의원님은?"

시훈은 뒤늦게 이동하의 안부가 궁금해서 놀란 얼굴로 물었다.

"의원님은 어제 댁으로 가셨어요."

"근데, 이 술은 왜?"

"그 술을 드시고 가셔야 마나님한테 안 혼난데요."

"그려?"

시훈은 맨 정신으로 들어가는 것보다 해장술에 얼큰하게 취해 들어가는 것이 훨씬 유리할 것이라는 생각이 들었다. 소주 맛이 나기는 하지만 고소한 참기름 냄새에 짭짤한 소금 맛이 나서 안주 생각이 나지 않았다.

시훈이 빈잔을 내밀자 혜정은 내 임무는 끝났다는 얼굴로 방을 나갔다. 시훈은 아직 술이 덜 깬 상태에서 갑자기 마신 소주가 기름이 되어 불에 부은 것처럼 취기가 확확 타 올랐다. 눈동자가 따가울 정도로 밀려온 취기를 견뎌낼 수가 없어서 담요에 누웠다. 이불을 끌어당겨 아랫도리를 가리고 눈을 감았다.

이동하로부터 갑자기 군청 앞에서 만나자는 전화가 온 것은 어제 4시쯤이다. 마침, 동네 경로 행사에 참석하느라 양복을 입은 차림으로 전화를 받았다.

"시방 머 하고 있는가?"

"오늘 동네 경로행사가 있어서 거기 나갔다가 막 쌀가게에 들어왔슈."

시훈은 인사할 틈도 없이 대뜸 묻는 말에 곧이곧대로 대답했다.

"잘됐구먼, 군청 앞에 가면 우리 승철이가 있을 것이네. 가하고 군청에 좀 들어가야겄네."

"머, 먼 볼일이 있슈?"

"별일 아녀. 승철이가 하는 대로 옆에서 귀경만 하믄 되는 걸세. 군청 직원이 뭐라고 하믄, 장 의원이 승철이 편 좀 들어주믄 되는 일여. 오늘 같은 날 우리 장 의원 덕 좀 보잔 말일세. 군청 일 끝나고 승철이와 같이 사무실로 와. 오늘 모처럼 우리 장 의원하고 한잔하세. 그람 이따 보자고."

시훈은 이동하가 일방적으로 자기가 할 말만 해 버리고 전화를 끊는 통에 멍한 표정으로 아내를 바라봤다.

"누구 즌화유?"

진천댁이 배달 나갈 쌀 두 말을 자루에 담고 있다가 물었다.

"이동하 의원님 즌환데 시방 군청에서 빨리 보자네."

"뭐 땜시?"

"그거야, 가 보믄 알겄지."

"어이구, 저 모양으로 줏대 읎이 살아강께 툭 하면 마당에 있는 강아지 부르듯……."

시훈은 진천댁이 못마땅한 목소리로 퍼붓든 말든 쌀가게를 나갔다. 군청까지 걸어가려면 십오 분 이상은 걸릴 것이라는 생각에 택시를 탔다. 군청 앞에 도착하니까 막 승철이 차에서 내리고 있었다.

"딱 맞게 오셨네요."

"어짠 일여? 의원님이 자네를 만나보믄 알 것이라고 해서 즌화 받자마자 바루 달려왔거든."

"간단한 일입니다. 지역경제과장님하고 약속이 있는데 혼자 가기가 좀 어색해서요……."

승철은 이동하가 지시한 대로 본론을 말해주지 않고 군청 청사 안으로 들어갔다.

지역경제과는 2층에 있었다. 시훈은 대관절 내가 왜 따라가야 하느냐고 용건을 묻고 싶었다. 하지만 이동하의 말도 있었고, 승철이 묵묵히 걷는 통에 차차 알게 되겠지, 라고 생각하며 계단을 올라갔다.

지역경제과의 과장실은 따로 있었다. 승철은 미리 전화 약속이 되어 있어서 가볍게 노크하고 문을 열었다.

"과장님, 저 왔습니다."

지역경제과장 하종찬은 선풍기 바람을 맞으며 신문을 읽고 있었다. 승철은 몇 번 만나서 꼭지가 돌도록 술을 마신 적이 있는 그에게 손을 들어 보이며 들어갔다.

"아이구, 대의원님이 여길 웬일이십니까?"

하종찬은 억지웃음을 지으며 신문을 옆으로 밀어 버리다가 시훈을 보고 벌떡 일어섰다. 금방 얼굴 표정을 바꾸며 의자 밖으로 나왔다.

"요새 머 좋은 일이 있슈? 혈색이 엄청 좋아졌네유."

"좋아지기는유, 요새 새마을 사업 땜시 죽겄슈. 도청에서는 독촉을 하고 있는데, 당최 군민들이 말을 들어 줘야쥬."

하종찬은 지역경제과 사무실로 통하는 문을 열고 여직원에게 시원한 오렌지 주스를 석 잔 들고 오라고 지시했다.

“당장은 농사일 땜시 심이 들어도 새마을 사업 그거 좋은 거유. 우리 고향 모산도 새마을 사업 땜시 확 바뀌었슈. 당장 올가실에 지붕에 이엉 안 해도 되는 집이 절반은 넘어유. 울타리도 벽돌로 쌓아 놓께 얼매나 좋아유. 바람도 안 들어오고 깨끗하고, 이삼 년에 한 번씩 울타리 새로 할 일 읎응께 동리 분들이 얼매나 좋아하는지 몰라유.”

“모산 같은 동리야, 여기 전무님 부친도 계시고 대의원님도 계시니께 새마을운동 우수 부락으로 뽑힐만 하쥬. 하지만 정작 각 면 소재지에서 말을 차일피일 미루고 있응께, 환장하겄다니께유.”

여직원이 오렌지를 들고 와서 얌전하게 응접테이블에 내려놓았다. 하종찬이 마시라고 권유하며 자기도 잔을 들었다.

“여기 온 김에 뭐 좀 하나 물어봐야겄네. 우리 동리는 언지 전기가 들어와유?”

시훈은 이런저런 일로 군청 출입이 잦다 보니 음료수 얻어 마시는 재미도 붙었다. 거리낌 없이 잔을 들며 물었다.

“내가 알기루는 올해 안에 들어갈 거유. 일단 전기가 들어간 담에 즌화도 들어가유. 그람, 촌에서 살만 하쥬.”

“말이 나온 김에 부탁 좀 드려유. 옆 동리보담은 우리 동리가 빨리 들어와, 지 체면이 스잖유. 여기 승철이 아부지인 의원님도 계신데 늦게 들어와 봐유. 동리 분들이 머라고 하겄슈……. 이런 내 정신 좀 봐. 내가 승철이 일 보는데 따라와 놓고 엄한 말만 늘어놓고 있었구먼. 어여 볼일 봐.”

"전무님은 먼 볼일 때문에……."

하종찬은 시훈을 대할 때와 다르게 따분한 목소리로 물었다.

"아까 전화로 말씀 드린 것 때문에 왔습니다. 요즘 일거리가 없어서 직원들이 장비 점검이나 하면서 하루를 보내고 있습니다. 적당한 거 한 건 주십사 해서 찾아왔습니다."

"전무님이 우리보다 사정 더 잘 알고 있잖유. 원래 요새는 태풍이 은제 올 지 몰라서 사업 시행을 안 해유. 딴 데도 아니고, 의원님 회산데 어련히 알아서 챙겨 주겠슈. 조만간 날이 선선해지고, 도로 포장 건이 생기믄 그때 연락 드릴 팅게, 쫌만 참으세유"

"도로 포장이야 영동군에서 우리만큼 실적이 높은 데는 없습니다. 우리 회사는 경부선 고속도로 건설에도 참여한 실적이 있으니까, 당연히 송산이 책임지고 시공을 해야 한다고 봅니다. 그리고 이달 중순에 면사무소 신축 건이 있잖습니까? 그거 송산에서 합시다."

"에이, 그 정보는 또 은제 알았댜. 하지만 그건 달라는 데가 너무 많아서 쉽게 선택할 수가 읎슈. 시공비도 오천만 원이 넘어유. 그래서 공개 입찰을 해야 해유. 또, 그것이 원측유. 그래야 작은 회사들도 먹고살 수 있잖유."

하종찬은 공사를 주겠다는 건지, 말겠다는 건지 두루뭉술하게 말하며 담배를 꺼내서 시훈에게 권했다.

"대의원님이야, 우리 회사하고 한 가족이나 같으신 분이라서 지금 말씀드리겠습니다. 노가다 식으로 말해서 섭섭하지 않게 해 드리겠습니다. 그러니 오늘 아주 결정합시다."

승철이 시훈을 슬쩍 바라보고 나서 목소리에 힘을 주어 말했다.

"아이구, 누구 모가지 날아가는 꼴 볼라고 이러시나. 내가 알기루는 송산건설 총무과장이 입찰에 대해서는 타의 추종을 불허하는 걸로 알고 있는데, 그냥 가만히 계셔도 면사무소 신축 공사는 송산한테 돌아가겄던데, 머."

"아따, 이왕이믄 큰 회사에 맥기는 것이 과장님도 속 편하잖유. 지가 알기로는 송산종합은 장비도 많고, 그 머유, 시공 능력도 영동, 옥천, 보은 삼군에서는 최고로 알고 있는데. 이왕이믄 다홍치마라고 송산 밀어주믄, 난중에 과장님한테 존 일도 많이 생길 뀨. 그랑께 내 얼굴을 봐서라도 한번 밀어줘유. 부탁을 들어주믄 내가 가만히 있을 사람도 아니잖유. 우리 이동하 의원님하고 지가 과장님을 팍팍 밀어서 총무과장으로 승진시킬 수도 있는 문제 아뉴."

"허 참내, 대의원님까지 나서서 밀어 붙이니께, 못 당하겄구먼. 그렇지만, 이번 공사는 저 혼자 밀어붙인다고 해결될 일이 아뉴. 위에 부군수님도 계시고, 군수님도 계시잖유……."

"아따, 우리는 과장님을 중요하게 생각하지, 위에 계시는 분들은 크게 생각 안 해유. 막말로 과장님이 이런 거는 이릏게 해야 한다고 생각하고 있는데 말유. 위에서 저릏게 시키믄 과장님 입장이 얼매나 안 좋겄슈. 안 그래유?"

시훈은 오늘따라 말이 잘 나온다고 생각하며 흡족한 얼굴로 담배 연기를 내뿜었다.

"제 생각에도 그렇습니다. 과장님은 결재만 올리시면 됩니다. 윗분들 몫까지 과장님께 드리겠습니다."

"아뉴, 아뉴. 내가 돈 받을라고 그런 말을 하는 것이 아니고. 저야 무슨 심이 있슈. 위에서 시키믄 시키는 대로 하는 수백에……."

"정 그러시믄, 지가 직접 군수님을 만나보는 수백에 읎겄네유? 그래도 되겄슈?"

시훈은 다른 사람도 아니고 승철이 앞에서 사정을 했는데도 하종찬이 딴소리만 하니까 은근히 화가 났다. 그래도 매달 군수하고 네다섯 번은 이런저런 일로 점심이나 저녁을 먹는 처지다. 그 밑의 부하 직원인 과장이 딴 것도 아니고 영동에서 제일 큰 건설 회사를 밀어달라는 말을 무시하는 것 같아서 절반 정도 피우던 담배를 구겨 껐다.

"아따, 대의원님은 누가 공사를 안 준다고 했슈. 윗분들이 계싱께 지 맘대로 못한다고 했지. 일단 공개 입찰은 할 수백에 읎슈. 그담에는 서로 상의해 보면 좋은 수가 생기겄쥬."

하종찬은 순한 양처럼 보이던 시훈이 화를 내는 모습을 처음 봤다. 원래 점잖은 사람이 화가 나면 더 무서운 법이다. 이쯤에서 적당히 타협을 보는 것이 좋을 것 같아서 슬그머니 꼬리를 내렸다.

"역시, 대의원님 끗발이 보통이 넘네요. 대의원님이 한마디 하니까 금방 꽁지를 내리고 잘해보자고 하잖아요. 정말 수고하셨습니다. 저하고 같이 사무실로 가유. 아부지가 꼭 모시고 오라고 하셨습니다."

승철이 복도로 나가자마자 엄지손가락을 펼쳐 보이며 웃었다.

"별말을 다하는구먼. 내가 한 일이 머가 있다고."

시훈은 승철이 먼저 말을 꺼내지 않았다면, 왜 나하고 군청에 같이 가자고 했느냐고 물을 뻔했다. 승철의 말을 듣고 나서야, 이동하가 자신에게 전화한 이유를 알아차리고 싱긋이 웃었다.

송산종합건설에 도착한 승철은 시훈을 밖에 세워두고 이동하 사무실로 들어갔다. 잠시 후에 나와서 시훈을 안으로 들여보냈다.

"요새 장사 잘되고 있지? 쌀 읎으믄 언제든지 합동정미소 가서 야기만 햐. 내가 정미소 소장을 볼 때마다 야기하고 있구먼. 딴 데는 몰라도 장 의원이 쌀 달라고 하면 백 가마니라도 내 주라고 말여. 하지만 그렇게 내주는 것이 불법이라는 거는 잘 알고 있지?"

이동하는 일부러 군청에 갔던 일은 언급하지 않았다. 모처럼 만나 인사하는 목소리로 말하며 소파에 앉았다.

"그람은유. 명색이 영동양곡판매조합 영동지회 회장이라는 사람이 그걸 모르고 있으면 되남유."

"통일주체국민회의 대의원이 되드니, 총무에서 회장으로 승진했구먼?"

"선거에서 당선된 다음날부텀 회장이 됐슈. 그거 말고도 여기저기 감투 쓴 것이 많아유. 이게 죄다 의원님 덕분이라는 걸 생각하믄 워턱하든이 은혜를 갚아야 한다는 생각뻬에 안 들어유."

"그려. 암만 한 동리 사는 이무러운 사이에다, 같이 정치하는 사이라고 하지만 고마운 건 고마운 것이고, 서운한 건 서운한 것이지. 그라고, 이건 오늘 수고한 대가라고 생각하지 말고, 내가 특별히 장 의원한테 주는 수고비라고 생각하고 받아 둬."

이동하는 미리 준비해 두었던 돈 봉투를 꺼냈다. 강아지에게 먹이를 던져주듯 시훈이 앞으로 던졌다.

"이, 이건 돈이 아녀유?"

봉투가 테이블에 떨어지면서 돈이 삐죽이 빠져나왔다. 시훈이 놀란 얼굴로 이동하를 바라보며 물었다.

"정치를 할라믄 머니머니 해도 돈이 있어야 하능 겨. 지가 아무리 머리가 뛰어나고, 재능이 있드래도 정치인은 돈이 읎으면 실탄 읎는 총을 들고 있는 군인이나 마찬가지여. 그랑께 암 말 말고 갯주머니에 넣어 둬."

이동하는 일부러 오늘 군청에서 얼굴 마담을 해준 대가라는 말은 하지 않았다. 어떤 개든 먹이를 던져주면 꼬리를 흔들며 반기기 마련이다. 시훈도 적당히 돈을 던져 주면 수족처럼 부려 먹을 수 있다는 생각에 잘게 웃었다.

"참말로 이 은혜를 워티게 갚아야 할지 모르겠구먼유. 앞으로도 먼 일이든지, 시켜만 주시믄 이 한 몸 박살이 나는 한이 있드래도 충성을 다 하겠구먼유."

시훈은 돈 봉투를 양복 안주머니에 집어넣었다. 행여 밖으로 튀어나올지 모른다는 생각에 단추까지 채웠다.

"그럼, 슬슬 목이나 축이러 갈까?"

"어, 어디루?"

"오늘 태평관에 가서 허리띠 풀러 놓고 마셔 보자구."

"지, 지가 모실께유."

"아녀, 오늘은 내가 살 모양잉께, 맘 푹 놓고 마셔 보자구."

이동하가 앞장서서 사무실을 나갔다. 시훈은 돈이 들어 있는 양복을 눌러 보았다. 묵직한 감촉이 손바닥에 짜릿하게 전해지는 것을 느끼며, 태평관에 가면 변소 가는 척해서 확인해 봐야겠다고 생각했다.

밤바람에 둥구나무는 배고픈 호랑이가 하늘을 쳐다보며 우는 소리를 토해내고 있었다. 아직 이른 시간이지만 동네는 쥐죽은 듯 고요했다. 담 너머로 불빛이 보일 만도 한데, 면장집을 빼놓고 불을 켜 놓은 집이 하나도 없었다. 길갓집인 박태수나 김춘섭의 집은 물론이고, 해룡네 술청도 깜깜한 어둠 속에 잠겨 있었다.

김춘섭의 집 옆에 서 있는 전봇대 밑에는 달이나 별도 없어 얼굴을 알 수 없는 몇몇이 숨을 죽이고 있었다. 그들의 시선은 전봇대에 매달려 있는 전기기사의 손전등 불빛에서 떨어질 줄 몰랐다.

"자, 즌기 들어가유!"

전기기사가 어느 순간 전봇대에 매달려 있는 콘덴서 통에 있는 스위치를 올렸다. 거의 동시에 온 동네가 환해지면서 어둠이 깜짝 놀라 하늘 위로 올라갔다.

"야!"

"즌기 들어왔다!"

"우와! 인제 호롱불은 필요 읎다!"

"그 집은 돈이 많아서 호롱불을 키는구먼, 우리 집은 관솔을 피는데."

"만세!"

집집마다 설치해 놓은 전구에서 불이 번쩍 들어온 것이 아니다. 전봇대에 매달려 있는 가로등에도 불이 들어왔다. 전봇대 밑에 서 있는 김춘섭이며 오 씨, 윤길동이며 황인술 등 몇몇이 약속이나 하고 있었던 것처럼 서로를 껴안고 방방 뛰며 고함을 질렀다.

"참말로 신기하구먼. 학산 같은 데서 즌기불을 보믄 그냥 그런가 했는데, 우리 동리에서 즌기불을 봉께 기분이 막 이상해 질라고 하느만. 사둔은 어뗘?"

"우리 집 방문 문종이가 저룽게 드러운 줄 첨 알았네유. 완전히 걸어지 집이 따로 읎네유."

김춘섭이 자기 집을 가리키며 웃었다. 전기가 들어오기 전에는 보이지 않았었는데 문종이를 겹겹이 바른 방문이 전등불에 환하게 비쳐져서 민망할 지경이었다.

"사둔 집만 그런 것이 아니고, 집집마다 사정이 똑같을 겨. 저기 좀 봐. 태수네 집 방문도 볼 만하잖여. 저룽게 부잣집도 문종이가 아까워서 신문지며, 푸대 종이로 바르고 살았잖여."

"참말이네유."

김춘섭은 박태수의 집 방문을 보고 나서야 민망함에 뒤통수를 긁던 손을 내렸다.

"시방은 엄청 신기하쥬? 며칠 지나면 등잔불이나 즌기불이나 마찬가지유. 외려, 즌기가 있응께 여름에는 선풍기도 사야 하고, 냉장고도 사야 하고, 전기밥솥도 사야 항께 돈은 더 많이 들어가유."

전봇대에서 내려온 전기기사가 장갑을 벗어서 옷의 먼지를 털며 대수롭지 않다는 표정으로 말했다.

"그 말을 들어 봉께 여자들만 살판났구먼. 새벽부텀 일어나서 부석에 불 때서 밥할 필요 읎이, 즌기만 꽂아 두믄 되는 거 아녀."

"아, 오 씨는 여자도 없음서, 먼 놈의 여자 타령여."

장기팔이 슬슬 걸어 내려와서 끼어들었다.

"그라고 봉께, 창세 형님이 살판났구먼. 요새처름 추울 때 정지 나가기 여간 귀찮은 것이 아니잖여. 방 안에 가만히 앉아서 스위치만 톡 누르면 밥이 되는 세상잉께 말여."

"춘셉이는 먼 말을 그룹게 하는 거여. 사람이 밥해 먹기 귀찮으믄 북망산천 갈 때가 됐다는 거잖여."

"슬슬 텔레비나 보러 갈까. 시방쯤 텔레비가 나오겄지?"

오 씨가 하는 말을 가만히 듣고 있던 윤길동이 점잖게 말했다.

"오늘부텀 즌기가 들어옹께 텔레비는 얼매든지 볼 수 있잖여. 우리 기사님도 늦게까지 수고했고 항께 해룡네 가서 한잔할까?"

황인술이 감격한 얼굴로 가로등을 바라보며 말했다.

"술은 구장님이 사는 거유?"

윤길동은 텔레비전 보러 가겠다는 것은 말뿐이었다. 잔뜩 웅크리고 있다가 자세를 바로잡으며 물었다.

"술 살 사람 시방 내려오셨잖여."

"누구? 시훈이 아부지?"

춘섭이 가로등 불빛 밑에서 소리 없이 웃으며 장기팔을 바라봤다.

"까짓거, 술 한잔 못 살 것도 읎지. 가자고."

장기팔은 어차피 술을 한잔 살 생각으로 슬금슬금 내려오던 중이었다. 춘섭의 말이 떨어지자마자 호기롭게 말했다.

"저는 술 마신 걸로 하고 가 볼께유. 술 마시고 오토바이 타고 가믄 위험하기도 하고, 얼른 사무실에 들어가서 할 일이 있슈."

전기기사가 오토바이에 올라타며 말했다.

"그람 그래유. 인제 우리 동리도 즌기가 들어왔응께, 이런저런 일로 자주 볼 거잖유. 그때 한잔해유."

황인술이 전기기사 옆으로 가서 등을 툭툭 쳐 주며 말했다.

해룡네 술청 가운데도 삼십 촉짜리 전등이 붙어 있었다. 늘 호야불 밑에서 어두컴컴한 전경만 보다가 전등불에 환하게 비치는 밤의 술청을 보니까 낯설게 보였다. 낮에보다 더 좁고, 지저분하고, 더 추워 보였다. 술청 안으로 들어선 사람들은 자신도 모르게 몸을 움찔거리거나, 이 떨리는 소리를 냈다.

"두부 있남?"

술은 장기팔이 사는데 주문은 황인술이 먼저 했다.

"두부도 있고, 돼지괴기도 있구먼. 돼지괴기찌개 얼큰하게 끓여 줘?"

"그거 괜찮겠네. 우신 두부부텀 뜨신 물에 데쳐서 두어 사라 내밀어 봐."

장기팔이 먼저 신발을 벗고 가겟방 안으로 들어갔다. 그 뒤를 황인술이며 김춘섭, 오 씨 등이 따라 들어갔다.

"어따! 탁배기가 참지도 않고 뜨겁지도 않고 딱 맞네. 한 잔 마셨드니 배가 불뚝 일어나네 그려."

"즈녁은 다 먹었구먼."

"즈녁은 먼 즈녁여. 여기서 김치찌개에 탁배기 및 잔 마시면 밥 생각도 읎을 겨."

"좌우지간 오늘 같은 날은 머니머니 해도 따끈한 탁배기 한 잔에, 요놈의 두부가 최고여."

"동태찌개가 더 안 좋남?"

"쇠고기는 더 좋지."

"하여튼, 시훈이 아부지 땜시 오늘 지 배가 호강하네유."

"별말을 다 하느만. 나이 많은 죄루 동리 일에 협조는 잘 못할망정, 이럴 때 한 잔씩 사야 하는 거 아녀?"

장기팔은 연거푸 두 잔을 비웠더니 아무 생각 없었다. 벽에 기대어 담배를 입에 물면서 은근히 으스대는 목소리로 말했다.

"하여튼, 해가 바뀌기 전에 우리 동리 즌기 들어온 거는 시훈이 덕이 커유."

"사둔은 먼가 잘못 알고 있는 거 아뉴? 태수 말로는 이동하 의원님이 군수를 만나서 어뜬 일이 있드래도, 모산 동리 사람들이 올게 마지막 날은 즌기불 밑에서 보내야 한다고 닦달을 했다고 하던데?"

황인술의 말에 김춘섭이 꼬리를 물고 늘어졌다.

"그건 사둔이 모르고 하는 말여. 내가 워티게 아냐믄, 우리 동리 즌기가 들어올 것이라는 말을 맨 츰 한 사람이 시훈이란 말여. 그랑께, 그때가 언지여? 떼보네 이엉 걷어내고 슬레이트 까는 날, 동리에 들어왔었잖유."

"그려, 그날이 아부지 지삿날이잖여. 손자하고 며느리하고 같이 들어왔었지."

장기팔은 오늘따라 황인술이 고맙기만 했다. 길게 트림을 하고 나서 느긋한 표정으로 황인술을 지켜봤다.

"그날 나한테 그러드라구. 내가 군청에 먼 볼일로 들어갔다가 지역경제 과장을 만났다. 올해 안에 우리 동리에 꼭 즌기를 넣어 달라고 부탁을 해 놨응께 그쯤만 알고 계시라, 그랬단 말여."

"나한테도 그러드만. 이동하 아들하고 군청에 들어간 김에, 모산은 어뜬 일이 있드래도 올게 안에 즌기가 들어가야 한다고, 무슨 과장한테 단단히 부탁을 해 놨다고 말여. 어따, 나이 많다고 차별하는 긴가. 술잔이 볐는데도 술 채워 주는 사람이 한 명도 읎네."

장기팔의 말이 끝나기도 전에 옆자리에 앉았던 오 씨가 잔에서 넘치도록 막걸리를 따랐다.

"시훈이 아부지, 시방 머라고 하셨슈?"

김춘섭이 말하기 전에 윤길동을 바라보며 고개를 살래살래 흔들고 나서 물었다.

"시훈이가 군청 과장을 만나서 어뜬 일이 있드래도 모산 동리에 즌기가 들어가야 한다는 말을 했잖여."

"이동하 아들이라는 말은 안 했슈?"

김춘섭이 묻는 말에 윤길동이 재미있다는 얼굴로 소리 없이 웃었다.

"했지. 근데 그기 머 잘못된 일여?"

장기팔이 기분 나쁘다는 표정으로 반문했다.

"시훈이 아부지가, 의원님이 하시는 송산종합건설 직원도 아니고, 태수 처름 합동정미소 소장도 아닝께 이동하라고 부르든, 저동하라고 부르든 잘못한 것은 읎슈. 그냥 내 귀에는 이상하게 들려서 해 본 말유."

김춘섭은 싱겁게 웃고 나서 술잔을 들었다.

"내 생각에는 시훈이 아부지가 좀 너무하셨구먼. 학교에서 선생으로 정년퇴직을 했다고 해서, 김 씨, 이 씨라고 부르는 사람 봤슈? 이동하 의원님은 국회의원을 및 번씩이나 하신 분잉께, 당연히 의원님이라고 불러 주는 거이 옳지. 동네 개 부르듯 하믄 쫌 이상하쥬."

윤길동이 장기팔이 기분 나쁘지 않도록 웃는 얼굴로 부드럽게 말했다.

"참말로 이해할 수가 읎구먼. 옛날에야 민의원을 했든 국회의원을 했든 시방은 암것도 아닌 사람한테는 꼬박꼬박 의원님이라고 불러야 하고 말여. 현직 통일주체국민회의 대의원인 시훈이는 동네 개 이름 부르듯 시훈이라고 불러야 되는 거여. 아여! 오 씨, 오 씨가 그래도 세상 물정을 잘 알고 있응께, 어디 한번 판결 좀 내려 봐."

해룡네가 돼지고기찌개를 끓인 냄비를 통째 들고 들어왔다. 장기팔이 김치찌개는 쳐다보지도 않고 천장을 바라보며 혀를 찼다.

"글쎄유……."

오 씨는 수저를 들었다. 큼직한 살점을 떠서 입안에 넣었다. 고기가 너무 뜨거워서 말을 못하고 후하, 후하거리며 고기를 씹느라고 말을 못했다.

"내가 볼 때는 시훈이를 모르는 딴 동리 사람들은 당연히 장 의원님이라고 부르는 것이 맞다고 봐유. 하지만 어릴 때부터 깨 벗고 둥구나무거리에서 뛰어놀던 아한테 의원님이라고 부르느 거는 좀……."

황인술이 맥없이 웃으며 수저를 들고 찌개 국물을 떠먹고 나서 말했다.

"이동하는 어릴 때 또랑에서 홀딱 벗고 목욕 안 했남?"

장기팔이 아주 뿌리를 뽑아 보자는 표정으로 황인술을 노려봤다.

"아따, 시훈이 이름 부르는 것이 정 서운하믄, 앞으로는 장 의원님이라고 불러줄 팅께 그만 승질 푸시고 술이나 한잔 하셔유."

김춘섭이 술 주전자를 들고 거나하게 취한 목소리로 말했다.

"춘셉이, 내가 틀린 말을 했남? 암만 나이가 어려도 직책은 직책이잖여. 그라고, 그것이 구장이나 동장 같은 직책이여? 아! 각 면에서 한 명씩벢에 읎잖여. 영동 읍내에서는 두 명벢에 읎어. 그라고, 말이 나온 김에 하자믄 말여. 영동 나가 봐. 군수도 시훈이한테 말 쉽게 안 한댜. 꼭,

장 의원님 나오셨냐고 인사한다. 아, 그 정도가 됭께, 즌기도 올게 안에 끌어들인 거 아녀?"

"내 참, 동리 구장은 개나 소나 다하는 걸로 생각하고 계셨구먼."

황인술이 술맛 떨어진다는 얼굴로 입술을 닦으며 투덜거렸다.

"내 말은 내가 구장하고 먼 유감이 있어서 하는 말도 아니고, 구장도 동리를 위해 심을 쓰고 있지만, 우리 시훈이도 나라를 위해 고생하고 있다는 걸 알아 달라 이거여."

장기팔은 생각해 보니까 자신이 말을 잘못한 거 같아서 슬그머니 목소리를 줄였다.

"그람, 장 의원님도 동리 앞에 송덕비라도 세워 줘야 하는 거 아녀? 우리 동리에 즌기를 들어오게 해 준 공로로 말여."

해룡네가 구석에 앉아서 윤길동이 따라 주는 막걸리 한 잔을 비우고 생각나는 대로 말했다.

"송덕비를 세워도 난중에 세워 줘야지. 난중에 더 큰일을 하믄, 그때는 글자를 파내고 다시 쓸 수도 읎잖여."

황인술도 공짜 술을 얻어먹으면서 장기팔과 다투고 싶은 생각이 없었다. 해룡네의 뜬금없는 말에 장기팔의 입이 배시시 벌어지든 말든, 말 동냥은 돈 들어가는 법이 아니라는 생각에 맞장구를 쳤다.

"창세 형님은 명년 삼월에는 지붕 교체할 겨?"

김춘섭이 오 씨에게 술을 따라 주면서 물었다.

"난, 안직 생각 읎구먼."

오 씨는 집이 큰 것도 아니고 달랑 방 한 칸에 정지 하나인 단칸 오막살이에 돈을 투자할 생각이 없었다. 황인술이 슬레이트를 올리지 않으면 이엉 엮을 때 품앗이도 없을 것이라고 신소리를 해 대도 한 귀로 흘려보냈다. 다른 사람이 도와주지 않아도 혼자 충분히 지붕을 해낼 수 있었다.

"올게는 생각이 읎었는지 모르겄지만, 명년에는 장리 빚을 내는 한이 있드래도 지붕을 갈아. 새마을 지도자 회의 갈 때마다 제 일착으로 말하는 것이 초가지붕 걷어 내는 야기여. 딴 집에는 읎는 라디오를 동네에서 젤 먼저 샀음서, 왜 지붕은 안 바꾸는지 몰라."

황인술이 술잔을 입으로 가져가려다 말고 오 씨를 바라보며 말했다. 오 씨는 분명히 말을 들었을 것인데도 이렇다 할 대꾸를 하지 않고 윤길동을 바라보는 척하고 있다.

"쌍출이 형님은 명년 삼월에 팔봉이가 내려와서 지붕도 바꾸고, 그 머여. 마루 앞에다 유리도 달아준다드만. 그람 마루도 방처름 쓸 수 있다능 겨."

장기팔이 지나가는 말처럼 말했다.

"팔봉이가 돈을 벌기는 많이 벌었나벼, 지난 설에 내려왔을 때도 양복을 쫙 빼입고 왔잖여. 팔봉이가 양복 입고 내려온 적이 전혀 읎었던 것은 아니지만, 요번에 봉께 결혼식장에 갈 때나 촌에 내려올 때만 입는 가다가 아니데."

윤길동이 입술에 묻은 막걸리를 닦아내며 말했다.

"내가 볼 때도 딱 양복 체질이드만, 팔봉이 처도 양장으로 쫙 빼입고 왔잖여. 어디 영동 같은 데 내 놔도 안 빠지겠드만."

"사람 팔자 시간 문제라고 하드니, 필봉이 아부지도 어깨에 힘 좀 주고 살겠구먼. 맨날 우리 팔봉이 워디 취직 좀 시켜 달라고 노래를 불러

쌌드니. 그라고 봉께, 모산 터가 좋기는 좋은개벼. 객지로 나간 아들이 죄다 성공하는 걸 보믄……."

김춘섭의 말에 이어서 황인술이 넉넉한 목소리로 말했다.

"안직은 몰라, 순배 영감처름 나이 들어서 남한테 신세 안지고, 자식들한테 손 안 벌리며 살 때 판단해야 하는 거여. 원래 돈이라는 것이 날개가 달려서, 꽉 끌어안고 있지 않는 이상은 딴 데로 날라 갈라고 호시탐탐 눈치만 보는 미물이잖여."

윤길동은 황인술의 말에 향숙의 얼굴이 생각났다. 남다르게 착한 향숙인들 부모를 생각하면 가슴 편할 날이 없을 것이라는 생각이 들면서, 아스라하게 취기는 올라오는데 마음은 추웠다.

제21장

1976년

조족지혈

조족지혈(鳥足之血)이라는 말이 있네.
여기서 말하는 새는 참새여.
새 중에서 가장 흔해 빠진 새가 참새가 아닌가?
그 작은 참새의 발은 얼마나 작겠나?
그 발에 피가 나는 것만큼 보잘것없다는 말이 새 발의 피란 말일세.

눈이 올 것처럼 하늘이 어두웠다. 손님들이 점심시간 즈음에 네 명이나 연이어 몰려들어서 2시가 훨씬 넘은 시간에 끝이 났다. 김 법사하고 중국집에 짜장면을 곱빼기로 시켜 먹고 늘어지게 낮잠을 잤다.

“손님, 손님 왔어.”

팔봉은 김 법사가 다급하게 흔드는 기척에 눈을 떴다. 몇 시나 됐는지 모르지만 창문 밖이 어두컴컴했다.

“벌써 밤중인가?”

“밤중이긴, 네 시밖에 안 됐는데…….”

청바지와 검은색 티셔츠 차림인 김 법사는 부지런히 법복으로 사용하는 도포를 껴입었다. 조선시대 대감들이 쓰던 갓을 쓰고 재빠르게 신방으로 들어갔다.

"어뜷게 오셨슈?"

"여기가, 태백산에서 도를 닦았다던 법사님이 계신 데유?"

"똑소리 나게 찾아오신 것 같구먼."

마당에는 50대 초반으로 보이는 여자가 서 있었다. 팔봉은 재빠르게 여자의 위아래를 훑어보았다. 여우목도리에 공단치마를 입은 걸 보니 제법 사는 집안이라는 판단이 들었다. 짐짓 퉁명하게 말하고 거실로 들어갔다.

"법사님은 어디 계셔유?"

"시방 미국에 국제즌화를 하고 있는 중유."

팔봉은 길게 하품을 하고 보온 물통에 들어 있는 뜨거운 물로 커피를 탔다.

"어머! 미국에 국제전화를 해요?"

"한국에서 법사님 때문에 크게 성공해서 미국으로 이민을 간 분이 계슈. 한국에서는 서울대학교 교수를 했는데, 미국에서는 굉장히 큰 슈퍼를 한다고 하대유. 그분이 먼 일이 있을 때마다 자주 즌화를 해유. 아마, 그 전화일 거유."

팔봉이 자연스럽게 여자에게 커피를 권하며 앞에 앉았다.

"어머, 제가 알고 있는 사람도 여기서는 워커힐 호텔 무슨 과장으로 근무했는데, 미국에서는 생선 장사를 해서 집도 사고 돈도 많이 벌었다고 하데요. 그 사람 부인이 그라는데, 미국에서는 한국 경력을 안 쳐준대요. 그래서 죄다 세탁소 댕기고, 가발 공장 댕기고, 주유소에서 기름 느는 일 하면서 기반을 닦는다고 하대유. 법사님이 참말로 그룹게 족집게처럼 알아맞혀요?"

"그건 지가 직접 말 못 해유. 본인이 확인해 보면 알 거유. 예약은 하고 왔슈?"

"여기가 호텔도 아니고, 여행사도 아닌데 무슨 예약이래요?"

여자가 커피를 마시다 말고 물었다.

"허어! 누구한테 소개를 받고 오셨는지는 모르겄지만 잘못 오셨구먼. 법사님은 예약 손님이 아니믄 부정 탄다고 손님을 안 받아유. 그랑께, 오늘은 예약만 하시고 다른 날 오셔유."

"법사님이 그 정도로 유명하신 분이에요?"

"예약하고 오시라는 말 못 들었슈?"

"내가 오늘 정말 바빠서 그러는데 딱 한 번만 사정을 봐 주시면 안 될까?"

여자가 핸드백에서 오백 원짜리 한 장을 꺼내 팔봉의 손에 쥐어주며 속삭였다.

"뭣 땜시 오셨는데유?"

팔봉이 못 이기는 척 하는 목소리로 물었다.

"먼 고민이 있어서 찾아왔는데유?"

"우리 집 양반이 바람이 났잖아요. 생전 바람 같은 거 안 피우는 양반인데, 이번에 아파트로 이사를 하고 바람이 났어요. 누가 그라는데, 올해 그 양반이 오십 수잖아유. 원래 오십 수에는 북쪽으로 이사를 가는 것이 아니라고 하는데, 아파트만 사 놓으면 몇백만 원 그냥 벌 것 같기에 사 놨더니……."

여자는 커피를 홀짝이면서 팔봉이 묻는 말에 망설이지 않고 고민을 토해 냈다.

“에이, 내가 볼 때 대를 이을 자식이 없어서 바람이 났능개비구먼.”

팔봉이 볼 때 여자는 미운 상이 아니다. 마음도 착해 보였다. 아파트를 사서 이사 갈 정도면 경제적인 면도 부족하지 않을 것 같았다. 남자 나이 오십에 바람이 났다면 대를 이을 자식이 없어서 그럴지도 모른다는 생각에 슬쩍 찔러 보았다.

“어머머! 아저씨가 그걸 어떻게 알았어요? 우리 집에 딸만 다섯이잖아요. 하지만 자식을 원한 적은 한 번도 없었는데. 지금 아저씨 말 들어보니까, 그럴지도 모르겠네. 그럼 이걸 어쩌죠? 잠시 바람이 난 것은 어떻게 잡을 수 있다지만, 대를 이을 자식 볼 욕심으로 바람이 났다면 쉽게 잡기 어려울 거잖아요…….”

“내 참, 그걸 왜 나한테 물어봐유. 난 그냥 해 본 말유. 저 안에 계신 김 법사님한테 물어봐야, 속 시원한 말을 들을 수 있을 꺼.”

“그럼 아저씨는 누구에요?”

“난 여기서 잔심부름이나 해 주고 용돈이나 받아 쓰는 마당쇠 같은 놈유. 대문 앞에 있는 현대에서 맨든 포니차 못 봤슈?”

“봤어요. 우리 집 양반이 며칠 전에 산 것하고 같은 색이드만요.”

“얼매 주고 샀슈? 우린 정월에 예약을 해 놨다가 요번에 샀는데…….”

“우린 현찰로 이백이십이만 팔천구백이십 원 주고 샀어요.”

“우리하고 똑같이 줬구먼. 차는 현대차가 좋은 거 가튜. 전에는 코티나를 몰고 댕겼는데, 포니를 타 봉께 승차감이 좋더라구유.”

팔봉은 지난 1월에 포니를 20개월 할부로 계약하고 이번 달에 인수를 받았다. 아내에게 차를 할부로 산다면 분명히 반대할 것 같아서, 아내 모르게 할부로 인수하고 나서는 김 법사가 사준 것이라고 거짓말을 했다. 하지만 김 법사가 할부금을 꼬박꼬박 납입하고 있어서 양심에 걸리는 점은 없었다.

"지금 포니니 시보레가 중요한 게 아니에요. 법사님한테 말씀 좀 잘 드려서 좀 만나게 해 주세요."

"가만있자, 법사님이 예약 손님은 원래 안 받으시는 분인데 지가 잠깐 들어가서 사정 좀 해 볼께유."

팔봉은 여자의 눈치를 보며 일어섰다.

"꼭 좀 부탁드려요."

여자가 따라 일어서서 간절하게 말했다.

"아줌마 사정이 딱해 보잉께 내가 한번 사정 좀 해 볼께유."

팔봉은 점잖게 방으로 들어갔다. 방에서 오랫동안 앉아 있으면 여자가 눈치챌지 모른다는 생각에 짤막하게 예약을 안 한 손님이라는 말만 하고 밖으로 나갔다.

"법사님이 뭐래요?"

"통화 끝나고 부른대유. 그랑께 가만히 앉아 계셔……. 연탄불이 꺼졌나, 방바닥이 왜 이룧게 성그랍댜……."

"이 정도면 따뜻한데……."

여자가 방바닥을 손바닥으로 문지르며 중얼거렸다. 팔봉은 못 들은 척 정지로 들어갔다. 정지 안에는 지하로 된 연탄광이 있었다. 정지 문을 꼭 닫고 나서 연탄광 안으로 내려갔다.

"남자 문제여, 남자는 무슨 사업을 하는 모양인데. 나이가 오십이랴. 아파트를 사서 남쪽으로 이사를 갔대유. 딸만 다섯이고, 자식이 읎어서 자식 볼라고 바람 난 줄 알고 있슈."

팔봉은 연탄광에 있는 인터폰을 통해 여자가 태백산 철학관에 들어온 이유를 간단명료하게 이야기해줬다.

"불구멍을 터 놨응께 금방 뜨셔지겼지……. 안직 안 들어갔슈?"

"들어갈까요?"

여자는 팔봉의 능청스러운 말에 일어섰다. 조심스럽게 노크하자 안에서 "들어와."라는 반말이 튀어나온다.

"소 잃고 외양간을 고쳐도 유분수지, 왜 이제 왔어?"

"왜? 왜 그라세요?"

"서방한테 이혼당하고 싶어서 환장했구먼."

"버, 법사님!"

김 법사의 연이은 호통 소리에 여자가 무릎을 꿇으며 울음을 터트렸다. 팔봉은 문을 꼭 닫아 주고 나서 회심의 미소를 지으며 문 앞에 앉았다.

"어, 어떻게 아셨어요?"

"뭘!"

"우리 집 양반이 바람이 났다는 걸……."

"허허! 태백산에서 십 년간 도를 닦은 나를 시험해 보자는 건가? 내 말대로 하지 않으면, 당신은 올해 넘기지 못하고 이혼당햐. 새파랗게 젊은 년이 마누라 자리에 앉을 수도 있단 말여."

"아니구 법사님! 제발 한 번만 살려 주세요."

"아까 내가 말했잖여. 너무 늦게 와서 소 잃고 외양간 고치기라고……"

김 법사의 목소리가 약간 누그러지기는 했지만 여전히 기세당당했다. 여자는 급기야 엎드려 울기 시작했다.

못 먹어도 돈 십만 원은 우습게 먹겠구먼.

팔봉은 더 이상 들어 볼 필요도 없다는 얼굴로 텔레비전 앞으로 갔다. 시간을 보니 다섯 시도 안됐다. 아직 텔레비전 방송이 시작하지 않을 시간이다. 입이 심심했다. 커피나 한잔 타 먹을까 하다가 손님들 접대용으로 사다 놓은 알사탕 하나를 입에 물고 벌렁 누웠다. 연탄불 아궁이를 빼놓았더니 엉덩이가 뜨끈뜨끈하다.

그려, 자고로 머리 쓰는 놈은 한겨울에도 뜨끈뜨끈한 방에서 뒹굴며 쌀밥 먹고, 몸으로 고생하는 놈은 동상 걸린 손으로 불어 터진 수제비나 떠먹는 거이지…….

아무리 생각해 보아도, 채소 장사를 때려치우고 김 법사하고 철학관을 차린 것은 탁월한 선택이라는 생각이 들었다.

한동안 무시로 장사를 하면서 공장에서 원사를 빼내 돈 좀 벌었다. 집을 살 정도로 모은 돈을 이 형사라는 놈한테 하루아침에 빼앗기고 나서 한동안 공황 속에 빠져 버려 일을 못했다.

"희수 대학 졸업 못 하믄 순전히 당신 탓이유. 난중에 나한테 니가 그때 쫌 더 밀어붙이지 않아서, 내가 일을 못 하는 통에 희수가 졸업을 못 했다느니 하는 원망은 하지 말아유."

천직으로 생각하고 있던 무시로 장사를 안 한다고 해서 당장 목구멍에 거미줄을 치지는 않았다. 요끄 기술자인 박정옥과 희순이가 봉제공장에서 벌어 오는 덕분에 담뱃갑 정도는 챙겼지만 알토란같은 이백만 원이 자꾸 떠올라서 일이 손에 잡히지 않았다. 급기야 전문대학에 다니고 있던 희수가 휴학을 하고 돈 벌러 나가겠다는 말까지 나왔다.

"제발, 죽은 사람 소원도 들어 준다고 하던데, 산 사람 소원 들어 주는 셈 치고 일 좀 나가유. 송충이는 소나무를 먹으라는 법이잖유. 그 돈 읎는 셈 치고 낼부터라도 당장 리어카 끌고 나가서 야채 장사라도 해유. 그래야 희수도 맘 잡고 공부를 할 거 아뉴."

"그려, 안직 젊어. 젊은 놈이 먼 장사를 못 할까."

박정옥과 희수의 보이지 않은 압력을 견디지 못하고 시작한 게 채소 장사다. 새벽에 천호극장 옆에 있는 채소 시장으로 가서 호박이며, 오이, 열무, 상추, 쑥갓 등을 도매금으로 떼어다 리어카에 싣고 골목 골목을 다니며 파는 장사다.

젠장! 옛날이 좋았지…….

채소 장사라는 것이 날씨가 흐리거나, 비가 오는 날은 매상이 뚝 떨어진다. 날씨가 너무 더워도 장사가 되지 않는다. 장사를 하고 싶어도 할 수 없는 날이거나, 온종일 파김치가 되도록 골목을 누비고 다녀도, 돈을 벌기는커녕 밑천을 까먹는 날은 무시로 장사를 하던 때가 자꾸 떠올랐다. 한 달 동안 모아 두었던 원사를 파는 날이면 돈 십만 원 정도는 우습게 만졌던 날들이 짜릿한 기억으로 떠오르면 맥이 탁 풀려서 저절로 술 생각이 간절해졌다.

"변 씨, 진종일 발이 부르트도록 채소를 팔아 봐야 목구멍에 풀칠하기 바빠. 그 대신 나하고 사업이나 해 볼까?"

김 법사를 만난 것은 김장철도 끝나고 날씨도 추워지기 시작해서 군고구마 장사나 해 볼까, 청계천에서 덤핑으로 털모자나 떼다가 팔아 볼까 궁리를 하던 중이었다. 포장마차에서 혼자 소주잔을 기울이고 있는

데 김 씨가 옆자리에 앉으며 말을 걸었다.

"요새 통 안 뵈이든데, 큰집에 갔다 왔슈?"

김 씨는 특별하게 하는 일이 없어도 그럭저럭 먹고사는 한량이다. 소문에 의하면 선거 때마다 선거운동을 해 준 것을 인연으로, 동네 사람들을 무슨 회사 경비나 잡부로 취직시켜주고 소개비를 받아먹거나, 무슨 재판이 있으면 높은 데 연결해 줘서 이기도록 해 주는 것으로, 때로는 군대 갈 뉘 집 자식을 면제시켜 주고 목돈을 받아서 한동안 호의호식하기도 한다. 그러다 어느 날부터 안 보이면 무슨 사기나, 협박, 공갈죄로 교도소에 가 있다는 소문이 돌기도 하는 사람이다. 팔봉은 김 씨한테 특별히 신세진 것도 없고, 경계해야 할 이유도 없어서 술을 따르며 건성으로 물었다.

"내가 한 일 년 동안 태백산에서 기도를 드리고 왔는데 말여."

"태백산 도사 납셨구먼."

"빈정거리지 말고 내 말 똑똑히 새겨듣게. 다, 피가 되고 살이 되는 말이니까. 변 씨 요즘 하루에 얼마나 버나?"

김 씨는 소주 한 잔을 달게 마시고 나서, 닭똥집구이며, 꽁치구이, 꼼장어구이에 소주까지 주문하고 은근하게 물었다.

"채소 장사는 김장철도 끝나고 해서 물 건너갔고, 군고구마 장사나 해볼까, 생각 중인데……. 막상 고구마 장사를 할라고 봉게, 그 추운데 발발 떨면서 거리에 서 있을 걸 생각하믄 딴 장사를 해야겄다는 생각이 들기도 하고……."

"이래서, 사람은 머리를 써야 한다니까. 변 씨 내 말 좀 들어 봐. 변 씨, 무시로 장사할 때 직물 공장에 많이 다녀 봤지? 공장에 가 보니까 사장이 돈을 많이 벌던가? 아니면 그 밑의 직원들이 많이 벌던가?"

김 씨가 한심하다는 표정으로 팔봉을 바라보고 있다가 물었다.

"그걸 말이라고 하는 거유? 당연히 사장이 많이 벌잖유."

"머리가 좋구먼."

닭똥집구이가 나왔다. 김 씨가 팔봉의 잔에 소주를 채워주고 나서 젓가락을 들며 말했다.

"시방 똥개 훈련시켜유?"

"자고로, 머리가 좋은 사람은 앉아서 편하게 많은 돈을 벌 수가 있는 법일세. 머리가 나쁜 사람은 힘들게 일을 해서 적은 돈밖에 못 벌지. 그게 이 사회를 만들고 있는 자본주의 구조라는 걸세."

"자본주의가 뭐유?"

"누구나 자유스럽게 돈을 벌 수 있는 사회를 말하는 걸세. 여기 사장이 있네. 이 사람이 은행에서 대출받아 광목 짜는 직기를 열 대 샀다고 가정해 보자구. 사장은 자기 돈 한 푼 없이 은행 돈으로 공장을 차린 거야. 머리가 나쁜 공원들은 그 기계로 광목을 짜서 사장에게 주게 되지. 사장은 가만히 앉아서 그 광목을 동대문 의류도매상에게 팔아. 그 판매대금으로 직기를 살 때 받은 대출금도 갚고, 편하게 먹고 살다보면 언젠가 은행 대출을 모두 갚아 버리겠지."

"그, 그걸 누가 몰라유? 은행에서 대출을 받을라믄, 담보도 있어야 하고 담보가 읎으믄 빽이라도 있어야 할 거 아뉴. 담보도 읎고, 빽도 읎는 무지렁이들은 일……."

"내 말 아직 안 끝났네. 변 씨는 은행 지점장을 찾아가서, 돈 백만 원을 줄 테니까, 오백만 원을 대출해 줄 수 있느냐고 물어볼 생각을 해 본 적이 있는가?"

"그, 그런 머리를 쓸 줄 알아야 지점장을 찾아가든지 할 거 아뉴."

"지점장을 찾아갈 머리는 쓰지 않아도 부자가 될 수 있다네. 기본적으로 힘들게 일해서는 먹고살 만큼밖에 돈을 못 벌게 되어 있네. 요, 머리. 머리를 쓰는 사람만 부자가 될 수 있다는 점만 알고 있으면 자네도 부자가 될 수 있다는 걸세."

김 씨는 은근히 팔봉을 아랫사람처럼 대하기 시작했다.

"허긴, 틀린 말은 아닌 것 같구먼유……."

팔봉은 갑자기 머리가 환해지는 것을 느꼈다. 돌이켜 생각해 보니까 직물공장에서 원사를 몰래 빼내 파는 것도 김 씨가 말하는 것과 같은 맥락이다. 공장장 말대로 자신이 원사를 빼내지 않으면 누군가 공장장과 짜고 원사를 빼서 돈을 벌게 되어 있는 것이 현실이다. 원사를 몰래 빼내서 팔면 하루 종일 리어카를 끌고 다니며 무시로를 사는 것 열 배 이상의 돈을 벌었다. 이백만 원을 뜯어 간 이 형사도 머리를 써서 자신을 경찰에 넘기지 않았기 때문에 적어도 백만 원 이상은 벌었을 것이라는 생각이 들면서 구미가 당겼다.

"자네, 점 쳐 봤어? 점집에 가 봤냐고?"

"점집에야, 우리처럼 벌이가 시원치 않은 사람들이 자주 찾는 데 아뉴? 정월에는 토종비결 보러 가고, 일이 안 풀리믄 답답해서 가고, 자식 대학 셤 볼 때 되믄 합격이 될까 궁금해서 가고……. 하지만 요새는 새마을운동으로 점집이 자꾸 없어지는 추세잖유. 천호동에만 해도 골목마다 점집이 한 군데씩은 있었는데 요새는 통 보기 어렵데유."

"점집이 없어질 수가 있남? 어제오늘 시작한 것이 아니고 몇천 년을 이어져 온 민족 종교인데……. 변 씨 말대로 정부에서 점은 미신이라고 적극적으로 홍보를 해대고 있으니까, 요즘은 이름을 바꾸잖아. 철학관이라고 말여. 자네 백운산 철학관이나, 이철 철학관이며, 무슨 무슨 철학관 간판 많이 안 봤나?"

장어구이가 나왔다. 김 씨가 장어구이 접시를 팔봉이 앞으로 밀면서 은근한 목소리로 물었다.

"철학관이라믄? 그 머유. 철학을 배우는 데가 아닌가?"

"철학은 대학교 철학과에 입학해야 배울 수가 있지만, 철학관은 사주팔자라는 책만 볼 줄 알면 점쟁이 이상으로 점괘를 뽑아낼 수 있단 말일시……."

김 씨는 젓가락으로 포장마차에 팔봉이 알지 못하는 한문 글씨를 써 가면서 사주팔자에 대해서 설명하기 시작했다.

"내가 뜻한 바가 있어서 한 일 년 동안 마음을 다잡아 먹고 태백산에 있는 조그만 암자의 주지스님이 쓴 『전통사주팔자』라는 책을 공부했어. 그 책을 공부하고 나니까, 미래가 보이기 시작하는 거여. 인간은 누구에게나 사주라는 것이 있단 말일시. 사주(四柱)라는 것은 사람을 하나의 집으로 비유하고 사람이 태어난 생년·생월·생일·생시를 그 집의 네 기둥이라고 보아 붙여진 것이지, 이 네 개가 사주라는 걸세. 팔자라는 것은 그 사람이 태어난 생년, 생월, 생일, 생시의 간지 여덟 자를 말하는 걸세. 간지(干支)라는 말을 자네한테 일일이 설명하기는 어렵고 쉽게 말을 해서 하늘과 땅의 조화라고 알면 될 걸세. 누구든지 자기가 태어난 년, 월, 일, 시만 알면 그 사람의 성격이 어떻고, 어떤 직업이 맞는지, 언제 결혼을 하게 되는지, 어떤 사람하고 결혼해야 잘 살게 되는지를 죄다 알 수 있다는 말일세."

"아니, 그렇게 훌륭한 공부를 했으믄 진작 어디 철학관을 차릴 일이지, 왜 가만히 있슈?"

팔봉은 김 씨의 말을 가만히 들어보니까, 언젠가 파고다 공원에서 망건을 쓴 노인이 백지에다 한문으로 써가면서 설명하던 내용과 비슷했다. 그 노인도 돗자리만 깔고 앉아서 심심찮게 돈을 벌고 있었다. 김 씨가 훌륭한 공부를 했다는 생각에 놀란 얼굴로 물었다.

"자네가, 이 바닥을 잘 몰라서 그런 말을 하는 모양인데, 이 바닥의 경쟁률이 보통 아닐세. 사실 십 년 배운 놈이나, 일 년 배운 놈이나 사주팔자 책 보는 것은 마찬가지지만, 점 보러 온 손님에게 어떤 믿음을 주느냐가 관건이라 이 말일세. 무슨 말인고 하면, 자네가 어디 점을 치러 갔는데, 그 점쟁이가 대뜸 '너 이놈! 배추 장사나 할 일이지, 여긴 왜 왔어?'라고 대뜸 호통을 치면 그 점쟁이를 어떻게 대하겠는가?"

"에이, 족집게 점쟁이가 있다는 말은 더러 들어 봤슈. 우리 고향에도 어린 나이에 신이 들려서 대전 어디서 점쟁이를 하는 여자가 있슈. 갸가 얼매나 족집게냐 하믄, 국회의원이 그 부모가 사는 집에 와서 텔레비전이며 라디오 같은 걸 갖다 줬대유. 요새야 텔레비가 흔하지만, 동리에 즌기가 들어오기도 전의 일잉께 굉장한 거쥬. 갸도 나를 턱 보고 배추 장사인지는 못 알아 맞출 끼."

팔봉은 도대체 김 씨가 뭔 말을 하려고 비싼 꼼장어구이며 닭똥집에, 은행구이 같은 것에 소주를 자꾸 사는지 너무 궁금했다. 하지만 겨울밤은 길다. 가만히 앉아서 술이나 같이 마셔 주다보면 언젠가 본론을 말할 것이라는 생각에 느긋하게 말했다.

"신이 들려서 내림굿을 받고 점쟁이가 되믄 그런 신통력을 발휘하는 건 어렵지 않다더군. 하지만 우리처럼 정식으로 사주팔자를 공부한 사람한테는 불가능하지. 그렇다고 전혀 방법이 없는 것은 아닐세."

김 씨가 얼른 술잔을 비우고 나서 갑자기 목소리를 낮췄다. 주변을 두리번거리고 나서 구체적인 사업 계획을 말하기 시작했다.

"그랑께, 정지에 연탄광이 있는 집이나, 지하실이 있는 집을 구해설랑 점 보러 오는 손님들이 하는 말을 엿들어서 인터폰으로 미리 알려 준다는 거쥬?"

"쉿! 밤말은 쥐가 듣고 낮말은 새가 듣는다고 했잖여. 원래 첫 인상이 중요하단 말일시. 첨에 기세를 확 잡아 놓으면 그담부터는 팥으로 메주를 쓴다고 해도 믿게 되는 것이, 점 보러 오는 사람의 생리란 말일시."

"하지만 그건 사기잖유."

팔봉은 김 씨의 머리는 기가 막힌다는 생각이 들었다. 하지만 왠지 점 보러 오는 사람을 농락하는 기분이 들어서 얼른 내키지 않았다.

"요새 점 보는데 기본이 얼만 줄 아나? 이천 원일세. 하지만 그건 기본이고, 족집게라는 소문이 나면 한 건에 십만 원도 우습게 벌 수 있어. 그건 내가 장담하지."

"시, 십만 원씩이나?"

"자네 같으면, 자네가 죽을 목숨에서 살아난다는데 십만 원이 아까운가?"

"그야, 사람 나고 돈 났지. 돈 나고 사람 난 것은 아니잖유. 하지만 점 보러 오는 사람은 대부분 머가 답답해도 답답한 사람들이잖유. 그런 사람 약점을 잡아서 돈을 번다는 건 좀……."

"이래서 노가다 할 사람은 평생 노가다나 해 먹고 살아야 한다니까. 사기라는 생각만 하지 말고, 답답한 사람한테 희망을 주고 용기를 줘서 일이 잘 풀리게 해 준다는 생각은 왜 못해?"

"하긴, 우리 집 마누라도 점집에 갔다 와서는 종일 기분이 좋아서 콧노래를 부르데유. 그런 날은 바가지도 안 긁고……."

"인제서야 머리가 돌아가는구먼. 문제는 점 보러 오는 사람은 어느 점집에 가서도 돈을 내놓게 되어 있다는 걸세. 그걸 우리가 잘 요리해서 기분 좋게 돈을 쓰게 만들면, 이거야말로 누이 좋고 매부 좋은 식 아닌가?"

"점 보러 오는 사람은 좋은 점괘가 나와서 기분 좋고, 우리는 돈 벌어서 기분 좋고?"

얼큰하게 취한 팔봉은 김 씨의 말에 신나게 맞장구를 쳤다.

다음 날부터 사업은 일사천리로 진행되었다. 팔봉이 장사 밑천으로 가지고 있던 오만 원으로 보증금 오만 원에 월 이만 원짜리 주택을 월세로 얻었다. 마당이 있는 이십 평 규모의 작은 집으로, 방 두 칸에 거실이 있고 부엌이 있다. 부엌 안으로 들어가면 거실 밑에 연탄광이 있어서 안성맞춤이다. 간판은 태백산 철학관으로 지었다. 점 보는 집처럼 불상이며 제단을 차릴 필요가 없이 절의 요사처럼 깨끗한 벽지로 도배하고, 앉은뱅이책상 위에 빨간색 천을 끊어다 덮어 놓으니까 제법 그럴 듯했다.

"아, 잘 들려유?"

인터폰은 방문 앞 거실 마루에 구멍을 뚫어서 전선을 연결했다. 팔봉이 연탄광으로 들어가서 숨죽인 목소리로 물었다.

"잘 들려. 목소리를 조금만 키워 봐."

"요만큼유?"

"됐어, 항상 그 목소리로 하면 되겠네."

인터폰 테스트까지 끝내고 나서 돼지머리와 명태와 실을 사다 고사를 지냈다. 고사를 지내고 난 뒤 돼지머리를 푹 삶아서 안주 삼아 축하주를 마시면서 구체적인 계획을 짰다. 수입 배분에 관해서는 점 보는 기술은 김 씨가 맡지만 자본은 팔봉이가 출자한 것을 감안해서 오십 대 오십으로 하기로 했다. 호칭은 김 씨라고 부르던 김병준은 김 법사로, 팔봉은 운전을 하며 잡일을 하는 운전사 역할인 변 기사로 부르기로 했다.

"면허증도 읎는데, 먼 놈의 운전사유?"

"변 기사, 면허증은 일주일만 연습하면 딸 수가 있어, 변 기사 면허증만 따면 차는 내가 책임지고 구할 테니께 내일부터 학원에 등록해서 운전연습 좀 하게."

"연탄꽝에는 누가 들어가고유?"

"운전학원은 새벽반이 있으니까 그 시간에 등록해. 그리고 아침부터 누가 이런 데 오나? 집에서 설거지 해 놓고, 빨래 해 놓고 일찍 와야 열 시쯤 손님이 몰려들 걸세. 그러니까, 당장 내일부터 운전학원에 등록하라구. 요즈음은 자가용 시대라고. 운전 못하면 사람 취급도 못 받아."

팔봉은 김 씨의 말이 구구절절 옳다는 생각에 다음날 운전학원에 찾아가서 등록을 했다.

"어떻게 오셨슈?"

개업한 후 첫 손님은 집이 마장동인데 친척 집에 들렀다가 지나가는 길에 재미 삼아 들린 40대 남자였다. 잔뜩 긴장하고 있던 팔봉은 각본대로 지금 법사님은 미국에 시외전화 중이라고 둘러대고 물었다.

"지나가는 길에 한번 들려봤슈."

"커피 한잔 하시겄슈?"

"아까, 마셨슈."

남자는 팔봉을 슬쩍 바라보고 나서 휘파람을 휙 불고 나서 방바닥에 앉았다.

"비가 올라나?"

팔봉은 남자한테 무슨 정보라도 캐내야 하는데 남자가 도무지 틈을 주지 않아서 초조했다. 손바닥에 땀이 날 정도였다. 괜히 방을 서성거리다가 문 앞으로 갔다. 초조하다 못해 가슴이 답답해서 거실 문을 열고 마당을 내려다보며 혼잣말로 중얼거렸다.

"내가 올해 비 때문에 조진 사람 아닙니까? 지난여름에 비가 안 온다고 해서 광나루 수영장에 매장을 임대받았잖수. 근데 여름내 비가 와서 매장 임대료 오십만 원만 날렸수다. 여름 한철 장사해서 가을부터 중고 트럭이나 한 대 사서 옷 장사로 돈 좀 벌어 볼까 했는데 말짱 황입니다."

"에이, 옷 장사로 돈 벌수 있남?"

"요즘 청계천 가면 유행 지난 옷을 저울로 달아서 파는 데가 있다고 합디다. 거기서 옷을 떼서 시골 장터로 다니면서 팔면 열 배 장사는 식은 죽 먹기나 마찬가지지……."

"나도, 운전사 노릇 때려치우고 옷 장사나 해 볼까? 하지만, 그것도 아무나 하나? 다 장사 운때가 맞아야 하는 거지……."

팔봉은 남자의 눈치를 살피면서 슬슬 밖으로 나갔다. 곧장 부엌으로 들어가서 연탄광 안으로 내려갔다. 떨리는 목소리로 남자에게 들은 말을 대충해 주고 나서 시치미를 뚝 떼고 나왔다.

"법사님이 안직 통화가 안 끝나셨나?"

"안에 계신 분이 법사님유?"

팔봉이 혼잣말로 중얼거리는 말에 하품을 하고 있던 남자가 물었다.

"태백산에서 십 년간 도를 닦으신 법사님유. 이런 데를 얼매나 댕기셨는지는 모르겄지만 아마, 놀랠 놀 자가 워티게 해서 생겨났는지 알게 될 거유."

팔봉은 스스로 생각해 봐도 말을 참 잘했다고 생각하며 김 법사가 있는 문을 조심스럽게 노크했다. 문을 삐죽이 열고 목만 들이밀었다. 김 법사가 손가락으로 동그라미를 그려 보인다. 준비가 되었다는 신호다.

"하루하루 열심히 일해서 돈 벌 생각 안 하고, 한탕 해서 팔자 고쳐 볼까만 생각하니까, 조상들이 고개를 돌리지!"

남자가 방 안으로 들어가자마자 김 법사의 고성이 터져 나왔다. 팔봉은 문을 닫아주다 말고 깜짝 놀라서 멈췄다.

"무슨 말을 하는 거요?"

"네놈이 뉘 앞이라고 고개를 빳빳하게 세우고 묻는 거여! 네 이놈! 난 네놈이 지난여름에 빌붙어 살던 광나루 밑에 살고 있는 용왕님이다. 이래도 내가 뉜지 모르겠냐?"

"버, 법사님 무슨 말씀이신지……."

팔봉은 남자의 옆모습이 순식간에 파랗게 질리는 것을 보고 슬쩍 문을 닫았다. 연이어 김 법사의 호통이 터져 나올 때마다 남자가 살려줍쇼, 하고 비는 소리가 간간이 문 밖으로 흘러나왔다.

"나도, 이런 데 일 년에 몇 번씩 다니는 사람인데 오늘 진짜 임자 만났습니다. 김 법사님 진짜로 대단하데요. 내 마음 안에 들어갔다가 나온 것처럼 정확하더라구요. 정말 잘 알아맞혀서 복채를 이만 원이나 드렸지만 하나도 아깝지 않더라구요. 정말 고맙습니다. 고맙습니다."

남자는 방 안에서 오래 있지 않았다. 팔봉이 담배 한 가치 피울 무렵에 싱글벙글 웃는 얼굴로 나왔다. 문이 열리자마자 딴청을 피우고 있는 팔봉 앞으로 다가왔다. 김 법사를 만난 것이 팔봉의 덕이라도 되는 것처럼 손을 잡고 흔들면서 고마워했다.

"야! 법사님, 진짜 나도 깜짝깜짝 놀랐다니께유."

남자가 나간 후였다. 문단속을 한 팔봉은 얼른 신방으로 들어갔다. 점잖게 담배를 피우고 있는 김 법사 앞에 앉아서 엄지손가락을 펴 보였다.

"이건 새 발의 피여. 새 발의 피라는 말이 왜 생겼는지 아는가?"

김 법사가 만 원짜리 한 장을 팔봉이 앞으로 내밀며 물었다.

"새 발의 피라는 말은 많이 들어 봤지만, 그 말이 워티게 생겼는지는 ……."

팔봉은 말 몇 마디만 거들었을 뿐인데도 만 원을 벌었다는 것이 믿어지지 않았다. 만 원짜리의 앞뒤를 살펴보고, 한참 보다가 반듯하게 펴서 반으로 접어 뒷주머니에 넣었다.

"조족지혈(鳥足之血)이라는 말이 있네. 여기서 말하는 새는 참새여. 새 중에서 가장 흔해 빠진 새가 참새가 아닌가? 그 작은 참새의 발은 얼마나 작겠나? 그 발에 피가 나는 것만큼 보잘것없다는 말이 새 발의 피란 말일세."

"그, 그럼 이 돈이 새 발의 피, 그랑께 참새 발의 피만큼도 안 된다는 뜻유?"

"변 기사, 지금은 만 원이지만 임자만 잘 만나면 한탕에 백만 원도 들어온다는 것쯤만 알아 두면 될 걸세."

"첫 출발이 아주 좋구먼유. 이대로만 나가믄 법사님 말처럼 금방 부자가 되겠네유."

"내가 말하지 않았나? 자고로 머리를 쓸 줄 알아야 돈이 된다고……."

김 법사가 회심의 미소를 지으며 담배를 입에 물었다. 팔봉은 얼른 라이터 불을 붙여주었다.

첫날은 오후에 여자 손님이 와서 오천 원을 내놓고 가는 것으로 끝났다. 하지만 둘째 날은 첫날 온 남자가 자기 여동생을 데리고 왔다. 여동생은 자기 아들이 서울대학에 들어갈 수 있느냐고 물었다. 김 법사는 서울에 있는 연대나 고대는 백 프로 들어갈 테니 합격한 후에 다시 들리라고 장담했다.

"연대나 고대도 쉬운 데가 아닌데 뭘 믿고 큰소리 친대유?"

"허! 이 사람아, 서울대를 바라보고 있을 정도면 어느 정도 공부를 한다는 말 아닌가?"

김 법사는 팔봉이 묻는 말에 자신 있게 대답했다. 꼬리에 꼬리를 문다고, 그 여자는 다음 날 자기 친구를 데리고 오는 등, 날이 갈수록 손님이 늘어나기 시작했다.

"손님들이 한꺼번에 밀리면 정보를 입수할 수가 없잖아. 그러니 내일부터는 예약제로 해야겠네."

팔봉이 볼 때 김 법사는 천재였다. 손님이 한꺼번에 밀려들어오면 정보를 입수할 기회를 놓친다. 하지만 예약 손님만 받게 되면 정보를 입수

할 기회가 많다. 예약을 안 하고 갑자기 들이닥치는 손님에게는 예약 운운하면서 바쁘게 점을 봐야하는 이유를 자연스럽게 물을 수 있어서 더 쉬워지기 때문이다.

신방 문이 열리는 소리에 팔봉은 길게 기지개를 하며 일어섰다. 밖에는 어느 틈에 어둠이 내려앉았다. 오늘은 더 이상 손님이 없을 것이라는 생각이 들면서 소주 생각이 났다.

"법사님, 정말로 고맙습니다. 내일 이 시간에 꼭 올 테니까 수고 좀 해주세요."

여자가 방 안에서부터 연신 김 법사에게 인사를 하며 뒷걸음 쳐 나왔다.

"나는 똑같은 말을 두 번 하는 성격이 아니랍니다."

김 법사는 일부러 여자를 바라보지 않았다. 책상 위에 있는 만세력을 뒤적거리는 척하면서 슬쩍 팔봉의 눈치를 살폈다.

"법사님하고 예약했슈?"

"예, 내일 네 시에 부적 받으러 오기로 했답니다. 이렇게 고마울 수가 없네요. 기사님 아니면 정말 큰일 날 뻔했답니다."

여자는 팔봉에게도 허리 숙여 인사하고 나서 총총걸음으로 사라졌다.

"오늘은 수입이 별로군."

김 법사는 일어서서 갓과 두루마기를 벗었다.

"날씨가 차서 그럴 규. 하지만 구정이 지나믄 손님이 몰려오겄쥬?"

팔봉이 얼른 방으로 가서 갓과 두루마기를 얌전하게 옷걸이에 걸고 나서 마른침을 삼켰다.

"언제까지 이런 푼돈이나 만지고 있어야 할지 모르겠군."

김 법사가 책상 서랍에 있는 돈 중에서 오만 원을 헤아려 팔봉에게 건넸다.

"아니구, 고맙습니다."

팔봉은 김 법사가 오늘 얼마를 벌었는지는 알 도리도 없고 억지로 알려고 하지도 않았다. 오늘 같은 날은 날이 추워서 고구마 장사도 못 나간다. 연탄 걱정 안 하고 하루 여섯 장씩 때면서 뜨끈뜨끈한 방에서 슬슬 잔심부름이나 하면서 오만 원을 받는 것도 감지덕지하다는 생각에 황송하게 웃었다.

"오늘 같은 날 소주 한잔 안 하고 집에 들어가면 이상하지."

"오늘은 지가 살게유"

"간단하게 한잔하자구."

김 법사와 팔봉은 귀를 에는 듯한 바람을 뚫고 버스 종점 근처에 있는 포장마차 촌으로 갔다.

포장마차의 카바이드 불빛이 바람에 흔들릴 때마다 포장에 비친 그림자들도 같이 흔들거렸다. 포장마차 가운데 있는 연탄 화덕에는 양은솥이 얹혀 있었다. 그 안에는 홍합이 수북하게 쌓여 있다. 포장마차 주인은 안주를 만드는 틈틈이, 홍합 솥의 물이 줄어들면 국자로 물을 보충했다.

"법사님은 돈 벌어서 뭐를 하고 싶어유?"

팔봉이 홍합 껍질로 국물을 떠 마시며 물었다.

"변 기사는 뭐를 하고 싶나?"

김 법사가 천천히 소주잔을 비우고 나서 물었다.

"우선 집을 이 층 양옥집으로 짓고 싶어유. 고향에 계신 부모님한테도 연탄보일러를 땔 수 있는 양옥집 한 채 져 드리고, 머! 그릏게 살고 싶어유."

팔봉은 요즘처럼 벌이가 좋으면 내년 가을쯤에는 충분히 양옥집을 지을 수 있다는 생각에 싱긋 웃었다.

"나는 돈을 벌면 포장마차 말고 맥주홀에서 여자를 옆에 앉혀 놓고 술을 마시고 싶네."

"제우 맥주홀에 가서 여자 앉혀 놓고 술 마실라고 부자가 되고 싶어유?"

"변 기사는 나하고 같이 행동하면 고향에 계신 부모님께 양옥집 정도는 열 채도 지어 줄 수가 있네. 그러니까 내가 하는 대로 따라 하기만 하면 돼."

"그럼, 지도 맥주홀에서 여자를 끼고 술 마시믄 부자가 되는 거유?"

"요즘 괜찮은 맥주홀에서 아가씨 끼고 술을 마시려면 최소한 오만 원은 들지. 하룻밤에 오만 원어치 술을 마시려면 한 달에 얼마를 벌어야 하나? 최소한 술값만 백오십만 원은 벌어야겠지. 사람이 술만 마시며 살 수는 없잖은가. 먹고 입어야 하잖은가. 변 기사는 오만 원짜리 맥주홀에 다니면서 낮에는 백 원짜리 백반 먹겠는가?"

"처, 천만의 말씀유. 최소한 몇백 원짜리 꼬리곰탕은 먹어야……. 그랑께, 법사님 생각은 맥주홀에서 오만 원짜리를 마실라믄 최소한 한 달에 천만 원씩은 벌어야 항께, 그 머셔. 한 달에 천만 원씩 벌면 부자가 아니냐? 이 말유?"

팔봉이 말도 안 된다는 표정으로 물었다.

"변 기사는 명동 요지 땅 한 평이 을맨지 알아?"

"명동 같은 데는 땅값이 비쌀걸유? 내 생각에는 한 평에 몇십만 원 정도는 안 할까 싶네유?"

"몇십 만원? 지난 팔월에 어떤 투자금융회사에서 땅을 사는데 평당 오백만 원씩 샀다네. 그것도 임자를 제대로 만났으믄 육백만 원에서 칠백만 원은 받을 수 있는 땅이라드만. 세상은 변했어. 부자는 더 많은 돈을 벌고, 가난뱅이는 더 가난해지는 세상으로 변했단 말이네."

"허! 오늘 술맛 제대로 나는구먼. 천호동 같은 데서는 웬만한 양옥집 한 채 팔아서는 명동에서 땅 한 평도 못 산다는 야기 아뉴?"

"재벌들은 하루에 몇천만 원도 번다네. 하지만 한 달에 오만 원씩 받는 월급쟁이가 오백만 원을 벌라믄 일 원짜리 동전 한 개도 안 쓰고 모아야 팔 년 사개월이 걸린다는 거야. 평생 가 봐야, 명동에 있는 땅 한 평을 못 산다는 말이지."

"하여튼 법사님하고 같이 있으믄 꼭 꿈을 꾸고 있는 것 같아서 정신이 오락가락해유."

팔봉은 몽롱해진 기분으로 고개를 살래살래 흔들며 잔을 비웠다. 하지만 마음속으로는 나도 언젠가 모산의 이동하 못지않은 부자가 되고 말 것이라며 주먹을 불끈 쥐었다.

금의환향

금의환향이라는 말은 벼슬을 하고 고향에 귀향했다는 말 아녀.
그 말은 팔봉이보담, 시훈이한테 어울리는 말여.
누군가 중얼거리는 말에 순배 영감이 점잖게 나섰다.
츠, 통일주체국민회의 의원도 벼슬인가?
변쌍출은 오늘따라 순배 영감의 말이 귀에 거슬렀다.

모산에 전기가 들어오면서 새로운 풍속도가 생겼다. 전기가 들어오기 전에는 여명이 밝기 전에 어느 한 집에서 수탉이 울면, 그것을 신호로 이 집 저 집에서 경쟁하듯이 닭들이 울었다. 전기가 들어오고 나서 푸른 새벽을 깨트리는 소리는 둥구나무에 매달려 있는 스피커에서 울리는 새마을 노래다.

새벽종이 울렸네, 새 아침이 밝았네, 우리 모두 일어나 새마을을 가꾸세…….

둥구나무에서 새마을 노래 소리가 빠르고 경쾌하게 흘러나오기 시작하면 안개가 화들짝 놀라서 뒷걸음칠 만큼 잠이 달아났다. 처음에는 느닷없이 창호지 문을 뚫고 들어오는 통에, 시끄럽기만 하던 새마을 노래는 비가 오는 날을 제외하고 매일 새벽에 들으니까 귀에 익어 버렸다. 그래서 황인술이 지난밤에 늦게까지 술 마시고 늦잠을 자는 통에 앰프를 조작하지 않으면, 일어나 앉아서 황인술 집 쪽을 바라보며 노래 안 틀고 뭐 하냐고, 투덜거리는 사람까지 생겨났다.

지난 1972년 새마을운동이 시작되던 해에 박정희 대통령이 작사, 작곡한 것으로 신문에 소개되기도 한 <새마을 노래>는 농촌의 새벽하늘만 깨우는 것이 아니다. 면사무소나 읍사무소 군청에서도 하루 업무를 시작하기 전에 새마을 노래가 흘러나왔다. 공장이나, 근로 현장은 물론이고, 학교 운동장에서 행진할 때도 새마을 노래가 흘러나와서 전 국민의 애창곡이 되어 버렸다.

변쌍출은 새마을 노래가 울려 퍼지기 전에 일어났다. 부스럭거리며 벽을 더듬어서 형광등의 스위치를 눌렀다. 옆을 바라보니 하 보살이 눈살을 찌푸리며 이불을 뒤집어쓴다. 머리맡에 있는 주전자를 들어보니까 물이 없다. 하 보살을 깨워서 물 좀 떠오라고 시킬까 하다가 이내 고개를 돌리며 마른입맛을 쩝쩝 다셨다.

젠장, 날이 샐라믄 안직도 한 시간은 기달려야겄구먼.

벽에는 지난 설에 팔봉이 사다 준 괘종시계가 걸려있다. 둥그런 원판의 시계바늘이 다섯 시를 넘기고 있다. 얼추 한 시간 전부터 눈을 감고 뒤척이다가 허리가 쑤시고, 어깨가 저려서 일어나서 다시 자리에 눕고 싶지는 않았다.

팔봉이는 다른 어느 해보다 옷을 잘 차려 입고 왔다. 며느리는 물론 손자, 손녀도 고급스러워 보이는 옷에, 설탕이며, 조미료, 참기름 세트 등 선물을 팔이 아프도록 들고 왔다. 팔봉이 굳이 말하지 않아도 요즘 돈을 잘 벌고 있다는 증거다. 며느리와 손녀 희순은 무슨 봉제 공장에 다니고 있고, 팔봉이는 돈 많은 회사 사장 비서 겸 운전사로 취직해서, 한 달 월급이 십만 원이 넘는다고 했다.

담배도 제일 비싼 거북선을 한 보루도 아니고 다섯 보루나 사 왔다. 하 보살은 변쌍출이 어떡하다 생긴 오십 원짜리 파고다만 피워도, 학산 같은 데 나가서나 피우지 집에서는 새마을도 감지덕진데 무슨 큰일 하느냐고, 눈을 세모로 뜨고 째려보기 일쑤였다. 그러나 그날은 양식도 아니고, 약도 아니고, 옷도 아닌 담배를 만 원어치나 사 왔냐고 잔소리를 하지 않았다. 팔봉이 집을 져 준다는 말을 듣고 이게 꿈이냐, 생시냐 하는 얼굴로 자신의 허벅지만 꼬집었을 뿐이다.

"늦어도 내년 안에는, 서울 땅에다 변팔봉이라는 이름 석 자가 써 있는 문패를 대문에 달 겨. 그담에 이 집을 허물어 버리고 번듯한 양옥집을 한 채 져 줄게유."

"요새 서울에다 양옥집 한 채 질라믄 돈이 얼매나 있어야 하능 겨. 이동하 그 인간은 태수 애비가 그라는데 종로 워딘가 양옥집이 한 채 있다고 하드라. 워티게 돼 먹은 세상이, 그 인간들은 안 되는 것이 읎어. 큰딸은 서울대학교 졸업한 인재한테 시집을 안 가나, 둘째 딸은 박사 학위를 받고 요새는 무슨 대학에 강의를 나간댜. 시째 딸도 금명간 박사 학위를 받으믄 강의를 나간다고 하데. 막내아들도 서울대학교를 들어갔잖여. 들레한테서 나온 승철이는 즈 아부지 회사 전무라고 하데. 난중에는 회사를 이어받을 거 아녀."

"의원님하고 싸웠슈?"

하 보살이 긴장한 얼굴로 물었다.

"내가 그 양반하고 싸울 건덕지나 되남?"

"근데, 왜 갑자기 이동하니, 그 인간이니 해쌌는 거유?"

"아, 우리 팔봉이도 서울에서 집을 산다고 하잖여. 나도 인제부텀 큰소리 칠 수 있단 말이지. 서울에서 집을 살라믄 돈이 얼매나 들어가야 하능 겨?"

"재작년에 집 살라고 할 때만 해도 대지 서른 평에 건물 스물다섯 평짜리가 한 삼백만 원 했슈. 요새는 하루가 다르게 땅값이 오르는 통에 한 오백만 원은 줘야 할 뀨."

"오, 오백만 원이믄 대관절 땅을 얼매나 살 수 있는 거여. 한 마지기에 이십만 원씩 쳐도……."

"스물닷 마지기를 살 수 있는 돈이구먼. 남한테 병작을 맥겨도, 도지로 들어오는 몫이 열두 마지기 반이구먼."

변쌍출이 한쪽 손가락만으로 계산이 안 돼서 양쪽 손가락으로 환산을 하고 있는 사이에 하 보살이 잔뜩 흥분한 얼굴로 말했다.

"어머도 참 답답하네. 아! 그까짓 땅 스물닷 마지기에서 쌀이 나오믄 몇 가마니나 나와유? 한 마지기에서 두 가마니씩 나온다고 쳐도 제우, 쉰 가마 아뉴?"

팔봉이 같잖다는 얼굴로 피식 웃으며 사과 조각을 집어 들었다.

"야, 좀 봐. 제우 쉰 가마니라니? 느 아부지하고 나하고 일년 내내 쌀밥만 먹어도 두 가마니믄 떡을 쳐."

하 보살이 팔봉이가 사과를 들고 있는데도 사과 한 조각을 요지로 찍어서 건네며 말했다.

"아까, 지가 머라고 했슈. 재작년에 대지 서른 평짜리 단독주택을 삼백만 원이믄 살 수 있다고 했잖유. 근데 올게는 오백만 원은 줘야 해유. 땅 스물닷 마지기가 이 년 만에 마흔 마지기로 늘어난 셈이라 이거유."

팔봉은 하 보살이 내미는 사과를 받으며 피식 웃었다.

"긍께, 팔봉이 니 말은 그 머여. 촌에서 암만 땅이 많아도 서울에 집 한 채 갖고 있는 거하고는 상대가 안 된다는 말이냐?"

"아부지, 지가 공장에 돌아 댕김서 무시로 장사할 때 돈 많이 버는 날은 하루에 십만 원도 벌어 봤슈. 그 당시 쌀 한 가마니에 얼매씩 받았는지 알아유? 만 이천 원 정도 했슈. 서울에서 보잘것읎이 리어카 끌고 무시로 사서 벽돌 공장에 댕기는 지가 하루에 쌀을 네 가마니 이상 살 수 있는 돈을 벌었다는 것이 믿어져유?"

"이 동리서 돈 젤 잘 버는 이가, 상규네 빼놓고 춘섭이여. 춘섭이 요새 초가지붕 걷어 내고 슬레이트 깔아 주는데 하루 품삯이 쌀 두 말 폭인 이천오백 원인데 너는 하루에 십만 원도 벌었었단 말여? 그 돈 다 워딨댜?"

하 보살은 하루에 십만 원도 벌었다는 말에 벌어진 입을 다물지 못했다. 변쌍출이 침을 꿀꺽 소리가 나도록 삼키고 나서 팔봉을 바라봤다.

"아, 더 큰돈 좀 벌어 볼까 하고, 워디다 투자를 했다가 홀라당했다고 했잖아유."

팔봉은 두 눈 멀쩡히 뜨고 이 형사라는 놈에게 상납한 것을 생각하면 자신도 모르게 화가 났다.

"야, 좀 봐. 돈 좀 벌었다고 아부지가 눈에 안 뵈는 모양여. 아부지가 나이 들어서 깜박깜박 할 수도 있지, 암것도 아닌 걸 갖고 승질을 내네."

"어머도 참, 내가 언지 승질을 냈다고 그려유. 시방도 생각 잠깐 잘못

해서 그 많은 돈을 홀라당 한 걸 생각하믄, 나도 모르게 승질이 나유.”

“애, 애비야 병날라. 시방 그전처름 돈을 못 벌믄 몰라도 요새 돈 많이 번담서. 그랑께, 기냥 도둑맞은 셈 치고 잊어버리는 것이 좋아. 알겄지?”

“에이, 이 변팔봉이 누구유? 어머 자식이잖유. 이 변팔봉, 어머가 생각하시는 것츠름 그릏게 째째한 놈 아뉴. 장차 저 위에 있는 이동하보다 더 부자가 될 자신이 있슈.”

“그려, 그려. 애비 생각은 이동하보다 부자는 못 돼도, 내 앞으로 등기되어 있는 땅 열 마지기만 있으믄 시방 당장 죽어도 원이 읎겠다.”

변쌍출은 팔봉이 돈을 많이 벌어서 그런지 확실하게 변했다는 생각이 들었다. 예전에 성냥 공장에 다닐 때 주눅 든 얼굴로 시오리 길을 걸어 범골에서 삭도가지를 한 짐씩 해 오는 팔봉이 아니다. 자신감이 넘쳐흐르는 영락없는 서울 사람처럼 보여서 눈물을 글썽이며 고개를 끄덕거렸다.

“새벽부텀 먼 궁상유?”

하 보살은 등잔불을 사용할 때는 불을 켜놔도 자는 데는 지장이 없었다. 전기를 사용하고부터는 불을 켜 놓으면 눈꺼풀이 간질거려서 잠을 이룰 수가 없었다. 이불을 걷어내고 변쌍출을 바라봤다. 변쌍출이 방문 앞에 앉아서 담배 연기를 모락모락 날리고 있다.

“아침은 먹고 출발을 하겄지?”

“누가유?”

“뉘긴 뉘여? 오늘 팔봉이가 온다고 했잖여?”

“팔봉이 기다리느라 잠도 안 자고 꼭두새벽부텀 그라고 있능 규?”

하 보살은 다시 잠을 이루기는 틀렸다는 생각에 일어나 앉았다. 길게 하품을 하고 마른입을 다시며 방문을 바라본다. 문종이에 투영되는 그림자가 바람에 흔들리는 것을 보니 금방 날이 밝아 올 것 같았다.

"물 좀 떠와, 어지 순배 형님하고, 태수 애비하고 막걸리를 과하게 마셨능개벼. 자꾸 목이 마른 걸 봉께."

"팔봉이 내려온다고 한잔 샀구먼. 잘했슈. 맨날 은어만 마시다가 이럴 때 술 좀 사고 해야 하는 것이 사람 사는 도리지."

하 보살은 학산장에서 산 겨울 스웨터를 걸치고 방문을 열었다. 새벽바람이 숨 막히도록 빨려들어 온다. 잠시 멈췄다가 밖으로 나가며 문을 닫았다.

"오늘 팔봉이가 집에 내려왔다가 은제 올라갈라나?"

하 보살이 정지에 나가서 대접 가득 물을 떠 가지고 들어가면서 혼잣말로 중얼거렸다.

"팔봉이가 오기 전에 날 새면 바로 춘셉이하고 오 씨가 오기로 했잖여. 춘셉이 말로는 하루는 심들고 이틀은 잡아야 된다고 하드만. 그람 낼 올라갈 거 아녀?"

변쌍출은 차가운 물 한 대접을 단숨에 들이킬 것 같았지만 마음뿐이었다. 몇 모금 마시고 나니까 갈증이 가시면서 물맛이 달아났다.

"팔봉이도 스레트 까는 데 같이 거들어 줘야 해유?"

"왜 묻는 거여?"

"절에 가서 인사라도 드릴까해서유."

"팔봉이가 노력해서 돈 버는 건데, 부처님께 먼 놈의 인사를?"

"츠! 팔봉이는 지가 재수가 좋아서 요새 돈을 많이 벌고 있다고 여기고 있는지 모르겄지만, 지성이면 감천이라고 내가 시간이 날 때마다 부처님한테 빌고, 새벽마다 정화수 떠 놓고 팔봉이 잘되게 해 달라고 빌었잖유. 그래서 돈을 잘 벌고 있는 거유."

"그람 비봉산 산신령님께 빌어야지, 왜 부처님한테 비능 겨?"

날망집은 행여 이웃 아낙들과 말 섞어서 상서롭지 않은 말이나 들을까 다른 집 아낙네들처럼 바깥 마실도 안 다닌다. 자나 깨나 팔봉이 잘되게 해 달라고 시간만 나면 집에서 염주나 굴리고 앉아 있고, 하루도 빠짐없이 새벽마다 기도를 드렸다. 변쌍출은 그 점에 대해서는 할 말이 없었다.

"아! 절에 가믄 산신령님을 모시는 삼신각이 있잖유. 거기 가서 고맙다고 인사를 드려야, 지난번처름 홀라당 하지 않쥬."

"팔봉이 승질에 지가 돈 좀 벌었다고 동네 으런들이 일하는데 팔짱끼고 귀경만 하고 있지는 않을 겨. 송림사까지가 여기서 몇십 리 길도 아닝께, 차타고 잠깐 댕겨 오믄 되겄네."

"학산에서 택시를 불러 타고 가믄 동리 사람들이 욕해유. 지가 서울에서 돈을 을매나 벌었다고, 제우 십 리 길도 안 되는 길을 택시 불러 타고 간다고."

"아! 요번에 내려올 때 자가용 끌고 내려온다잖여."

"참! 그랬었지. 그람 시주할 쌀도 두어 말 사 가지고 가야겄구먼."

"그랴, 자가용이 있응께 학산 들러서 사 가지고 가도 금방이지 머. 근데, 송림사 공혜 스님이 안직 살아 계신가?"

"그분 요새 영동 나가서 살고 계시잖유."

"절은 워턱하고? 절도 영동으로 욂겼남?"

"절이 물건유? 등에 짊어지고 댕기게. 절은 대전에서 온 혜법 스님한테 팔고 갔잖유. 혜법 스님은 사주팔자를 잘 봐서 그런지 신도들이 그전보담 두 배는 더 늘었슈."

"절이 가게여 사고팔게?"

황인술이 일어났는지 '새벽종이 울렸네, 새 아침이 밝았네'라며 새마을 노래가 흘러나오기 시작했다. 변쌍출이 잠시 노래 소리를 듣고 있다가 갈수록 태산이라는 얼굴로 물었다.

"그 절은 조계종이나, 그런 데 절이 아니고 공혜 스님이 맨든 절이라 사고팔 수도 있는 절이래유. 우리 같은 이야 누가 주지든 상관 안 해유. 주지 스님 보고 절에 댕기는 것이 아니고, 순전히 부처님 보고 절에 댕기는 사람잉께. 가만 있어봐. 춘섭이하고 오 씨가 새벽부텀 일을 시작한다고 했응께 술국이라도 끓여 놔야 할 거 아녀. 막걸리는 어지, 학산 도가에 야기를 해서 스 말을 들여 놨응께, 그만하믄 될 거이고……."

하 보살은 변쌍출하고 세월아 네월아 시간을 보낼 때가 아니라고 생각하며 일어섰다.

안개가 걷힐 무렵에 김춘섭과 오 씨가 동시에 도착했다.

하 보살은 콩나물과 시래기를 넣고, 굵은 멸치는 통으로 넣고, 마늘은 콩콩 찧고, 파는 송송 썰어 넣고 맹물에도 고기 맛을 내게 만든다는 쇠고기 다시다를 살살 뿌리고, 고춧가루를 국물이 빨갛도록 탄 해장국에 막걸리를 내놓았다.

"하여튼, 어른은 좋겄슈. 이 동리서 자식이 지붕 해 주는 집은 이 집 뻬에 읎잖유."

막걸리 두 잔을 달게 마신 김춘섭은 초가지붕을 걷어 내기 전에, 이엉이 바람에 날아가지 않도록 처마 석가래에 동여맨 새끼줄부터 끊기 시작했다. 어제저녁에 날이 새파랗게 서도록 숫돌에 갈아 놓은 낫이 새끼에 닿기도 전에 일 년이나 묵은 새끼줄이 힘없이 툭툭 잘라져 나갔다.

"이따, 순배 형님 아침 자시러 올 겨. 그때는 입도 뻥긋하지 마."

"에이, 지가 어린안 줄 알아유? 그만한 눈치도 읎게? 하여튼 저도 농협에서 대출받아서 지붕 하는 사람 집보담은, 이 집에서 일을 항께 기분이 좋네유."

"나도 솔직히 말하자믄, 슬에 팔봉이가 내려오기 전에만 해도 누굴 보징을 세워서 대출을 을매나 받아야 할까, 하고 고민 많이 했구먼."

"하여튼 사람은 나믄 서울로 보내고, 말은 제주도로 보내라는 말이 하나도 틀린 거 읎어. 우리 철용이도 팔까지 그롷게 됐는데 집에 있었어 봐유. 장가는커녕, 학산면 어디까지나 팔 읎어서 장가도 못 가는……."

김춘섭은 새벽부터 자식 팔 병신이라는 말을 하고 싶지 않았다. 처마 모퉁이를 돌아가면서 슬그머니 입을 다물었다.

"서울 간다고 개나 소나 죄다 팔자가 핀다믄, 안 올라가는 사람이 어디 있겄어. 팔봉이나 철용이며 경훈이는 죽기 살기로 노력을 하고 있응께 남보란 듯이 살고 있는 거이지. 근데 이 형님은 안직 안 일어나셨나. 오늘 지붕 하는 날잉께 아침 자시러 오라고 했는데……."

김춘섭이 처마 석가래에 묶여 있는 새끼줄을 모두 끊어 버리자 오 씨가 사다리를 세워서 걸쳤다. 변쌍출은 뒷짐을 지고 순배 영감네 집 쪽을 바라봤다.

"저기, 오시네유."

김춘섭이 지붕 위로 올라갔다. 동네 골목이 훤히 보인다. 순배 영감이 골목 안을 걸어오는 모습을 보고 말했다.

"그 형님도 양반은 못 되느만. 이엉은 태수 처가 갖고 간댜."

오 씨와 김춘섭은 이엉을 감싸고 있는 용마루부터 걷어서 마당으로 던졌다. 변쌍출이 새벽하늘에 담배 연기를 날리며 말했다.

"과수원에 거름 할라고 그러겄쥬. 하여튼 내가 알기루는 학산면 전체가 아니라, 영동군 통틀어서 태수 처맨큼 아귀가 딱딱 맞는 여자는 읎어. 거름 좋기로 치믄 짚단 썩은 거보다 더 좋은 기 워딨어. 뉘 집 지붕 한다는 소문만 나믄 득달같이 달려가서 이엉을 갖고 간다고 항께 쥔은 이엉을 치워서 좋아, 태수 처는 과수원에 거름해서 좋아. 누가 마다 하겄슈? 작년에도 사과돈을 솔찮게 했쥬?"

오 씨는 지붕 반대편으로 가서 퍼질러 앉았다. 아침 짓는 집들의 굴뚝에서 피어오르는 연기를 바라보며 담뱃불을 붙였다. 해장술에 얼굴이 빨갛게 익은 춘섭이 이엉을 둘둘 말면서 물었다.

"그걸 왜 나한테 물어? 옆집에 사는 춘셉이 자네가 더 잘 알 거잖여. 어이구, 형님 어서 와유. 아침 드시기 전에 탁배기 한잔 해유."

"춘셉이 수고 많구먼."

순배 영감은 겨울에 집에서 일할 때 입는 회색 재킷을 걸친 차림으로 지붕 위에 있는 김춘섭을 바라봤다.

"이까짓 거 갖고 수고라 할 수 있남유. 콩나물국이 참 맛나데유. 어서 한잔하세유."

김춘섭은 아침을 먹기 전에 이엉을 모두 걷어 낼 속셈으로 서둘러서 낫을 놀렸다. 지붕 반대편에서 담배를 피우고 있던 오 씨도 일어서서 이엉을 둘둘 말아서 풀어지지 않게 묶은 다음에 불끈 들어 어깨에 들러멨다. 마당 쪽으로 가서 아래로 굴려 버렸다.

새벽부터 시작한 이엉 걷어내는 작업이 끝난 것은 하 보살이 마당으로 나와서 아침이 다 됐다고 말할 때였다. 지붕에는 썩은 지푸라기 때문에 까맣게 변한 황토가 뒤덮여 있다. 군데군데 구멍이 나서 석가래가 보이는 곳도 있고, 푹 꺼진 부분도 드러났다.

"아침 먹고 하자구."

시커먼 먼지와 지푸라기에 뒤덮여서 연탄장수처럼 얼굴이 시커멓고 눈만 반짝이는 김춘섭이 오 씨를 불렀다.

"흙은 실어 와야 하나"

김춘섭 못지않게 시커먼 먼지를 뒤집어쓴 오 씨는 장갑을 벗어서 어깨며 옆구리의 먼지를 털었다.

"한 리어카믄 안 되겄어? 둥구나무거리에 몇 리어카 실어다 논 기 있응께, 아침 먹고 가서 실어 오자고."

오 씨가 먼저 사다리를 타고 마당으로 내려갔다.

"지붕을 벗겨 내고 봉께, 내 속이 션하구먼. 하여튼 새마을운동만큼 좋은 운동은 읎슈. 올 가실부텀은 짚단 거둬 들일 일 읎응께 편햐, 돈 들여서 지붕 해 올릴 일 읎응께 좋아, 일 년 사시사철 뵈기 좋응께 좋아, 좌우지간 새마을운동 땜시 좋아지는 것이 한두 가지가 아니랑께."

황인술이 슬금슬금 마당 안으로 들어가서 누구 들으라는 표정 없이 큰 소리로 말했다.

"구장, 얼릉 와. 그릏지 않아도 왜 안 오나 했구먼."

연탄장수처럼 얼굴이 까만 김춘섭은 황인술에게 반갑게 손짓하는 변쌍출 곁을 지나서 오 씨와 함께 공동우물로 갔다.

"별일도 다 있슈. 만복이 아저씨 생각나유?"

"만복이라믄? 이 동리 살던 구만복을 야기하는 거여?"

순배 영감이 입을 짭짭거리고 있다가 황인술에게 놀란 얼굴로 물었다.

"왜 아녀유? 일정 때 죽은 면장 부친 등쌀에 못 이겨서 야반도주 했잖유."

"그려, 그 당시 만복이뿐이 아니고, 몇 명 될 걸?"

순배 영감이 변쌍출을 바라보며 물었다.

"내가 알기루는 기팔이 집 근처에 살든 종식이랑, 춘섭이 뒷집에 살던 뚝불이 아부지, 면장 댁 아랫집에 살던 구만이가 순전히 그 사람 등쌀에 못 이겨서 야반도주 했잖여. 근데 뜬금읎이 만복이 형은 왜 찾아? 이미 이 세상 사람이 아닐 건데?"

변쌍출이 침을 꿀꺽 삼키면서 황인술에게 물었다.

"이 세상 사람이 아니라니? 자네가 직접 본 겨?"

"형님두 참, 아 척하믄 삼척이라고, 살았으믄 그 형님 부모님하고 조부모 산소가 이 동리에 있는데 여태껏 발길 한번 안 붙였겄쓔?"

"팔봉이 아부지 말도 일리가 읎는 것은 아뉴. 하여튼 지서 순경이 묻드라구유. 구만복이라는 사람이 그 동리에서 살았든 적이 있냐고? 그래서 츰에는 얼른 이름이 생각나지 않아서, 잘 모르겠다고 했슈. 그랬드니 지서 순경이 일정 때 거기서 살았던 적이 있응께 잘 생각 좀 해보라고 하대유. 그래서 가만히 생각해 봉께 만복이 아저씨라고만 불렀지, 구만복이라고는 부른 적이 읎었잖유. 그래서 우리 동리 살았던 것이 생각난다고 했드니, 알았다면서 신원보증서라는 종이에 지장을 찍으라고 해서 찍어 줬거든유."

"거참, 이상하네. 벌써 반백 년이나 지났는데 인제 와서 신원을 보증해 달라는 것은 먼 조화랴?"

순배 영감이 아무리 생각해 봐도 이해가 되지 않는다는 표정으로 황인술을 바라봤다.

"저도 궁금해서 및 번이나 물어봤구먼유. 그랑께 지서 주임이 하는 말이 구장님한테 해 가는 일 읎는 일잉께, 걱정 안 해도 된담서 더 이상 말을 안 해 중께 도리 읎잖유. 그래서 그런가 보다 했쥬, 머. 봉산댁 아침 멀었남? 나 빨리 아침 먹고 면사무소에 새마을회의 가야 하는데?"

황인술은 아침을 먹고 나서 면사무소에 회의가 있다며 가버렸다. 김춘섭과 오 씨는 둥구나무거리 구석에 쌓여 있는 황토를 실어 왔다. 작두로 짚을 손가락 두 마디 길이 정도로 썰어서 황토와 반죽했다. 그것으로 지붕이 패인 곳이나, 구멍이 난 곳을 모두 메우기 시작했다.

순배 영감이며 박평래는 썩은 이엉을 낫으로 뒤집으며 굼벵이를 찾았다. 굼벵이는 딱정벌레의 유충이다. 굼벵이처럼 생긴 유충이 많은데 모두 굼벵이가 아니다. 굼벵이는 다리가 있지만 등으로 기어 다니는데 반대로 기어가는 특징이 있다. 굼벵이는 뽕나무나 버드나무가 썩은 곳에서도 사는데, 가장 좋은 굼벵이는 볏짚 썩은 곳에서 사는 굼벵이다. 굼벵이는 잡는 즉시 볶아서 가루를 내거나 살짝 쪄서 건조한다. 효능은 거의 만병통치라서 간장, 신장을 강화시키고 어혈을 개선할 뿐만 아니라 당뇨에도 좋다.

대관절 언지 오능 겨?

변쌍출은 다른 집 지붕을 하는 날이면 박평래에게 뒤질세라 굼벵이를 잡았다. 오늘은 다른 집에서와는 다르게 허리 아픈 것을 참아가며 잡던 굼벵이가 눈에 들어오지 않았다. 애꿎은 줄담배를 피우며 이제 오려나, 저제 오려나 눈이 빠지도록 둥구나무거리며 방천길을 흘끔거렸다.

지붕에 슬레이트를 얹으려면 먼저 각구목을 이용해서 지주대를 만들어야 한다. 슬레이트 넓이의 폭으로 가로 세로 지주대를 만들어서 그 위에 슬레이트를 얹는다. 슬레이트가 미끄러지지 않도록 슬레이트 전용 못을 이용하여 지주대에 박는다. 슬레이트가 삼각형의 꼭짓점 부분처럼 맞닿는 부분에는 슬레이트 재질로 된 용마루가 있다. 그것을 덮고 못을 박는 것으로 지붕 작업은 끝이 난다. 슬레이트 재질은 석면이다. 고속도로나 국도변에 있는 슬레이트집은 빨갛거나, 파란색의 페인트를 칠하는 것이 보편화되었지만 외지인들이 다니지 않는 산골 집은 페인트를 칠하지 않았다.

지붕에 가로로 지주대를 세우고 있는데 포니 한 대가 둥구나무거리 안으로 들어오고 있었다. 눈이 빠지게 팔봉을 기다리고 있던 변쌍출은 괜히 가슴이 덜컹 내려앉았다. 침을 꿀꺽 삼키며 정지를 바라봤다. 정지 안에는 봉산댁과 하 보살이 설거지를 하거나, 도마에다 파를 썰고 있었다.

"저기, 자가용이 한 대 들어왔는데유?"

춘섭이 시키는 대로 각구목이 움직이지 않도록 잡고 있던 오 씨가 변쌍출을 바라보며 말했다.

"워디?"

박평래가 신문지에 싼 굼벵이를 챙겨 들며 일어섰다.

"저기 먼 차 한 대가 올라오는데?"

변쌍출은 옆에서 순배 영감이 중얼거리지 않아도 언덕을 올라오는 차가 팔봉의 차일 것이라고 짐작하고 있었다. 이동하가 일찍이 차를 샀지만 직접 운전을 할 줄 모른다. 돈이 많으니까 운전사를 고용해서 차를 몰고 다닌다. 자신이 알고 있는 한 모산 동네에 직접 차를 몰고 온 사람은 팔봉이가 최초다. 서울에 올라가서 성냥 공장에 다니며 지지리도 고생을 하더니, 드디어 차를 몰고 저 길을 올라온다고 생각하니까 감격이 넘쳐서 눈물이 날 것 같아 말이 나오지 않았다.

"고생들 많으시네유?"

변쌍출의 집 앞에 포니가 멈췄다. 삽시간에 이 골목, 저 골목에서 나온 아낙네들이며 아이들이 포니를 둥글게 에워쌌다. 운전석 문이 열리면서 검은색 선글라스를 쓴 팔봉이 모습을 드러냈다.

"파, 팔봉이 아녀?"

구경꾼들은 팔봉이 밖으로 나오자 일제히 뒤로 물러섰다.

"이, 이것이 팔봉이 차란 말여?"

모리댁이 믿어지지 않는다는 얼굴로 광일네에게 물었다.

"글씨, 지 차니께 지가 운전해 왔겄지. 남 차를 지가 운전해 댕기겄어?"

"그람, 팔봉이가 운전도 할 줄 안단 말여?"

"이 사람이 팔봉이가 자가용을 끌고 오는 걸 봉께, 넋이 빠져나갔나? 아! 운전을 할 줄 앙께 차를 몰고 온 거 아냐?

모리댁은 남정네들이 주고받는 말을 날려 버리며 허리를 숙여서 차 안을 살폈다. 차 안이 일반 택시하고 확연하게 다르다. 핸들이며 시계바늘 같은 것이 있는 계기판에서도 윤기가 나고, 의자에 방석도 깔려 있다.

"이런 차는 한 대에 을매씩이나 할까?"

"솔찮을 겨. 아마, 백만 원은 넘을 걸?"

해룡네가 침을 묻혀서 차 지붕을 닦아 봤다. 참기름을 발라 놓은 것처럼 매끌매끌한 감촉에 손가락이 지나간 곳마다 반짝반짝 빛이 났다.

"큼!"

팔봉이는 차마 동네 사람들에게 차를 만지지 말라는 말은 할 수가 없었다. 헛기침을 하며 변쌍출을 바라봤다.

자, 자가 진짜로 팔봉이란 말여?

박평래는 자가용 옆에서 선글라스를 쓰고 서 있는 인물이 팔봉이라는 것을 아는 순간 술이 확 깨는 것 같았다. 깜짝 놀란 얼굴로 순배 영감을 바라봤다. 순배 영감은 자신의 눈이 믿어지지 않는다는 얼굴로 눈을 비비고 있었다.

"고생 많으시네유."

팔봉이 선글라스를 벗어서 와이셔츠 주머니에 넣고 있는 사이에 박정옥이 어른들에게 인사했다.

"파, 팔봉이 처여, 저 여자가?"

박정옥은 도시의 잘사는 집 여자처럼 투피스에 구두를 신었다. 머리는 파마가 아니고 고데 머리다. 어깨에 햇빛에 반짝이는 검은색 가죽 핸드백을 메고 얌전하게 서 있는 모습을 보고 오 씨가 김춘섭에게 속삭였다.

"내 눈이 이상이 읎는 한 틀림읎이 팔봉이 식구여."

김춘섭은 옷이 날개라는 말은 많이 들어봤다. 박정옥을 보니까 그 말이 실감났다. 오 씨를 바라보지도 않고 고개를 끄덕이며 계속 박정옥을 바라봤다.

"오느라 고생 많았지?"

하 보살이 뒤늦게 정지에서 뛰어나와서 박정옥의 손을 잡았다.

"이게 머여?"

팔봉이 트렁크를 열고 전기밥통이며 선풍기, 라디오, 보온 물통이 들어 있는 박스며, 과일 박스에 소주 상자며, 쇠고기가 들어 있는 상자들을 주섬주섬 꺼냈다. 변쌍출이 눈을 휘둥그레 뜨고 물었다.

"어머, 새벽에 찬바람 맞음서 밥하기 심들다고 저 사람이 산 거유."

김춘섭과 오 씨도 지붕에 각목을 세우다 말고 사다리를 타고 내려갔다. 포니를 따라 올라온 해룡네며, 모리댁, 철용네 등 아낙네 십여 명이 자기 물건처럼 전기밥통이며 선풍기 등을 마루로 옮겼다. 철용이 전기밥통의 박스를 풀어서 내보이며 자랑스럽게 말했다.

"어째, 텔레비전이 읎댜?"

해룡네가 팔짱을 끼고 아낙네들 앞으로 나가서 마루에 있는 물건들을 요리조리 헤집어 보며 중얼거렸다.

저, 저걸!

아낙네들 틈에 섞여 있던 변쌍출은 자식 내외가 너무 자랑스러워서 흠흠거리며 우쭐거리고 있던 중이었다. 해룡네의 말을 듣는 순간 장날 만물상에서 빗이나, 조미료 같은 것을 슬쩍 품 안에 집어넣었다가 들킨 사람처럼 얼굴이 새빨갛게 달아올랐다.

"이, 이거시 전기만 꽂아 두믄 밥이 된다는 그 전기밥통 아녀?"

해룡네가 전기밥통을 손가락으로 쿡쿡 찌르면서 박정옥에게 물었다.

변쌍출이 더 이상 참을 수 없다는 얼굴로 얼른 앞으로 뛰어나가서 해룡네의 손을 잡아 뒤로 밀어붙였다. 그 대신 하 보살의 손을 잡아 마루에 앉혔다. 하 보살이 웃음을 깨물고 보란 듯이 밥통을 쓰다듬기 시작했다.

"금의환향이 따로 읎구먼……."

"금의환향이라는 말은 벼슬을 하고 고향에 귀향했다는 말 아녀. 그 말은 팔봉이보담, 시훈이한테 어울리는 말여."

누군가 중얼거리는 말에 순배 영감이 점잖게 나섰다.

츠, 통일주체국민회의 의원도 벼슬인가?

변쌍출은 오늘따라 순배 영감의 말이 귀에 거슬렸다. 다른 날 같았으면 되받아 쏘아붙이고 싶었다. 하지만 서울에서 돈을 잘 버는 팔봉이를 시샘해서 하는 말일 것이라고 넓게 받아들이기로 했다.

야학 교실

그래도 경찰들은 물러가지 않고 우리를 포위하기 시작했슈.
경찰들이 점점 가까이 다가오자 어떤 언니가 옷을 벗자!
옷을 벗은 여자 몸에는 경찰이 손을 못 댄다!
라고 급하게 소리를 쳤슈. 그랑께,
앞에 서 있는 언니들이 너도 나도 작업복을 벗어 던졌슈…….

초저녁이다.

인숙은 강훈구와 함께 중국음식점에서 짜장면으로 저녁을 때우고 밖으로 나갔다. 바람이 제법 무겁게 얼굴을 스쳐갔다. 거리를 오가는 행인들 중에는 벌써 모자가 달린 돗파를 입고 다니는 사람들도 있었다.

"내가 한창 공부해야 할 사람을 데리고 엉뚱한 짓을 하고 있는 건 아닌지 모르겠군."

"왜 그런 생각을 하시는 거유?"

강훈구가 혼잣말로 중얼거리는 말에 인숙이 걸음을 멈추고 반문했다.

"막상 야학으로 가려니까 졸업 후에 취직을 하든지, 진로를 결정해야 할 사람한테 엉뚱한 길을 안내하는 것 같다는 생각이 들어서 그래."

"선배는 학교 졸업하고도 야학을 계속하고 있잖아유. 지는 인제 이 학년이잖유. 졸업 후 걱정은 내년에 해도 안 늦어유. 나는 외려 내가 공부를 잘 갈칠 수 있을지 겁이 나네유."

인숙이 안심했다는 얼굴로 다시 길을 걸으면서 말했다.

"공부를 가르친다고 생각하지 말고, 좋은 책을 많이 읽어준다고 생각하면 돼. 우리 야학에는 검정고시 보려는 학생들은 없거든."

"하루에 삼 교시씩 해서 주 오 일씩 수업한다고 했잖아유. 국어는 일주일에 두 시간만 하믄 되는 거유?"

"그렇지. 영어하고 수학도 두 시간씩이고, 사회, 과학, 한문이 한 시간씩이지. 시사, 교양과목도 있어. 교무회의는 일주일에 한 시간씩이고. 그날은 수업이 없어도 참석해야 하능 겨."

강훈구는 대전피혁이 있는 곳으로 가다가 대중서점이라는 헌책방 앞에서 멈췄다. 문을 열고 들어가서 사장을 찾았다. <선데이서울>을 뒤적거리고 있던 20대 남자 종업원이 사장님은 저녁 먹으러 갔다고 말했다.

"사장님한테는 나중에 기회가 되면 인사하지 뭐. 중학교를 중퇴하신 분인데 굉장히 박학다식한 분이셔. 나중에 보면 너도 놀랄 거야."

대중서점 지하실에 있는 야학은 입구에 간판도 없었다. 두 사람이 나란히 갈 수 없을 정도로 좁은 계단을 내려가는데 곰팡이 냄새가 코를 찔렀다. 강훈구가 출입문 앞에 있는 벽을 더듬어 전기 스위치를 올렸다. 출입문 문틀 벽에 고정되어 있는 전기 소켓에 오 촉짜리 전등이 희미하게 불을 밝혔다.

"들어와."

강훈구가 주머니에서 열쇠를 꺼내 시커먼 벙어리 자물통을 따고 문을 밀며 말했다.

"으시시하네유."

앞장서서 들어간 강훈구가 벽을 더듬어 불을 켰다. 팍! 거리는 소리와 함께 천장에 매달려 있는 갓전등에서 불이 들어왔다. 인숙은 지하실 안이 밖에보다 더 춥게 느껴져서 오싹한 한기를 느꼈다.

"여기가 교무실여. 앉아. 난로에 불을 때면 금방 따뜻해질 거야."

지하실의 넓이는 얼른 봐서 이십여 평 정도 되어 보였다. 삼 분의 이 정도 지점에 베니어판으로 칸막이를 만들어 놨다. 갓전등은 교무실과 교실 경계에 매달려 있었다. 교무실에는 책상 세 개와 낡은 소파를 ㄴ자로 놓고 그 가운데에 나무를 때는 똥장군 난로가 있었다. 강훈구가 구석에 있는 마대자루에서 베니어판 쪼가리며, 꽁치나 고등어를 담는 생선상자, 판자, 각목 등을 꺼내 와서 난로 안에 집어넣었다. 난로 앞에 쪼그려 앉아서 환풍구를 열고 신문지를 둘둘 말아서 불을 붙여 집어넣었다. 하얀 연기가 모락모락 피어올라 금방 천장에 연기 구름이 떴다.

"문을 열어 놀까유?"

"난로에 불이 붙으면 금방 없어져."

강훈구는 베니어판 쪼가리에 불이 붙는 것을 확인하고 환풍기 뚜껑은 열어 두고 난로 뚜껑은 닫고 일어섰다.

"학생들은 일곱 시까지 온다고 와유?"

"응, 일찍 오는 학생들은 조금 있으면 오기 시작할 거야."

강훈구는 위에 올라가서 물을 떠오겠다며 반 말짜리 주전자를 들고 밖으로 나갔다.

인숙은 할 일이 없어서 교실로 가 봤다. 벽에 작은 칠판이 걸려 있었다. 칠판 위에는 "아는 것이 힘이다."라고 붓으로 쓴 글씨가 길게 붙어 있었다. 어디서 구해 왔는지 국민학생들이 사용하는 2인용 책상에 의자는 간이 접이의자다. 책상이 일곱 줄씩 해서 세 칸이다. 뒷벽에 걸려 있는 파란색의 게시판에는 사진과 무슨 문서 같은 것이 어지럽게 붙어 있었다. 천천히 걸어서 게시판 앞으로 갔다.

'제 1기 대전 반딧불야학 졸업식'이라는 설명이 붙어 있는 사진에는 열일곱 명의 학생들이 앉거나 서 있었다. 나이가 어려 보이는 학생은 열다섯이나 여섯 정도 되는 것 같았고, 많아 보이는 학생은 서른 살 정도로 학생들 틈에 섞여 있었다. 공통점이 있다면 하나같이 눈이 반짝반짝 빛나고 무척이나 행복한 표정을 짓고 있다는 것이다. 야외에 나가서 음료수를 마시면서 찍은 사진들도 몇 장 붙어 있었다. 나이가 어린 선생이 30대 중반으로 보이는 학생과 껴안고 울고 있는 사진 밑에는 '중학교 졸업 검정고시 합격증서를 받고'라는 설명이 붙어 있었다.

얼매나 설움이 받쳤으믄 어린 선생을 껴안고 저렇게 울까?

인숙은 사진 설명을 읽는 순간 자신도 모르게 눈물이 그렁하게 차올랐다. 검정고시에 합격한 학생은 무슨 공장에서 일하는지 얼굴이 시커멓다. 정확하게 나이가 몇 살인지는 모르지만 서른은 넘어 보였다. 배움에 대해서 얼마나 한이 많았으면 어린 학생들 틈에 섞여서 밤잠을 안 자고 공부했을까 하는 생각이 다시 들면서 또 눈물이 났다.

"울고 있어?"

"아, 아뉴. 울기는……. 저 사진을 봉께 짝은오빠 생각이 나서 슬프네유. 짝은오빠는 과수원을 개간하느라 한겨울에도 낮에는 또랑가에 나가서 자갈을 주서내고, 밤에는 공부를 하고 그랬거든유……."

인숙은 강훈구가 옆에 와서 묻는 말에 얼른 눈물을 닦아내며 말했다.

"여기서 공부하는 학생들도 낮에는 공장에서 일을 하고, 밤에는 여기 와서 공부를 하는, 말 그대로 주경야독하는 학생들이야. 저 사진만 보고도 눈물 흘리는 걸 보니까 앞으로 눈물 흘릴 일이 많겠네. 여기 학생들 사연 모두가 눈물 없이는 들을 수 없거든……."

강훈구가 교무실 쪽으로 가면서 말했다.

"근데, 여기서는 검정고시 준비를 안 한다고 했잖유?"

교무실에 있는 난로는 어느 틈에 나무가 활활 타고 있었다. 인숙은 뜨거운 열을 발산하고 있는 난로를 보니까, 지하실 안이 훈훈하다는 느낌이 들었다.

"사진 속에 있는 학생, 김충식이라고 하는 학생인데, 입학할 때부터 반드시 검정고시에 합격하겠다고 결심했던 사람이야. 일종의 특별 케이스지. 시방은 고졸 검정고시를 준비하고 있는데 여기 선생님들이 특별히 지도해 주고 계셔. 내 생각에는 아마 무난히 합격할 거 같아."

강훈구는 주전자 안에 보리차를 타서 난로 위에 올려놓았다.

"이 뜨거운 보리차 한 잔이 여기서는 유일한 간식야. 물론 가끔 강학들이 장학금을 받거나 용돈이 생긴 날은 찐빵이나 만두 같은 것을 사 오기도 하지."

"강학이 무슨 말유?"

"아! 공부를 배우는 학생은 학강이라고 하고, 공부를 갈치는 선생은 강학이라고 불러."

"강의를 듣는 학생을 학강, 강의를 하는 대학생들을 강학이라고 부른다 이거쥬?"

"하나를 가르켜 주면 둘은 아는구먼."

강훈구가 웃으며 빗자루로 난로 옆에 떨어진 나무 부스러기를 쓸고 있는데 문이 열리면서 학생 두 명이 들어왔다.

"인사들 하지. 오늘부터 국어하고 문학을 강의할 박인숙 선생님."

"반가워유. 박등관이라고 해유."

"저는 유갑식이라고 합니다."

20대 중반으로 보이는 남자 두 명이 인숙을 보고 얼굴을 붉히며 인사했다.

"반가워유. 박인숙이라고……."

인숙은 남자들 못지않게 부끄러워하며 기어들어가는 목소리로 인사했다.

"날씨가 쌀쌀한데 뜨거운 보리차 한 잔씩 하시겠습니까?"

"아뉴, 숙제 밀린 것이 있어서……."

"저도……."

강훈구의 말에 청년들은 인숙의 얼굴을 바라보며 교실 쪽으로 들어갔다.

"나이가 적지 않을 텐데 모두 순진하고 착해 뵈네유."

인숙이 교실 안에 있는 청년들을 의식하고 귓속말로 속삭였다.

"선할 선 자가 없으면 배우고 싶은 열망이 살아나지 않거든."

강훈구는 바닥을 쓴 나무 찌꺼기를 난로 안에 집어넣었다.

학생들이 삼삼오오로 들어오면서 좁은 지하실 안은 조금씩 훈훈한 열기가 차오르기 시작했다. 강훈구는 정확히 '문화동 교회 최민식 목사 기증'이라는 흰색 글씨가 써진 동그란 벽시계가 8시를 가리키자 인숙을 데리고 교실로 들어갔다.

"지난 시간에 말했던 것처럼 국어와 문학을 지도하던 신미경 선생님은 개인적인 문제로 더 이상 강의를 할 수가 없습니다. 그래서 오늘부텀 국어하고 문학을 지도할 박인숙 선생님을 소개하겠습니다. 박인숙 선생님은 얼굴도 예쁘지만, 학교에서 공부도 열심히 하고 봉사 활동도 열심히 하는 만능 재주꾼입니다. 그러니 열심히 배우면 나중에 좋은 결과를 얻을 수 있을 것이라고 믿습니다."

강훈구가 소개를 하는 동안 인숙은 두근거리는 가슴을 진정시키려고 마른침을 연신 삼키면서 학생들을 바라봤다. 학생들은 약속이나 한 것처럼 강훈구는 바라보지 않고 인숙에게만 시선을 향하고 있었다. 그것을 느끼는 순간 인숙의 얼굴이 빨갛게 물들었다.

"자, 그럼 박수로 환영해 주세요. 박 선생, 나와서 인사하지."

"네."

인숙은 기어들어가는 목소리로 대답하고 교탁 앞으로 갔다. 옆에 서 있던 강훈구가 박수를 쳐서, 호응을 유도했다. 학생들이 손바닥이 아프도록 박수를 치기 시작했다.

"금방 소개를 받은 박인숙이라고 해유. 잘 부탁해유."

인숙은 교탁 앞으로 갔다. 스무 명이 안 되는 작은 교실이다. 그런데도 가슴이 너무 떨려서 그 얼굴이 그 얼굴 같고, 여자와 남자도 잘 구분이 되지 않았다. 고개를 숙여 인사하자 박수 소리가 터져 나왔다.

"부탁한다."

강훈구는 엄지손가락을 펼쳐 보이고 나서 교무실로 갔다.

"선생님, 칠판 위에 아는 것이 힘이라고 적혀 있잖유. 근데 안다는 것이 뭐유? 안다는 것이 뭔지 알아야, 힘이 생기든 말든 할 거잖유."

인숙이 당황한 얼굴로 우물쭈물하고 있는 사이에 한 학생이 질문을 던졌다.

"학생은 이름이 뭐여유?"

인숙은 질문을 하는 학생에게 시선을 돌렸다. 검은색 재킷을 입은 청년은 한눈에 보기에도 공장 근로자처럼 보였다. 질문에 갑자기 답변이 생각이 나지 않아서 시간을 벌 생각으로 반문했다.

"저는 고향이 예산이고유. 이름은 박기수라고 해유."

"저는 고향이 영동유. 그라고 우리 집에도 농사를 져유. 농사를 질라면 밭에 거름을 뿌리잖유. 지가 생각할 때 안다는 것은 변소간에 있는 변을 거름으로 바꾸는 거라고 생각해유. 먼 말이냐 하믄, 변이라고 생각하믄 한없이 드럽기만 하지만, 우리가 먹을 곡식에 주는 거름이라고 생각을 하믄 안 드럽잖유."

인숙의 말이 끝나자마자 모든 학생들이 약속이나 한 것처럼 요란하게 박수를 치기 시작했다.

"그만, 그만하고 수업 계속하기로 해유. 오늘은 첫날이니까, 왜 공부를 하고 싶은지 자기 소개부텀 하고 나서 첫 수업을 시작할께유. 앞으로 같이 이 교실에서 공부할라믄 서로를 잘 알아야 하잖아유. 그런 뜻에서 먼저 저부텀 소개를 할게유. 아까도 말했지만 저도 고향에 계신 부모님은 농사를 짓고 있슈. 현재 충남대학교 국문과 이학년이고유, 앞으로 여러분들에게 국어하고 문학을 강의할 생각유. 오늘은 이쯤만 하고 맨 앞에 앉은 학생 분부텀 소개를 해 봐유."

인숙은 처음과 다르게 떨리지 않았다. 학생들의 나이가 고르게 분포

되어 있어서 오히려 마음이 편했다. 말을 끝내고 나서 손톱에 박혀 있는 때를 성냥개비로 긁어내고 있는 학생에게 말했다.

"저는 장덕배라고 하는데 집은 논산유. 육남매 중에 제가 장남유, 국민학교를 졸업하고 바루 대전으로 올라와서 유성기업에 댕기고 있슈. 시방은 기술자 대우를 받고 있기는 하지만 한 달에 삼만 원을 받는 날이 드물어유. 그래서 어떡하든 공부를 해야 사람답게 살겄구나, 하는 생각이 들어서 여길 댕기게 됐슈. 아, 나이는 스물여덟 살유."

"특별하게 꼭 공부를 해야겄다는 생각을 하게 된 계기가 있었어유?"

"우리 공장 옆에 외상으로 달아 놓고 먹는 빵집이 있슈. 찐빵하고 만두를 맨들어서 파는 집인데, 하루는 거기서 빵을 먹고 나서 외상 장부를 써야 하는데 대학생들이 옆에 서 있더라구유. 외상 장부에 내 이름하고 외상값을 적어 놔야 하는데 너무 챙피해서 당최 적을 수가 있어야쥬. 그때 '내가 대학생들보다 선반기계는 더 잘 다루는데, 이 사람들보다 뭐가 못한가?' 하는 생각이 들었슈. 그날 저녁 집에서 가만히 생각해 봉께, 내가 시방부텀이라도 공부를 하지 않으면, 난중에는 사람답게 못 살겄구나, 하는 생각이 들었슈. 그래서 워틱하면 공부를 할 수 있을까, 여기저기 알아보니까, 마침 여기서 공부하고 있는, 저쪽에 앉아 있는 황진만이 소개를 받고 댕기게 됐슈."

장덕배의 말이 끝나니까 교실 안에는 침묵이 감돌았다. 하나같이 남의 일이 아니라는 얼굴로 장덕배를 바라보던 시선을 거두고 인숙을 바라봤다.

"그 뒤에 있는 학생은 무슨 계기로 배워야겄다는 생각이 들었슈?"

"저는 김학식이라고 하는데 원래 태어나기는 강경에서 났지만 어릴 때부터 대전에서 살았슈. 어릴 때부터 아버지가 안 계셔서 국민학교 오 학년을 다니다 사친회비를 못 내서 그만뒀슈. 육 개월 동안은 신문 배달이나 구두닦이를 하다가 일가 소개로 나사를 맨드는 공장에 들어갔슈. 거기서 나사 불량품을 골라내는 일만 오 년을 했슈. 아침 아홉 시부터 밤 열 시까지 맨날 일을 해도 한 달에 팔천 원씩벢에 안 주더라구유. 그래서 거기를 그만두고 맥주홀에 취직했슈. 거기는 월급이 없고 손님들이 주는 팁이 월급유. 재수가 좋은 날은 하루에 천 원도 받고 이천 원도 받지만, 재수가 없는 날은 일 원짜리 한 장 구경 못해유, 그런 날은 손님들이 남기고 간 맥주를 마시거나, 포장마차에 가서 외상을 달아 놓고 소주를 마시는 걸로 세월을 보냈슈. 그러다 어떤 손님이, '너 평생 이렇게 살면 나중에 깡통 들고 댕기는 걸어지벢에 안 된다'고 하는 말을 듣고 나니까 정신이 번쩍 들데유. 그래서 거길 그만두고 시방은 대전피혁에 잡부로 댕기면서 여길 댕기고 있슈."

김학식의 말이 끝났을 때도 박수를 쳐주거나 격려의 눈빛을 보내는 학생들이 없었다. 그 뒤로는 인숙이 시키지 않아도 순서가 되면 작심을 한 사람처럼 야학에 들어오게 된 동기를 말하기 시작했다.

"사회에서는 차별이 너무 심합니다. 똑같이 한국 사람인데 배운 사람하고 못 배운 사람의 차이는 하늘과 땅이라고 해도 무리는 아닙니다. 그래서 배움이 필요하다는 생각이 들었습니다."

"회사에서 납품한 제품 중에 불량이 나오면 월급에서 까고 줍니다. 불량이 나오면, 그 원인을 파악해서 불량품을 줄여야지, 왜 월급에서 까기만 합니까. 그것이 너무 억울해서 공부를 시작했습니다."

"나는 작년까지 아파트 짓는 데서 막노동을 했습니다. 올해부터는 공장에서 기술을 배우고 있는데, 배운 것이 없다고 마음대로 때리고, 야근을 해도 야근 수당을 주지 않습니다. 어느 때는 월급도 제때 주지 않고, 월급을 달라고 하면 나 같은 놈은 필요 없으니까 나가라고 합니다. 공부를 안 한 것이 죕니까?"

"나는 회사에서는 인정해 주는 기술잡니다. 그런데 거리를 지나가면 사람들이 공돌이라고 손가락질을 합니다. 공돌이 소리를 듣기 싫습니다. 공장에서 일하는 것이 무슨 죕니까?"

"나는 우리 아버지가 지어준 여복순이라는 자랑스러운 이름이 있는데, 죄다 공순이라고 불러유. 여하튼 공부해서 공순이 소리를 안 듣고 살 생각유."

"우리 회사에는 노동조합이 있슈. 노동조합이면 노동자 편을 들어야 하잖아유. 매달 월급에서 조합비는 착실하게 떼 가면서, 맨날 회사 편만 들어주고 있슈. 그 점이 하도 이상해서 알아보니까 조합장은 배운 사람이고, 우리는 들 배운 사람이라 어떻게 할 수가 없다는 거유. 그래서 나도 공부를 해야겠다는 생각이 들었슈……."

인숙은 야학에서 강의하겠다는 결심을 하고 나서 강훈구로부터 학생들의 신상에 대해서 어느 정도 들었다. 하지만 한 명 한 명 자기 소개를 할 때마다 가슴이 떨리도록 저려왔다. 다른 한편으로는 노동자들을 위해서 열심히 운동해 보겠다는 막연한 생각이 확고하게 정립이 되는 것을 느꼈다.

"저는 김용자라고 하는데 작년까지 인천에 있는 동일방직 연사반에서 일을 하다 그만두고……."

제일 뒷자리에 앉은 김용자가 말을 하다 말고 고개를 숙이며 눈물을 터트렸다.

"동일방직?"

누군가 긴장한 목소리로 짧고 날카롭게 반문했다.

"김용자 씨, 여기 계신 분들 모두 가족이라고 생각을 하고 찬찬히 말씀해 봐유."

인숙은 김용자 옆으로 갔다. 나이가 스물서너 살 보이는 김용자는 햇빛을 보지 않는 곳에서 일하는지 얼굴이 핼쑥하다. 지난 7월 23일에 있었던 동일방직 사건이라면 대학생들도 웬만큼 의식이 있는 학생이라면 대부분 알고 있는 사건이라서 입안의 침이 다 마르도록 긴장됐으나 등을 쓰다듬어주며 부드럽게 말했다.

"거기는 하루 삼 교대로 일을 해유. 잘 모르는 사람은 하루에 여덟 시간씩 일을 항께 참 편하다고 생각할지 몰라유. 하지만 첨 동일방직에 취직을 해서 젤 먼저 훈련받은 것이 머냐 하믄, 일분에 백사십 걸음을 걸어 댕기는 훈련유……."

"야! 일 분에 백사십 걸음이면 거의 뛰는 수준 아냐?"

장덕배가 그건 말도 안 된다는 목소리로 반문했다.

"그건 약과유. 첨에 공장 마당으로 들어서면 마당이 너무 아름다워서 별천지에 온 거 같은 기분이 들어유. 하지만 공장 문을 열고 들어가면 온도가 사십 도가 넘어유. 기계 돌아가는 소리가 너무 시끄러워서 고무로 된 귀마개를 끼고 일을 해야 해유. 반장들이 악을 쓰며 말을 해도 무슨 말인지 안 들리기 땜시, 호루라기를 불어서 신호를 보내는 형편유……. 게다가 솜에서 나오는 먼지가 눈이며 코하고 입으로 들어가는 통에 숨이 막혀 죽을 지경유, 그 안에 첨 들어가 보는 사람은 숨이 막혀서 단 오 분도 못 견뎌유……."

김용자는 생각만 해도 눈물이 나서 말을 이을 수가 없었다. 학생들은 자신들의 귀를 의심하며 믿어지지 않는다는 얼굴로 입을 반쯤 벌리고, 연신 침을 삼키기도 하면서 김용자가 하는 말을 귀담아듣기 시작했다.

"동일방직에도 노동조합이 있는 걸로 알고 있는데, 그 노동조합도 회사 편만 드는 거유?"

노동조합 때문에 공부를 시작했다는 청년이 물었다.

"언니들이 그라는데 노동조합은 해방이 되던 다음해에 생겼대유. 하지만 맨날 남자들이 조합장을 하는 머리, 맨날 회사편만 들었다고 하대유. 그러다 칠십이 년돈가부텀 주길자라는 여자 분이 지부장에 당선됐대유. 그때부텀은 우리들한테 한 달에 한 번씩 달거리 휴가도 주게 만들고, 회사 창립 기념일에는 유급휴가로 만들고, 기숙사에도 뜨거운 물이 나오게 만들었다고 하대유. 그랑께, 지부장 선거 때마다 여자들이 조합장으로 당선이 될 수밖에 없잖유. 더구나 거기는 내가 근무할 때만 해도 조합원 천삼백팔십삼 명 가운데 남자가 백육십구 명뿐이고, 죄다 여자유. 그랑께 여자 조합원들이 단결만 되믄 얼마든지 여자를 당선시킬 수 있잖아유. 근데 문제는 작년 칠월 이십삼일 날 이영숙 지부장하고 이총각 총무를 죄도 없는데 경찰들이 끌고 갔슈. 그라고 남자 대의원들찌리 선거를 해서 고두영이라는 남자를 지부장에 당선시켰슈……."

김용자는 쉼 없이 흐르는 눈물을 닦으려고 말을 멈췄다. 인숙은 언제부터인지 자신의 눈물을 닦고 있던 손수건을 김용자의 손에 가만히 쥐어 주었다. 김용자는 인숙이 건네 준 손수건으로 눈물, 콧물을 닦고 나서 다시 말을 이어가기 시작했다.

"지부장도 읎는데, 남자들찌리 새 지부장을 뽑응께 여자들이 가만 있었겄슈? 기숙사에서 쉬고 있던 여자들이 들고 일어났슈. 그랑께 회사에서 밖으로 못 나오게 문에 못질을 했슈. 그래도 창문을 열고 밖으로 나가서 이영숙이 읎이 뽑은 고두영은 지부장으로 인정 못 한다고 데모를 했슈. 마침 두 시에 출근을 한 여자들까지 그 소식을 알고 일할 생각 안 하고 데모를 할라고 했슈. 그랑께 경찰들이 이영숙 지부장하고 이총각 총무를 일단 풀어 줬다가, 두 시 근무자들이 일을 하러 들어강께 다시 끌고 갔슈. 그 소식을 들은 밤 열 시 퇴근자들이 퇴근할 생각은 안 하고 밤을 새워감서 이영숙 지부장을 풀어주고, 지부장 선거를 다시 하라고 고함을 지르면서 농성했슈. 그때만 해도 우리는 데모는 데모고 일은 일이라는 생각에 근무시간이 되믄 일을 하러 들어가고, 일이 끝나면 데모를 하고 그랬슈. 그란데 회사에서 수도를 끊어 버리고 전기도 끊고 변소도 못 가게 변소 문을 잠가 버렸슈. 그렇게 사흘을 버팅께 솔직히 눈에 뵈이는 것이 읎더라구유. 회사에서 우리 요구를 들어 줄 생각을 안 하고 강압적으로 나가면, 우리도 법을 지킬 필요가 없다, 라는 생각이 들잖유. 또, 씻지도 못하고 밥도 못 먹은 상태에서 워티게 일을 하겄슈. 남는 것은 악밖에 읎드라구유. 죽으나 사나 이판사판이라는 생각에 전면 파업에 들어갔슈. 그랑께 마치 기다리고 있었던 것처럼 경찰들이 나타났슈 ……."

"아니, 머 잘못한 것이 있다고 경찰이 나타났대유?"

"경찰이 그런 데를 왜 왔대유? 공장사람들찌리 데모하는데?"

경찰이 나타났다는 말에 여기저기서 도무지 이해할 수 없다는 얼굴로 물었다.

"잠깐만유. 일단 김용자 씨의 말부텀 듣고 나서 질문을 하기로 해유."

김용자가 눈물을 닦느라 대답하지 못했다. 인숙이 손가락으로 입을 가리며 조용하게 말했다.

"경찰들이 벌떼처럼 공장 안으로 들어오니까 너무 무서워서 나이 어린 동생들이 막 울기 시작하데유. 저도 너무 무서워서 어디로 숨어 버리고 싶었슈. 하지만 언니들이 우리가 잘못한 것이 뭐가 있냐. 당당하게 나가야 우리 권리를 찾는다고 용기를 줘서 경찰들한테 물러가라고 막 소리를 질렀슈. 그란데도 경찰들은 물러갈 생각을 안 하고 점점 우리 앞으로 걸어 왔슈. 경찰들이 마이크로 '주동자만 내놓으세요. 주동자만 내놓으면 여러분들도 무사히 집으로 돌아갈 수 있어요.'라고 떠들었슈. 그람 우리는 '주동자가 따로 없다. 우리가 모두 주동자다!' 하고 소리를 지르면서 버텼슈. 그래도 경찰들은 물러가지 않고 우리를 포위하기 시작했슈. 경찰들이 점점 가까이 다가오자 어떤 언니가 '옷을 벗자! 옷을 벗은 여자 몸에는 경찰이 손을 못 댄다!'라고 급하게 소리를 쳤슈. 그랑께, 앞에 서 있는 언니들이 너도나도 작업복을 벗어 던졌슈……."

"옷을 벗으니까 경찰들이 피했슈?"

여복순이 긴장한 얼굴로 물었다.

"경찰들이 피해유? 외려 곤봉으로 사정없이 무자비하게 두들기기 시작했슈. 칠십 명이 끌려가고 사십 명이 까무러칠 정도니께 지옥이 따로 없더라구유……. 그때 충격을 받아서 두 명은 정신 병원에 입원했어유. 한 언니는 자기 오빠를 보면 경찰이라고 소리를 지르면서 침대 밑으로 숨을 정도로 상태가 심각해유……."

"그래서 동일방직을 그만뒀나유?"

"그만두기는유. 악착같이 댕길라고 했는데 주동자로 찍혀서 짤렸슈. 그래서 대전으로 내려 와서 충남방직에 들어갈라고 항께, 동일방직에 근무한 경력 때문에 안 된다고 해서 시방은 방직 공장하고 상관없는 봉제 공장에 댕기고 있슈……. 시방 댕기고 있는 한일양행이라는 회사에는 여공이 백 명쯤 되는데, 거기는 노동조합도 없슈."

"노동조합을 직접 만들지 그래유?"

인숙이 눈을 반짝이며 물었다.

"노동조합을 맨들고 싶어도 뭘 알아야 맨들쥬."

"제가 도와줄 테니까 뜻이 맞는 사람 몇 분만 모셔 와유. 혼자서는 맨들 수가 읎잖유."

인숙은 노동조합을 어떻게 설립하는지 자세히 알지 못했다. 학교에 가서 선배들에게 물어보면 얼마든지 방법을 알 수 있다는 생각에 자신 있게 말했다.

"참말유?"

"제가 왜 그짓말을 하겄슈. 뜻이 맞는 분 다섯 정도만 데리고 오면 노동조합을 만드는 법을 자세하게 알켜 줄께유."

인숙은 자신도 모르게 김용자의 손을 힘주어 잡았다. 그녀의 손은 같은 여자가 봐도 어린아이 손처럼 작고 여렸다. 그 여린 손으로 온도가 40도가 넘는 공장에서 소음과 싸우다, 생존권을 위해 노동운동을 했다고 생각하니까 스스로가 부끄러워서 견딜 수가 없었다.

추석날이다.

아침에는 가을비가 부슬부슬 내려서 동네는 조용했다. 열 시쯤부터 날이 개기 시작하자 성묘를 미루었던 사람들이 이 골목, 저 골목에서 나와 산소로 향했다. 산소 앞으로 가서 돗자리를 깔아 놓고 성묘를 하고는, 맑은 날처럼 산소 앞에서 이런저런 이야기를 나누지 않고 부지런히 산 아래로 내려가는 사람들이 많았다.

황인술도 아들 삼형제를 앞세워 성묘를 하고 나서 지체하지 않고 아래로 내려갔다. 방천길을 따라서 걷고 있는데 택시 한 대가 반대편에서 달려오고 있는 것이 보였다.

"시훈이는 어지 들어왔고, 팔봉이는 지 차를 끌고 왔고, 또 누가 택시를 타고 추석날 들어온다?"

"글세유."

황인술이 중얼거리는 말에 광일은 동네로 들어가는 길목에서 걸음을 멈추었다. 택시가 가까이 다가오길 기다리고 있으니까 앞장 서 가던 광배와 광성이도 걸음을 멈추고 뒤돌아섰다.

"느덜은 먼저 가라, 별 볼일 읎을 팅께."

황인술은 광일이 등을 떠밀고 담뱃불을 붙였다. 방천길 밑으로 박태수의 사과밭이 한눈에 보인다. 올해는 추석이 빨라서 사과나무의 잎사귀가 그대로 달려 있다. 가지에는 사과만 따내고 신문지로 만든 봉지만 그대로 매달려 있는 것이 많이 보인다. 바람이 불면서 빈 봉지가 부르르 떤다. 그 광경이 천 원짜리 지폐가 부르르 떨리는 것으로 보인다.

대관절 뉘여?

택시가 동네로 들어가는 갈림길에서 멈췄다. 택시 문이 열리면서 중절모를 쓴 수염이 허연 노인 한 명이 내렸다. 택시 운전사가 얼른 내려서 트렁크를 열고 보자기로 상자를 꺼내서 노인의 손에 쥐어준다.

"거, 거기 인술이 아녀?"

노인이 한 손으로는 보따리를 들고, 다른 손으로 허우적거리며 황인술 앞으로 다가갔다.

"뉘, 뉘유?"

"나, 날세. 나 만복이여. 구만복!"

구만복이 허우적거리는 걸음으로 황인술 앞으로 다가가 손을 내밀었다.

"마, 만복이 아저씨란 말유?"

"그, 그려. 인제 알아 보겠남?"

"아이구! 참말로 만복이 아저씨가 맞구먼유. 그동안 워티게 지내다 인제사 오시는 규."

"나, 일본에 있잖은가. 일본 오사카에 살아."

"그, 그람 재일교포 성묘단으로 오시는 길유?"

황인술은 지난 3월에 지서 순경이 구만복에 대해서 묻던 것이 생각났다. 구만복하고 아무런 인척 관계도 아니면서 지지리도 못 살던 시절이 떠오르면서 눈물이 왈칵 쏟아졌다.

"이, 인술이, 이 사람아! 반갑구먼. 참말로 반갑네……."

구만복도 들고 있던 상자를 땅에 내려놓고 황인술을 부여안고 뜨거운 눈물을 줄줄 흘리기 시작했다.

"저기 방천길에 서 있는 사람이 우리 사둔 아녀?"

둥구나무거리에서 담배를 피우고 있던 김춘섭이 옆에 서 있는 박태수를 팔굽으로 쿡 찌르며 말했다.

"그려, 그란데 누굴 껴안고 저라고 있댜?"

"자네가 모르는데 내가 워티게 알겄어? 이쪽으로 오고 있잖여."

김춘섭은 들고 있던 담배를 서둘러 몇 모금 빠르게 피우고 나서 땅바닥에 버렸다. 해룡네가 손자 손을 잡고 집에서 나오다가 황인술과 같이 걸어 오는 노인을 보고 그쪽으로 돌아섰다. 노인이 가깝게 다가오자 두 손을 번쩍 들었다 앞으로 모아 허리를 깊게 숙여 인사를 한다.

"해룡네도 아는 사람인걸 보믄 우리 동리 사람인가?"

박태수가 뒤늦게 담배를 버리면서 고개를 갸웃거렸다.

"아이구! 만복이 아저씨여. 만복이 아저씨!"

해룡네가 손자를 집으로 들여 놓고, 신발이 벗겨지도록 박태수와 김춘섭 앞으로 뛰어와서 호들갑을 떨었다.

"만복이 아저씨라니?"

"아, 일정 때 우리 동리 사람들 몰라? 저 위 옛날 면장 아부지가, 그 집 아줌마를 건드렸다는 소문 땜시, 야반도주 했잖여. 그래도 몰라?"

"그, 그람, 저기 우리 사둔하고 같이 오시는 양반이 만복이 아저씨란 말여?"

김춘섭이 믿어지지 않는다는 얼굴로 황인술의 부축을 받으며 걸어오고 있는 노인을 뚫어져라 바라봤다.

"그려, 난도 츰에는 몰라 봤는데 구장님이 인사를 시키드라고. 그 양반도 날 알아 보더라니께."

"쥑히 있어. 만복이 아저씨가 듣겄네."

김춘섭이 해룡네를 뒤로 하고 황인술이 걸어오고 있는 곳으로 빠르게 다가갔다. 그 뒤를 박태수도 따라갔다. 해룡네는 이 소문을 어디다 전해야 가장 극적으로 효과를 볼까 하는 생각에 사방을 두리번거렸다. 추석이라서 다들 집에 있는지 둥구나무거리가 휑하다.

"아이구, 오셨슈. 저 춘셉이유. 김춘섭, 김 자, 승 자, 기 자 쓰시는 분 아들유. 저 아시겄슈?"

"그, 그려. 자네가 춘셉인가. 내가 왜 자네를 모르겠나?"

김춘섭이 자신의 가슴을 쳐 가며 말했다. 구만복이 허둥거리는 얼굴로 김춘섭의 두 손을 꽉 잡고 울먹였다.

"저는 태수유. 둥구나무거리 태수. 아부지 이름 아시쥬? 박 자, 평 자, 래 자 쓰시는 분유."

"그려, 그려. 내가 평래를 왜 모르겄나? 평래는 안직 살아 있는가?"

"암유, 요새도 지게질을 하실 만큼 건장하세유. 어서 아부지 집으로 가세유."

박태수가 황인술의 반대쪽에서 구만복을 부축하고 들뜬 목소리로 말했다.

"어이, 태수하고 춘셉이는 시방 이라고 있을 때가 아녀. 어여 집에 가서 낫하고, 그 머여 깔구리하고 톱 좀 갖고 나오게."

"낫은 왜유?"

"만복이 아저씨가 시방 일본에 사신댜. 아부지 성묘할라고 오셨다능겨. 대삿말에 있는 산소가 묵뫼가 됐을 거잖여. 어여, 길동이하고 여러 사람 소개를 해서 빨리 벌초를 햐. 만복이 아저씨는 내가 일단 태수아부지한테 모시고 갈 모냥잉께. 내 말 무슨 말인지 알겄지?"

"아, 알았슈."

박태수와 김춘섭은 약속이나 한 것처럼 동시에 뛰는 걸음으로 집으로 향했다.

"저기서, 좀 앉았다 가세. 이 방구는 그대로인데 나만 늙었능개비구먼."

구만복이 숨찬 목소리로 말하며 너럭바위 앞으로 갔다. 너럭바위를 손바닥으로 쓰다듬으며 눈물을 흘렸다.

"동리도 많이 변했잖유. 아저씨가 계실 때만 해도 죄다 초가집이었는데 시방은 초가집이 드물잖아유. 길도 다 포장을 했고, 싸리나무며 망게나무 울타리도 시멘트 담으로 바꿨잖아유. 명년 봄에는 간이 상수도도 설치하고, 새마을 회관도 맨들 계획유."

구만복이 너럭바위에 앉기를 기다렸다가 황인술이 자랑스럽게 말했다.

"조국에는 새마을운동이 한창이라고 하드니, 우리 동리도 새마을 바람이 불었구먼. 저 위에 있는 후지모토는 안직도 저 집에서 살고 있는겨?"

구만복은 너럭바위에 앉아서 감개무량한 얼굴로 비봉산을 올려다봤다. 시선을 아래로 내리다가 이동하의 집 대문을 바라보며 물었다.

"후지모토는 해방이 되고 나서 바로 일본으로 들어갔잖유."

"그람, 저 집에서는 뉘가 사는 거여? 설마 이만복이?"

"그 사람이 살기는 살았슈. 하지만 바로 요 자리에서 육이오 때 동리 사람들한테 대창에 찔려 죽었슈. 순배 영감 아들 형제가 앞장서서 찔러 죽이긴 했지만……."

"머여? 그기 참말여? 그 인간을 순배 영감 아들 형제가 선동해서 직여 뻐렸단 말여?"

"거기서 끝난 것이 아뉴. 순배 영감 아들은 이만복의 아들 이병호가 바루 이 자리에서 저 둥구나무 가지에 쇠고삐를 던져서 목매달아 죽였슈."

"수, 순배 아들 형제가 이병호 그놈한테 죽임을 당했단 말여? 자네들은 그냥 귀경만 하고 있었남?"

"말을 하자믄 길어유. 목구멍이 포도청이라고 이병호 말에 거역을 할 수가 읎잖유……."

"그려, 세월이 잘못된 거이지. 사람이 잘못됐겄냐? 사람이 사람을 죽인다는 것이 보통 사람 심장으로는 심들어. 암, 심들고 말고……. 순배는 워티게 됐냐? 자식을 앞장세우고 제명대로 살았겄어?"

"아뉴. 몸이 그전만큼은 못하지만 안직 건강해유. 일단 태수 아부지 집으로 가셔유. 순배 영감 집이 편하긴 하지만, 및십 년 만에 고향에 오셔서 끼니라도 제대로 잡술라믄 태수 아부지 집이 훨씬 괜찮아유. 태수 집사람 음식 솜씨야 이 동리서 알아주는 사람이고, 그 집 며느리도 있응께 시중 들어주는데 문제 읎을 규."

김춘섭이 집에서 지게를 지고 나와서 꾸벅 인사를 하고 박태수 집 앞으로 갔다. 미리 나와서 기다리고 있던 박태수가 갈구리를 들고 이동하 집 쪽으로 가는 언덕길을 올라가기 시작했다. 황인술이 바람이 차다며 구만복의 팔을 잡고 일어섰다.

"아이구, 이기 늬여! 만복이 형님 아녀! 만복이 형님이, 안직 살아있었구먼."

박태수로부터 말을 전해 들은 박평래가 골목에서 허둥지둥 걸어 나와서 구만복을 끌어안고 울음을 터트렸다.

"마, 만복이 형님이 왔다는 것이 지, 진짜여!"

이동하 집으로 가는 길목에 있는 변쌍출도 박태수로부터 말을 전해 듣고 바쁘게 뛰어 내려와서 구만복을 껴안았다.

"참말로, 저이가 만복이 아저씨여?"

"시방 태수 아부지하고, 팔봉이 아부지하고 얼싸안고 울고 있는 걸 봐도 몰라?"

"참말로, 맞기는 맞는 모양이구먼. 그동안 워디서 살았길래 한 번도 발걸음을 하지 않았댜?"

"해룡네가 그라는데 일본으로 건너가서 살았다능 겨?"

"일본놈한테 그 지경으로 당한 것이 부족해서 일본으로 가서 살았다는 게 말이나 되능 겨?"

"떼보 어머는 하나는 알고 둘은 몰라. 해방 전이니께, 돈벌이가 우리나라보담은 그쪽이 좋았을 거잖여."

"혼자 오신 걸 보니, 아줌마는 돌아갔능가 보네?"

"그야 난도 모르지."

"우리나라도 아니고 남의 나라에서 얼매나 고향이 그리웠는지 머리카락이며 섬이 하얗게 셨구먼."

"말하믄 뭐햐. 딴 나라도 아니고, 순 인간 백정 같은 놈들이 사는 나라에서 먹고살라믄 얼매나 고생이 심했겄어."

반백의 노인 세 명이 서로 부둥켜안고 울고 있는 사이에 동네 아낙네들이며 남정네들이 둥구나무거리로 모여 들었다. 마음 약한 아낙네는 훌쩍훌쩍 소리가 나도록 울고, 그렇지 않은 아낙네들도 눈시울을 적시며 그들을 바라봤다.

"여기서 이라고 있을 것이 아니라, 어여 태수 아부지 집으로 가유. 시방 춘셉이랑 태수며 동리 사람들이 벌초를 하러 갔응께, 일단 그리루 가유. 벌초가 끝나믄 연락이 올 팅게."

황인술이 구만복이 들고 온 상자를 챙겨 들고 말했다.

"그려, 형님 우리 집으로 가. 우리 집으로 가서, 따신 밥이라도 한술 뜨고 같이 성묘 하러 가자구."

박평래가 코맹맹이 소리로 말하며 구만복의 손을 잡고 끌었다. 변쌍출도 구만복의 다른 손을 잡고 둥구나무거리를 떠났다.

청산댁은 박평래로부터 말을 듣고 방 안에 술상을 차려 놨다. 상규 아내 이옥순은 결혼식 날 폐백을 드릴 때 입었던 한복으로 바쁘게 갈아입고 대문 앞에 서서 구만복에게 얌전하게 인사를 했다.

"손주 며누리여. 손주는 양산면사무소 직원여."

박평래가 자랑스럽게 소개를 했다.

"집도 떡 하니 져 놓고, 손주 며누리까지 봤다믄 부러울 것이 읎겠구먼. 가만있어 보자, 내가 그냥 인사만 받아서는 안 되지."

구만복이 이옥순 앞에서 멈췄다. 주머니에서 지갑을 꺼냈다. 지갑 안에는 배가 불룩하도록 만 원짜리가 잔뜩 들어 있었다. 그중에서 손에 집히는 대로 오륙만 원을 꺼내서 이옥순의 손에 쥐어 주었다.

"아, 아녀유."

이옥순이 깜짝 놀라서 얼른 돈을 되돌려 주려고 손을 내밀었다.

"아녀, 할애비가 준다고 생각하고 받아. 그래야 내 맘이 편항께."

"아가, 그냥 받아 둬라."

구만복을 보고 어떻게 인사를 해야 할지 어쩔 줄 몰라 하고 있던 청산댁이 얼른 이옥순 옆으로 가서 속삭였다.

"그려, 다 생각이 있어서 주는 돈잉께, 고맙습니다 하고 받아 둬라."

이옥순은 박평래까지 나서서 거드는 통에 빨개진 얼굴로 고개 숙여 인사를 하고 물러섰다.

"올해가 이 차로 왔잖여. 요번에 추석성묘 모국방문단이 삼천 명 들어오기로 했구먼. 한꺼번에 삼천 명이 들어올 수 읎응께, 제 일진이 지난 팔월 이십칠 일날 이백삼십 명이 들어왔구먼. 난 제 칠진으로 들어왔어. 우리가 들어올 때 삼백오십 명이 들어왔구먼. 서울에 와서 첫날은 서울에 있는 코리아나 호텔에서 잤구먼. 이튿날은 서울시내 관광을 하고, 포항제철이며, 현대자동차 같은 데를 시찰했구먼. 오늘이 사흘째여 ……."

구만복은 술상 앞에 앉아서 감회가 서린 얼굴로 막걸리 한 잔을 들이켰다. 변쌍출이 언제 왔느냐는 말에 젖은 눈을 닦으며 말을 하다가 순배 영감이 들어오는 것을 보고 깜짝 놀라며 일어섰다.

"자, 자네가 참말로 만복이여?"

"수, 순배 이 사람아! 자네는 워틱하믄 하나도 안 변했다?"

순배 영감이 믿어지지 않는다는 얼굴로 소리치는 말에 구만복은 술상을 돌아서 순배 영감 앞으로 가서 와락 껴안았다.

"이 사람! 워틱하믄 이룧게 무심할 수가 있다?"

"나라고 고향이 안 그리웠겄어? 조총련 놈들에게 감쪽같이 속고만 살아서 우리나라가 이룧게 발전했는 줄 몰랐잖여."

구만복은 순배 영감의 손을 잡고 아랫목으로 가서 자기 옆에 앉혔다. 여전히 손을 놓지 못하고 손등을 어루만지며 말했다.

"조총련이라믄 그 머여? 빨갱이들 패잖여."

"왜 아녀? 이북 패거리들이잖여. 작년에 일진이 모국 방문을 했잖여.

그기 소문이 나서 시방 조총련계 쪽은 난리가 났구먼. 시방까지 까맣게 속고만 있다가 조국에 직접 방문한 사람들이, 사진 찍은 것을 보여 중께 너도나도 조총련을 탈퇴하고 거류민단에 가입하고 있응께, 즈덜끼리 입 단속하느라 정신이 읎어."

"우리나라에 오고 싶어도 돈이 읎으면 못 오잖여?"

순배 영감은 구만복이 잡은 손을 풀지 못하고 연신 흐르는 눈물을 닦느라 말이 없었다. 변쌍출이 물었다.

"경제적으로 어려운 동포들을 위해서 재일거류민단에서 작년부텀 우리 동포 만여 가구한테 모국 방문길을 터주기 위해서 오만 원 이상 저축하도록 운동을 전개하고 있잖여."

"자네는 안 어려웠능가?"

순배 영감이 손등으로 눈물을 닦고 나서 물었다.

"나는 오사카에서 자전거포를 하고 있잖여. 벌이가 괜찮아. 시방은 큰아들이 하고 있고, 작은 아들은 서점을 하고 있구먼. 다들 자리를 잡아서 먹고사는 데는 지장 읎구먼. 하지만 딴 나라에서 아무리 풍족하게 먹고살면 머 하능 겨. 비가 와도 고향 생각, 눈이 와도 고향 생각, 바람만 크게 불어도 고향 생각하느라 항상 가슴 한쪽이 찡한 걸……."

"하여튼 잘 왔구먼. 온 김에 한 두어 달 쉬었다가 가게. 어채피 거기 가도 할 일이 읎잖여."

"아녀, 일단 서울로 올라가야 햐. 서울에서 나라에서 주최하는 행사에 참석했다가 일본으로 들어가야 햐. 일단 들어갔다가 오사카 절에 모셔 둔 마누라를 모산 땅에……."

구만복이 말을 잇지 못하고 눈물을 흘렸다.

"그람, 제수씨는?"

"그려, 먹고살 만항께……. 시름시름 앓더니 한 달도 안 돼서 먼저 갔구먼. 죽기 전에 하는 말이, 난중에라도 기회가 되믄 모산 땅에 묻어 달라고 유언을 남겼단, 말일씨."

"그라고 봉께, 제수씨는 모산이 고향이잖여."

"맞아. 형수가 살던 집이 원래 봉산댁 뒷집이었잖아. 일정 때 부모님은 돌아가시구……."

박평래가 구만복의 빈 잔에 술을 따라 주며 말했다.

"그람, 언지 올 겨? 담에 들어오믄 우리 집에서 나랑 두어 달 살다 들어가."

"그려, 그때는 맘먹고 올 모양잉께 기다리고 있어도 좋아."

구만복은 막걸리 잔을 들었다. 술을 마시려다 말고 잔을 그냥 내려놓았다. 순배 영감을 잠시 바라보다가 손을 꼭 잡고 고개를 숙이며 눈물을 뚝뚝 떨어트렸다.

"왜 그랴?"

"자식들 소식 들었구먼. 얼마나 가슴이 아프겄어."

순배 영감이 묻는 말에 구만복이 얼굴 가득이 눈물을 담고 말했다.

"아저씨가 후지모토가 여태 살고 있느냐고 묻는 통에, 그 말을 안 할 수가 읎었슈……."

황인술이 기어들어가는 목소리로 하는 말에 순배 영감이 눈을 질끈 감았다. 순간 방 안에는 침묵이 감돌았다.

제22장

1977년

전화 개통

여보세유. 새마을계 황광일유.
광일이냐? 애비여.
아부지가 이 시간에 웬일유. 집에 먼 일 생겼슈?
아녀, 우리 집에 시방 즌화 개통했잖여.
아! 농어촌 즌화 사업으로 개통되는 즌화가 개통됐슈?

봉천동 사무소 앞에는 길이 3미터의 짧은 현수막이 걸려 있었다. 현수막에는 '봉천 재건대원 불우이웃 위문품 전달식'이라는 글씨가 써져 있었다. 그 앞에는 파란색 새마을 마크가 붙어 있는 연단이 자리 잡고 있었다. 연단 앞에는 라면 박스며, 밀가루 포대, 하이타이 등이 수북하게 쌓여 있고, 그 앞에는 늙고 초라해 보이는 노인 이십여 명이 무표정한 얼굴로 앉아 있었다.

3월이라서 바람이 찼다. 노인들은 어제부터 동네 반장이 찾아와서 오늘 10시까지 동사무소 앞으로 나오면, 밀가루 한 포하고 라면 한 박스에 하이타이 1킬로짜리 한 개를 준다고 해서, 진작부터 나와 있는 중이다. 시계를 찬 노인이 없어서 지금 시간이 몇 시인지는 알 도리가 없었다.

하지만 육십 년 이상 세상을 살아온 경험으로 봐서 얼추 10시는 넘어 보이는데, 주최 측이 통 모습을 보이지 않아서 슬슬 짜증이 나기 시작했다.

“세상이 변하기는 변했구먼, 아, 우리가 아무리 끼니를 굶고 있어도 재건대원들한테 도움을 받을 줄 누가 알았어?”

머리가 하얗게 센 노파가 목도리 속에 목을 감추고, 털모자까지 써서 눈만 빠끔한 모습으로 옆자리의 노파을 보고 속삭였다.

“그러게, 말여. 말이 좋아서 재건대원들이지. 질바닥에서 흔 옷이랑 종이나 줍고 쓰레기나 뒤지는 넝마주이들이잖여. 쥔 모르게 빨랫줄에 걸려 있는 옷이나 슬쩍슬쩍 훔쳐가는 순 도둑들이잖아.”

노파에게는 전혀 어울릴 것 같지 않는 브라운색 레인코트를 입고 파마머리를 한 노인이 수군거리는 목소리로 대꾸했다.

“솔직히 우리 아들만 있어도 여기 안 나와. 근데 아들놈이 시방 울산에 가 있잖여. 무슨 공장에 취직을 한다고 말여. 그래서 나왔드니 영 찝찝하구먼, 내가 이래 봬도 전쟁 전에는 떵떵거리고 살지는 못했지만 남의 집에 일 원짜리 한 장 꾸러 가지 않는 집안에서 살았거든.”

“내 남편은 중학교 선생님이셨잖여. 전쟁 때 이북으로 넘어가지만 않았어도 시방 수원에서 살고 있을 겨. 명색이 내가 선생님 사모님인데, 이런 데 나와서 넝마주이들이 주는 어디서 난 건지도 모르는 물건을 받아도 되는지 몰라…….”

“야, 이 늙은 망태들아, 받기 싫으면 당장 집구석으로 기어들어가. 재건대원들이 왜 도둑여? 요새 재건대원들이 거지처럼 옷 입고 다니는 거 봤어? 죄다 재건복을 입고 모자까지 쓴 차림에 가슴에는 이름표까지 달았잖아. 정부에 등록을 하지 않으면 법으로 처벌을 받게 돼있단 말여. 그라고 저 사람들이 길바닥에 떨어진 종이며, 쓰레기를 주워가니까 거리도 깨끗해지는 거 아녀. 배때지에 기름끼가 꼈응께, 쓸데없는 소리만 하고 있구먼."

그녀들이 하는 말을 못마땅하다는 표정으로 듣고 있던 대머리 노인이 모두가 들으라는 목소리로 호통을 쳤다.

"말이면 다하는 거여? 배때지라니? 배때지라니? 내가 이런 데 와서 앉아 있응께 사람으로 보이지 않는 거여? 어디서 굴러먹던 말 뼈다귀를 뉘 앞에서 써 먹는 거여?"

선생 사모님이 발끈한 얼굴로 일어서서 삿대질을 했다.

"에이그, 이걸 그냥 콱!"

대머리가 벌떡 일어나더니 선생 사모님의 뺨을 올려붙여 버릴 것처럼 주먹 쥔 손을 불끈 쳐들었다.

"사, 사람 살려! 여기 머 같은 늙은이가 애먼 사람 잡을……."

"진짜로 한번 맛 좀 볼 거여."

선생 사모님이 꼬리를 감추면서도 뒤로 물러서서 엄살을 떨려고 할 때였다. 대머리가 도저히 참지 못하겠다는 얼굴로 선생 사모님의 멱살을 단단하게 움켜잡았다.

"이, 이거 놔, 놔유."

선생 사모님이 뒤늦게 상대방을 잘못 보았다는 것을 깨닫고 파랗게 질린 얼굴로 대머리의 손을 잡았다.

"너, 이 늙어 빠진 년, 또 한 번 찍소리라도 했다가는 발로 자근자근 밟아 버리고 감옥 갈 팅께 조용히 해. 앉아!"

대머리가 고함을 지르자 선생 사모님은 얼른 자리에 앉았다. 눈물이 주르르 흘렀지만 너무 무서워서 닦을 생각도 못하고 현수막만 바라봤다.

"여기 앉아 있는 노인들 중에 과거에 고래등 같은 기와집에 안 살던 분 있으면 나와 보라고 햐. 나도 이래 봬도 전라도 나주에서 천석꾼집 아들여. 하지만 시방은 저 위서 딸내미하고 셋방에 세 들어 살고 있어. 당장 사십 원짜리 라면 한 개도 아쉽단 말여. 여기 앉아 있는 늙은이들 중에, 나보다 형편이 나은 사람 있으믄……."

대머리가 말을 하는 동안 노인들은 죄인들처럼 고개를 푹 숙이고 듣고만 있었다. 노인은 마치 선거유세라도 하듯 3월의 찬바람 속에서도 열변을 토해내다 동사무소 문이 열리는 것을 보고 슬그머니 주저앉았다.

동사무소 안에서는 파란색 새마을 모자를 쓴 동장을 비롯하여 동네 유지들이 걸어 나왔다. 그들 틈에 재건복을 입은 손기문과 콩새며 종갑이를 비롯한 몇 명이 따라 나왔다.

"에, 추우신데 기다리시느라 고생 많았쥬?"

동사무소 총무계장이 검은색 노트를 들고 연단 앞에 나서서 입을 열었다.

"시방부터 우리 봉천동에 거주하시는 우리 동민들이 돌아오는 봄에도 열심히 사시라는 뜻에서 위문품을 전달하는 전달식을 거행하도록 하겠습니다. 전달식을 거행하기에 앞서서, 오늘처럼 뜻 깊은 날 공사다망하신 중에도 참석을 해주신 유지 여러분들의 소개가 있겠습니다. 에, 먼저, 봉천동 발전위원회 위원장님이 참석하셨습니다. 그럼 간단하게 한 말씀 해주시죠."

총무계장의 소개에 뚱뚱한 50대 남자가 앞으로 나와서 꾸벅 인사를 했다.

"반갑습니다. 오늘날 우리나라가 이렇게나마 굶지 않고 잘살 수 있는 것은 새마을운동에 앞장서신 대통령의 위대한 영도력 덕분이라고 할 수 있습니다. 날씨도 추운데 제가 긴 말을 안 하겠습니다. 하지만 제가 여러분들에게 당부를 하고 싶은 단 한 가지밖에 없습니다. 이따가 우리 동네 새마을 지도자께서도 한 말씀을 하시겠지만, 우리가 새마을운동을 열심히 하는 길만이 잘살 수 있는 길입니다. 하고 싶은 말은 너무 많지만, 날이 차고 해서 오늘은 여기서 끝내도록 하겠습니다. 감사 합니다."

발전위원장이 인사를 하는 둥 마는 둥 연단을 물러나고 바람이 불면서 먼지가 일었다. 의자에 앉아 있는 노인들은 나무토막처럼 앉아 있었지만, 연단 뒤에 서 있는 사람들은 모두 몸을 돌려서 바람을 막았다.

총무계장은 다시 연단으로 나선 뒤 자유총연맹 영등포지부 봉천동 지회장이 나와서 몇 마디를 했다. 방범위원회 회장, 의용소방대장, 방범대장 등 예닐곱 명이 연단에 나와서 한마디씩 하는 사이에 한 시간이 훌쩍 지나갔다.

"나는 라면도 좋고, 밀가루도 좋지만 너무 추워서 지금 당장 죽게 생겼네. 나중에 우리 집으로 밀가루를 갖다줄라면 주고, 말라면 말고……."

총무계장이 다음은 새마을 지도자의 격려의 말이 있겠다고 말하고 났을 때였다. 선생 사모님이 더 이상은 참지 못하겠다는 얼굴로 일어섰다.

"할머니, 다 끝나가니까 빨리 앉으세요."

동장의 눈짓을 받은 총무계장이 기가 막힌다는 듯 선생 사모님을 노려봤다.

선생 사모님이 자신도 모르게 위축되어 슬그머니 앉으려고 할 때였다.

"시방 머하는 짓들이여. 여기 앉아 있는 사람들이 전부 끼니를 거르고 있응께 다믄 밀가루 한 포라도 얻어먹을까 해서 왔잖아. 근데 격려사가 너무 많으니까 죄다 추워서 얼어죽겠잖아! 그 잘난 밀가루 한 포에 라면 한 박스 주면서 벌써 한 시간이 지났어. 나도 안 받아 먹을 테니까, 니덜이나 처먹어!"

대머리가 벌떡 일어섰다. 대머리가 의자 밖으로 나와서 삿대질을 하며 고함을 질렀다. 그 소리에 용기를 얻은 노인 대여섯 명이 일어섰다.

"자! 새마을 지도자님 말씀은 생략하기로 하고, 다음은 오늘 우리 동에 사시는 노인분들에게 위문품을 전달해 주실, 봉천동 재건대장이신 손기문 대장님의 격려사가 있겠습니다."

총무계장 대신 동장이 앞으로 나서서 서둘러 말했다.

"춘천댁 할머니, 즘잖으신 양반이 오늘따라 왜 이랴."

총무계장이 일어서는 노인들을 억지로 자리에 앉히랴, 떠나는 사람들 앞을 가로막으랴 혼자 북 치고 장구 치느라 정신이 없었다.

"재건대장님 어여, 간단하게 한 말씀 해요."

동정이 손기문을 단상 앞으로 끌고 갔다.

"에이, 저는 됐슈. 저는 됐응께 동장님께서 한 말씀하시고 어여 끝내유. 날도 찬데 어르신들 감기 걸리겄슈."

손기문은 총무계장의 말에 손사래를 치면서 뒤로 물러났다.

"아닙니다. 한 말씀하실라고 위문품을 전달하는 거 아닙니까?"

발전위원장이 이해가 되지 않는다는 얼굴로 손기문을 바라봤다.

"아, 아뉴. 사실은 제가 직접 집집마다 찾아 댕김서 돌릴라고 했지만,

그릏게 되믄 어르신들이 이상한 눈으로 바라 보실깨비, 동장님을 통해서 전달하는 것뿐유. 저는 제 성의만 전달하면 됭께, 신경 쓰지 마시고 어여 진행하셔유."

손기문이 손을 흔들면서 종갑이 뒤로 숨었다.

"형님, 형님이 한 말씀 안 하시믄 누가 해유. 솔직히 여기는 우리 땜시 모인 거잖유. 엉뚱한 사람들만 생색 내고 왜 형님은 뒤로 물러서는 거유?"

종갑이 뒤로 돌아서서 손기문의 손을 잡고 단상 앞으로 끌고 갔다.

"재건대장님이 한 말씀하신다면야 들어 줘야지. 자, 할망구들 어여 자리에 앉아서 재건대장님이 머라고 말을 하는지 들어 봅시다."

대머리가 내가 언제 고함을 질러서 노인들을 선동했느냐는 얼굴로 부드럽게 말했다.

"에이 참, 지는 이런 데 서 보지 못해서 말도 못 해유. 하지만 동장님이 자꾸 하시라고 항께, 딱 한마디만 할께유. 할아부지, 할머니들 요 앞에 있는 밀가루하고, 라면하고, 하이타이는 우리 대원들이 십시일반으로 돈을 모아서 산 거유. 이걸 왜 샀느냐믄, 우리 재건대원들 대부분 부모님들이 없기 때문이유. 그랑께, 여기 앉아 계신 할아부지, 할머니들은 우리를 손자나 자식으로 생각하고 이걸 받아 주믄 참말로 고맙겠슈. 그라고 살다가 정 먹을 것이 읎으믄 우리 봉천동 재건대에 오시믄 뜨신 밥이 있슈. 우리가 종일 밖에서 일하는 사람들이라 밥은 뜨시게 먹고 있거든유. 추우신데 어여 한 분씩 나오셔서 받아 가셔유, 밀가루는 무거웅께 우리 대원들이 집에까지 배달을 해 줄께유."

손기문의 말이 끝나자 대머리가 손바닥이 아프도록 박수를 쳤다. 그

것을 신호로 노인들이 박수를 치기 시작했다.

"자, 그럼, 사진을 찍을 테니까 누가 대표로 나오세요. 거기 할아버지 앞으로 나와서 사진 한 장 찍으세요."

총무가 대머리를 손가락으로 가리켰다.

"난, 원래 사진 찍는 거 안 좋아해. 할머니가 나가."

대머리가 자기 앞에 있는 할머니를 의자 밖으로 내몰았다.

"머 장한 일이 있다고 사진을 찍어……."

털실로 짠 모자를 쓴 노인은 투덜거리면서도 앞으로 나갔다.

"자, 그럼 유지 분들은 모두 이리로 오시죠."

총무계장이 지역 유지들을 한쪽으로 모았다. 그 맨 앞에 손기문이 털실모자를 쓴 노인에게 라면 상자를 건네는 장면을 다각도에서 찍은 후에야 전달식이 끝났다.

"그람 우리는 가보겠습니다."

"추우신데 수고 많으셨습니다."

발전위원장의 말에 동장이 허리를 숙여 인사를 했다.

"우리야, 머 동네 발전을 위해서 나왔지만 동장님하고 계장님이 추운데 고생했지 머."

유지들과 동장이 인사를 주고받는 사이에 손기문은 노인들에게 라면 상자와 하이타이를 하나씩 건넸다. 무게가 나가는 밀가루는 리어카에 실어서 종갑이와 콩새가 집에까지 실어다 주기로 했다.

"그럼 수고해요. 우리는 공무가 바빠서 이만……."

총무계장은 지역 유지들이 사라지자 자기들도 할 일을 다 했다는 얼굴로 손기문의 등을 툭툭 쳐주고 나서 동장과 함께 동사무소 안으로 들어갔다.

"내가 얻어먹는 주제에 이런 말 할 자격은 없지만, 하도 답답해서 한마디 해야겠네. 앞으로 우리 같은 늙은이들한테 이런 걸 줄라믄 개별적으로 갖다 주게. 내가 뭔 뜻으로 이런 말을 하는지 알겠나?"

대머리가 동장의 뒷모습을 노려보고 있다가 손기문 옆으로 와서 조용하게 말했다.

"할아부지, 우리도 등신이 아뉴. 앞으로는 우리 형님도 이런 데서 거창하게 전달식 같은 거 안 할 규. 형님 내 말이 맞지?"

"그려, 아까 우리 앞에 앉았던 인간들이 우리 같은 늙은이를 진짜로 불쌍하게 생각했으믄 한 시간 동안이나 우리를 찬바람 속에 가둬두고 지덜 자랑을 안 했을 겨. 그라고 밀가루하고 라면은 참말로 잘 먹겄네."

"할아부지, 할아부지 집은 워디유?"

종갑이 옆에 서 있던 콩새가 물었다.

"우리 집은, 저 위에 있는 공중변소 옆일세. 공중변소 옆이라 방 값이 싸기는 하지만 여름에는 냄새 땜시 못살아."

"자제분들은 뭐하시는데유?"

"아직 시집도 못 보낸 늦둥이 딸내미하고 살고 있어."

"어려운 일이 있으시믄 우리 재건대로 연락 줘유. 그람 최대한 도움을 줄 팅께. 지 이름은 종갑이라고 하고, 얘는 콩새유. 이름은 몰라도 콩새라고 하믄 돼유. 콩새."

"고맙구먼, 내 나이 환갑이 지났어. 환갑 지나도록 살아오면서, 자네들처럼 고마운 사람을 처음 보네."

"이것도 인연인데 서로 알고 지내유. 지는 봉천동 재건대장 손기문이라고 해유."

손기문이 꾸벅 인사를 하고 말했다.

"나 같은 늙은이하고 알고 지내야 송장 치워 주는 일밲에 읎겄지. 나는 나주 사람인데, 나를 아는 사람은 강 씨라고 불러. 이름이 강찬복이거든."

강씨가 거친 손을 내밀며 웃었다.

"어려울 땔수록 돕고 지내야 된다고 생각하고 있슈."

손기문이 두 손으로 강 씨의 손을 힘 있게 잡고 흔들었다.

황인술의 집 마당에는 동네 사람들이 거의 다 모여 있었다. 방에는 순배 영감이며 변쌍출, 박평래가 앉아서 전화기에 선을 연결하고 있는 전화국 직원을 응시했다.

"아, 교환이쥬. 여기 백이십오 번인데 잘 들려유?"

전화선을 연결한 전화국 직원이 벨 손잡이를 돌렸다. 신호가 간 후에 수화기를 들고 입을 열었다.

"참말로 세상은 존 세상여. 방 안에 가만히 앉아서 천 리 밖에 있는 사람 목소리를 들을 수 있다능 것이 말이나 되능 겨?"

변쌍출이 신기하다는 얼굴로 전화국 직원을 바라보고 있다가 무릎을 슬슬 문지르며 말했다.

"형님, 오래 산 보람이 있구먼유. 형님도 이따 즌화 한번 해 봐유."

순배 영감이 고개를 끄덕거렸다. 박평래가 입술의 침을 닦으며 전화기 옆으로 당겨 앉았다.

"내가 즌화할 때가 워딨어? 자네는 즌화해 볼 때가 많잖여. 양산면사무소에 있는 손자도 있고, 대전서 학교 댕기는 손자, 손녀도 있잖여."

"즌화번호를 몰라유."

"그냥 교환한테 양산면사무소 대 달라고 하믄 그쪽으로 연결해 줘유. 한번 해 볼래유?"

"일단 지가 한번 해 보고, 워티게 즌화를 거는 건지 알켜 줄께유."

황인술이 얼른 일어나서 전화기 앞에 앉았다.

"아까 봤쥬? 이 손잡이를 돌리믄 저쪽 교환양이 앉아 있는 교환대에 있는 백이십오번에 불이 들어와유. 그담에 교환한테 워디든 즌화를 대 댈라고 하믄 연결을 시켜 줘유."

"간단하구먼, 내가 한번 해 보지."

황인술은 긴장한 얼굴로 전화기의 핸들을 돌렸다. 따르릉 신호 가는 소리가 들리자 수화기를 들었다.

"아! 영동 군청 황광일이 좀 대 줘유."

"영동군청 교환실로 대 드릴께유. 거기서 황광일 씨 찾으믄 책상 앞에 있는 즌화를 대줄 규."

"알았슈."

황인술은 혀로 입술을 핥으며 기다렸다.

"여보세유. 새마을계 황광일유."

"광일이냐? 애비여."

"아부지가 이 시간에 웬일유. 집에 먼 일 생겼슈?"

"아녀, 우리 집에 시방 즌화 개통했잖여."

"아! 농어촌 즌화 사업으로 개통되는 즌화가 개통됐슈? 그릏지 않아도 학산면사무소에 특별하게 부탁을 했슈. 모산은 올 상반기 중에 개통을 해 줘야 한다구 말유. 즌화번호가 및 번유?”

“우리 집 즌화번호가 및 번이댜?”

“학산 백이십오 번이유.”

박평래는 동네 앞으로 나온 전화를 자기 전화처럼 말하고 있는 황인술이 못마땅하기만 했다.

저 지랄로 지 즌화처름 사용하믄 우린 언지 즌화를 쓴댜. 진작에 구장을 춘셉이나 길동이로 바꾸지 못한 것이 한이구먼.

대놓고 꾸중을 할 명분은 없고, 가만히 앉아 있자니 속이 부글부글 끓어서 견딜 수가 없었다. 휑 하니 일어나서 집으로 가고 싶지만 난생 처음으로 전화라는 것을 한번 해 봐야, 집에 가서 청산댁한테 자랑할 일도 있고, 속도 시원할 것 같아서 일부러 천장을 바라보는 척하며 기다렸다.

“참말로 광일이가 눈앞에 있는 것츠름 목소리가 똑가텨?”

“아, 즌화가 왜 즌화유? 천 리 멀리 있어도 똑같은 목소리를 들을 수 있응께 즌화잖유.”

“가만있어 보자. 내가 이라고 있을 때가 아녀. 집에 가믄 팔봉이 즌화번호가 있을 겨.”

“팔봉이 집에 즌화도 있단 말여?”

화를 참느라 천장을 멀뚱멀뚱 바라보고 있던 박평래가 놀란 얼굴로 물었다.

“요새 웬만큼 사는 집에는 죄다 즌화가 있슈. 이런 촌에야 즌화가 귀하지…….”

전화국 직원이 내 할 일은 다 했다는 얼굴로 일어서며 말했다.

“이른 즌화 한 대 놓는 데 얼매나 하능 겨?”

"일단, 구장님 댁에까지 즌화선이 왔응께 얼매 안 해유. 서울 같은 데는 십 급지고, 교환이 필요 읎는 자동즌화는 가입비가 이십오만 원유. 이 즌화처름 수동은 팔만 원 싼 십칠만 원유. 여기는 일 급지인데 안직 자동식 즌화가 없응께 사만 오천 원만 있음 즌화를 놓을 수 있슈."

"사만 오천 원이믄 짝은 돈이 아니구먼."

순배 영감이 혀를 찼다.

"즌화만 집에 가설한다고 해서 다 되능기 아뉴, 즌화를 쓰든지 안 쓰든지 기본요금 천칠백사십 원을 내야 해유. 그라고 학산면 내에서 통화를 하는 것은 백통화까지는 돈을 안 내지만, 백 통화가 넘으믄 한 통화할 때마다 팔 원씩 더 내야 해유."

"얼래? 서울에 있는 공중즌화는, 우리 철용이가 그라는데, 한 통화에 십 원씩이라고 하던데?"

구장 집에 전화를 놓는다는 말을 듣고 방으로 들어온 김춘섭이 구석에 앉으면서 반문했다.

"작년에는 공중즌화는 오 원씩 받았슈. 올 일월 일일부텀은 십 원씩으로 올랐슈."

"그람 대전까지도 한 통화 하는데 십 원씩여?"

박평래가 침을 삼키고 물었다.

"아까 말 못 들었남? 백 통화까지는 기본요금이라잖여."

"한 통화라믄 그 머여. 한 번 즌화를 할 때를 야기하는 거여?"

전화국 직원의 대답이 떨어지기 전에 순배 영감이 물었다.

"시외즌화는 십 킬로 이내가 일 분에 사십 원유. 영동까지 여기서 십육 킬로 아뉴. 그람 십 킬로에 사십 원하고, 사륙이 이십 상께 일분에 육십 사원유. 대전은 여기서 백십육 킬론가 그릏게 될 뀨. 삼십 킬로부텀은 한 통화에 육십 원잉께 대전은 최소한 삼삼은 구해서 백팔십 원이 넘는다고 봐야쥬. 내 정신 좀 봐. 이걸 주고 가야 하는데."

변쌍출은 집으로 가려다 대전까지 한 통화에 백 팔십 원이 넘는다는 말을 듣고 슬그머니 주저앉았다. 전화국 직원이 가방 안에서 시외전화 요금표라고 적힌 종이를 황인술 앞에 내려놓았다.

"요번에 지가 영동군수 상을 받게 된다네유?"

황인술이 전화를 끊고 웃는 얼굴로 자랑스럽게 말했다.

"나두 즌화 한 통 해 봐야겄다."

황인술이 싱글벙글 웃으며 물러나든 말든 박평래가 재빠르게 전화기 앞으로 가서 앉았다.

"아여, 양산면사무소도 기본 통화 아녀?"

박평래가 전화기 핸들을 돌리면서 물었다.

"그람유. 양산, 학산 다 기본 통화유. 그람 지는 이만 가 볼께유. 즌화하시는 데 어려운 점이 있으믄 교환한테 야기해유."

"그려, 오늘 수고했구먼. 시간 있으믄 막걸리 한잔하고 갈 텨?"

"아뉴. 바로 양산으로 넘어가 봐야 해유. 야, 거기 오토바이에서 내려와라. 오토바이 넘어가믄 너만 손해여."

"참내, 새마을운동을 열심히 한 것도 읎는데, 군수님 상을 준다고 항께 기분이 이상하구먼."

황인술은 전화국 직원이 마당 구석에 세워 놓은 오토바이 앞으로 가는 것을 지켜보다 방으로 들어갔다.

"사둔, 군수님 상 타면 한잔 사야 하는 거 아뉴?"

김춘섭이 농담처럼 물었다.

"까짓거, 한 잔이 아니고 한 말을 못 살까. 가문에서 군수님 상을 두 번씩이나 받는 것도 영광 아녀? 학산면에서 군수상을 받는 사람은 나 하나라. 영감님, 동리 사람들 즌화 한 통화씩 하고 나서 해룡네 집에 갈 까유? 요새 먼 안주가 있을라나?"

"하여튼 축하햐. 우리 동리서 되는 집안이 태수네하고 구장네뿐에 읎어. 아니지, 그라고 봉께 팔봉이도 돈을 잘 벌잖여. 철용이도 장가 잘 가서 잘 살고 있고. 이 동리 또랑 앞의 땅이 궁터라 그른지 죄다 잘되는구먼……."

"구장, 아까 머라고 했남?"

박평래가 상규하고 통화를 끝내고 나서 터져 나오려는 웃음을 참으려고 입술을 깨물고 나서 물었다.

"아까, 못 들었슈? 지가 새마을운동 유공자로 군수님 상을 받게 됐슈. 그래서 시방 영감님한테 한잔하자고 그랬슈. 같이 가시는 거쥬?"

"암만, 오늘 같은 날 술 한잔 안 하믄 언지 하겄냐?"

박평래가 즐거워서 견딜 수가 없다는 얼굴로 턱을 쓰다듬었다.

"상을 타고 나서 축하 해줘도 되는데, 벌써부텀 축하를 해중께 괜히 쑥스럽네유."

"난 시방부텀 기분이 좋구먼. 상규가 그라는데 우리 며느리가 도지사님 상을 탄다능 겨. 그 머여, 쓸모읎는 땅을 과수원으로 맨들어서 잘 살게 된 것이, 새마을운동의 핵심이라는 거여. 그래서 영동군수가 추천을 했다고 하드만. 도청으로 말여."

"참말로 상규 어머가 도지사 상을 받는데유?"

황인술은 얼굴이 금방 벌겋게 달아올라서 말을 잊어버리고 말았다. 김춘섭이 엉덩이를 들썩거리며 놀란 얼굴로 물었다.

"그릏다. 도지사 상을 받아야, 나중에 대통령한테 훈장도 받을 수 있다고 하드만."

황인술은 염장을 바짝바짝 태우는 박평래 앞에서 더 이상 앉아 있을 수가 없었다. 마루로 나가서 동네 사람들 앞에 턱 버티고 섰다.

"구장님, 아까 들어 봉께 백 통화까지는 공짜라고 하대유. 영동에 있는 동생한테 즌화 좀 한 통화 해유."

"아, 순서를 지켜야지. 나는 즌화국 직원이 오기 전부텀 기달리고 있던 사람여."

"구장님, 나, 학산 도가에 즌화 한번 해유."

"대전도 공짠가?"

"즌화번호가 및 번유? 서울에 사는 아들한테 편지로 알려 주게, 좀 알켜 줘유."

"잠깐만유! 잠깐만!"

황인술이 지금 불난 집에 부채질을 하느냐는 얼굴로 고함을 쳐서 동네 사람들의 입을 막고 다시 입을 열었다.

"즌화는 사적인 일로 아무 때나 쓰라고 면에서 놔 준 것이 아뉴. 이 구장이 생각해서 꼭 필요하다고 판단될 때만 할 수 있슈. 그라고 학산이나 양산은 기본 통화지만, 영동은 돈을 내야 해유. 영동까지는 한 통화에 일 분에 사십 원유. 십 분 통화하믄 사백 원이고, 백 분 통화하믄 사천 원이라 이거유."

"머여, 즌화비가 머 그릏게 비싸다. 백 분에 사천 원이라는 것이 말이냐 되능 겨? 사천 원 쓸 바에 차라리 영동 가서 만나고 오는 것이 빠르잖여."

황인술이 사천 원이라는 말에 강조하자, 감나무 밑에 서 있던 남자가 실망한 얼굴로 말했다.

"일 분에 사십 원이라고 안 했남?"

"에이 일 분이 육십 초여. 육십 초 동안 및 마디나 하겄어? 우리 체면에 즌화 걸자마자 용건부터 야기할 수가 읎잖여. 일가 안부도 묻고 하다 보믄 금방 일 분이잖여. 구장님 말대로 급한 일이 아니믄 즌화할 일이 읎겄네."

누군가의 말에 마당을 가득채운 사람들이 한두 명씩 빠져나가기 시작했다.

"구장, 한잔하러 가야지?"

변쌍출이 방에서 나오며 마른입을 다셨다.

"왜 지가 술을 사유? 도지사 상을 받게 되는 태수 처가 사야지?"

"우리 며느리는 안직 도지사 상 탄다는 소식도 몰라. 하지만 자네는 자네 입으로 술을 산다고 했잖여. 어여 가."

박평래는 황인술이 버럭 화를 내든 말든 실실 웃으며 고무신을 꿰신었다.

"그려, 자네가 안 사믄 태수 애비가 한잔 살 수도 있응께 어여 가 보자구."

"지는 면사무소에 즌화 할 일이 있어서 이따 갈 팅께 먼저 가서 한잔씩 하고 계셔유."

황인술은 순배 영감의 부드러운 말에 차마 거절을 할 수가 없어서 핑계를 댔다.

"그람, 구장 앞으로 외상 달아 노면 되지?"

"맘대로 해유. 그까짓 탁배기 한 되에 을매나 한다고."

황인술은 박평래가 자신보다 나이가 어리면 마당으로 쫓아 내려가서 귀빰을 올리고 싶도록 미웠다. 하지만 대놓고 화를 낼 수가 없어서 방으로 휑하니 들어갔다.

— 4부 10권에 계속 —

대하장편소설 금강 제9권

초판 1쇄 발행 2014년 6월 30일

지 은 이 한만수

펴 낸 이 최종숙
펴 낸 곳 글누림출판사

책임편집 이태곤
편　　집 박주희 권분옥 이소희 박선주 이양이
디 자 인 이홍주 안혜진
마 케 팅 박태훈 안현진
관　　리 이덕성

주　소 서울시 서초구 동광로46길 6-6(반포4동 577-25) 문창빌딩 2층(우137-807)
전　화 02-3409-2055(대표), 2058(영업), 2060(편집)
팩　스 02-3409-2059
전자메일 nurim3888@hanmail.net
홈페이지 www.geulnurim.co.kr
등록번호 제303-2005-000038호(2005.10.5)

정　가 13,000원
ISBN 978-89-6327-246-7 04810
978-89-6327-237-5(전15권)

표지 디자인 · 디자인밥 출력/인쇄 · 성환C&P 제책 · 동신제책사 용지 · 에스에이치페이퍼

* 이 도서의 국립중앙도서관 출판시도서목록(CIP)은 서지정보유통지원시스템 홈페이지(http://seoji.nl.go.kr)와 국가자료공동목록시스템(http://www.nl.go.kr/kolisnet)에서 이용하실 수 있습니다.(CIP제어번호: CIP2014017940)